中国一日·走近中华文明

文学主题实践活动作品集

中国作家协会创作联络部 编

编 委 会

主　　编　邱华栋

副 主 编　彭学明

编　　选　包宏烈　盛　敏　翟　民　党然浩

河北出版传媒集团

花山文艺出版社

河北·石家庄

图书在版编目（CIP）数据

中国一日. 走近中华文明 ：文学主题实践活动作品
集 / 中国作家协会创作联络部编. -- 石家庄 ：花山文
艺出版社, 2025. 1. -- ISBN 978-7-5511-7665-1

Ⅰ. I217.1

中国国家版本馆CIP数据核字第20245PY478号

书　　名：**中国一日·走近中华文明**——文学主题实践活动作品集

ZHONGGUO YIRI · ZOU JIN ZHONGHUA WENMING
——WENXUE ZHUTI SHIJIAN HUODONG ZUOPIN JI

编　　者：中国作家协会创作联络部

选题策划：李　彬

责任编辑：刘燕军　王安迪　顾子璇

责任校对：李　伟　杨丽英

封面设计：陈　淼

出版发行：花山文艺出版社（邮政编码：050061）
　　　　　（河北省石家庄市友谊北大街330号）

销售热线：0311-88643299/96/17

印　　刷：涿州市般润文化传播有限公司

经　　销：新华书店

开　　本：700毫米×1000毫米　1/16

印　　张：27.5

字　　数：367千字

版　　次：2025年1月第1版
　　　　　2025年1月第1次印刷

书　　号：ISBN 978-7-5511-7665-1

定　　价：98.00元

目 录

诵经史之文，歌诗书之艺   侯　磊 / 001

芦花海盐的前世今生   李子胜 / 010

登上高高的阳和楼   康志刚 / 018

朝元气象   韩振远 / 027

一步千年   李文宏 / 035

一座王朝的背影   李　铭 / 043

山丹丹花开   龚保华　鲁钟思 / 053

镌刻在北大荒土地上的翰墨诗章   邹本忠 / 063

那一抹靛蓝   杨绣丽 / 077

"世界文学客厅"会世界文学之客   曹峰峻 / 086

径山茶路   周华诚 / 096

凌家滩变奏曲   余同友 / 105

城村物语   张晓平 / 114

听，千年文物会"说话"   王　芸 / 123

孔孟之乡的蝶变   杨义堂 / 133

厨乡一日 冯　杰 / 155
无物不鬃，万物皆可鬃 熊湘鄂 / 164
麓山禅房里的干谒诗 谢宗玉 / 171
香道 周齐林 / 181
行走花山 黄　鹏 / 191
琼剧的乡村力量 叶海声 / 201
永远的三峡 徐　进 / 210
安龙招堤与书生的油灯 肖江虹 / 223
故乡、童年与母亲 向以鲜 / 227
脱胎玉质独一品 胡性能 / 235
灼灼其华，清凉其韵 子　嫣 / 243
石峁：最近中国的城 朱　鸿 / 255
“简”述中国，“牍”懂中国 马步升 / 270
上孙家寨埋藏着历史的远方 张　旻 / 277
通往将来的桥梁 樊前锋 / 285
大地上生长的画作 段蓉萍 / 293
梦圆可克达拉 鲜章平 / 302
穿越千年 杨　树 / 317
何以草堂？ 李咏瑾 / 326
乘坐银西高铁，一日穿越丝绸之路 钟　琪 / 335
从北京向北 胥德义 / 347
大运河时间 张　艳 / 355
年画寻味 姜铁军 / 362

废墟上的乐章　　　　　　　　　　　　　　　白　杨 / 369

长江闻见记　　　　　　　　　　　　　　　　徐春林 / 378

胜利丰碑　　　　　　　　　　　　　　　　　姜化明 / 386

丝绸路上钟山在　　　　　　　　　　　　　　郝随穗 / 395

大河畔的阡陌之舞　　　　　　　　　　　　　苏雨景 / 404

心绘中轴线　　　　　　　　　　　　　　　　朱　晔 / 411

首钢园：从工业遗产到科幻文化策源地　　　　凌　晨 / 419

探寻中华民族生生不息的文化根脉

　　——"中国一日·走近中华文明"文学实践活动侧记　康春华 / 427

诵经史之文，歌诗书之艺

侯　磊

一

儿时听老人讲，直至20世纪40年代，有老人清晨于什刹海畔，晨练遛早儿之余，会对着一汪碧水，摇头晃脑，唠叨不停，所背之文，自然是经史文章。那情形令人想起《从百草园到三味书屋》，在鲁迅先生的描述中，孩子们拉长了声音，摇头晃脑地读书。童年的鲁迅先生就是在近乎嬉闹的吟诵中，用薄纸蒙在旧小说上画绣像。

听前辈学者俞汝捷先生讲，老辈学者们很擅长吟诵。其父俞莱山是位诗人，童年时就被父亲一边拖长声音吟诗，一边哄他睡觉，"汉家烟尘在东北，汉将辞家破残贼……"还未两三句就睡着了。

古人是怎么读书？前些年曾众说纷纭，直至遇见了国子监官韵诵念的吟诵传播者，中华吟诵学会常务理事张卫东先生，才明白那些听着简单的腔调吟诵起来并不容易。这是经学大家吴承仕先生的传留，张先生经其子吴鸿迈先生学习承传，诗词方面再成为文博大家朱家溍先生的入室弟子。吴鸿迈先生是北京师范大学的数学教授，自幼受家庭传统教育，随祖父和父亲读过诸多古书，并留传北京的读书正韵。张先生最初学念《史记》中的《项羽本纪》和《孔子世家》时，情不自禁地走进故事情节中，学习《论语》《孟子》几乎昏昏欲睡，而《道德经》却好似唱歌一样漫不经心。这种吟诵基本保留了《洪武正韵》切音，咬字维护了明清以来的官韵流变根本，尽可能借以还原古人的读书面貌。

张卫东先生总是说："西汉初年，并不是'罢黜百家，独尊儒术'，而是'吸纳百家，首尊儒术'！"这是他的口头禅之一。

二

凡是受过旧式教育的人，皆有吟诵之风俗。

"吟诵"这个词在以前使用得不多，但"诵念"一词倒是很常用，出现在宗教语境中，如诵念佛号等。这个词是针对出声唱出来经史而言，郑重讲叫"诵念经文"，后来佛道等宗教科仪借以"诵念"为称号。古人以平上去入的官话从朗读、默读、背诵、演说等入手学习。看书即默读，再用心来吟诵。作诗是随时随地吟诵（称之为"吟哦"），并随手记录下来的方式创作。

明清时期讲话分官话和土语，洪武皇帝朱元璋组织统一编订官方韵书，称《洪武正韵》。其语音有些近似于杭州、南京一带的方言。直至清雍正年间，官方语言仍以大明官话为标准正音，近代的北京土语不过是在乾隆至道光末期才逐渐形成。这是因为雍正爷说，以后各州府县市衙门回事儿，讲京话就得啦。因此，北京话上了台面儿，甚至可以书写成文字了。同时，雍正在福建广东推行北京官话，规定"举人生员巩监童生不谙官话者不准送试"，各省读书人念古书，直至清末都用大明官话。

而今说念书的方法近似于念经与唱戏之间，其实这样说反了。首先，念书就是念经，念儒家之经典，而念佛经、道经与唱曲和唱戏，都是借鉴了念儒家之经，保存了不少细节，可以从念经与唱戏之中，反推来使得人们认知吟诵。如昆曲、京剧中的上场引子下场对儿，念引子是不加丝竹伴奏的干念。京剧《四郎探母》杨延辉上场的头句："金井锁梧桐，长叹空随，一阵风。"即是引子。杨四郎感慨自己像梧桐树的落叶落在金井中一样，于风中长叹，失落番邦一十五载，郁郁不得志。这是本戏开场的定调，唱法近似于古人吟诵，实乃南宋朝的词调唱法。

词曲的吟诵具有歌唱性，原是唐代民间的曲牌，宋代继承后成为宋词，南戏继承大部分曲调，用来演唱南曲。同时作为元大都的北京是承袭金代院本杂剧逐渐发展成元曲中的北曲，昆曲是用南曲、北曲来歌舞演唱故事。以现在舞台上昆曲演出的曲牌，可以反套出部分宋词的吟唱方式。以元末戏曲家高明的南戏《琵琶记》为例，在第三十八出《张公遇使》的《扫松》中的曲牌《虞美人》如下：

青山今古何时了，断送人多少。孤坟谁与扫苍苔，邻冢阴风时送纸钱来。

按照《九宫大成》上的曲谱以及口传心授的传承法，返回去吟诵南唐后主李煜的《虞美人》。

春花秋月何时了，往事知多少？小楼昨夜又东风，故国不堪回首月明中。

李煜早高明四百年，高明早我们七百年，两首相差数百年的《虞美人》格式相同，揣摩李后主词的意境，调整剧中人风格的装饰音，不敢说复原一千一百年前李后主时代的吟诵，起码可以追溯上元明官韵吟诵的调子。每逢积郁于心时到颐和园里玉带桥上吟诵，往事越千年，弹指一挥间，一看那"雕栏玉砌应犹在，只是朱颜改"，顿觉这是活着的唐朝曲调，中古遗音。看着《虞美人》的词牌名字很美，实际文辞上都是苦的，哭泣的，堪称亡国之音了。

三

吟诵是读书人之间的沟通密码，近古以来各地皆按官韵调子诵读经史子集诗词歌赋，所不同的是受方言影响的部分，也可全部用吴语、粤语、闽南话、客家话等来吟诵。调子自然可快可慢，如果像"大学之道，在明明德，在亲民，在止于至善……"一口气快速读下去，便称为速读。新版电视剧《红楼梦》中贾宝玉读《四书》觉得压抑，他读了一段《庄子》，即是古人速读的再现。如果吟诵时加上古琴等弹拨乐器伴奏，便称之为"弦诵"。

汉字发音不同，会有多重的含义，付诸声调，古文容易记忆。按照汉字的音韵，把每个字以头腹尾发音的方式诵念下来，足足感到一个字是一首歌，一个字是一幅画。汉字的发音与其情感和字义有潜在联系。古人训诂中有音训，发"高"这个音，声调就高；发"好"的这个音，自然就兴奋。北京土话许多词是有音无字，以发音来表达其含义。形容一个人的性格不好叫"噶咕"，其实不知以何为字，但一个人性格都"噶咕"了，也好不到哪去了。

注重断句并拖长音地读古文是汉语的声腔特色，也是中国自古以来的音乐体系。上到朝堂宣讲，下至船夫号子，货郎的吆喝，号丧的啼哭，从有《诗经》的年代就是唱。嵇康和阮籍在高山之巅纵声长啸，明清文人雅集作诗时的吟哦，填词时的吟唱，谁说汉民族就不能歌善舞呢？

张卫东先生一再强调，中国人自古以来，以经史为本，诗词其次之，戏曲小说更次之。文化之根本并不在于四大名著，而是在四书五经。私塾、书院里不提倡专门教习作诗，至于看笔记、小说等则是精致的淘气。科举历史上严格讲不叫考诗词，是考文赋词章之学。北宋王安石力主张考经义，朱熹在二程先生基础上发展，作《四书集注》。唐代和清高宗时期，科举所考的试帖诗为五言的赋得体，皆是与八股文章无异的题目，这是与日常近体诗词不是一路。唐代科举原无殿试，太宗、玄宗等招新科进士见面作诗词，不过是礼仪性质的见面聊天，不能作为科举格调。旧时劳动阶层从小学"三百千千"，到士大夫阶层直接学"四书五经"，直至十二三岁皆能娴熟，可写擘窠大字。参见瞿宣颖《塾中记》，可知瞿氏十二岁之前熟悉《十三经》，还能懂一些新式算学，因为善病却懂医学，能做赋体文章，但尚未学过作诗。此时科举取消了，他进京就读译学馆，习英、法、德、俄等多国外语，最终却成为经史学家。学中医亦要以四书五经为基础，古代并没有医古文的概念，十八反、汤头歌等皆是信口而来，"藜芦反诸参……"也是有滋有味的吟诵。

古文学习并非一蹴而就，而是先记下来，再不断体会揣摩，有些在年长读史阅世之后，多是经历和思考达到一定高度，才能豁然贯通，有些可能终身无有缘分。有清一代知识分子学西学，但都以旧学为根基，否则成文化投降派了。清末同文馆所培养的人在当时有争议，因此清廷的留美幼童才偃旗息鼓。而今，读中国的古书浩如烟海，只取一瓢，这瓢把儿便是吟诵无疑了。

张卫东先生数十年来，始终带着爱好者们于四时节令雅集，从唱昆曲、八角鼓、弹古琴，不知不觉中添加上了吟诵，每次都用宣纸写上天地君亲师，并弯折成方柱状大疏，摆好供桌并请出至圣先师孔子的画像，焚香净手行礼。在读经之前，要双手持书行敬书礼，打开包袱皮和线装书的函套，沉心静坐后用右手指着字，随着节奏点字入心，诵念咬字强调字头，借此增加记忆无疑。结束后同样行礼敬书，再对着孔子像作揖。

直至 20 世纪 50 年代，韩国的儒生——头戴乌纱帽，身穿圆领韩服的"李朝遗老"们，仍用韩语注音来吟诵汉语古文。多年以来，张卫东先生在商务印书馆涵芬楼开设讲座，已开讲过《论语》《大学》《中庸》《孝经》《道德经》等，并出版工尺谱和训诂注音传承考变，此书是请扬州的手工师傅来制作的线装古籍，以开元石台《孝经》的字体竖排原文。还在众多大中小学里开讲，组织"春日开卷"，很担心未来经史古文无人问津。

每逢端午日，张先生组织祭屈原也是定制，在雅集时挂上屈原大夫的画像，对屈子焚香顶礼，按照齿序依次跪拜，并按照朱家溍先生亲传吟诵《九歌·湘夫人》《九歌·国殇》等名篇。以《湘夫人》为例：

帝子降兮——北渚，目渺渺兮——愁予。

袅袅兮——秋风，洞庭波兮——木叶下。

…………

"兮"正是吟诵时拉长声音，展现汉语音乐性的地方。如同《诗经》的作者——那些采集民风的诗官，屈子大夫将流传于湘楚大地所有最好的辞赋采集加工创作出来，铿锵有力，韵味悠长。

四

经学的吟诵在 1905 年科举取消以后戛然而止，而旧京的文人之间，仍会在兴之所至时，吟哦古诗词以遣怀助兴。旧京发生过几件引得无数骚客吟咏的事。

第一是 1860 年庚申之变，英法联军进北京，火烧圆明园，咸丰北狩热河；

第二是 1900 年庚子国难，八国联军进北京，大量士子一门忠烈以身殉国，西太后西狩西安；

第三是 1937 年卢沟桥事变，北平沦陷，故土流离。

旧京文士心中很重家国情怀，结社之风很盛。彼时几乎每条大胡同里，大宅门里，都会有人结社作诗。王闿运《圆明园词》、樊增祥《彩云曲》《后彩云曲》、王国维《颐和园词》等，以及《红楼梦》中曹雪芹借林黛玉之口的《葬花吟》皆作于旧京，引得无数吟咏唱和。

1913 年，三月三的上巳节，那一天，梁启超召集了上百人，修禊于西郊今北京动物园西部的三贝子花园，来者穿长袍马褂者有之，着中山装者也有之，穿西服戴领带者亦有之，发型也有剃头留短发的，也有梳着大辫子的，还有刚剪完辫子留刚马子盖的，不一而足的人群。一时旧京士子奔走相告，集会成风。徐世昌也于总统府集灵囿创办晚晴簃诗社，张朝墉以 1921 年举于北京之半园创办漫社，由曹经沅任社长；傅增湘在西城石老娘胡同七号创办余园诗社，恭王府更有旧王孙溥心畬招引文人朋友们雅会。曹经沅主持《国闻周报》的旧体诗词栏目《采风录》，就是因为他搬了个家，京城却有上百名文人借题发挥，就搬家一事却写诗唱和不止。

想想吧，在场所有的人都熟悉四书五经，琴棋书画不在话下，都能唱两句昆腔二黄。其中不少人身居高位，四世三公，不论明清还是北洋政府，居高位者多会急流勇退，回到旧宅或郊区的别业闭门著述，诗酒自娱酬唱。直至 20 世纪 40 年代末仍采用雕版线装的方式赠书神交，不求以诗文来晋身，视挂单卖文卖字画为耻。此时的著述并不是工作，而是兴趣；是完成了谋生、家庭等世俗功业以后，立功立德之后的立言。行有余力，则以学文；藏之名山，传之后世。

他们身后留下了众多未刊手稿，直至历经劫难灰飞烟灭。

如今上网搜索，能听到老先生们吟诵的录音。经学家唐文治于1948 年，由上海大中华唱片厂为其录制吟诵，彼时已八十三岁高龄，味道因口音和湿润有些滞涩，但能让今人听到生于同治年间的读书声音，同时还录了一张唐文治、唐庆诒父子共唱的昆曲《长生殿·小宴》，可见这本是同一个音乐体系的古调。叶圣陶、夏丏尊、朱自清等先生在二十世纪三四十年代，鉴于青年学子旧学衰退，便提倡吟诵以学习语文。他们认为即文言是非自然语言，因此要吟诵，白话文是自然语言，直接说就行了。殊不知，语言乃至文体、字体等，都是复杂多样，分场合需要。语言并不是概论出由复杂向简单发展的进化论，也不会是一种说法、写法的"一统江湖"，文言、白话自古并存，就像真、草、隶、篆的法书并存一样，不是谁能取代谁的关系。

20 世纪 70 年代时，语言学家赵元任教授在美国留下一些吟诵录音。80 年代以来，也有不少老先生们零散录了一些。张卫东先生谈及所接触的前辈老人，总结规律是北方老先生们比较粗犷，并不在意这是一种吟诵，也没有什么大套的理论和咬字规矩，不用准备，张嘴就来，更不会专门教学生，常说的就是："跟着念就得了！"

朱家溍先生吟诵录音时，他要复习复习，因为会的太多。樊伯炎、周有光等南方老先生们吟诵家乡音重，周铨庵吟诵李清照的词如同唱昆曲；王泗源先生的江西口音很重，虽说音准差点儿但很好听；虽说夏承焘老教授公认最好，可惜没赶上，吴鸿迈先生的内侄李丹手里有夏老吟诵曲谱；最有瘾的是张伯驹先生，他一生都不改一嘴的河南话，因嫌自己口音太重怕人笑话，几乎不敢当众吟诵，也不爱当众多说话，问他十声九不答，一谈西皮二黄就来劲儿，京剧念韵白，可以遮挡口音。还有一位是昆曲的老曲家周瑞深，中国音乐学院采风录过音，节奏很慢，倒是符合花间词的味儿。吴鸿迈先生晚年专门录制过《楚辞》，还特意加上关德权的笛子伴奏。叶圣陶先生的吟诵咬字韵味很精准，可惜对此漫不经心，也没有留下录音。

五

吟诵是三千年的视唱练耳，也是学习古文的最佳方法，借此步入浩瀚的经史之林中，开启修身守正之道，更是中国人自古以来的思维方式——中国的文学是唱出来的。

于名川大山、于狱中，于病中，于心情澎湃之际诵念古诗文，更直达感情。张卫东先生说吟诵不是表演节目，也并非舞风弄月，更不是食古不化，而是为了和古人来近距离谈话，念给自己听。吟咏之间，吐纳珠玉之声。眉睫之前，卷舒风云之色。

我们始终在追求一种大的，提炼出某种形而上的终极追问，如对汉字、青铜器、易经、中医等的不遗余力之追问，似乎要从中提炼出某种思想，某种意识形态。其实不必过度拔高，人越上年纪，就越活得像个中国人，喝中药、扎针灸等疗法能解决后遗症，也能懂得在什么季节去哪个饭馆点什么菜、去哪里游玩能应景儿，会去听曲艺说唱或是昆腔二黄，用毛笔题字签名很体面，读竖版繁体的古文觉得很有思想……这一切都是水到渠成的事情，那些诵念的经史和吟哦的诗词都如流水般沁人心脾。这个时代一直在变，中国随时在变，中国人也一直在变化。但针对传统文化，承传是永远不变。如今，吟诵早已成为非遗受到重视，北京成立了国子监官韵诵念传承中心，并由语言学家周有光先生背书，因为汉语是中华文明之根，是我们最初的信仰。

芦花海盐的前世今生

李子胜

在故乡生活了四十多年，我才意识到，故乡天津滨海新区汉沽竟然是一座北方的千年盐城。意识到这一点，我突然不再嫌弃小城汉沽的渺小、闭塞、落后，就像家族里被长期忽略轻视的一位长辈，某一天突然被谁告知大家，他年轻时候竟然是一位值得敬仰的大大的英雄一样，有着惊天动地的辉煌经历，一种敬仰之情陡然而生。

天津市长芦汉沽盐场，占地面积九十六平方公里，其前身为"芦台场"，始建于五代后唐同光三年（925 年），生产海盐的历史长达千年，所产的海盐被誉为"芦台玉砂"，为明清贡盐，是中国盐业生产企业中唯一的"中华老字号"，汉沽盐场也是北方最早的海盐原生态产品保护地。

2023 年，我作为天津作协推荐的 2023 "中国一日·走近中华文明"大型文学主题实践活动参与者，6 月 30 日这天，我走进了汉沽盐场，拜访了长芦汉沽盐业展览馆、长芦汉沽盐场盐业风情游览区，对古老的海盐制造工艺以及千年制盐企业进军文旅产业情况，有了更加深入的了解。

2018 年，长芦汉沽盐场领导做出了一个重大决定：打造工业旅游，进军文旅产业。汉沽盐场盐业风情游览区横空出世。汉沽盐场从"生产场区景观化，生产设施景点化、生产工艺路线与景区一体化"入手，几年间，就建成了"长芦汉沽盐业展览馆"和"盐业风情游览区"。

2023年6月30日上午，我先来到了汉沽盐场盐业展览馆。

讲解员为我介绍了渤海地区古法制盐的两个重要发展阶段。

首先是煎煮法，这是芦花海盐的发轫。在汉沽、宁河地域，自古有"宁汉不分家"的说法。今天津市宁河区与原天津市汉沽区，无论从方言到民俗习惯，没有清晰的区别，究其原因，就是这块地域，自古就是同一片煮海成盐的古盐场。

五代十国时期，曾经是古战场的芦台镇出现了盐圣母降临教人煮盐的方法的各种传说，依据传说，先民们开始给盐圣母立庙，称"盐母庙"。盐母娘娘从此成了中国第一个代表盐业的地方神，也开了海盐神话的先河。

到了明代，河流冲击成陆，汉沽地区出现了大片的冲积平原，作为退海地的汉沽区域，出现了很多以海盐生产为主的聚落。

文献记载，古老的煎盐工艺首先要制取原料卤水。制取的方法有两种：刮土淋卤及草木灰淋卤。

刮土淋卤：近海滩场天晴时结一层盐霜，以铁铲等器具刮取，聚集成堆，再以清水浇注堆顶，水与咸土之盐分融合成卤水从堆底淋出，将其收贮以备煎盐。

草木灰淋卤：将煎盐过的草木灰收藏于坑，待农历十一月浸以海水，翌年春，天晴日暖，取灰于亭场晾晒，至现出白光收起淋卤。

卤水入锅前，以石莲子或鸡蛋投入卤中，检验卤水浓度，石莲子或者鸡蛋沉入水下的为淡卤，半漂浮的为半淡卤，浮立于水面的为成卤，以成卤入锅煎盐，省时省薪。

煎盐以芦草为燃料，昼夜兼作，烧沸卤水，蒸发水分，随干随添，至满锅投皂夹或麻仁数片，卤即凝聚成盐。每昼夜为一火伏（从点火到熄灭为"一火伏",约一天一夜),可熬盐六锅,每锅约得盐一百斤。

煎煮盐工艺充分展现了古人的勤劳智慧。海盐业的发展,促进了中华文明的发展进程,以海盐为基础的饮食文化、民俗文化、渔盐文化,从此有了巨大的发展空间。

古法制盐的第二阶段,就是滩晒法制盐,滩晒法的诞生,让芦花海盐进入飞跃式大发展阶段。

社会发展,人口数量急剧增长,食盐需求必然大幅增加。卖盐很暴利,要想多赚钱,就得提高海盐产量。汉沽靠海地区滩涂广阔,日照时间很长,雨季集中在夏季,几乎是上天安排的绝佳晒盐地域。

1291 年,芦台盐使司在巡查汉沽煎盐区时祈祷盐圣母。雨后,发现大片灶地中结白盐十余顷,这才开始认识到日光可以晒盐。

1522 年,有一位福建人来到长芦盐区,查勘后,教两场灶民在河渠岸边,挑修一池,分隔成大、中、小三段,次递灌注海水于段内。十二天,小段池内结盐冰。此法比照刮土淋煎制盐不仅简便,产量还高。所产之盐,或上纳入官,或卖于盐商。几十年后,芦台场汉沽盐区灶户按照此法结合多年积累的经验,在灶地上辟开滩地晒盐。此为滩晒盐之始,即"天日制盐法"。

滩晒法的瓶颈,是如何纳潮引海水入蒸发池。清初,汉沽盐区普遍用二人柳斗提水灌池,称盐池为"斗子滩"。天主教传入我国后,传教士又把意大利西西里岛利用日光、风力制盐法作了引进。公元 1875 年,汉沽盐区始用八篷风车,利用风力带动水车提水,一架风车每日可为盐田提水三百亩。

1913 年,芦台场署迁址汉沽,从此,汉沽和毗邻的寨上成为盐商的大本营。

传统海盐滩晒工艺,可以分为修滩、纳潮、制卤、结晶、采集共五个步骤。

每年产盐季结束，要对结晶池进行泡池、除泥、挺晾、抢盐沟、轧碌、清扫等操作，叫作修滩。纳潮是晒盐的第一步。各个滩池都有通向大海的纳潮沟，沟头有挡水坝，大海涨潮时，把挡水坝挑开，让海水通过纳潮沟入滩，落潮时再把挡水坝合龙。后来，在挡水坝处设置了挡水的活动木板，活口朝向滩池，涨潮时，木板被海水涌开，自动纳潮进滩；落潮时，海面水位下降，闸板自动关闭。

1940 年后，开始动力纳潮，后又陆续推广了"破冰纳潮""长晴天纳潮头""雨天纳潮尾"的纳潮工艺。融冰期，海水浓度低，一般不纳潮。制卤，俗称"导卤""赶卤"。中华人民共和国成立前，导卤经验祖辈相传，技术保密，多用"勤赶薄煎"法。常见的有"晒板制卤法"，俗称"晒活盖"。这种方法灌卤要浅，以不露池板为宜，赶卤时步步见干，池子放干后晒热池板，再灌新卤。后又推广了"卤咬卤制卤法"。即以浓卤水作底，卤水排队，按步卡放。海水通过纳潮进入蒸发池，一道道蒸发，形成卤水，是目前大面积滩晒法普遍采用的模式。晒好的卤水浓度是否达标，有很多有趣的测试方法，古代用石莲子或者鸡蛋测试。后来用"扬卤测度"，利用卤水浓度增加，黏度上升的原理，用铁锹将卤水扬出水面，通过卤水表面的水泡多少，判断卤水浓度。结晶时，为了让饱和卤水在结晶池更快更多地结晶成盐，通常会先在结晶池播撒"盐种"，盐种即去年结晶的老盐，老盐铺底，有利于新盐析出。长芦汉沽盐场还是全国第一家普及塑苫技术的盐场。用塑料薄膜苫盖盐池，可以顺利度过雨季，大幅提高海盐产量。

"吸耀日之光，凭皓月之力，依沃土之广，聚人文之功"，这是盐工对古法制盐的总结。明代汪砢玉《古今鹾略》有"广不如浙，浙不如淮，淮不如长芦"的说法，说的是渤海之滨的长芦盐场所产海盐细、白、纯，晶莹如雪，品质纯正，素有"芦台玉砂"之美誉。

因为汉沽所产海盐数量多质量好，抗日战争爆发后，日本侵略者开始大肆掠夺汉沽盐业资源。1937—1945 年，日本侵略者在洒金坨、大神堂、小神堂、海辛庄、蛏头沽等渔村周围开盐滩一百三十五副。汉沽盐场工人作家崔椿蕃的小说《盐民游击队》，就是以汉沽人民反抗日寇掠夺海盐为背景的，这本书当年发行了八十万册，书写了汉沽乡土文学的辉煌。

无论是煎煮法制盐还是滩晒法制盐，都需要盐工辛苦劳作，日积月累，就有了"盐工三大愁"的说法：扒盐、抬盐、拉大礤。

盐工不仅饱受风吹日晒的折磨，更得起早贪黑地在盐碱滩蹚着卤水劳作，夏天蚊叮虫咬，冬天北风裂肤砭骨。

春天，扒盐季到了，整个盐场的工作重点都转移到了抢扒春盐上了。如果春扒期间赶上连绵的雨水，盐业生产就面临巨大损失。中华人民共和国成立后，为了夺取春扒胜利，每到春扒季节，四面八方的力量就会自愿来滩地支援春扒。这段时间的每个凌晨，滩地里总是黑压压的站满了人。每天凌晨四点，天还黑魆魆的，人们就在盐池里扒盐了。穿着长筒胶靴，站在冰冷的卤水中，用耙子奋力把结晶的海盐扒散，集中到一堆，没干一会儿就会浑身大汗，冷风顺着衣服缝隙钻进来，滋味别提多难受了。集中起来的水淋淋的海盐，还要装在独轮推车上，从狭窄的堤埝上推到集中装船的位置。别小看这木质的独轮车，能驾驭它，不仅需要力气，还需要平衡能力。独轮车装满了二百多斤海盐，推起来已经很吃力，再把握平衡，就更难了。很多生手，没推几步，车就歪歪斜斜地扎进了盐沟，一车盐都倾泻出来。

抬盐的辛苦是中华人民共和国成立之前没有机械化设备的时代的盐工们的难忘经历。那时盐工地位很低，平时吃的是发霉变质的小米，冬天穿的是飞花的棉衣，扒盐季节，两名盐工用柳条筐抬着二三百斤一筐的海盐集坨，要从盐坨下面，走斜坡，把海盐堆在盐坨坨顶。那时，滩灶户对盐工的劳动保护不够不说，抬盐时，还不让盐工穿鞋，理由是，鞋底粘的泥巴会把海盐弄脏。海盐粗粝，反复摩擦赤裸的双脚，很容易把脚磨破，伤口被卤水浸泡着，不仅难以愈合，还很容易感染溃烂。抬盐的扁担，也会把肩膀磨破，伤口没来得及愈合，又重新绽开，皮开肉绽，是盐工抬盐的常态。

拉大碡是修滩时沉重的体力劳动。碌碡是传统的碾轧工具，一般分为大中小三种规格，盐池扒盐后，要进行修整，修整盐池的主要工作就是碌碡碾轧池板。如果不细细碾轧，结晶池就会松软，卤水就会下渗，严重影响海盐产量。昔日，拉大碡完全靠人力。一副重达二三百斤的石碌碡，在摩擦因数极大的池板上滚动，往往得三个强壮的盐工齐心合力，才能拉动。盐工们躬着身子，奋力拉拽麻绳，才能拉动碌碡，在空荡荡的盐池中，驴子拉磨一样一遍又一遍地碾轧，劳动强度可想而知。

盐工三大愁，主要是旧社会盐工苦难的写照。中华人民共和国成立后，盐业生产开始实现机械化，扒盐、抬盐集坨、修滩以及拉纤驳盐等重体力工作，都逐渐普及了机械化。昔日的"盐驴子""大抱掀（盐滩技术工程师）"，在中华人民共和国成立后，成了企业的主人，几十年中，盐工队伍里涌现了大批的国家级省级劳动模范，他们的工匠精神，一直在教育着一代又一代年轻人。

6月30日这天，我采访的第二站是天津长芦汉沽盐场盐业风情游览区。

驱车进入汉沽城区边缘的游览区，让人一下子有了时空穿越的感觉，汽车从繁华的城市一瞬间就进入水光潋滟的盐业生产区，开过一条笔直的水泥路，窗外满眼都是整齐的盐田，一股腥咸气息扑面而来。道路的直角弯处，是一块巨大的"芦花海盐"广告牌，继续前进，就是八卦滩文化广场。"八卦滩"是芦台场最为著名的滩型，全国独一无二，代表了早期滩晒工艺最高水平。

"八卦滩"建于1941年，占地面积七千余亩，是李氏灶户受八卦图启发设计修建的。它把坨地设在当中，十副滩围成一圈，利用海水制盐逐步浓缩的原理，由四周向中心排列，走水路线合理，土地利用率高，集制卤、结晶、储存与防盗于一体。八卦滩型只设一个出口，不是老滩工都会迷路。如20世纪50年代，汉沽一名邮递员送信后，走了一天也没有出来，直到夜里求救老盐工才给领了出来。

"八卦滩文化广场"根据原"八卦型"滩田创意建设，由文化广场和巨型崂山青玉景观石等组成，其中"古芦台场"四字由汉沽籍著名书法家唐云来题写。文化石基座高距地表九十二点五厘米，石高一千零九十五厘米，寓意从925年至2020年建场共一千零九十五年；碑阴记述了汉沽盐场历史沿革及所产海盐的品质。

在盐业风情游览区，可以观赏古盐田，抒发怀古幽情。古盐田旧址自古就是长芦汉沽盐场传统生产区域，明代之前主要用作"锅煎成盐"的卤水储存，附近设有毛家灶、尹家灶等煎盐场所。清代顺治年间，这里的滩田就已成熟。初期，滩型面积较小，约三十平方米，采用自然纳潮、水车倒卤的方式。每年夏季晒盐，两三天收一次。长芦盐区早期古滩名称各异，如：大滩王、八卦滩、金马驹灵芝草、道僧帽等。这里旧称"新兴滩"，为"怀中抱月"式。即：两侧为晾晒区，中间为结晶区，呈双臂怀抱状，是目前汉沽盐场保存的最古老滩型之一。如今这里已是研究古代盐田的活化石。

离开古盐田继续前行，就步入了现代化制盐工区，游客们可以把亲手制作的洁白的桃花盐带回家。

站在观景台，还可以俯瞰绚丽的卤水池，巍峨壮观的盐坨，还有密密麻麻的海鸟——反嘴鹬、东方白鹳等。在海鸟救助站，游客们可以看到一些受伤的海鸟，它们被救治后，就会继续回归自然，让游客们感受人类对鸟类的呵护，彰显人与自然的和谐共处的理念。

整个风情园与盐业生产有机融合，风格粗犷，直接地气，是学生们了解家乡盐渔文化的上佳研学场所；到了饭点儿，游客们还可以在干净别致的"盐业风情餐厅"品尝汉沽渔家美食"八大馇"。吹海风，赏海盐，吃新鲜，菜品价格不贵，食材非常新鲜，独特的就餐感受，必然令人流连。今年春天时，这里还举办了第一届滨海新区"海盐节"。海盐节盛况空前，飞镲、渔家号子等盐渔文化节目表演，让海盐节充满了传统文化元素。

经过这几年的打造，盐业风情游览区 2020 年被评为天津市科普教育基地。2021 年成为天津市工业旅游示范基地，"传统制盐工艺"还入选了天津市第五批非物质文化遗产名录。2022 年，风情园成功获批国家级工业旅游示范基地。2023 年"千年古盐场文工旅融合项目"入选"全国文化遗产百强案例"。

道虽迩，不行不至；事虽小，不为不成。千年长芦盐场正在朝着创新发展的方向迈出坚实的脚步。海盐衍生产品越来越丰富，洗浴盐、洗菜盐、腌制盐以及盐雕工艺品，种类繁多；他们甚至和山海关汽水厂合作了"嗨柚"海盐汽水，投入市场后，大受欢迎。这些产品都成了游客来风情区旅游的首选商品。

未来几年，长芦汉沽盐场将继续围绕海盐文化做足文章，继续追求高质量发展，他们计划打造辐射全国的长芦海盐博物馆，努力创建申报A 级旅游景区，他们的努力让人们更加相信，千年古盐场正在逐步焕发勃勃生机。

登上高高的阳和楼

康志刚

六月如歌，七月如火。六月底的正定，已是骄阳似火。

2023 年，恰逢我国著名建筑学家梁思成先生来河北正定考察古建筑 90 周年。6 月 28 日上午 9 时，因为参加中国作协举办的"中国一日·走近中华文明"大型文学主题实践活动，我与拟采访对象——正定阳和楼复建工程顾问、正定古文化研究会常务副会长樊志勇先生相约来到正定阳和楼下。

樊会长生得魁梧高大，面阔鼻直，实足的正定府人"为文彬彬、为武赳赳"之气。虽说一直从事行政工作，但对正定古文化却情有独钟，这让他身上更多了几分学者气质，言谈举止儒雅温和。他出生于正定古城，父亲参加过抗美援朝战争；青年时代，曾随同父母在皖、浙读书工作五年后又重回故里。他的根脉已经与古城文化紧紧联结到了一起。

今天，樊会长是冒着酷热，骑自行车赶到阳和楼的。太阳的炙烤，让他红润的脸上沁出一层油亮的汗珠，可是一见到阳和楼，立刻绽出了笑意，像见到了自己久别的亲人。

一同前来的，还有我的恩师、著名作家贾大山先生的公子贾小勇。小勇贤弟现任正定文保所党支部书记，他中等个头，枣红色的方正脸庞，无论相貌还是气质都颇有大山先生的神韵。

我们三人先是在阳和楼前驻足。在白亮炙热的太阳的照射下，阳和楼似乎更清晰亮丽。面南的"阳和楼"三个大字也更显得雄浑苍劲；而面北的同样也是白底黑字的"广大高明"匾额，似和高远的蓝天融为一体，让人不禁神思渺渺。那些做工繁复精细的漆红色斗拱、廊柱，还有古朴的青砖黛瓦，映着蓝天白云，那么宁静祥和。这是一个屹立于天地之间的传奇。

望着阳和楼前面的关帝庙，还有高高的牌楼，樊会长抑制不住内心的喜悦，他向我们讲述阳和楼的前世与今生，讲述府城这座标志性建筑所具有的特殊意义。他时而激情澎湃，时而又娓娓道来，眉宇间流露着一种难以抑制的自豪感。

让我们没有想到的是，樊会长竟然声情并茂、如数家珍般地背诵出《正定调查纪略》中令梁思成先生心花怒放的对阳和楼记述的大段文字：

"沿南大街北行，不久便被一座高大的建筑物拦住去路。很高的砖台，上有七楹殿，额曰阳和楼，下有两门洞，将街分左右，由台下穿过。全部的结构就像一座缩小的天安门。这就是《县志》里有多少篇重修记的阳和楼……"

阳和楼之于正定，犹如天安门之于北京，凯旋门之于罗马君士坦丁！

这就是九十年前梁先生对正定阳和楼的赞叹！时逢中国战乱，但这丝毫不能掩饰梁先生内心的喜悦之情，言"除隆兴寺和四塔之外，更有阳和楼和县文庙两处重要发现"。也就是说，那纷飞的炮火无法湮没阳和楼的历史文化价值；相反，还会唤起人们的民族意识和爱国心。我想，梁思成先生对正定阳和楼的喜爱，其中也包含着这种可贵的家国情怀吧！

阳和楼位于正定城中心至南城门的中段，横跨南门内的南大街。元代大学士杨俊民所撰写的《修阳和楼记》中称："阳和楼者，镇府巨观也。"虽说阳和楼没有被列入中国"十大名楼"之列，自然也不如"岳阳楼""黄鹤楼"等天下闻名，但它自有其独特的魅力与价值，不然，怎么能让饱览中外建筑之美的梁思成先生发出那样的赞叹呢?!

当然，这只是从建筑风格与审美价值来评价的。正定自古就有"九楼四塔八大寺，二十四座金牌坊"之说。而阳和楼，却被称为"九楼之魁"。为什么这么说呢? 因为正定古城素有"藏龙卧虎"之誉，其南大街是"龙脊"，阳和楼是"龙头"，城北部的龙王堂是"龙尾"，城中梅山（一座土山）则是"卧虎"。除了阳和楼，那八楼分别是四座城门楼，四座城角楼。

中华民族是极具浪漫情怀与丰富想象力的。历史上总是围绕古迹名胜，圣贤豪杰，演绎出许多或优美或悲壮的民间传说。阳和楼也不例外。其中最著名的一个，说当年唐王李世民游地狱时，被一群鬼魂阻拦。一位姓崔的判官对他说：你只要施舍些银钱，他们就会走开的。唐王说我是魂游地狱，哪带那么多银子呢。崔判官便给他出主意：听说，阳间的真定府有个名叫杨和的人，平时靠给人担水为生，他省吃俭用，却时常买金银箔烧化，所以在阴间他就是个大财主，你不妨向他借点儿救急。待唐王还魂阳间，要报答杨和的大德大恩，便下旨去调杨和进京。但杨和不明实情，因极度惊恐便自缢而亡。唐王深感内疚，令真定府为杨和盖了一座楼，赐名"杨和楼"，并且每块砖底下放一个元宝，作为还他的欠债。后来，人们取了吉祥之意，将"杨和楼"改为"阳和楼"。改了一个字，却意义大增。

早年间的阳和楼，酒楼茶肆林立，更有杂耍艺人和说书唱戏占卜者汇集于此，一派市井烟火气息。除了建筑之美，阳和楼还有一个重要的历史意义：这里是我国元杂剧的发祥地！楚辞汉赋、唐诗宋词与元曲，是中国文学的五大高峰。当年，以"元曲四大家"之一白朴为代表的"真定元曲"作家群，就时常聚集于阳和楼前，以这里为中心，真定元曲发展成为早于元大都，但在元曲作品及创作人员方面仅次于元大都的创生摇篮。由此可以说，阳和楼的文化意义又胜于其建筑价值。

然而，和人的命运一样，阳和楼最终也没能摆脱人为因素造成的毁坏。1954年，河北省遵照当时政务院发出的保护古代文化遗产的指示，在对正定隆兴寺等古建筑进行全面修葺的同时，也对阳和楼台基及其附属建筑进行了修整。可是，十几年后阳和楼台基和关帝庙相继被夷为平地。可悲可叹！人类在用自己的双手和智慧创造了奇迹的同时，又用自己的双手将它摧毁，这中间又经历了怎样的心路历程？文明与愚昧、先进与落后，包容与狭隘，所有人性中的美好与龌龊都在这里体现。正因为此，历史的长河总是曲折迂回前行，就像正定城南的滹沱河，曲曲弯弯，弯弯曲曲，但最终流归浩瀚的大海。

所以多年以来，阳和楼对于正定人来说，就是一个梦！是梦想！老年人晚饭后坐在古城街头，谈论的是阳和楼。他们其实是在回忆，回忆当年阳和楼的传说与巍峨；年轻一代，只是通过老一辈人的讲述，用自己的想象来建构自己心中的阳和楼。"庙夹道，道夹庙，十字路口五条道"，这首古老的歌谣被正定人一代代传唱，阳和楼成了正定人的一种乡愁！

当历史的车轮驶入新时代，正定古文化研究会副会长王志敏先生写了《阳和楼赋》，朱博华先生专为阳和楼写了楹联，还有刘微鹏、梁波等文友，都用文字表达了对阳和楼的赞美。可是谁又能否认，在这赞美的背后就没有呼唤的意思？对，呼唤复修阳和楼，让其重新伫立于正定大地上！

而最早将这一愿望写成材料，并且呈交县领导的，就是正定古文化研究会。就复建阳和楼一事，他们请北京的专家发来建议，许维明会长亦致信县领导，同时亦有更多的民间百姓呼唤阳和楼归来。

我认识的樊志勇会长，为阳和楼的复建着实付出了大量心血。他花去几年时间，挖掘整理了阳和楼事记、坊说，搜集了中外人士不同时期所拍摄的阳和楼照片，其中不但有梁思成先生当年拍摄的多幅照片，更有他亲手绘制的非常精确的阳和楼平面图，还有历代文人所写的关于阳和楼的诗、赋、文、记，以及各级政府复建阳和楼的专议等，编纂出版了一部三十万字的《阳和楼》专著。这是迄今为止，我见到的有关阳和楼最全面和详细的著述，为后人研究阳和楼，大众认识与了解阳和楼提供了重要的史料。

学术研究贵在严谨认真，樊会长在这方面堪称典范。曾任正定县县长的杨立中先生在为其《阳和楼》一书所作序言中这样评价："他几乎参加了所有关于古城修复规划的研讨会、评审会，无论会上会下，总是秉笔直书、公口直言。"是的，在学术问题上樊会长不肯有半点儿马虎，就是面对最权威的专家，他也敢与其较真，不给对方留一点儿情面。

在他当年向正定县领导递交的《关于阳和楼修复工程宜尽快启动的建议》中，不但总结了十年来正定酝酿阳和楼重修事宜，还提出修复工程时不我待，并且要科学运作、处理好阳和楼修复工程中的几个问题；就是在后来的复修前期，他还向县领导递交了《关于复修阳和楼其设计尺寸宜"修旧如旧"的建议》。

是的，"修旧如旧"，也就是说，现代人要见到的，就是原汁原味的阳和楼，是多次浮现老一辈人记忆深处的阳和楼！

当然，要做到这一步并非易事。正是作假容易，复修难。为此，正定县领导和有关专家做了大量的考察及论证工作。早在 2005 年，樊会长就随从时任正定古文化研究会会长许维明、副会长张银耀，赴京拜访中国城市科学研究会专家鲍世行和我国著名古建专家郑孝燮两位老先生。当郑老听说正定准备复修阳和楼时，不无深情地说："当年我在清华读书时，老师讲的就是梁思成先生的《正定调查纪略》。就凭这一点，我非常盼望原地原样修起阳和楼！"

是的，古城修复不但要有"有识之士"，更要有"有识之官"。正定县领导对复修阳和楼非常重视，多次召开调度会，听取讨论专家们对设计方案的意见。而且，还深入阳和楼周边居民家中进行座谈，到相关馆藏挖掘、收集有关资料，为规划设计和建设提供可靠的、翔实的科学依据，全方位展现一个真实的独一无二的阳和楼。而图纸设计，交由清华大学博士生导师、梁思成文献整理参与者郭黛姮老师设计。郭老师1963年曾陪同梁思成先生考察正定，是我国著名的古建筑专家，由她来设计再合适不过。与此同时，时任县文保所所长贡俊录等人，还去北京拜访了梁思成先生的夫人林洙女士，征求她对复修阳和楼的意见。这是个极其复杂的工程，还涉及搬迁、交通等诸多问题。但是复修阳和楼是顺乎民意，因此所有搬迁户都积极配合。是啊，人们多年来翘首以待的梦想，正在一步步地变为现实！

2017年9月2日，在各级领导的关心支持下，经过多方努力，复建的阳和楼终于正式落成揭牌，并对社会免费开放。人们期盼已久的巍峨俊美的阳和楼终于盛装归来，重现于新世纪的阳光之下。

记得阳和楼开放那天，正像当年的历史文化街开放一样，古城万人空巷。那几天，从早到晚，阳和楼前都排起长龙，除了正定人，也有远道而来的外地人和省城市民，他们要登上阳和楼，一览古城的风貌。那些天，简直就是正定人的隆重节日！当然，那长长的队伍长龙里，也有我和我的家人。

不知人们站在高高的阳和楼上，凭栏远眺，是否还会生发出古人登临时的那种感怀："青天一碧翠遮空，浪捲云奔夕照中。郭外荷花三十里，清香散作满城风。"

我相信人们闻到了荷香！荷香真的又随风满小城——县里在古城东南角（那里是最低洼处）修建了"云居湖"大公园。辽阔的湖面上绽放着大片大片的荷花，微风吹来，荷香便徐徐飘散……

我们和樊会长是一边交谈，一边登上阳和楼的。正值阳和楼重新粉刷油漆，七楹殿里弥漫着淡淡的新鲜油漆的气味。当我们穿行至西碑亭阴凉之处，一股清爽的风，迎面吹来，吹走了身上的燥热，顿时神清气爽。极目远眺，古城尽收眼底，四座古塔清晰可见，正是"四塔倚天扶画阁，八楼匝地拱阳和"（诗中所说的"画阁"代指阳和楼）。我们再一次领略了古人所描绘的盛景。

　　能有今天近似古人登楼所见的效果，还要感谢县领导所制定的古城保护措施：严禁在一类保护区插建和私搭乱建，在建项目高度、风格等方面严格执行古城保护规则。没有了高楼大厦的遮挡，我们才能一睹掩映在绿树与鳞次栉比的屋宇间的四座古塔的卓然风采，恍若穿越时空走进了古代的城郭。

　　我问樊会长："你对阳和楼最早的记忆是什么时候？"

　　他沉吟一下，从眼镜片后面，闪出了一抹温暖的似水波般柔和的亮光。他说："在孩提时代，我就聆听并牢记着姥姥讲述的唐王游地狱与真定府杨和勤劳卖水的故事。20世纪60年代初的一天，我曾偷偷地跑到了南大街上寻找在县幼儿园（原址阳和楼北）工作的母亲，却迷失在阳和楼的西马道上，那时我就朦朦胧胧地觉得，母亲工作的地方就在阳和楼！"樊会长站在让夏日灿烂阳光普照的阳和楼上，站在古城中心的最高点上，动情地讲述他这个童年的记忆。也许，就在那一刻他和阳和楼结下了不解之缘。这是一种来自精神的血缘亲情。

　　这种感情，在他2006年的诗作《归来吧，阳和楼》中更是展现得淋漓尽致：

　　　　在历史悠久的正定古城，
　　　　在九省通衢的雄镇要冲，
　　　　在府城城市历史的中轴线上，

在激荡千年文化的南大街中，
我正端详一张古楼的照片，
赫赫然那是我"镇府巨观"。
儿时朦胧的记忆，
并非你完美英姿的真容。
久违了，阳和楼！
你是这般的壮丽伟岸，
你是如此的宽敞浑雄。
正定名胜里你是"九楼"中的魁首，
海内孤例中你是"全国著名古建筑"……

　　就在高高的阳和楼上，樊会长满怀激情地向我们朗诵了这首诗作。
我相信，随着徐徐的凉爽的风，伴着金色的阳光，他那洪亮而深沉的声
音，散播到了古城的每一个角落。
　　读罢，樊会长还特意说到一个问题，是关于阳和楼建造的确切年
代。1276 年前后，元代著名诗人刘因撰写《登镇州阳和门》一诗。当
时的阳和楼称作阳和门，是因为唐代成德军节度使李宝臣，在扩建为周
长二十里的镇州城之内修建了子城，而子城的南门，就称作阳和门。经
考证，在唐代关于正定临济寺义释禅师的传记中，就有"住子城南临济
焉"的文字记载。
　　"你们看，临济寺不正是在阳和楼南面偏东的位置吗？"樊会长边
说，边伸手指向不远处的临济寺。此刻，临济寺的澄灵塔静静地矗立
着，任时光从它身边滑过，伴随时光的，还有四季的风，还有四季的阳
光与雨露。它俨然成了天穹下的一种永恒！
　　"这里无疑就是当年的阳和门！"樊会长接着说道，"虽说中国营造
学社文献部主任刘敦桢先生认为阳和楼为元代建筑，其实阳和楼最初就

是唐代的子城南门！"

　　他还对小勇提出了自己的一个建议：当年正定府的更漏，先是置于城墙的谯楼上，谯楼废弃后便移至阳和楼。阳和楼上置有更漏，或许就是阳和楼自元代以来最主要的用途之一。现在，可在阳和楼七楹殿内仿制一滴水报时的更漏，供游人参观，领略古代劳动人民的智慧；还有就是将幸存的，原就立于阳和楼上东西碑亭及七楹殿内的石珤、范志完、李云章三块古碑重置原位……

　　令人欣慰的是，至 2019 年，正定县二十四项古城风貌恢复提升工程全部竣工，千年古郡、北方雄镇历史得到有效恢复。

　　有人说，正定是个有精神的地方！

　　而阳和楼是不是就代表这种精神呢？因为，它不但依靠正定深厚的历史文化作支撑，更有像樊志勇先生这样众多立志于研究正定历史文化的热心学者。说不清是正定历史成全了他们，还是他们成全了正定的历史。但无可置疑的是，正定璀璨的古文化，正是由他们这些学者一代代的传承与延续，才走到了今天，就像奔涌不止的河流，还要走向更为辉煌的明天！

朝 元 气 象

韩振远

　　每次走进永乐宫，总能感到不同于其他庙宇的气象，幽静平和的气息仿佛飘拂在天空，既赏心悦目，又自然舒展。廊道里的碑碣、道路旁的花草、庭院的莲池和眼前的大殿，都在传递着自然空灵。没有急急如律令的道士，没有口称善哉的僧人，听不到钟磬击打声，闻不到弥漫的香火气，感觉不到殿堂的兀立拥塞，却能让人神游万仞，荡思八荒。一条中轴线将殿内四座元代建筑——无极门、三清殿、纯阳殿、重阳殿自然排列，疏朗灵动，视野开阔。庑殿式屋顶又若高耸的道冠，默然耸立，阐释着道家的非常之道。置身这样一座庙宇，会感到平和清静，身心放松，仿佛得到了道家的清修、艺术的熏陶，不由得放低说话声，连脚步也是轻轻的，唯恐嘈杂了这方清静世界。

　　这次来永乐宫，是要参加中国作协组织的"中国一日·走近中华文明"大型文学主题实践活动。站在宫门前，面对镜头和想象中的观众，我朗声说："这里有中国现存最大、保存最完整的道教宫观，这里有全国硕果仅存的元代宫廷式建筑群，这里有世界壁画艺术的巅峰之作——《朝元图》。"我的话并不能概括永乐宫的全部。身旁，永乐宫壁画保护研究院院长席九龙先生补充：永乐宫堪称奇绝者有三，建筑、壁画之外，还有震惊中外的搬迁史。

　　作为专为全真教祖师吕洞宾修建的道教宫观，永乐宫原名"大纯阳万寿宫"，旧址在黄河之滨的永乐镇招贤里水竹墟吕洞宾故里，因名永乐宫，1247 年动工，历时一百一十一年，至 1358 年建成。地处水竹墟的永乐宫背依峨嵋岭，面朝黄河水，站在宫门前，可见流水滔滔，蒲苇摇曳，竹影斑驳，桃李相夹，一条溪水潺潺流过。这样的风水宝地，让人在道家的堪舆学说之外，产生诗意联想，将思绪扩展得很远。与黄河相伴六百多年，历尽风雨沧桑后，20 世纪 50 年代末，因修建三门峡水库，永乐宫不得不整体搬迁。芮城县是春秋时期古魏国旧地，专家们为永乐宫选择的新址，是距芮城县城仅二点五公里的古魏城遗址。

气势恢宏的元代宫廷式建筑群，穿越时空，神话般飞腾挪移，从黄河边搬迁到古魏城，从元代搬迁到现在，完整无缺，天衣无缝，一切都原物原貌。席九龙先生从事文博工作三十余年，学识渊博，谈吐高雅，说起当年的搬迁，话语间，充满对前辈们的敬佩。他说，那是一次震古烁今的搬迁，一次汇集文博工作者集体智慧的搬迁，一次倾全国之力的搬迁。一件鸱吻，一个斗拱，一块砖，一叶瓦，一门一窗，一梁一柱，所有的建筑构件都标号拍照。更有三座大殿墙壁上的壁画，那些"历史的宝贵馈赠"，世界壁画艺术的"旷古之作"，都经反复勘测研究，切割为大小不一的切块，从墙壁上小心翼翼揭下，仔细包装，装上车，胎压减到最低，车速降到最慢，在专修的黄土路面上蜗牛般缓慢行驶，三百四十一块壁画，二十二公里的路程，整整运了四十天。

搬迁后的永乐宫城垣环峙，历史厚重，没有黄河的浩大气象，没有背山向河的绝佳风水，却道法自然，返璞归真。水竹相伴，演变为宫城相依，仙风徐徐，嬗变为文气氤氲，学者、画家和朝圣者将这里视为圣地，各大美术学院在这里设立写生基地。来自全国各地的游人，将这里视为文化胜景。古魏国消亡了，永乐宫却涅槃重生，若一曲田园牧歌，由黄河之滨的浅吟低唱，变为古魏城的引吭高歌。

席九龙刚主持完成永乐宫搬迁展览，说起这段历史，旁征博引，滔滔不绝。缓步迈过无极门时，巍峨高大的三清殿出现在眼前，给人带来一种视觉冲击。三清殿又称无极之殿，是永乐宫的主要建筑，等级最高、规模最大、装饰最精美。将这样的殿堂首先矗立在朝拜者面前，没有钟鼓楼，没有牌坊，没有献殿，没有阻碍视野的任何七零八碎，进门便得雄壮，入眼即有惊叹，是永乐宫建筑布局不同于其他庙宇的重要特点。

沿栈道前行，三清殿由高大雄伟变为绚丽壮观。黄蓝相间的殿顶，恣意张扬的鸱吻，在阳光下闪烁，元代的质朴粗犷裹挟着道家的清静无为，将飞檐翘上天际，似在问道于天。原木色斗拱栖身檐下，粗壮笨拙，似用元人的姿态，显露草原民族的狂野倔强。密致的隔扇门里似乎透出神秘雅致的气息，让人心生敬意，跨过门槛时，却没有进入佛教大殿时的肃然，没有进入神庙殿堂时的悸动。多次来过这里，我知道，永乐宫内群仙云集的地方在三清殿，壁画艺术的精粹也在三清殿，里面不光有无所不能众神，还有壁画《朝元图》。这一刻需要放轻脚步，噤声噤语，怀揣一颗崇敬的心。席九龙无言，我无言，与我一起来的作家郭昊英、诗人杨进元亦无言，被威严庄重的神祇震撼，向登峰造极的壁画艺术致敬，应该净心虔诚。

殿内光线暗淡，却满墙灵动，青绿的色调，密集的神祇群像，飞扬飘逸的衣袂，将人带入神仙世界。席九龙一幅幅为我讲解，将声音压到最低，仿佛担心打扰了神祇的清修，干扰了众神的朝觐。

我在倾听感受。倾听《朝元图》"堆金沥粉"传递的艺术语言，感受众神形态不一的面容。四面墙壁，二百九十位神祇，能来的道教之神都来了，庞大的队伍，繁杂的人物，形形色色的服饰，却秩序井然，排列出隆重盛大的朝觐场景，又个个形象鲜明，表情生动。众神祇是在朝谒元始天尊，同时也在展示自己，以六帝二后为中心，或仪态万方，或端庄慈祥，或睿智干练，或狞厉凶恶。帝圣的威严、母圣的端庄、道仙的清高、儒仙的文雅、侍童的恭谨、侍女的柔静、武将的刚猛、恶神的狷介都展现无余。仔细看，会发现在这种肃穆的场合，神仙也有不守规矩的，一位头戴毓冠、手持笏板的大胡子神仙，扭过头，似与身旁的神仙窃窃私语。右上首，一位头戴戒环、面目狰狞的神仙，大概是雷公吧，在咧嘴傻笑。

殿内凉凉的，好像有风，众神祇衣带拂动，轻轻飘起来。一时，我竟恍恍然，不知身在仙界，还是在现实。

不等看完，我感叹，神仙的世界等级分明。声势浩大的神祇队伍，其实只分两类，一类头部被光圈笼罩，一类头部没有光圈。如同世人一样，戴上光环，就需要以美好形象示人。主神是何等高贵，正襟危坐，面容饱满，头上的光圈意蕴着神圣威严和高不可攀。重要神祇头上的光圈略小，却也表明身份高贵。原本分散在乡间庙宇的诸神，在这里也能看到，有些神祇在乡间庙宇里是何等威风，来到这里，不过是地位低下、身无光华的普通神，神态动作就不讲究了，如五岳四渎之神、风雨雷电之神。

道教是中国本土宗教，无论怎样修炼，也摆不脱农耕民族思维方式，《朝元图》中，同样离不开农耕文化内容。

一位文人装束的神仙气度不凡，一袭白衣，腰佩玉带，头戴展翅幞头，与旧时儒生无异。原来是主宰功名利禄的文昌帝君，元代封号为"辅元开化文昌司禄宏仁帝君"。科举时代，他是文人士子的神，各地乡村文昌阁里供奉的就是这位神仙，司儒教之事，却道教的神，因而，头上必须有光环。

西壁的众多神祇中，挤着一位长者，长髯飘拂，头戴帻巾，表情肃穆，却手托羽扇、在众神祇手里的笏板比照下，格外特别，原来是孔夫子。笏板是朝臣面君奏事之物，孔子乃儒教之祖，天下读书人尊崇的圣人，来到这里，虽是朝谒元始天尊，却并非臣下。能在众神祇中出现，皆因史上曾有"孔子问礼于老子"的说法。孔子身旁的一位老者，手执笏板，长髯满腮，六只眼睛分三层重叠于鼻翼两侧，那是造字的仓颉。旧有"仓颉造字而鬼神泣、孔子成《春秋》而乱臣贼子惧"之说，将两个人放在一起朝谒元始天尊，似乎要说明儒教与道教的关系。

雷公、电母、雨师、风伯是壁画中形象较为怪异的神仙。雷公为老者，手执环鼓，目眦欲裂，须若乱针，好像他每发一怒，便会滚雷阵阵，天下惊悚。雷公背后，电母温和平静，一点儿也不像闪过天际时的流光飞逝，可能因为她的身份是雷公妻子，莫非神仙也守妇道？雨师手执笏板，站在雷公身前，宽衣博带，神态从容。与雷公、电母相比，雨师似乎更受尊重。农耕社会中，雨乃天赐甘霖，天旱不雨时，连帝王也要出面祭祀，怎能不将他请到显著位置。风伯就没有这样的待遇了，狂风肆虐，给人们带来的是惊心动魄，这样的神，还是请往后排靠靠吧。

众神之中，当然不能少土地和城隍，他们是与民间百姓最接近的神祇，却一尊一卑，地位有异。城隍主管城郭，城市人口集中，商家众多，在城隍的地盘上，众商家要小心侍候，因而香火旺盛，来到这里，请站到前排。土地爷虽也贵为一方社神，主管土地，却因太接近民间，管的太宽，且上面有多重神灵节制，民间便少了恭敬，多了几分戏谑，其庙不光小，而且简陋。随意垒个不足二尺高的小洞，即可称之为庙，再贴一副对联："石室无光月当灯，荒野无人风扫地。"哭笑不得之余，可见乡民对土地爷的态度，来到这里，也请到后排。

金、木、水、火、土五星。加上日、月二神，被称为七曜。这七曜之神，被描绘成了不同的形象。木星是文官，却手捧果盘；土星是个老头，左手执印，右手执杖，头饰为牛头；金星在木星身后，是个女子，头饰为鸡；水星也是女子，立于金星右侧，妩媚温婉，是整个壁画中女性特征最明显的一位，左手执札，右手执笔，头饰却是一只蹲坐的猿猴。火星自然是武将形象，手执兵刃，头饰却为一头驴。看到这里，我走神了，不禁一笑，想到了古老原始的萨满教。

萨满教是一种原始宗教，敬畏自然，崇拜自然，最讲究图腾崇拜，是草原民族最早信奉的宗教。元朝统治者进入中原后，渐渐远离萨满教，选择了中原地区盛行的佛道二教，又在佛道之间游移摆动。以后，发现神仙打架了，才一抑一扬，选择最能保护自己的神。元世祖忽必烈的选择办法是，让佛道二教廷辩比拼，三场廷辩之后，道家的清心寡欲在佛家的因果循环面前败下阵来，参与廷辩比拼的十三位道士，当场剃度为僧，除《道德经》外，道教的所有经典被付之一炬。元朝统治期间，道教一直处于被打压位置，躲在青山绿水间，不断吐纳修炼，将动物顶在头顶做饰物，是一种意象，一种态度，莫非草原民族统治农耕民族之后，农耕文化已与草原文化兼容？道教已与萨满教融合？

农耕民族生产生活中的不确定因素太多，中国注定是造神最多的国度，伏羲、女娲、嫘祖、后土等耳熟能详的众神之外，一个时代、一方土地、一个族群、一个行业，都有护佑自己的神。我出生的那个仅有不到三千口人的小镇，在过去的岁月中，竟有夫子庙、关岳庙、娘娘庙、八蜡庙、马王庙、药王庙、文昌庙等十多座庙宇，走出家门，街口巷头，随时能与神灵照面。乡民们也造自己的神，前些年，在吕梁山区游走，我惊讶地发现，一个村夫、村妇，只要做过几件善事，也能被后世建庙立祠，作为自己的神灵，世世焚香祭拜。这些庙里的乡间神灵，不知有没有资格进入朝元队伍？他们都一度是百姓心中不可替代的神，在对大小各路神祇的顶礼膜拜中，中华民族不断改变性格，更加包容，更加中庸，更加具有敬畏心。

我在观赏《朝元图》的神祇盛况，不时心有旁骛，再次走神，被壁画本身精美绝伦的艺术魅力吸引。那是多么浩大隆重的朝拜场面！四百多平方米的画面上，祥云缭绕，瑞气浮动，二百九十位神祇层层叠叠，排列有序。自然而然成为八个群体，共同朝拜天尊，构成一幅完整的《朝元图》。又主次分明，不管站在哪个位置，都能与一位神祇目光接触。

二百九十位神祇，形态各异，表情生动，衣冠服饰无一雷同，如同一幅世相图，将不同人物面对主神时的神态纤毫毕现地描绘出来，动与静，行与思，人与神，仙与怪，都是那么生动传神，一样在朝觐，有的慈祥端庄，有丑陋狞厉，难道画工们作画时，心中已有好恶，笔端注入了自己的感情。

我是绘画外行，也能从画面中体会到叹为观止的艺术魅力，那瑰丽的色彩，行云流水般的线条，画人则"毛根出肉"，须眉毕现；画衣则"曹衣出水，吴带当风"；画物则凝重而富质感，似有金石之声；画花则盈润娇艳，晶莹欲滴。更让人惊叹的是众多线条组合在一起，繁而不乱，笔笔传神。那一根根飘带，若有生命般，反转扭动，光彩夺目，传递着人物信息。神龛右侧南极大帝头上飘下的那根长达三点五米的带子，到足部后悄然扭动，似微风轻拂，又似随大帝自然摆动，笔法流畅，一气呵成，中间无断痕，无连接，难道真是行云流水一笔画成？

这样一幅集宗教、绘画、历史为一体的鸿篇巨制，无疑是国之瑰宝，到底是何方大师所为？席九龙指着三清殿神龛东北角上方的一组题记说：那里留有画工的名字。原来，如此旷世罕有的壁画，竟出自一位叫马君祥的民间画匠和他的众弟子之手。他们中，有些人的身份是"待诏"，却非待帝王之诏，奉宫廷之命，而是待神祇之诏，奉艺术之命。当初画完壁画，他们将自己的名字题写在壁画最不显眼的位置时，也许并不知道，有这些震烁中外的壁画，他们的名字将永驻史册。

黄河在晋陕峡谷急流奔涌后，跃出龙门，经过"三十年河东，三十年河西"的散漫游荡，被秦岭山脉和中条山脉阻挡，拐过最后一个弯，涌进晋豫峡谷，一路东去，在中条山南侧留下一片背靠大山、面临大河的狭长地带，永乐宫所在地芮城县境就在这方土地上。兵荒马乱的年代，芮城是一片难得的清静之地。唐代，在这里修道的不光有吕洞宾，还有众多道仙，中条山麓因此被视为全真教发祥地。诗人李商隐也曾慕名来到这里，在距吕洞宾故里水竹墟仅数里处隐居数年。马君祥与弟子们绘制《朝元图》时，天下并不太平，芮城这方清静之地，正好为他们提供了安心作画的理想环境。凭借对道教之神的崇拜，对画艺的执着，从永乐宫主体建筑落成之日起，他们年复一年，在墙壁间上上下下，在丹青中来来回回。他们都来自民间，用世代相传的技艺、生活锤炼出的个性、黄土地和黄河水养育的禀赋，在特殊的地方，特殊的年代，孕育出特别的艺术硕果。他们传承了唐代画圣吴道子"曹衣出水，吴带当风"的画风，却没有使用吴道子的"莼菜条"法线描，用笔厚重而不失灵动，凝练而不失风骨。他们的丹青笔墨独一无二，旷古烁今，将式微的道教推向无与伦比的高峰，为粗犷豪放的元朝留下了精彩绝伦的艺术珍品。

带着这样的感叹，我与席九龙走出三清殿，再望当头的太阳和湛蓝的天空，一时还不能从众神的朝元盛况和壁画的绚烂中走出来，《朝元图》，仿佛带着一种盛大的气象，缭绕在空气中，弥漫在天际间。

一步千年

李文宏

美国盲人作家海伦·凯勒在《假如给我三天光明》一书中写道，如果拥有三天光明，她会选择一天去博物馆。

> 这一天，我将向过去和现在的世界匆忙瞥一眼。我想看看人类进步的奇观，那变化无穷的万古千年，这么多的年代，怎么能被压缩成一天呢？当然是通过博物馆。

赤峰，是一片古老而神奇的沃土，早在一万多年前就有人类在此生存，红山文化记载一段神秘的历史，展现出人类史前社会的文明，赤峰也是中华文明重要的发祥地之一。红山文化、青铜文化、契丹文化、蒙元文化，只有走进赤峰博物馆，你才能感受到历史的长河在这片土地上浩浩荡荡奔流而过，前人、往事，一品一物，并非灰飞烟灭，而是像符号一样留下无数文明的足迹，每一件文物就像是文化的"存储卡"和历史的"解码器"，供后人感知和解读人类文明的兴衰。

作为赤峰人，曾数次走进过这座博物馆，来这里追溯历史的脉络，感受着文化沉淀。2023 年的 6 月 27 日，按照中国作家协会 2023 "中国一日·走近中华文明"文学主题实践活动安排，再次走进赤峰博物馆。

一

　　和赤峰博物馆馆长秦博约好在博物馆南门见面，虽然和秦馆长素未谋面，可在博物馆门口，远远地我一眼就认出了眼前这位年轻干练的女馆长，因为领导来赤峰博物馆考察时，正是她担任解说，我也是从电视上记住了她的形象。

　　秦博说，我们把赤峰博物馆丰富的馆藏合理利用起来，推进文明交流互鉴，积极构建广泛的"文化朋友圈"，与浙江省博物馆合作共同举办"双璧同辉——红山·良渚文化展"，让红山、良渚两大文化首次同台展示，尽显中华文明多元一体的起源格局；还积极与多个省外博物馆合作，开办如"大汉楚王——徐州汉代楚国精品文物展"，"西夏·党项"等精品展览，让赤峰观众在"家门口"便可享受丰富的文化盛宴。

　　我们还运用现代科技手段、多样化展示等途径，让文物搭载数字化快车，与时俱进推出了数字大屏看展、VR眼镜体验、互动换装等体验项目。科技为博物馆赋能，不仅使文物"活起来"，更让文物"火起来"，在激活历史记忆的同时，更增强了观众与文物的互动，进一步激发观众的观展兴趣。

　　听完秦馆长的介绍，接下来的时间我便跟随社教部主任王迪，一个毕业于北师大的年轻姑娘，跟着她的脚步感受"一日阅尽千年"的文化之旅，倾听文物背后的故事。

二

　　仲夏季节，正是旅游高峰，博物馆大厅一侧的服务台前，不时有拉着箱子背着旅行包的外地游客在寄存包裹或请解说员，就在我们取耳麦时，刚好有两个年轻的外地游客也在前台找讲解员，服务人员告诉他们这会儿讲解员都没下来，让他们等一会儿，王迪见俩人着急就对他们说，要不，你们跟着我走吧，我带着作家老师走，可能比正常的讲解要花的时间久一些，两个年轻人连声道谢，喜出望外地跟在了我们身后。

赤峰博物馆的四个展厅是根据赤峰历史脉络设置的，分别展示了赤峰的史前红山文化、草原青铜文化、辽文化，元明清时期北方各民族共同创造的物质和精神文化。于是，我们从源头起步，顺流而下。

红山文化是一朵历史长河中的瑰丽奇葩，是人类文明发展的第一缕曙光。赤峰，是红山文化的发祥地，悠久的历史和灿烂的上古文化生态是赤峰得天独厚的文化资源。而赤峰博物馆里珍贵的红山文化遗存，更是以实物见证了中华文明不同区域间的文明交流，是中华文明形成的重要标志。《日出红山》展示的就是赤峰地区发现的以红山文化为代表的一系列新石器时代考古学文化遗存，在这里，可以一窥红山古文明的灿烂星光，触摸绵延不息的中华历史文脉。

王迪正向我们介绍展柜中的一尊石雕人像，石像状似孕妇，裸体、双乳外露，双手捧在隆起的腹上。而这个看似普通的"石头人"竟然是"镇馆之宝"，随着王迪的介绍我们了解到文物背后的故事，红山文化作为著名的史前文化，赤峰地区曾出土了许多有价值的文物，主要是陶器和玉器。1982 年，在赵宝沟发现了一种新的史前文化，这就是如今闻名全国的"赵宝沟文化"。经过专家使用地层检验和碳十四测定年代，发现赵宝沟遗址的某些遗存文物，比红山文化的文物年限更早，其中这尊高度为三十八厘米、宽二十二厘米的石人孕妇，经专家们研究认定，是先人祈福时使用的神圣祭品，最早的生殖崇拜，本身有厚重的历史价值，故称为"镇馆之宝"。

而展柜里的另外两件文物也同样振聋发聩，这件"凤形陶杯"，也是新石器时代赵宝沟文化黑灰色陶器。从外部特征上看很像一只鸟，而它的头、冠、翅和尾巴的造型与中华传统的"凤"极为相像。文物专家断定，这是赵宝沟文化时期首现"神鸟"的灵物图像，这在我国史前文物中也是首次发现，是国宝级文物因此被誉为"中华第一凤"。

而展柜中的玉龙则是大家非常熟悉的，中央电视台的《国宝档案》栏目曾专门为红山碧玉龙做过一期长达十五分钟的专题节目。王迪告诉我们，展柜中的这件红山碧玉龙是按一比一比例复制而成，原件现藏于中国国家博物馆。是国家博物馆镇馆之宝之一，也是红山文化最具代表性的明星展品。

红山碧玉龙高达二十六厘米，周身呈 C 形卷曲，酷似甲骨文的"龙"字，专家认为，红山玉龙造型独特，雕艺精湛，它身上所负载的龙文化元素，对于研究中国的原始宗教以及总结龙形的发展序列都有着非同寻常的意义。尤其是玉龙身上那种蓄势欲飞的勃勃生气，让人感受到了中华民族的精神底蕴。中国被誉为龙的故乡，而红山碧玉龙是目前中国出土时代最早的龙形玉器，享有"天下第一龙"的美誉。

追溯龙的起源，聆听"龙""凤"的故事，我震撼于一件文物里面竟蕴含着如此丰富的信息。看着身旁两位不时发出赞叹之声的外地游客，此时一种自豪和骄傲之感油然而生。

离开第一展厅，感觉虽然红山文化留给我们的很多，却又有种若有若无暗藏玄机的遗憾，就像是一台大戏的主角，刚刚走到前台，却一下子崩裂，虽然是汹涌而来，可我们拾到的也只能是那四处飞溅的文化碎片。

三

在人类文明发展史上，青铜器与城市、文字并称人类文明三大标志。步入第二展厅，那些年代久远、泛着青绿的大型青铜礼器、兵器、车马具以及独具特色的青铜器上的动物纹饰，造型奇特的彩绘陶器，向人们展示着在中原地区进入青铜时代时，活跃于赤峰地区的北方古代先民，受到中原青铜冶炼铸造技术影响，也创造出了具有浓郁地方特色的北方草原青铜文化。

第三展厅《契丹华韵》，对于这一段历史我还比较熟悉，因为写过一部反映辽代历史的长篇小说《梦远苍穹》，虽然这部二十万字的作品历时两年才完成，可对这个消失的草原帝国内心仍有无数的未解之谜。因此这个展厅之于我似朝圣，亦如拜会。进展厅前我就悄悄关了耳麦，只想静静地与文物对话，倾听它们的诉说。

一入展厅，阿保机手持利器骑着战马的青铜塑像就撞到眼睛。上面的塑像和真人等高，高执战戟，双目圆睁，栩栩如生，活的一般，似乎和参观者对话。

一千多年前的契丹人在草原上创造了一个强大的辽政权，并以开放包容闻名于世，在二百多年的时间里，他们追逐着华夏文明的脚步，交流互鉴，曾盛极一时。辽鼎盛时期建有五座京城，其中赤峰有重要的两座京城——辽上京和辽中京。作为辽政权的中心区域，赤峰地区尽管有不少底蕴深厚的文化遗存，但由于他们创立的契丹大小字至今无人破解，史料中文字记载少之又少，因此我们最直观的了解还是从大量的辽壁画中获得。

参观辽墓中出土的壁画总是有寂寞之感，残破自是难免，水墨亦是虚无，艺术手法也比较单一，但是细心观察，墓主人奢侈的饮食和华丽穿着的日常生活情景，还有春秋狩猎的画面，也还生动有趣。题材几乎浓缩了当时社会生活的方方面面，其中生活娱乐占比很多，这幅《马球图》画面中的人骑着马，手执乐仗正在进行激烈的比赛。还有很多乐舞、围棋、象棋等。这幅《宴饮图》正驻帐办炊，活鱼鲜果，鼎沸锅开，大有"有朋自远方来，不亦乐乎"的意思。

辽代三彩釉鸡冠壶是辽瓷代表，虽远不能和这一时期中原瓷器媲美，却也是契丹人学习汉文化并应用到契丹文化中、多元文化相融合的最好物证。还有制作精美的陶瓷器、玉石器、金银器等，抖落掉岁月的风尘，这一件件文物就有了格外的静谧和安详。

离开时，我在心中感慨，一个美丽的青牛白马的传说，一个纵横捭阖的民族，一个开疆拓土称霸世界的王朝，在历史的一瞥里竟匆匆消失，就像他们的文字那样神秘而遥远，徒留下一个个美好的故事和刻在石碑上的片片沉默。

在第四展厅有两件文物格外引人注目，其中一件黄色袍服上面缀满米粒大小珍珠的也叫"珍珠团龙袍"，它周身上下用金色丝线穿过珍珠，编织成形态各异的八条龙，两肩、前胸后背和前后身下各有祥龙点缀，是康熙皇帝赐予女儿荣宪公主的朝服。这件袍服还向我们还原了一段真实的历史，《康熙王朝》里的蓝琪儿原型就是荣宪公主，但她并非远嫁噶尔旦，而是和亲嫁给了草原巴林部落的乌尔衮，并一生致力维护满蒙合作。

在赤峰博物馆内有一件非常重要的文物——就是下嫁到赤峰的清公主中，身份地位最高的固伦淑惠长公主的"红漆楠木骨灰罐"。这件骨灰罐是用整块楠木挖旋而成，罐体通施红漆，从肩部至罐体下腹部以金粉环行手书藏文超度经。淑慧公主是清太宗皇太极五女，也是顺治皇帝的亲姐姐，康熙帝的亲姑姑，顺治五年（公元1648年）十七岁时下嫁巴林部长辅国公色布腾。公主性情温良，爱护百姓，修建公主桥、建起西大庙，深得巴林百姓的爱戴。

在展览馆徘徊了很久，一些记忆猝不及防地生长出来，赤峰是清朝皇室下嫁公主最多的地区，先后有七位清公主来到茫茫大漠草原，她们带来先进的文化知识，加深了满蒙人民的沟通了解，为清代赤峰地区的繁荣发展做出了突出的贡献。

我有位搞文博的朋友，多年前他就曾非常骄傲地说过，赤峰的考古层是横铺在地面的，信步走去，就可穿越。赤峰地区的金元明清时期民族交流融合的历史，以及女真、蒙古、满、汉等民族在赤峰大地上创造的多元文化，也是今天赤峰地域文化的主根脉。

一个上午的时间，沐浴红山先民的智慧，走过古韵青铜，领略契丹人的雄健轩昂，再走出蒙元时期跨越欧亚的豪迈，多少烟云，几多沧桑，无数波澜壮阔的历史都掩埋在流淌的岁月中，能够在这座建筑里留存下来的，都是经时间淘洗的珍贵遗存，也是灿烂的中华文明的历史见证。

四

上午参观博物馆，领略历史文化，下午对话博物馆人，感受赤峰文博人的默默奉献和蓬勃进取。

顾亚丽是赤峰博物馆研究室主任，1991 年毕业于复旦大学博物馆专业，从第一天踏进赤峰博物馆至今已经三十多个年头，三十多年的时间她见证并参与了赤峰博物馆事业的发展与壮大，说起文博工作更是滔滔不绝。

她说，丰富的历史文化遗产是赤峰的一张金名片，作为一名文博工作者，能在这样的一个文物大市的博物馆工作是幸运的。我刚入职时，赤峰文博的前辈大家都如高山在面前，得益于诸位文博前辈的帮助与教诲，在这些前辈身上我学到作为文博人不仅要恪守职业道德，还要专业精湛，业务过硬。正是老一代的文博人身体力行地用这种情怀与精神品质来守护着文物，守卫着我们民族的文化，才有了我们赤峰文博的今天。如今，我也成了博物馆的老人，我也在把前辈的精神传给年轻的一代。

唯有热爱可抵岁月漫长。顾亚丽说，三十多年守在博物馆，对我来说是件幸运的事，也是一件幸福的事情。

赤峰是古代旱作农业的发源地，兴隆洼文化的玉器是中国磨制玉器的源头，中华第一玉龙出土于赤峰……王迪说，每当我向全国的观众讲解赤峰历史文化的时候，这个时候我就觉得作为一个赤峰文博人非常的自豪。

在一天的采访中，无论是馆长秦博，还是老博物馆人顾亚丽、年轻的王迪，从她们的口中我听到的是幸福、自豪，从她们身上我感到的是责任、守护和传承。也正是一代代馆员数十年如一日坚守在博物馆的各个岗位上，守护着赤峰博物馆的灿烂文化遗产，深挖文物背后的历史文化，与历史对话、与文物相伴，以文博工作为乐，以做赤峰人为荣，才让赤峰博物馆成为赤峰一座熠熠生辉的文化地标。

赤峰博物馆走过五十多年峥嵘岁月，从最初的文物工作站，到今天的国家一级历史类博物馆，这座建筑面积一点一万平方米，展陈面积四千平方米，馆藏文物八万余件（组），其中一级文物一百三十五件（组），二级文物三百七十六件（组），三级文物八百七十九件（组）的多功能现代化博物馆，是国家 4A 级旅游景区，也是赤峰的一张文化名片。

一座王朝的背影

李 铭

沈阳故宫一共经历过三位清朝重要人物，他们分别是努尔哈赤、皇太极和福临，福临也就是顺治帝。其实努尔哈赤本人没有在故宫住过，这里只是他办公的地方，当时努尔哈赤根基未稳，由于战争连年不断，故宫的建设没有跟上节奏，所以努尔哈赤住在自己的汗王宫里，只有商讨重大事件的时候才来这里打卡上班。

努尔哈赤去世以后，第四子皇太极在权力的争夺中技高一筹，成功继承了汗位。皇太极开始修建沈阳故宫，建设了由大清门、崇政殿、凤凰楼、清宁宫、麟趾宫、关雎宫、衍庆宫、永福宫等组成的大内宫阙。皇太极将女真改称为满洲，1636 年将国号改为"清"，正式确定了沈阳故宫为都城宫殿。从皇太极开始，这里成了清王朝政治、军事、经济和文化中心。这座"龙兴重地"后来历经多次建造，到乾隆四十八年（1783）历时一百五十八年，才彻底建设完成。沈阳故宫在建筑的布局、造型、服饰和使用功能等方方面面，体现了自己独有的民族属性。融合了汉族、满族、蒙古族和藏族等多民族的内容，尤其是满汉文化的相互交融最为亮眼。

我们在短短的篇幅里难以一一呈现沈阳故宫全景，只能以个人的视角撷取一二所见所感，以飨读者。

沈　阳　路

1626 年 2 月 9 日（明天启六年、后金天命十一年）沈阳路上一改往日车水马龙，闲杂人等一概不准靠近，近百名兵士早早肃立两旁，他们在迎接后金统帅努尔哈赤的回归。是的，这里确实不能用"凯旋"一词，因为在这之前的宁远一战，鲜有败绩的努尔哈赤遭受宁远守将袁崇焕重创，这也是努尔哈赤四十四年来最为惨痛的败仗。

残阳，如血，西坠。

努尔哈赤的回归，多少有些将军迟暮的悲壮。

早在正月十四，努尔哈赤亲率十三万八旗铁骑，从这条沈阳路上出征，那是何等的意气风发。大军势如破竹，十七日西渡辽河，直逼宁远。此时孤城宁远守军不满两万，前有劲敌，后无援兵，形势险恶。志在必得的努尔哈赤万万没有想到，唾手可得的宁远城此时在袁崇焕的守卫之下固若金汤。

1625 年，努尔哈赤出于战略考虑，力排众议定沈阳为都城，并在沈阳旧城的中心，修建了议政之所——大政殿和十王亭，这是营建沈阳故宫的开端。随着他的到来，这条沈阳路上刀光剑影鼓角齐鸣，努尔哈赤带着他的子孙们，开启了一个王朝的序幕。

可是现在，努尔哈赤的心情沉重。马蹄嘚嘚，风裹碎雪，战马嘶鸣，一队败兵在冷风中尴尬战栗。那一年努尔哈赤六十八岁，须发斑白的他在夕阳掩映之下策马而归。他远远望见自己的都城——沈阳故宫，强撑病弱之躯，百感交集。不管你是何方英雄，都逃不过时光的磨砺，逃不过岁月的洗礼。从强壮到衰老，这是一条自然法则，努尔哈赤深感力不从心。

从沈阳路上悠悠走过，而努尔哈赤眼前闪现的却是宁远城下的奇耻大辱。努尔哈赤亲率大军攻城，他身先士卒，命令后金兵将推楯车、运钩梯，喊杀阵阵，直逼城下。箭镞如雨，炮声轰鸣，眼前的兵将血流成河。努尔哈赤挥舞战刀督战，以楯车掩护，在城门角防御薄弱处凿开两丈见方的大洞，努尔哈赤眼望城楼，以为胜券在握仰天大笑。宁远城头，四十三岁的袁崇焕亲自担土搬石，堵塞缺口。乱战之中，他血染战衣，不顾生死用大火烧退后金兵将。努尔哈赤急了，率领大军再次反扑。可是他没有料到宁远城上早已装备了十一门红衣大炮，习惯了骑马射箭的八旗兵将，第一次领略到了火药的威猛。

声声轰鸣之下，努尔哈赤落马。眼望宁远城无奈叹息，靠十三副铠甲打天下的一代枭雄在炮火硝烟之下也显得是那般无助……

据《明熹宗实录》记载："（宁远）炮过处，打死北骑无算"，"攻具焚弃，丧失殆尽。"可见当时战况之惨烈。关于努尔哈赤之死，有人说是被袁崇焕的红衣大炮所伤，八月以后旧伤复发而亡。我们暂且不去论证真伪，宁远之战伤的不仅仅是努尔哈赤的身体，更为重要的伤害在他的内心，摧残的是他的精神。他第一次审视自己的血肉之躯，不禁唏嘘感叹。七月，努尔哈赤身患毒疽，病情日益严重。努尔哈赤深感时日不多，乘船顺太子河而下，他要返回沈阳都城，他要再次走在那条熟悉的沈阳路上。努尔哈赤的大妃阿巴亥亲自前来迎接，船行至沈阳市于洪区翟家乡大挨金堡村，一条浑河水滚滚流逝，努尔哈赤永远地闭上了双眼。

而他身后的沈阳路依然喧嚣，他的第四子皇太极此时正运筹帷幄，他的儿子们正在为争夺皇权钩心斗角。沈阳路上尘土飞扬，一干人等粉墨登场。有人说是皇太极处心积虑扫除异己假传遗诏，赐阿巴亥殉葬。有人反驳说是努尔哈赤早已经发觉阿巴亥不忠，遗诏为真。不管哪种说法，贵为大妃的美人不得不死，即使她的儿子们阿济格、多尔衮和多铎也没有能力拯救母亲的生命。一匹匹战马在沈阳路的下马碑下疾驰而来，又飞奔而去，历史的车轮拴在那方寸之间，演绎着恩怨情仇，人间悲喜。

从 1625 年定都沈阳，到 1626 年去世，努尔哈赤在沈阳生活了一年零五个月的时间。沈阳路那时候没有名字，直到 1957 年的时候才真正叫了沈阳路。那时候那只是一条通往沈阳故宫的黄土路，因为有了下马碑石的矗立，才尽显皇家的威严。但谁说这不是一条重要的路呢，它守护着沈阳故宫，它佑护着沈水之阳的人民，它是用这座城市命名的唯一一条道路。

文德坊和武功坊是沈阳故宫的两座阙门，就在沈阳路上。崇德二年也就是 1637 年春建造而成。努尔哈赤和皇太极重用一部分汉人为官，广纳贤才，体现了他们开阔的胸襟。文德坊和武功坊也正是当时这种制度的体现，代表天子手下文武兼备，有贤良辅佐，才能江山稳固。

沈阳路上的石头牌坊如今依然耸立，迎接天南海北的游客。它们见证过几百年前的流金岁月，早已经宠辱不惊。它们目睹过战火硝烟，王朝更迭，把温暖和疼痛吞咽在浩渺的历史长河中。

石 头 记

在沈阳故宫行走，我最为感兴趣的是里面随处可见的石头。可能局限于当时的印刷术不发达，古人喜欢在石头上刻字，喜欢把石头制作成各种器物。文字镌刻在石头上，可以历经风雨不腐蚀，起到永远铭记的作用。石头是无声的铭记，石头也是有声的留存。

在我们东北形容一个人目光短浅往往用"没见过大世面"来形容，那这句话的由来跟沈阳故宫里的一个石头物件有关联。在故宫东北角，立着一座辽代的石经幢，它还有个小名叫"大十面"。

走近这座石经幢，一块石头因为有了人为的镌刻形状，从而具备了生命表达。石经幢呈八面石柱子的形状，高有两米多，由三部分构成：天盖、幢身和幢座。天盖是八角亭檐，转角是一斗二拱的斗拱形状。幢身共八面，每面竖刻阴文五六行不等，是唐代高僧不空翻译的《佛顶尊胜陀罗尼经咒》，共五百七十七字，现已模糊不清；幢座八面各有力士凫兽浮雕像；加上顶和底座共十面，俗称"大十面"，谐音"大世面"。这回明白了吧，这个大世面就是这么传错传出来的，看来很久的时候我们中国人就有了谐音梗。

这个石经幢原本不是故宫的物品，属于天外来客。石经幢原为寺庙中的构件，相当于一座石碑，刻着关于这座寺庙的一些信息。据专家推断，这个石经幢已经有一千多年的历史了。历史像一层尘沙，遮蔽了很多真相。一座石经幢像一位不速之客悄然而至，引人遐想。

有考古记载，在北顺城路，也就是今天的白塔小学附近，辽乾统八年（1108 年）修建过一座崇寿寺，建有崇寿寺白塔。这个石经幢就是这座寺庙里的物品。不知道何种原因，又在什么时候"溜达"到沈阳故宫里来落户了。

镇物：日晷和嘉量

在老百姓的心中金銮殿是遥不可及的地方，那是皇帝办公地点，文武百官上朝之地，是皇权最为权威的象征。沈阳故宫的崇政殿就是老百姓所说的金銮殿。来沈阳故宫，必到金銮殿瞻仰一番。可是这里只有游人如织，亭台楼阁林立，喧嚣掩盖了曾经的辉煌，宫殿虽在，其他却已经物是人非。

目之所及，这里只有冰冷的石头，石头把历史记在心里，斑驳与沧桑是日月的痕迹，历史的人和事隐入人间烟火之中。来看看吧，这些精美的石头是否会吟唱久远的歌谣。

在中国民间信仰习俗中，镇物也叫避邪物。镇物指用于镇墓、镇宅、镇鬼祟等民俗品物。在沈阳故宫的崇政殿就有两件镇物：日晷和嘉量。

日晷是计时仪器，嘉量是体积标准量器，一左一右摆放在故宫崇政殿月台的东南角。装嘉量的石亭子叫嘉量楼，日晷则裸面青天，一览无余。这两件石头宝贝都是汉白玉"艾叶青"雕刻而成。

在金銮殿的外面摆放着两件石头宝贝寓意如何呢？正史查不到，只能借助于传说。据说在乾隆初年，有人在土里挖掘出一只年代久远的嘉量，乾隆皇帝大悦，赶紧找人查查这嘉量到底是什么来头。结果，当时的"考古人员"根据年代断定，说这是东汉王莽时期的嘉量，还给取了个名字叫新莽嘉量。

乾隆皇帝认为这可是吉祥之兆，是天赐的福荫。所以叫能工巧匠赶紧把这块破损的材料进行重新打造。工匠们发挥聪明才智，叮叮当当地开始工作，一直忙活到乾隆九年，终于制造出两个方形和两个圆形的嘉量来。

乾隆自己欣赏一会儿，真是赏心悦目，他龙颜大悦，把其中两圆一方三只嘉量给安排摆放在北京故宫午门一只，太和殿摆放一只，乾清宫门前也摆放一只。剩下一个方形的嘉量摆在哪呢？乾隆一下子想起了老家，于是就下令就把这只嘉量给运到沈阳故宫来摆在了崇政殿前了。这日晷代表着"天的运转"，嘉量的寓意是"地的法度"，乾隆皇帝的心思很明显，意思是天地尽在我手。这两件吉祥之物在我这，那就是天命所归，天下都是我的。

日晷是我国古人发明的计时仪器，中国在明万历皇帝的时候才拿到两架外国的钟，到了清代的时候，钟表已经开始在王宫贵族中所用，但是普通的老百姓买不起，还得看天断定时间，日出而作日落而息，那参照的计时仪器就是日晷。我们的祖先很有智慧，利用太阳的投影方向来测定并划分时刻，通常由晷针（表）和晷面（带刻度的表座）组成。利用日晷计时的方法是人类在天文计时领域的重大发明，这项发明被人类沿用达几千年之久。当然这个计时仪器也有自己的弊端，要是遇到阴天下雨，不出太阳的时候这可就麻烦大了。

我们所说的嘉量其实是青铜材质制作的，但是这只嘉量是摆放在嘉量石头亭内的，所以容易混淆，以为嘉量也是石头材料做成。嘉量亭它本身由三部分石构件组成。亭下部有正方形石雕须弥座，中部存在"束腰"，上方为流云及海水江涯刻饰。石雕亭整体为仿木架结构，包括大脊、垂脊、梁、柱等构件，其凿工之细腻，形象之逼真，堪称古代建筑之杰作。

嘉量的单位是这样计算体积标准的，全器分斛（音 hú，同"胡"音）、斗、升、合（音 gé，同"革"音）、龠（音 yuè，同"月"音）五个容量单位，换算方式是二龠为合，十合为升，十升为斗，十斗为斛。

此外，在崇政殿北面，还能看到几条造型非常逼真的石雕小狗，小狗呈蹲坐式。这几条小狗很有特点，所用的石材是辽东山区的红褐色砂岩，整体呈暗红色，质地比较粗糙。也就是说，这可是几只土生土长的小土狗。

在深宫大院里用狗来做装饰在沈阳故宫可是独一份的存在。这跟满族的民俗信仰大有关联。原来，满族是把狗这种动物推为圣物的。当年清太祖努尔哈赤小时候是有钱人家的奴隶，有一次逃出主人家，被追兵穷追不舍。奴隶逃跑被抓回去是要被惩罚处死的，就在危难之时，一条大黄狗帮助他驱赶走了追兵，救下了努尔哈赤。为了感念大黄狗的救命之恩，努尔哈赤掌权之时，给自己的民族立下规矩：不准杀狗、食狗、戴狗皮帽子。狗成了满族人忠实的保护神。

索 伦 杆

在沈阳故宫，你能看到一根长近七米碗口粗细的木杆，被安放在一块汉白玉石座上。这个东西叫索伦杆，顶部套着一个碗状的金属锡斗。在皇妃后宫的院子里怎么会竖起这么一根不伦不类的木杆？您可能不知道，这根索伦杆是满族传统的祭天"神杆"。

关于这根索伦杆，还是跟努尔哈赤这个人物有关系。努尔哈赤只身来到辽阳，投奔当时的辽东总兵李成梁，在他的部下做兵士。有一天晚上，努尔哈赤服侍李成梁洗脚，发现李成梁脚上有三颗鲜红的红痣。当下大家都觉得惊奇，把李成梁视为神人。谁想到努尔哈赤却说，他自己的脚上有七颗红痣呢。说者无心，听者有意。李成梁得知以后很是害怕，民间有这样的传说，脚踏北斗之星那可是帝王之相啊。

李成梁心里不快，他找人要杀了这个未来的潜在危险人物。努尔哈赤得到了消息，吓得逃出李成梁的府门，一路向北仓皇逃跑。可是在一览无余的大草滩上，精疲力竭的努尔哈赤心生绝望，追兵马上赶到，这地方根本没有藏身之处啊。努尔哈赤只能躺在草沟里等死，就在这个时候，追兵的马蹄声近了，天上突然飞来一只又一只乌鸦，它们落在努尔哈赤的身前身后，很快就把努尔哈赤整个人给遮挡起来。李成梁的追兵巡视一圈，只看到一群乌鸦，没有找到努尔哈赤只好悻悻而归。

九死一生的努尔哈赤逃到了长白山，开始靠挖人参维持生计。后来招兵买马走出长白山，一统女真各部。为了感恩乌鸦的救命之恩，努尔哈赤下令满族人家都要在自己家院子里竖立起一根木杆套锡斗，用米和肉祭祀乌鸦，这根杆子就叫索伦杆。据说，这根索伦杆神通广大，是当年努尔哈赤在长白山挖人参用的拔草木棍。

最早的索伦杆意思是森林中长天树木，信奉萨满教的满族祖先相信这些直插青天的大树是可以通灵的，能够沟通天上和人间，所以奉为神木。他们为了表达自己的虔诚和膜拜，在树木上挂彩布条和纸条祈祷祭祀，天长日久就形成了传统，有的被移动到院子里来，神木演变成了神杆。

到了皇太极当了大清的皇帝，这一习俗被更为广泛地流传下去。皇太极率领嫔妃在清宁宫祭奠，把猪下水切碎拌上谷米，放在索伦杆的斗槽内，来喂养神圣的乌鸦。从这以后的大清皇帝，康熙、乾隆、嘉庆、道光等，每次东巡祭祖，都要在清宁宫里祭奠神灵，在索伦杆前祭祀天神。因为故宫里的索伦杆常年撒米喂养乌鸦，使得很多乌鸦都跑故宫来，一时间，"宫殿鸦群"成了当时的八景之一，名噪一时。

1644 年 6 月 6 日，大清八旗军队在睿亲王多尔衮的率领下赶走李自成，入主北京。多尔衮原本是没有打算迁都北京，无奈的是当时的流言四起，老百姓都说别看清军现在占领了北京，军纪也很好，但是人家根本没有打算常住的意思，杀光抢光北京城以后人家就溜之大吉了。谣言很快就传播开去，北京城人心惶惶。

多尔衮赶紧辟谣，发布的布告非但没有制止流言，谣言反倒开始愈演愈烈，说得有鼻子有眼的，叫多尔衮哭笑不得。为了制止恐慌，只能以实际行动来消灭谣言了。多尔衮派人回沈阳故宫接皇帝顺治进京，拉开了架势要在北京建立都城了。

而这样重大的决定，年仅六岁的顺治皇帝是无法决定，甚至是无法拒绝的。时间大约在 1644 年 9 月 20 日，沈阳故宫门前的沈阳路上，一群太监清早即起，在土路上泼水降尘。他们隐隐感觉到了即将要发生大事件，却不知道这大事件究竟是什么。

正是出发的好时辰，顺治帝被恭迎出宫。

阳光耀眼，顺治帝打着瞌睡不是很适应，"皇帝启驾"的喊声惊醒了他。

顺治帝揉着惺忪的睡眼问：额娘，我们要去哪儿？

一个声音从倾洒的阳光里传来：去北京，以后那里就是你的家了。

车轮碾过，旗帜飘扬。人欢马嘶，从故宫里鱼贯而出，从沈阳路上扬尘远去。沈阳故宫从那一刻起，成了一座王朝的背影，它或许是欣喜的，抑或是惆怅的。谁知道呢，历史的车轮永不停歇，碾过流水的岁月，碾落沧桑的尘埃。走向未知的时光，留下逝去的云烟。

山丹丹花开

龚保华　鲁钟思

　　白山松水黑土鎏金，梨花烂漫沃野流芳，更有山丹丹花开一枝红艳露凝香。吉林省梨树县，在金灿灿的黄金玉米带之外，还以"中国二人转之乡""中国诗歌之乡"闻名全国。

　　"没来梨树，不要说你了解二人转。"吉林省梨树县地方戏曲剧团团长赵丹丹自信且骄傲地言道。

　　梨树二人转，传承久远，自清乾隆年间从"齐家蔓"谱系代代相传，二人转之根就深深扎在了这块沃土。它不媚俗、有风骨，泼辣自由、原汁原味，就像黑土地上的参天古树，葳蕤华茂，又经年流转，岁岁常青。它是东北大地上一颗璀璨的明珠，也是吉林一张亮丽的文化名片。

　　它内涵丰盈底蕴深厚，拥有丰富的、保存完整的二人转手抄文本。梨树县地方戏曲剧团保存有一千七百九十一部原始二人转手抄文本，为目前全国二人转剧团保存文本数量之最。

　　它谱系传承清晰有序，文化脉络源远流长。在梨树有师承关系的二人转演员共一百零一人，三百年间历经八代，涌现的知名艺人达六百余名。

　　它与时俱进道具多样，经过改良的双层八角手绢翩跹如蝶满场飞。梨树首创的手绢"凤还巢"、大板"飞板"等绝活一出，艳惊四座。

梨树二人转在二人转发展史上占有非常重要的地位。它有温情、有故事，与百姓"不隔语，不隔心"。看过它，走近它，才理解何谓"一个手绢一把扇，千军万马都能变。演尽乾坤百态事，还看东北二人转"，也就理解了中国曲艺家协会为何命名吉林梨树为全国唯一的"中国二人转之乡"！

在这美丽美好的二人转之乡，花开独秀、红艳凝露的山丹丹，就是吉林省非物质文化遗产代表性项目（二人转）传承人、中国曲艺牡丹奖获得者、吉林省"四大名旦"之一——赵丹丹。

山丹丹初绽：梨树有个"杨排风"

赵丹丹，人如其名，端庄干练、美丽大气。今年四十二岁的她举手投足间似乎都带着二人转的气息——热烈、奔放。作为梨树二人转的第八代代表性传承人、梨树县地方戏曲剧团的"掌舵者"，赵丹丹戏谑地说："四十多年了，我也没跑出梨树这一亩八分地。"

那年，住在梨树二人转第三代代表性传承人"双菊花"家乡——靠山屯附近的一位少女信心满满报考梨树县地方戏曲剧团，她嗓音甜美，热爱表演，却最终遗憾地失之交臂。几年后的 1980 年 8 月 20 日，一位女娃在梨树出生了。她长得漂亮可爱，一双圆溜溜的大眼睛，机灵聪慧。女娃就是赵丹丹，当年的少女正是她的母亲。

当别的孩子还在唱着儿歌的时候，母亲教丹丹唱的是"我家的表叔数不清……"天赋使然外加耳濡目染，赵丹丹从小就是个不折不扣的小戏伢子。她完全继承了母亲唱歌、演绎的天赋，一直是班里的文艺骨干、"小百灵鸟"。大家对丹丹赞不绝口：这孩子，模样俊俏，嗓音靓丽，天生就适合当演员！

1995 年，刚刚中学毕业的赵丹丹一面要照拂年幼的弟弟、帮妈妈担负起家庭的重担，一面又在思考自己未来的人生之路。偶然间，母亲看到梨树县地方戏曲剧团招收学员的广告，多年前萌芽在她心中的艺术种子苏醒欲动。让丹丹试试？母亲想，这个小芽，经历打磨，也许会绽放丹桂枝头馥郁香呢！

由此，刚刚十五周岁、个子还没长起来的赵丹丹，凭借一口清亮、优越的嗓音，一路披荆斩棘，不负众望，顺利通过了考试。

还没等松口气，赵丹丹就发现，真正的考验在后面啊！东北二人转讲究"唱、扮、舞、说、绝"，小到一颦一笑、一个亮相，大到唱腔、板式、调式、身段、舞步，二人转的学艺路上，需汲取多方面营养，不断夯实基本功，方能学而弥坚。

剧团里的考核一个接着一个，三个月还有一次大考。在赵丹丹心中，她踏上了艺术这条路，就只能绝对优秀、一往无前。赵丹丹勤奋苦练，全身心地投入二人转学习和排练中。

热爱是最好的老师，坚持是成功的捷径。凭借着这股拼命三郎般的如痴如醉，每次考试，赵丹丹都能一路高分、"绿灯"通过。当年报考的三四百位考生中，经历重重考验转正正式入剧团的仅有四人，赵丹丹就是其中之一。几年的学习钻研后，彼时那个爱说爱笑的小女孩儿，已出落成了亭亭玉立、娇俏质朴的大姑娘。她放开喉咙就唱，拿起扇子就舞，聪明可人，深得团里上下的喜爱。

除了常规的训练动作，正式入职梨树县地方戏曲剧团的赵丹丹最常做的就是和老演员下乡。老演员在舞台上唱戏，她就在后台熨衣服、搬道具，不断学习。杂事间隙，她被二人转蓬勃的唱段吸引，情不自禁地听戏"偷艺"。乐队在前面演，赵丹丹就用心琢磨着，悄悄地在后台学。一来二去，所有剧目唱段她都了然于心。舞台上一曲唱罢，后台的丹丹心生无限向往："何时我才能登场二人转的舞台？"

机会很快就来了。1999 年底，大戏《包公铡侄》B 组演员有别的演出任务,原本在 C 组的赵丹丹和付庆义两个小演员就顺势升到了 B 组。当导演决定现场让 B 组合乐时,随着乐曲一响,二人举手投足间早已经神形兼备、唱腔清亮……

锋芒初现后,赵丹丹有了更多的舞台演出机会。当时正值下乡演出的三伏天,烈日当空,高温烫得地板滚热,丹丹一身戏装,往台上一站,刚唱了一会儿就已是汗流浃背。更有甚者,一张嘴,蚊子等飞虫就会纷纷溜进嘴里。演出正在进行,一切意外都必须置若罔闻,只能边演出边悄悄往下咽……乐观的赵丹丹和同事们经常分享各式各样的"吞虫记"、味道如何等小趣事,权当作生活小插曲,苦中作乐。

2002 年,主角的重担终于落在了二十二岁的赵丹丹身上。演出前,单出头《杨排风》的 A 角突然病了,B 角的赵丹丹接下了这个重要角色。短短一个下午,导演贾慧敏竟然一招一式连续教了赵丹丹十二套花棍。幸亏多年来偷师、临摹的经验,十二套花棍,丹丹悟性强、记性快,愣是"照葫芦画瓢"全拿了下来。

临危受命,只有短短三天时间。赵丹丹背词、学腔、练棍、磨戏、合乐,一天下来,她身体疲惫不堪,豆大的汗珠直往下淌。导演贾老师还给丹丹加了一把火:"如果你能拿到省级一等奖,我就收你当学生。"

"我的人生之路啊,永远在悬崖的最后一个台阶,所以我必须成功。"演出当天,生机勃勃、俏丽灵巧的"杨排风"碎步登场,一个精彩亮相,就赢得了满堂彩。她唱腔清亮甜美,随着"杨排风"的舞棒翻滚,一颦一笑、一招一式,活泼洒脱,神采奕奕,好一个英姿飒爽的"刀马旦"!

正当演出酣畅淋漓之际,谁知别在戏服上的麦克意外脱落。眼看着还有四句唱词就要结束了,赵丹丹镇定自若,索性花棍一挑,铆足了劲儿清唱着和大乐队叫齐,观众都被她的精彩演出吸引,丝毫没人听出来麦克掉了这个小插曲。结尾处,伴随着她刚劲利落的亮相,全场再一次掌声雷动。

"梨树有个小杨排风"，至此声名远播，也彻底开启了赵丹丹二人转大女主之路。

2005年，赵丹丹表演的拉场戏《和气生财》获吉林省第二届二人转·戏剧小品艺术节个人表演一等奖。

2007年，二人转《愚公哭山》获吉林省第三届二人转·戏剧小品艺术节个人表演一等奖，并获吉林省"四大名旦"提名。

山丹丹花开，根植沃土，一路飘香。

转乡情缘：百花齐放梨园春

二人转艺术里有这样一句话，不像不是戏，太像不是艺。赵丹丹知道，走二人转艺术这条路，眼界一定要拓宽，只有悟得情与理，才能是戏又是艺。

在纷至沓来的荣耀面前，赵丹丹沉下心来，选择于2007年、2008年在省里学习，提升眼界，拓宽知识。那时的她，为了省钱学习，住着十元一天的房间，她深知：唯有不断充电，不断学习，艺术之路才能走得更高、更远！

2009年，二人转《香妃梦》大获成功，赵丹丹获得吉林省"四大名旦"殊荣。不久后，某文工团向她抛来了待遇丰厚的橄榄枝，与此同时，时任梨树文体局局长推荐她担任梨树剧团团长。局长推心置腹的一番话，打动了赵丹丹的心："梨树地域虽小，却是生你养你的一方热土，梨树舞台虽小，却是你功成名就的一方舞台。爱她，就要为她的繁荣和富裕而奋斗，这是梨树人的使命啊！"

赵丹丹醍醐灌顶。如果说之前才华横溢的赵丹丹思考的是自己什么时候能站在舞台上，站在舞台上想的是什么时候能成为主角，成为主角后想的是何时能成为主角里的佼佼者的话，此时的她，有了不一样的深深思考——

一花独放不是春，百花齐放春满园。

梨树剧团在她最艰难的时候给了她生活的勇气和莫大的荣誉，她决心放弃外面的各种诱惑，坚守黑土地，为梨树剧团、为东北二人转培养出更多的"赵丹丹"，这才是真正的梨花飘香啊！

"初生牛犊"的赵丹丹大刀阔斧开始干，一面克服种种困难，一面狠抓演艺基础，以未及而立的二十九岁接下了梨树剧团团长的重担，真像"杨排风"一样——"嫩肩担大任，纤手挥千军。"

当了团长以后，视角完全不一样，赵丹丹却交出了一份令人赞叹、满意的答卷。2010 年 6 月，赵丹丹和剧团演职员首次参加中国曲艺牡丹奖全国曲艺大赛，就凭借《香妃梦》捧得"牡丹"归。2011 年，全国唯一的"中国二人转之乡"也花落梨树，圆了梨树二人转人追求了三百年梦想。2014 年，"梨树二人转"正式列入第四批国家级非物质文化遗产代表性项目名录。2017 年，四平千人同唱二人转载入了吉尼斯世界纪录。

更多的荣誉翩然而至——第二批"牡丹绽放"全国曲艺英才培育对象、全国宣传思想文化青年英才、吉林省第四批省级非物质文化遗产代表性项目（二人转）传承人、吉林省"艺德标兵"、吉林省舞台艺术"桃李梅"表演奖、长白山文艺新星奖等，连续六届荣获吉林省二人转、戏剧小品艺术节个人表演一等奖，两次荣获吉林省"四大名旦"称号，多次应邀赴新西兰、德国、爱尔兰、马来西亚、新加坡进行文化交流活动，梨树二人转走出国门……

鲜花、掌声、喝彩，不绝于耳。而此时，清醒又理智的赵丹丹又开始学习了。原因是当了团长后发现有些艺术领域不太懂，缺乏理论支撑，她要做一个懂编剧的团长，不能当一个外行的团长。从此，只要省里一开剧本研讨会，赵丹丹就坐在后面，继续偷师学艺。过了一段时间，赵丹丹发现作曲似乎也有点儿疑问，她又沉潜下来学习作曲课……在导演班学习一个月后，低调的赵丹丹才表明自己的身份："其实我是你们之间的'混儿'，我是梨树县地方戏曲剧团的团长。我来这里是因为，一是不想当一个外行团长，想做个内行；二是来认人来了，我想与专家们广泛沟通交流。"一番话让学员们惊叹不已，赵丹丹的知人善任、毅力和境界感动了大家。

如今的吉林省梨树县地方戏曲剧团有限责任公司，更呈现百花齐放的盎然春意——

截至目前，剧团演职员队伍已发展到七十五人，其中国家一级演职员七名，国家二级演职员十二名，吉林省"四大名旦""四大名丑"五名，主要演员平均年龄三十余岁，多人多次荣获国家级、省级艺术系列评比大奖，并代表吉林省基层院团进京参加全国基层院团戏曲会演。2020年，梨树剧团创排的二人转《双菊花》荣获第十一届中国曲艺牡丹奖节目奖，实现吉林省十年内两次获得中国曲艺牡丹奖的优异成绩。2021年，二人转《双菊花》荣获第十三届吉林省长白山文艺奖评委会特别奖。赵丹丹凭借着敢于涉险滩的闯劲、敢于谋创新的干劲、敢于出真功的专劲，带领梨树剧团斩获了第五届、第八届"全国服务农民、服务基层文化建设先进集体""国家文化、科技、卫生三下乡先进集体"，吉林省文化体制改革先进单位，吉林省吉剧、二人转创作演出基地，吉林省非遗展示传播基地等殊荣……

青春做伴：根系沃野花自芳

"二人转像棵车轱辘菜，乡间路旁开不败。"

梨树的二人转，创新雅致，不低俗，不媚俗；它既有情韵悠悠，又有黑土壮怀；她笑语盈盈，笑声里传递着真情，传递着正能量，是人民喜闻乐见的群众艺术。时任中国曲协领导的姜昆曾对梨树二人转有过寄语：继承发展创新弘扬。

梨树二人转发展至今，从传统二人转剧目《小两口回门》到如今的《夫妻串门》，总是在时代的浪潮中恰如其分地找准自己的定位，越传越美，越演越红。

那年在县里的一次会议上，赵丹丹和一位农科专家详谈后一拍即合，决定将科普农业科技、改变耕地模式的知识融进二人转里，送给村屯的农民朋友。根据演出效果数易其稿，最终不仅把政策解读完美融进二人转，还寓教于乐，让人看了还想看！如此一来，就真正取得了事半功倍的宣传效果。

随着"二人转＋"的不断扩展，剧团再接再厉，又创作了拉场戏《秸秆风波》。在城里演出后，气氛热烈，掌声不断。演职员信心满满地来到了农村，表演时观众却安安静静的，远没有想象中的热情。演出结束后，赵丹丹拉来一位老乡询问，大爷这才实话实说："闺女，啥叫秸秆？"

原来，在东北农村，秸秆的称呼并不常见，老百姓大多称其为苞米秆儿。从那以后，再去农村演，赵丹丹和剧团成员们十分注重切换角度，以老百姓的视角看待问题，正像那乡间路旁的车轱辘菜，力图原汁原味、"接地气"地书写群众身边人、身边事。

赵丹丹希望，每个人都能在"二人转＋"里收获自己想要的东西。要想唱到老百姓心坎上，真实就是创作的第一要素。于是，在田间地头、工厂车间，总能看到赵丹丹和剧团成员创作的身影。不久后，一批表现精准扶贫、脱贫致富的拉场戏《亲情》，以展示城镇面貌改观、弘扬地域特色的表演唱《村民代表八大嫂》，体现家庭美德的二人转《望儿山》，提高安全意识的二人转《盼你回家》等三十余部优秀原创节目相继推出。再去农村演出时，经常能听到看戏的群众兴高采烈地说笑："那个演的就是二柱子家事。"

扭起二人转，美好的日子转起来。"人家唱的是传统的正戏，唱的是俺们身边人的新戏，看了长知识、鼓干劲儿。咱老百姓就喜欢这样的二人转。"村民们对梨树剧团的"二人转＋"创新模式赞不绝口。

另一方面，赵丹丹还看准了时机，以创新艺术手法再现传统文化内在之美，进行了二人转传统剧目翻拍推广活动。2019 年起，四平市委宣传部策划推出了"经典二人转翻拍计划"系列节目，赵丹丹邀请韩子平、董孝芳、佟长江、郑桂云、郑淑云等几十位省内外知名老艺术家为梨树剧团演职员进行指导，翻拍了《杨八姐游春》《西厢观画》《冯奎卖妻》《梁祝下山》《寒江关》《包公赔情》《双锁山》《醉青天》《打龙袍》等四十余部经典剧目。"经典二人转翻拍计划"系列节目在腾讯视频、喜马拉雅、抖音、快手等媒体平台推出，引发热议。一些创排代表剧目如二人转《香妃梦》《男人的烦恼事》《百姓书记》《楼上楼》等具有时代精神的剧目，为百姓所津津乐道。

目前，梨树剧团拥有抖音、快手、微信公众号等新媒体资源，快手粉丝已达六十多万人，抖音号"梨花飘香"，更是赵丹丹将自己一手带热的新媒体号无私回赠给了剧团。

"创新，不能离谱，更不能离调，要老少皆宜。让二人转发展有产业链，这是今后亟须解决的问题。"眼下，正是梨花飘香的时节。赵丹丹望着扇子造型的剧团大楼，她的眼睛亮晶晶的，闪耀着自信的希望之光。

二人转的魅力在东北，梨树二人转的血脉根系源远流长。火辣辣的二人转啊，唱出了人生百态，舞出了热情活力，转出了黑土乾坤。

正如一首诗中所写：

一种曲艺千家盼，
二人转给万人看。
三百年间不断代，
四季翻拍续经典。
五功俱全演好戏，
六出奇计敬为先。
七番思量精良作，
八方关注声名传。
九里乡亲多助益，
十足用心圆夙愿。
百看不厌地方戏，
千载流传谱新篇！
一扇一绢一双人，
黑土绽放山丹丹！

镌刻在北大荒土地上的翰墨诗章

邹本忠

北大荒书法长廊坐落在祖国雄鸡版图的东北边境城市——鸡西市下辖的密山市。从七千年前开始，这里历经肃慎、挹娄、勿吉、靺鞨、女真、满族等历史的变迁，清朝时被称为龙兴之地。在抗日烽火中，一条重要的红色国际交通线在这里穿越。抗战胜利后，中共中央东北局、东北民主联军总司令部在密山建立了东安根据地。中华人民共和国成立后，十万官兵开垦北大荒的壮举彪炳史册。从此，抗联文化、北大荒文化等红色文化的多元形成和汇合，丰富了具有独特内涵和历史风貌的兴凯湖流域文化，成为新中国文化不可缺少的壮美华章。

北大荒书法长廊是国家 4A 级旅游景区，往北距密山市区十公里处，建成于 20 世纪 90 年代，占地十二万平方米，整体构思独特，依山建筑，错落有致。后靠巍巍的完达山脉，面朝烟波浩渺的中俄界湖兴凯湖，左前方是满族的祖先肃慎文明发源地新开流文化遗址和大鹏展翅的兴凯湖观景平台，右前方北大荒开发建设纪念馆，和中国空军的摇篮——东北老航校纪念馆，脚下是青年水库，后更名为将军湖的碧波荡漾和偌大荷花池的满塘荷香。

翻开北大荒书法长廊的徐徐画卷，斗拱形的建筑，金黄色的琉璃瓦，精美雕画的图案，使高高的门庭，巍峨高耸。牌匾从右向左看，是"北大荒书法长廊"七个鎏金大字。门口二十四个台阶中间，是两米多宽的花岗岩雕刻的巨龙图腾，象征着一个民族崛起的精神、勇气和力量。两边门柱，是中国书法家协会理事、副秘书长吕如雄教授题写的对联"千载法书点缀白山黑水龙骧凤翥，四方雅士咸集紫黛青流心旷神怡。"

长廊里的亭、台、碑、廊、墙等形态各异，雕刻精美，镌刻了老一辈无产阶级革命家和一大批曾经在北大荒战斗、工作和生活的文化名人的诗文手稿墨迹，尤其是活跃在当代书坛的名家启功、沈鹏等一千六百多名国内著名书法家两千余件作品。长廊作品真草隶篆、风格万千；传世精品、百读不厌，真可谓集中国书法之大成，蔚为大观。如今这座广博雄浑的北大荒书法长廊，已成为国内收录镌刻现代书法家作品最多、品位最佳的书法艺术圣地之一。

红色，信仰的力量

从大门向西北走，穿过一条碑林路，就是西部碑廊的开端，朱红的柱子，曲折的长廊，翰墨劲舞，黑底白字，意蕴深厚。这部分集中展示曾经在这里工作，为北大荒做出突出贡献的共和国第一代领导者的珍贵墨宝。

吴亮平，原中共东安（密山）地委书记兼军分区政委、无产阶级革命家、马克思主义理论家，我党第一代翻译家。他满怀深情地题词"美丽的河山，战斗的岗位"，那大气硬朗的字体，表达了革命者的博大情怀。中央领导夸赞他说："吴亮平 20 世纪 30 年代翻译了《反杜林论》，把马克思主义引入中国。后来在陕北为我和斯诺谈话作翻译，把中国共产党和中国革命介绍到世界。大禹治水是用疏导的办法，有进有出，吴亮平在翻译上这一进一出，意义很大，其功不下于大禹治水，即'功不在禹下'啊！"

书法碑林内涵丰富的文字承载着历史的厚重和峥嵘岁月的传奇。这些珍贵的墨宝讲述了那段东北老航校的艰苦岁月。王海，东安（密山）老航校学员，被授予特等功臣，一级战斗英雄，一九八八年被授予上将军衔，曾任空军司令员。他是空中英豪、王牌飞行员，单人单机与美国空军血战长空，一人击落九架美机，他所在的"王海大队"是当年朝鲜上空的英雄大队。他们曾与美国空军激战八十余次，击落、击伤美机二十九架，荣立集体一等功。

后来他出访美国的时候，昔日战场上的对手，当时的美空军参谋长、四星上将加布里埃尔对王海说："我当年在朝鲜就是被你们打下来的。"王海说："如果你们再来打我们，我们还得把你们打下来。"

他为东北老航校题词"中国人民航空事业的摇篮"，一言定位，不忘初心和使命。

方子翼，是当时东安（密山）老航校教官，抗美援朝战斗中任中国人民志愿军空军四师师长，率老航校师生参战，1955 年被授予少将军衔。他回忆道："艰苦创伟业，白手起贫家，牛车拉飞机，人力推火车，酒精代汽油，飞机打补疤，上午空中练，下午搞生产，东北老航校，世界独一家。"这是描述当年人民空军白手起家，从老乡家里收集轮胎和机械部件，组装飞机，牛拉人推的场景。当王海等空军英雄在朝鲜战场上打掉美国飞机，谁会想到他们的起步，竟然是在这么简陋的条件下开始的。开国大典接受检阅的战机，就是从这里飞向了天安门上空。

周建南，原东安（密山）电器修造厂厂长、我国电器制造工业的奠基人、机械工业部部长、中顾委委员。周建南为密山题词"长风破浪会有时，直挂云帆济沧海"这是饱经沧桑，依然充满奋斗精神，一个共产党人的真实写照。萧克，原中顾委常委，1955 年被授予上将军衔。陈伯村，曾任党务委员会秘书，东安（密山）地委副书记兼土改工作总团团长、国家水电部副部长、全国政协常委。常乾坤,黄埔军校三期毕业生,空军创始人之一,在东安(密山)期间任航空学校校长。1950年率老航校师生入朝作战,1955年被授予中将军衔,后任空军副司令员。刘兴元曾在密山解放初期组建了密山县委,1955年被授予中将军衔、曾任广东省委书记、成都军区司令员。彭施鲁少将,抗联四军李延禄军长秘书、原国防科工委副参谋长。还有东安(密山)老航校学员、特等功臣、一级战斗英雄,空军副司令员张积慧。北京军区副司令员刘玉堤等在密山工作的将军,以及那些抗美援朝的空军英雄们,他们的墨宝记录了战火纷飞的岁月,革命理想高于天的博大情怀。正如刘转连中将写道:"一从东北过燕山,转战平津慰笑颜,又下江南人未老,神州一统普天欢。"还有一块墨宝引人注目,"当年老战士,今有几人存,新生千百万,浩荡慰忠魂。"这原本是陈毅为挚友彭雪枫将军捐躯时所作《哭彭八首》之七首,被当年参加解放密山的战斗,原三五九旅副旅长谭友林用于此处,亦是情怀豪迈,让人动容。革命自有后来人,就像诞生在这块土地上的《红灯记》的故事一样,红灯的精神将永远激励着后来人,前仆后继,生生不息。

丰富厚重的红色历史,是北大荒这块土地永远的精神财富。沧桑岁月已逝,不朽的是那份激情燃烧的记忆,永远镌刻在这片古朴、典雅、端正、幽静的碑林里。

绿色,奋进的力量

长廊书法作品中,有很重要一个组成部分,就是下放到北大荒的文化名人墨迹。你走在碑林里,扑面而来的是一股浓浓的文学气息。在那个特殊的年代,写过长篇小说《太阳照在桑干河上》并获得斯大林文学奖金二等奖和《莎菲女士的日记》等作品的丁玲来到了北大荒劳动改造。遥想当年，丁玲出狱后，奔赴到延安，"壁上红旗飘落照，西风漫卷孤城。保安人物一时新。洞中开宴会，招待出牢人。纤笔一枝谁与似？三千毛瑟精兵。阵图开向陇山东。昨天文小姐，今日武将军。"刻在山型的石头上的诗词，那大气奔放、纵横驰骋、酣畅淋漓的书法，让人回忆起远去的峥嵘岁月。

而与诗词书法相呼应的一段文字是：

密山，我是喜欢你的。你容纳了那么多豪情满怀的垦荒者。他们把这块小地方，看成了生命之火的发源地，向地球开战的前沿司令部……

现在我到了密山，密山的人们对我不坏，我对密山的印象也很好，只是那是因为人家还不知道我是谁，我在装成一个好人，一个心里无事的普通人的样子才能得到平等相待，假如我露出了插在我头上的标签，我还能这样安静无事嘛，我就像发寒热病似的在不安中度日如年，过了一天，两天……

这篇日记是丁玲的丈夫陈明得知密山要建书法长廊后献给景区的。站在刻有丁玲第一天下放到密山的日记手稿巨石前，望着石头上那些绿色的充满希望的娟秀小字，良久驻足，浮想联翩。

同样的一块巨石上，刻着诗人艾青的诗句，这位写出《大堰河——我的保姆》《我爱这土地》等著名诗篇的大诗人，到北大荒后，依然用嘶哑的喉咙歌唱，他写道：

我为什么写作

我生活着，故我歌唱。

诗，永远是生活的牧歌。

天良未泯而觉醒于正义的人，真应该如何给予呼号，给予控诉啊。

人生有限。

所以我们必须讲真话。——在我们的时代里，随时用执拗的语言，提醒着，人类过的是怎样的生活。

诗也和科学一起，必须有勇气向大众揭示真理。

我们创造着，生活着；生活着，创造着，生活与创造是我们生命的两个轮子。

艾青在去黑龙江、新疆等地劳动时，受到了领导的关怀，质朴的友情，一直被传为佳话。20世纪50年代，诗人遭受重大挫折，领导邀请艾青去家里做客，说："你去北大荒，我保护你。"还说，"那里给我盖了间木屋，我不常住，可以给你住，叫你家人和你一块儿去。"领导对转业官兵们说："你们可知道大诗人艾青也来了，他是我的老朋友，是过来用诗歌歌颂你们的。"可见领导对于知识分子的爱护。艾青在北大荒干了没多久，就担任了八五二农场林业分场的副场长。

写出了《风雪夜归人》《凤凰城》《正气歌》《花为媒》等作品的著名剧作家吴祖光，在1957年，去北大荒时，父亲吴瀛正卧病在床，吴祖光收拾行囊时，骗父亲去远方出差。为了不让批判吴祖光的新闻被老人家看到，家人将所有的报纸都收起来，封锁消息。但老人还是察觉到了，心里一直郁郁寡欢。父亲去世时，吴祖光未及时赶回来，得知消息，泪流满面。

碑林中龟形石刻"生正逢时"格外引人注目。当历史翻过一页，进入新时期时，吴祖光的生活境况得到很大的改善。然而"老骥伏枥，志在千里"，他依然对于生活现实保持关注，对社会不公进行抨击，不改"书生本色"。当北大荒派人到他家登门拜访，征求他的题词时，他书写了"生正逢时"四个大字，既苦涩又乐观的滋味，让人回味。

曾经在北大荒生活过的，还有聂绀弩、邵宇、丁聪等著名艺术家。

1959 年，聂绀弩为北大荒写出了《北大荒歌》："北大荒，天苍苍、地茫茫，一片衰草枯苇塘……何家子、何氏娘，何等英雄何模样，首开北大荒，不奇巧，太平常，一群小儿女，几多少年郎，跟党走，干劲升，无它长，一切荣誉归于党。"美术家邵宇曾担任东安地委党训班主任，创作了以东安地区土地改革的地权、湖权为背景的长篇连环画《土地》，成为对广大农民群众阶级教育的教材和南下干部土改工作的教材。他们正像安泰一样，脚踏大地，才焕发无穷的力量。而当年的北大荒人，对他们如亲人一般，有的送生活用品，有的手把手教他们怎样干活，有的嘘寒问暖，关心备至，使他们的心灵得到慰藉。这块土地上质朴的人们，给他们以战胜一切困难的勇气和力量。

绿色代表着新生，象征着成长，正是辽阔的北大荒，绿色的北大荒，使他们在这块广袤的大地上，挺直了腰杆，成为一棵棵敢于迎接风暴挑战，一心向阳的参天大树。

墨色，艺术的力量

五千年的文明历史，书法是中华民族的瑰宝，它在漫长的演变中，承载着文化传承的历史使命，呈现着多姿多彩的艺术审美。从甲骨文、金文、小篆，隶书、楷书、行书、草书的变换中，崛起了一座又一座文字的山峰，上接云天，高山仰止；下接地气，哪怕寻常百姓人家，也悬腕挥毫。

北大荒的书法长廊中，最引人注目的，就是须仰视才见的一座汉白玉雕像，左手握卷，右手执笔，目视前方，仿佛穿透历史风云。在他的脚下，几只悠游在水塘里的白鹅，从巨大的鹅池里探出头来。他正是从鹅头灵动的曲线，才悟出了书法的线条原理，破解了书法之美的奥秘。他，就是书圣王羲之。

王羲之是东晋伟大的书法家，他一变汉魏朴质书风，开晋后妍美劲健之体，创楷、行、草之典范，后世莫不宗法，评曰"飘若浮云，矫若惊龙"。他把汉字书写从实用引入一种注重技法，讲究情趣的境界，标志着书法家不仅发现书法美，而且能表现书法美。

雕像下面的石碑上，刻着天下第一行书《兰亭序》，记叙了东晋永和九年的三月初三，时任会稽内史、右军将军的王羲之邀谢安、孙绰等四十一位文人雅士聚于会稽山阴的兰亭修禊（即东晋习俗，每年三月三，人们必须到水边玩耍，消除不详）。曲水流觞，也称之为曲水宴。他们饮酒作诗，四十二位名士列坐溪边，由书童将盛满酒的羽觞放入溪水中，随风而动，羽觞停在谁的位置，此人就得赋诗一首，倘若作不出来，可就要罚酒三觥。正在众人沉醉在酒香诗美的回味之时，有人提议不如将当日所做的三十七首诗，汇编成集，这便是《兰亭集》。这时众家又推王羲之写一篇《兰亭集序》，王羲之酒意正浓，提神来之笔，洋洋洒洒，一气呵成，偶有涂改，更相映成趣，笔笔不重，仅一个之字，就有二十种写法，可见功力深厚，非同一般。其中妙笔生花、文辞妍美、哲思丰富。环境描写"崇山峻岭，茂林修竹"，天气描写"天晴气朗，惠风和畅"，表达思想"仰观宇宙之大，俯察品类之盛"，感慨人生"不知老之将至"故"虽世殊事异，所以兴怀"。王羲之将一次游玩，书写成悟透人生的盛仪大典。

唐太宗李世民十分推崇王羲之的书法，遍搜法帖，模刻《兰亭集序》，传之群臣，流芳后世，足见千古书圣的艺术魅力。

大门对着的石碑上，中国书协副主席刘艺用甲骨文书写此地另一个名字"云水山庄"，象形稚拙，淡泊宁静，寓意深藏。

长廊左转，一块五米多长的天下第一船鼓——圣船石鼓，绿色的小篆古雅朴素，灵动张扬，那是中国当代著名书法家陈陵驼的"大鹏振翼九万里，长鲸翻腾海水立，惊雷狂飙讯奔袭，龙舞凤翔云中飞"。再向西，门楣是一支花岗岩石雕刻而成的如椽巨笔，长八点五六米，直径零点三八米，重达二点六一吨，被上海大世界基尼斯总部列为"天下第一笔"。长廊里有"天下第一扇"，石头重十六吨，背面是书法家吕冠伯的行书，内容是苏轼的词"大江东去浪淘尽，千古风流人物……"还有天下第一棋，据说伍子胥过关，为解此棋一夜愁白头。棋子十三颗，每颗重有一百斤。附近还有一条横书"翰园击鼓，墨海行舟"的巨石，它是蜂蜜山所产，能够走到这里，一定背负着山顶上骆驼峰沉稳负重的灵性。

长廊的路两旁，每隔几步，就是两根立柱，上面分别书有"黑龙奋腾雄兵十万大荒变大仓，密山崛起墨阁三千长廊亦长歌"等多副对联。再向西走是"中国书法世纪坛"，再向上，就是一个大方鼎，坐落在圆形的台中央，周围有八根立柱，上面刻有各种书法作品。坛下则是一百多个鼓形石头，上面刻着甲骨文。

碑廊的书法作品极具观赏性，黑龙江省原省长陈雷，这位抗联老战士，曾经一手拿枪一手握笔，他题写的"文涛"磅礴厚重，内涵丰富。他贺北大荒书法碑林，题写"密山碑林可大观，名家书法此地传。犹有书圣雄像在，更期山河尽美颜。北国江天风雨骤，神州花木色长鲜，尚期子弟能执笔，弘我中华史无前"赞赏豪迈之情，溢于笔端。

当时，除了台湾和澳门书法家缺席外，全国绝大部分省区市书法家协会主席、副主席、秘书长等都有墨宝相赠，就像全国书法家的一次大聚会，又是一次各种书体的大展示，更是一场思想火花的大碰撞。吴炳伟，美国国际名人传记研究会副会长，英国国际名人传记中心副总裁题写的"云行前山，水流后庄"，妙趣横生，反复玩味，不禁让人会心一笑，从后向前念"山前行云，庄后流水"，前后四个字，组成了"云水山庄"，如此绝妙，让人拍案称奇。这里还有天下第一隶书美称的刘炳森先生的隶书作品，引人驻足品观。

如果把书法长廊比作一台晚会，由西走到东边的长廊尽头，就是一台晚会的最高潮了，最壮美的要数东部的白墙黛瓦双回字迷宫墙，远远望去，人民日报社原社长邵华泽先生的书法"战犹酣"三个遒劲饱满的大字映入眼帘，本来这是对战争走向胜利的描述，用在这里，就变成了书法艺术竞技的疆场，好一个"酣"字了得。走进来，把脑海中那些宁静致远、龙飞凤舞、酣畅淋漓、大气磅礴的词汇都用上也觉得不够贴切，中国书法之妙，妙就妙在有时只可意会而不可言传。

　　孙子兵法是军事家运筹帷幄的底气，也被书法家们所钟爱，刘艺先生用行草洋洋洒洒全文书写，成为长廊的重头戏，就像黄果树的瀑布，倾泻而下，蔚为壮观。而三十六计的简介由吕如雄先生用功力深厚的隶书撰写，又由中国书法家协会主席沈鹏用行草书进行总说。在中国现代书坛中，沈鹏先生可称为一代书法大家，他的书法极富有特色和个性，其草书雄浑苍劲、自然舒展、墨趣横生、气韵生动，具有强烈的时代气息和个性特色，受到书法爱好者的厚爱。从第一计到第三十六计，均由全国各省市书法家用各种书体创作，可谓多姿多彩，各具情态，像一条滔滔的大河，浩浩荡荡，一泻千里。

　　走在酣畅淋漓的墨宝碑林之间，著名书法家林岫的"白露明荷影，清风淡月华"，启功的"雪后溪山照眼明，出门一笑大江横。龙疲虎困三分地，留与先生曳杖行"，沈鹏的"八法何须南北分，清新简淡妙如神，融合诸体通其意，熟后能生始率真"，等作品都是碑林里的书法珍品，让人久久驻足。碑林中有吉林书法家金意庵的墨宝云："北大荒兮今不荒，人文盛景两辉煌。世称三绝诗书画，并喜湖山云水长。"

　　这里，比比皆是唐诗宋词的意境，人生哲理的感悟，对北大荒深情的怀恋和美好梦想的憧憬。正是这些碑林墨韵的汇聚，让中华民族源远流长的书法艺术，再一次迸发出无穷的力量。

本色，人格的力量

让我们感念那些弘扬中华优秀传统文化的建设者，是他们，让五千年的文明得以在中华大地上传承，让文化自信的民族，始终屹立于世界的东方。

采访中得知，北大荒书法艺术长廊筹建于 1985 年，建成于 1997年。作为创意者、设计者、建设者和组织者，时任密山市人事局局长胡春东功不可没。他酷爱书法，写得一手好字。碑林的原址是人事局管辖的干休所，当时正面临转制，因为闲置，他就想在里面搞点儿名家书法碑刻，于是，一个大胆的想法开始了实施。筹款。胡春东四处找人，通过政府部门划拨、企业负责人赞助，千方百计，以蚂蚁啃骨头的精神，扛起了建设一座现代书法艺术殿堂的责任。求字。胡春东一行先到北京，在中国书法家协会的大力支持下，开始征集书法作品。王震、郭沫若、丁玲、艾青、邵宇、启功、欧阳中石、沈鹏……整整八个年头，求字大江南北。有一年，先后六次南行，足迹遍布七个省。选石。1994年，胡春东开始筹划建碑林。他和密山知名书法家萧福宝到河南省辉县市定制了一百块太行山青石。历时一个月，其间数次翻越太行山。就说重十八吨的"天下第一扇"石碑吧，采石时费尽千辛万苦。隆冬里，胡春东与同事们招来民工，先把巨石四周用火烤化，然后一点儿一点儿地撬动……刻凿这块扇碑，萧福宝整整用了十四天半的时间。仅上海黄若舟《鹅池》一碑，刻凿下来的石渣碎末，就装满了两土篮。萧福宝、张厚成等五位石刻家就这样凿了一千多个日日夜夜。亲历整个过程，辛勤播洒汗水的建设者徐金柱，他曾任干休所所长，一直跟随胡春东干，几十年来，这里的一草一木，他如数家珍，饱含深情。多年来，密山人事局从领导到工作人员把书法长廊建设当成了个人生活的一部分。每天早上义务出工一小时，然后到单位上班。密山各界有识之士亦鼎力相助，出车、出力……用密山人的话说，我们都会成为古人的，我们得给子孙留点儿什么。

北大荒书法长廊的建设者，积蓄无穷的力量，用北大荒精神，再一次谱写新的拓荒史诗。在书法流动的气韵中，你尽可以欣赏那些经典——启功的儒雅，欧阳中石的奇崛，沈鹏的灵动，赵朴初的脱世……真草隶篆，各具风格，理法神韵，百家争鸣，真可谓"书诗赋之雅辞，聚翰墨之硕丰，佳作妙品，赏味不尽"。正如前书协主席邵宇先生去世前绝笔"白山黑水之间，密山风云如画"，胡春东激动地在长廊中一石碑上所刻"密山有幸，地名因北大荒而升阶；山庄无言，长廊供其地而扬声"。

同样在此生活过的伟人秘书李锐，也在碑林中留有充满感慨思恋之情的诗句"茫茫甸，西风暗起霜天变。霜天变，牛车栏草，夜空鸣雁。北飞南越何曾厌，千江万水常相恋。常相恋，抬头望断，低头思念。"

北大荒书法长廊建成后，全国慕名而来的人络绎不绝，上海政协干部带领书法家前来考察书法长廊，感慨万分地说，到了北大荒书法长廊，才真正了解北大荒人的历史担当和干事创业的豪迈气概。黑龙江省作家协会组织作家采风团前来观赏，纷纷称赞碑林的气势恢宏、博大精深。一些书法爱好者在长廊一待就是一整天，细细品味这些珍贵的书法墨迹，徜徉在艺术的繁花似锦中。这里，每天都有单位组织的职工和随团游客驻足参观。而长着一双明亮的大眼睛，两个深深的大酒窝，身材高挑的解说员，丰富的解说词汇仿佛一部《兰亭集序》，如果将整个长廊比喻成一幅巨大的书法作品，我更觉得她的一袭红衣，就是落款的那枚印章，点睛之处，完成了书法之美的所有想象。女诗人阳娟被北大荒的土地和人所吸引，从遥远的湖南邵东远嫁密山，她游览书法长廊时写道：

"天下第一笔"

写着历史，托起未来

一支笔的神奇，世世代代膜拜

"天下第一扇"

展开时光的长河，去探寻

北大荒上"北大仓"的盛世华章

"天下第一棋"

拿得起，放得下

让黑土与蓝天经久对弈

…………

　　长廊也带动了龙江书法艺术的长足发展。甲骨文书法专家十几年义务培养甲骨文书写人才，参加全国甲骨文书法大赛的获奖人数之多，有时超过了大赛的主办方获奖人数。"看甲骨文到安阳，写甲骨文到鸡西"成为全国同行的口头禅。一大批中青年书法家几十年墨海泛舟，苦耕不辍，摘取了中国书法兰亭奖创作奖、中国书法兰亭奖牡丹杯新人奖、文化部群星奖铜奖、全国双拥办鱼水情全国双拥书画大展特等奖、黑龙江省文学艺术英华奖等几十项书法大奖……北大荒广袤的大地上，盛开了一朵朵墨韵之花，为中华文明增添了北国书法的情韵。

　　哦，北大荒书法长廊，我读你的红色历史，那是中国共产党人信仰的力量，让这块多情的土地闪闪发光；我读你绿色的希望，那是多少人扎根这里，无怨无悔，鼓起了生活的勇气，找到了奋进的力量；我读你墨色的千变万化，那是多少书法家，在传统文化的海洋里，汲取艺术的营养和力量，酿造中华书法艺术的琼浆。北大荒书法长廊，你的大气包容，让人海纳百川；你的格局情怀，让人流连忘返；你的书艺荟萃，让传统的文化，放射着璀璨的光芒。

北大荒书法长廊是密山六十年革命历史和文化的见证，是北大荒开拓者的史诗和画卷，是国粹文化与红色旅游的完美结合。

来吧，来到这块神奇的土地上吧，让我们集合千万人的书法队伍，站在北大荒书法长廊里，一起重温郭小川的诗歌《刻在北大荒的土地上》，品味这长廊辉煌壮美的翰墨诗章。

继承下去吧，我们后代的子孙！这是一笔永恒的财产——千秋万古常新；耕耘下去吧，未来世界的主人！这是一片神奇的土地——人间天上难寻。

那一抹靛蓝

——记"安亭药斑布传承基地"

杨绣丽

月酷暑,从市中心驱车往嘉定安亭老街行驶,一路的风景开始开阔起来,随之有清凉的风在心中浮涌。因为需要抵达的地方是"安亭药斑布传承基地",它像一片蓝色的波涛召唤着夏天灼热的心……

"十里一亭,以安名亭,以亭为镇",记忆中,曾经来过安亭老街也有数次了,但是从来没有像此次一样,让人感觉这里的老街如此古意盎然。南北走向的安亭泾碧波荡漾,穿过严泗桥,就看到沿河两侧的市街,有蓝色的明晃晃的日光,照着青堂瓦舍、飞檐斗角。走几百米,就看到前面有一排玻璃橱窗,迎面是一帧靛蓝的布匹,上面有"安亭药斑布传承和创新展"字样,隔着透明的玻璃,"蓝白印记"四个字在交错的树影中摇曳生风。

一位中年女子站在玻璃门前,笑意盈盈。她穿着一件菱形格子的药斑布蓝裙,同色系的发带挽着高高的圆形发髻,状似明月,清风泛流波一样清丽可人。她就是安亭药斑布传承人、安亭药斑布创新传承基地负责人、上海君韬文化创意发展有限公司创始人胡苏芬。

随着胡苏芬款款的步伐,走进"安亭药斑布传承基地",满目皆见药斑布蓝白物件,如同走进白玉蓝英的田野,曦光凝露,锦缎流霞,清香悠然。这里有形色各异的布匹、古典优雅的旗袍、轻薄透盈的印染方巾、缤纷多姿的郁金香、玫瑰花束，还有各种表情香囊、可爱的生肖灯笼、宠物挂件、小笼包摆件、悬挂的镜框、打开的折扇、小巧的茶垫、设计独特的文具、精致的雨伞等，不一而足，琳琅满目。这里所有的藏品都是胡苏芬从江苏、浙江、湖南、贵州、山东以及上海等全国各地收集而来的，包括一些民间旧物件，足有一千多件。还有一些创新设计的新纹样布匹、新时代日常用品和多材质跨界融合的创意产品共五百余件！

这些印着山水、人物、楼台、鸟兽、花朵等图案的布匹做成的物件，为何有如此的魔力，呈现出非同一般的精彩世界呢？这药斑布又何以称为药斑布？如何让胡苏芬从一个百万年薪的企业高管，转身投入这个迷人的蓝白非遗空间呢？

药斑布，是一种传统的手工印染形成的。"药"，是指染色原料蓼蓝草；"斑"是防染浆剂印后构成的纹样大小斑点，这些斑点可以防止染上蓝色，保留坯布白色，故称"药斑布"。其实，"药斑布"，更通俗地来说，就是一种蓝印花布，也称"浇花布"。在中国，蓝印花布在各个地方都有自己独特的名字，山东称为"猫蹄花印"、福建称为"型染"、东北称为"麻花布"、湖北称为"豆花布"、江苏称为"药斑布"。很多人对"药斑布""浇花布"等名字不一定熟悉，但是，蓝印花布这个名字却耳熟能详。记得以前，很多农村的孩子会穿蓝印花布的衣服长大。这种布用天然植物蓼蓝草的液汁，经浸泡沉淀手工印染制成。以前农村里几乎家家纺纱、户户织布，土布与天然蓼蓝草为农家平常之物，故蓝印花布染作坊曾遍布农村集镇。蓝印花布图案朴素优美、吉祥如意，大多取材于飞禽走兽、花草树木与神话传说，寄托了百姓对美好生活的向往和朴素的审美情趣。

蓝印花布主要用来制作日常的衣服、被面、蚊帐、枕套、包袱布等。以前很多人从出生开始，几乎一辈子就离不开蓝印花布，铺的、盖的、穿的、戴的，蓝印花布被制成各种生活必需品与人朝夕相伴。简单、原始的蓝白两色的搭配符合中国传统的审美标准，创造出一个淳朴自然、千变万化、绚丽多姿的艺术世界。

很多中国人用着蓝印花布，却都不知道它真正的最早出处。其实，这药斑布，也就是蓝印花布，就来源于上海古时的嘉定安亭，是此地的特产！

明嘉靖年间，著名的"唐宋派"代表作家、散文家归有光徙居嘉定安亭江上，读书谈道。他居安亭十三年，散文上承唐宋，下启清代桐城派。被称："隆庆之后，天下文章萃于嘉定，归有光之真传也。"而在这之前，在宋代，归有光同姓之人归氏，发明了药斑布的印染技艺！成为风靡江南乃至全国的传统印染工艺品。

学术界普遍认为：宋朝时期，嘉定安亭镇的"药斑布"是中国蓝印花布的起源。药斑布由嘉定安亭归氏发明，这是历史上有书为证的。据《古今图书集成·职方典》记载："药斑布出嘉定及安亭镇。宋嘉泰中（1208—1224）有归姓者创为之。"

安亭药斑布又称"归氏药斑布"。为何中国的药斑布竟然是最早出自嘉定安亭呢？原来，自宋代以来，上海嘉定安亭的纺织业就极为发达，其土地的百分之七十都种植着棉花。"银光点染兆年丰，万顷星摇似雪融"。棉花原产地是印度和阿拉伯国家。在棉花传入中国之前，中国只有可供充填枕褥的木棉，没有可以织布的棉花，《宋书》记载，最迟在南北朝时期才传入我国，但多在边疆种植，到宋末元初时才大量传入内地。棉花所制造的纤维白色或白中带黄，能制成多种规格的织物，这些采摘下来的棉花，大部分人家都用来做纺织。在安亭，以前有条吴淞江，过去在吴淞江两边都生长了蓝草，也叫板蓝根，板蓝根叶子叫蓼蓝草。过去农民将这个草做成蓝色的颜料——蓝靛。这个染料本身是一个中药，可以治疗感冒。这个药还能防虫防霉，所以涂在布上，布就不会发霉，长期储存都不会褪色。安亭归氏用聪明和智慧，巧妙地用布抹灰药而染色，所谓的灰药，就是用石灰水调和蓝草汁液变成蓝靛泥，作为染料，它是药斑布生产工艺中最重要的辅料。据《古今图书集成·职方典》记载："以布抹灰药而染色、候干、去灰药，则青白相间，有人物、花鸟，作被面、帐帘之用。"

自安亭归氏发明这一染法后，数代相传，其儿子、孙子时代染坊规模越做越大，药斑布的名声远近闻名，药斑布到明代时候，就被称为浇花布。至明末清初，纺织工艺达到了巅峰，安亭平常百姓家家有纺织机，个个喜爱穿用药斑布制成的衣裤。嘉定的药斑布扬誉天下，流行各地。

药斑布的透气性非常好，不同花纹也带着不同的寓意，或对称，或带色晕，主题空而不乱，极富美感。随着工艺的改进，防染浆更改配方，用黄豆粉加石灰调和，同时原用手工涂画改为刻板印染，使得药斑布的产量明显提高，且容易被广大普通农户掌握，所以也就普及开来了。作为中华民族的一份宝贵遗产，它所体现出的历史文化内涵与技艺传承，已远远超出了物质使用的范畴，随着时代的发展，2009 年，安亭药斑布印染技艺被列入"第二批上海市非物质文化遗产名录"。

听着胡苏芬的用心讲述，原来对药斑布怀有的微小谜团豁然解开。那一抹靛蓝如同轻快的鸟的翅膀，在云空漫游……

胡苏芬说，关于蓝印花布，民间还流传着不少美丽动人的故事，其中有一个故事还非常优美：以前在江南的一片海滩上，人们靠打鱼为生，用麻丝结网，麻片遮身，日子过得很苦。有一天，王母娘娘做寿，在瑶池大摆筵宴，请来了西天老佛、东海龙王、南海观音、四方菩萨、八路神仙。王母心里高兴，亲自带领仙女去桃园摘蟠桃，无意中王母向下界一瞧，正好瞧见人间，只见那里人们披着麻片，没有衣穿，不禁动了恻隐之心，立即传派鹊神回宫取出三粒棉种，又命牛郎织女下凡传授耕织，限期一年教会百姓植棉纺织。鹊神奉命衔去了三粒棉种，正待飞回复旨，不料路经瑶池，嗅见酒香扑鼻，不觉馋涎欲滴。嘴一开，一粒棉种掉进玉盏，沾上琥珀色的琼浆。鹊神连忙拣了起来，趁无人看见赶紧到花园将棉种交给牛郎。织女和牛郎高高兴兴地下凡去了。暑往寒来，不觉一年过去，各路神仙又来为王母娘娘贺寿。牛郎织女也如期归来，完旨交差，献上纱支若干，却见其中有的不是白色而是黄色，感到诧异，便问何故。织女禀道："人间棉花中有一种花色微黄，人称紫黄色，不知何因？"鹊神知道无法隐瞒，便如实说出棉种掉落酒杯沾上琼浆的缘由。王母娘娘非但没有责怪还论功行赏，赐牛郎仙酒三盏，织女仙桃三个，对鹊神也不怪罪，要他每年七夕带天下喜鹊搭桥让牛郎织女相会。王母趁着酒兴要各路神仙作法使人们穿上花布衣服。于是观音摘下柳叶，龙王取下缠在脚上的海草，齐向下界掷去，田野上顿时长起了叫"大蓝""小蓝"的植物，于是，人们用它染起了蓝印花布。

这真是一个浪漫的神话，糅杂着牛郎织女的传说，把药斑布的故事演绎得跌宕起伏，诗意盎然。而眼前胡苏芬的经历，也如同故事一样一波三折，她和药斑布一起，在安亭的蓝天下起伏游走，只为了追寻一片"大蓝""小蓝"的梦……

在创办这个药斑布基地之前，胡苏芬其实是一个有百万年薪的跨国企业的高管。二十多年的职场生涯，她去过四十多个国家和地区。她是从浙江农村里出来的姑娘，高中毕业后从一线工人做起，二十多岁自学英语，自考大专、本科，三十五岁自学德语、西班牙语，年近四十岁又考上了同济大学工商管理硕士和德国曼海姆硕士学位，并最终成为一家外资企业的高管。在企业里，她是叱咤风云的中坚力量，从民营企业到军工企业再到外资企业的中国区副总裁，让人艳羡，她拥有了很多人梦寐以求的成功。

可是，就在她攀登上人生高峰的时候，胡苏芬却辞职了。

胡苏芬说："四十五岁辞职前，我一直在想，六十岁以后我能干什么？百年之后，我又能为这个世界留下点儿什么？"也许，人生道路上不时散发出的芳香花朵，也是由偶然落下的种子自然生长出来的。

胡苏芬在安静的时候，喜欢看各种文艺作品。她在年少时候就喜欢看《红岩》，舞台上江姐一身蓝印花布，坚贞不屈中透出女性柔美的身影，一直深深地印在胡苏芬脑海中。十多年前偶然去重庆出差，因为实在喜欢，在洪崖洞的一家铺子里，胡苏芬一口气购买了六件蓝印花布的服饰。

也许，蓝印花布的那种靛蓝花蕊，如同满天星斗，早已无意间嵌入了她的灵魂中。

所以，当有一天，她无意间邂逅了嘉定安亭的药斑布，遇到她的师傅王元昌，她就知道了她前半生的积淀，就似乎都是为了后半生做好药斑布的传承事业而做储备的。

如今九十岁高龄的王元昌精神还很矍铄，他是上海非遗安亭药斑布印染技术的第二代传承人，也是目前安亭仅存的第二代传承人。他自小在印染坊长大，看着大人织布、刻板、刮浆、染色、刮白、固色、晾晒，耳濡目染，加上他心灵手巧，勤于学习，很快地，他就掌握了这七道工艺。药斑布留下的自然冰纹，斑斑点点，形成的鲜明的蓝白之美，那种蓝色和神秘的纹路，已经刻在了王元昌的指尖和骨子里。当胡苏芬要拜王元昌为师时，王老非常谨慎，因为他看过很多人因为一时头脑发热，发誓传承非遗，却很难坚持走下去。王元昌带着他夫人去和胡苏芬不仅做面对面交流，还了解胡苏芬的团队，多次来到她的工作室，了解运营状况，而胡苏芬已经积极地把药斑布未来五年、十年的发展都规划出来。看到了胡苏芬的能力和热情，王老欣然收下了这个徒弟。

胡苏芬对师傅说："安亭药斑布作为生产性传承，把这些非遗的文化，用当下的时代的元素，进行结合，进行解构再重构，让它焕发新的生命力，走进人们的日常生活，我觉得这件事是非常有意义，也是必须去做的。"

胡苏芬是这样说的，也是这样做的。她凭着一种热爱和韧劲，开始从零学起。她从江苏南通到浙江桐乡，再到湖南邵阳、山东临沂和淄博，中国主要蓝印花布的生产基地，都遍布了她的足迹。她泡在基地工厂里，一待就是几个月，学习扎染、蜡染、夹染等各种技术。

胡苏芬有一个爱好是跑马拉松，全程四十三公里，最好的成绩是三小时三十八分钟。2017 年，她参加中国商学院戈壁滩挑战赛时，因为在戈壁滩沙漠上表现出的英勇，被同济商学院校友们冠以"女版赵子龙"的称号。

"每一次跑全马到了三十多公里时，总觉得已经筋疲力尽，俗称'撞墙'，但坚持跑到最后四十三公里时，回过头看那些痛苦并非不可克服！做非遗传承工作，也得有这种突破'撞墙'的勇气。"制作药斑布要通过刻板、刮浆、染色、出白等步骤，每一个步骤都需要"耐得住寂寞"，特别是染色时，蓝印花布的颜色不能一次到位，必须不断通过染色氧化，慢慢加深。浅蓝一般染两到三次，中蓝染五到六次，深蓝染十来次以上。在微妙的化学反应作用下，白色的毛坯布才会出落成厚重端庄的蓝印花。胡苏芬说她把跑全马的坚忍用在了非物质文化遗产药斑布的传承上，苦苦坚守了这些年。

在从事药斑布的非遗传承之前，胡苏芬其实还有个自己的皮具工作室，有十多位本科以上学历的员工，三年的经营已经实现了很好的效益。她采用"以皮养布"的思路，将皮和布从开工作坊，到作品推广有机结合。比如带有药斑布元素的皮鞋、手工艺品，把这个传承了八百多年的传统工艺拓展出多元的空间。

勇于创新，忠于传统，守住非遗的"魂"，这是胡苏芬的底线。在一些文创市集上，胡苏芬经常与消费者互动，她会把带有时尚元素图案的药斑布产品，和传统花纹图案做的产品放在一起，让一些孩子来挑选。她惊讶地发现，孩子们总是会挑选传统纹样，屡试不爽。"其实我们的传统文化或者说手工艺品是有消费群体的，热爱非遗已经有了非常好的社会环境。"她的声音里带着喜悦。

在师傅王元昌的指导下，胡苏芬的团队，进社区、进校园，开展讲座、办展览，抓住一切机会宣传展示药斑布，只要听到哪里开办民间文创市集的消息，就会积极参与，一个都不放过，努力打通线上、线下的各种渠道。

"文化是核心，创意是灵魂，只有创新才能赋予非遗新的生命力。"胡苏芬的创新理念和女性创新课堂所倡导的理念不谋而合，虽然创业艰辛，她仍坚持要把安亭药斑布传承下去。

胡苏芬带领团队还一起创作完成了一幅长三米多的桌旗《福寿长春》，这幅桌旗以梅花、牡丹、竹子、锦鸡鸟为设计元素，融合非遗安亭药斑布、非遗贵州蜡染、中国书法、手工布艺花卉等多种技艺。布艺花卉从画里开到画外，虚实结合，巧妙的构思使作品更加立体生动。这幅作品胡苏芬前后共打样多次，耗时近一个月，几易图稿，"梅有五瓣，民间向来有'梅开五福'的说法，而牡丹寓意富贵、吉祥。梅花开于初春，牡丹开于暮春，故为'长春'，寄托着我们对美好生活的祝福。"

2020中国公益慈善项目·第二届非遗文创专题评选上，胡苏芬团队的"喜鹊登梅药斑布创意包"将雾蜡皮和传统药斑布相结合，真皮面镂空雕刻，封口处用药斑布搭配点缀，印着"喜鹊登梅"的花纹，既有民族气息，又不失潮流时尚。从全国一千二百零六件参赛作品中脱颖而出，获得卓越奖。

在安亭文体中心、安亭文旅局等单位的关心和指导下，药斑布传承基地不断声名鹊起，基地还承办了"蓝白印迹——安亭药斑布传承和创新展"，并且开展了丰富多样的文化活动：非遗印染技艺沉浸式体验、

"上海非遗展馆学子行"、非遗药斑布"T台"走秀，体验者可身穿由药斑布制成的各类传统服饰或手持药斑布特色作品，近距离感受非遗技艺和作品的魅力，一展自信风采……

　　唐代白居易有诗曰："胡不花下伴春醉，满酌绿酒听黄鹂。"胡苏芬为药斑布非遗文创产品也开创了一个"胡不花"品牌，这是一个美好的词语，上海诗人也曾经在药斑布基地里做过一个跨界的"胡不花""诗意行走"的现场交流会。诗人说："当蓼蓝草与白石灰相遇/我们愿将白云、白莲花、白鹤这些干净的事物/安在星辰中间/就像把朴素和爱安在生命里一样。"《诗经·采绿》有云："终朝采蓝，不盈一襜。"在非遗传承的大道上，前方需要走的路还很长，相信还有很多像胡苏芬这样孜孜以求的探索者、继承者，怀着一腔素朴的热爱，把一片生命的靛蓝浸染进辽阔的云天……

"世界文学客厅"会世界文学之客

曹峰峻

　　鸡笼山下，台城在侧，千年之前，这里是中国历史上第一座文学馆所在地，如今是融入人们日常生活的南京"世界文学客厅"。2022年4月23日世界读书日，央视一套《品读中国南京》文化专题节目，在世界文学之都南京"世界文学客厅"实况录制播出后引发强烈反响，与此同时，"世界文学客厅"宣布正式对外开放。

　　2023年7月7日，中国作协组织的"中国一日"大型文学主题创作实践活动在江苏省委宣传部指导，江苏省作协、南京市文投集团协助下如期顺利开展。

　　一条文学小路，穿越"五代十国"引你"陷入"南京文学深处。当日上午，采访组在访问文学馆、探微文学小路、"穿越"文学山、漫步文学公园之后，惊叹鸡笼山周边六点一公顷范围内已经环绕成了一个更大范围、更开放多元立体的"世界文学客厅"架构，南京1＋N＋X文学空间网络已从"星星之火"交汇成璀璨银河。

　　文学小路第一个文学坐标华林园（和平公园西园）。这里的文都亭，回廊花窗设计成镂空的八部文学名著名称，包括《世说新语》《文心雕龙》《千字文》《诗品》《昭明文选》《桃花扇》《儒林外史》《红楼梦》。按南京文学历史脉络，新打造的多个文学坐标，次第呈现不同历史时期有代表性的文学人物、事件、作品等，表现形式和载体都进行了艺术介入和数字介入。

一路向西，沿坡而上北极阁。半山石景园将南朝刘勰于南京撰写的《文心雕龙》精彩篇章、词句艺术地嵌入树坛坐台、摩崖石刻上。文选亭的文学表现主题是南朝梁昭明太子萧统主持编选的中国现存最早的诗文总集《昭明文选》，楹联用的就是《昭明文选》名句"事出于沉思，义归乎翰藻"。

依山而立的文思亭，让你"进入"唐宋。这里集中表现了李白、杜牧等诗词名家留下的名篇名句。音效设计的"文学声景"利用亭子与山景空间层层嵌套，慢行中，偶尔听见唐宋诗词吟诵，让人感觉"出庭又未出庭"，同时叠加的动态鸟声，带来独特体验——诗词吟诵声中，仿佛鸟在庭间穿越。扫描文思亭导览牌上的李白妙笔生花笺谱，手机屏还会跳出"笔花"。

继续向前走，文远亭为你呈现的是明清小说的时光。南京曾是明清时期小说创作的中心和出版中心，《红楼梦》《儒林外史》等名著皆与南京息息相关。

风行雨飞，"鸟台"唱和。在"文学屋檐"下小憩，可以聆听古音朗诵的《紫钗记》《牡丹亭》，用声音科技营造出的飞鸟于周匝林间穿梭飞行的情景，让你真切感受到《世说新语》中"会心处不必在远……觉鸟兽禽鱼自来亲人"的诗境。"文学屋檐"，以线条勾勒东方屋檐的意象，让你可观赏中国山水诗派发源地南京山水文城美景。

北极阁一带的青铜雕塑由著名青年雕塑家陈建华创作，他提取了"神鹿"的形象，名为"神思"，既应合了《文心雕龙》的神思篇，又兼具了"呦呦鹿鸣"之意，一边喜迎八方文学之客，一边向你倾诉"对酒当歌，人生几何""青青子衿，悠悠我心"。

在解放门入口处的文学坐标"诗国南京"，表现了1949年11月胡小石应邀做"南京在中国文学史上的地位"演讲时，夸赞古都是"诗国南京"的美谈。

台城烟柳、六朝如梦。唐代韦庄的"江雨霏霏江草齐，六朝如梦鸟空啼"和刘禹锡的"台城六代竞豪华，结绮临春事最奢"诗作都用的《台城》标题。

从解放门登台城，是六百多年历史的明城墙精华部分，东接浩气紫金山，北揽烟波玄武湖，中间鸡鸣寺，西依楼紫峰大厦、玄武门，古今交相辉映，恍若穿越了"六朝古都""十朝都会"。

一座鸡笼山，对话古今文学城林，融文学之都于山水市井

2019 年 10 月，南京获联合国教科文组织授予的"文学之都"称号，成为中国首个世界"文学之都"。为履行好申都承诺，建设好文学之都，南京市政府出台文件提出将南京打造成"世界文学客厅"，制定了"1＋N＋X"的文学空间网络计划，其中"1"就是"世界文学客厅"，它是城市文学空间场所的标杆和枢纽。

"南京千年文脉不仅蕴藏于书籍典册中，更融入了山水市井间。"南京市文投集团有限责任公司副总经理、南京市文学之都促进会秘书长闻一武在讲述"世界文学客厅"为何选址在鸡笼山时称有多个理由。其一，公元 439 年，宋文帝命谢元（谢灵运族弟）在鸡笼山下建立了文学、儒学、史学、玄学四馆，中国历史上第一个文学馆由此诞生，从此文学正式成为一门独立的学科。其二，这里是明末大出版家胡正言书房十竹斋的旧址。在这里开创了当时世界套版彩色印刷技术的高峰。因此十竹斋成为向世界传播中国传统文化的杰出代表。其三，这里曾经是三国时期的南京太学院所在地，明朝时的国子监世界最高学府的所在地，此后历经清代江宁府学、三江师范学堂，民国时期成为亚洲第一，

拥有徐悲鸿、胡小石、马寅初、徐志摩、闻一多、张大千、李四光、赛珍珠、傅抱石等一大批杰出人才的国立中央大学。其四，这里是城市中心和名片。这里的和平公园和文学公园周边的文学文化氛围浓厚，有东南大学和南京大学，有国子监、鸡鸣寺、台城、玄武湖等景点遗迹。

"世界文学客厅"位于紫金山入城余脉古鸡笼山下东南角，漫步其中，只见起承转合间尽显一片匠心。主楼展馆背倚北极阁，门上是一幅六朝松图，似从千年穿越而来；向上望去，外墙石板如竖排古籍书页，绢黄色古书般的墙面仿佛刚从纸页上拓下，显得典雅古拙；随着夜幕垂下，投影墙面的诗文恰如一位读书人在"翻页"，让人引颈驻足，想一直读下去；而在外墙廊下支撑的绿色钢柱，如根根挺拔绿竹，尽显中国文人风骨……

"起承转合"是该建筑的布局理念。起是主体建筑，从文脉的源起开始讲述文与城的故事。承是十竹斋文房，展示十竹斋四百多年的传承和创新。转是园林，关注文学意向与山水城林间的转换。合是文学之都IP宁好主题文创店，体现文学与生活的融合。

整个院落也是一个多功能的空间组合，自开馆以来，这里已经成功举办多场不同类型的文学课、读书会、诗歌节、文化沙龙、庭院演出、学术交流、朗诵音乐会等文学、文化活动，其中江苏卫视、央视录播文学节目多场。

"世界文学客厅"主厅由一座老房子改造而成，在东南大学著名建筑设计师陈薇教授精心设计、巧妙改造下，得以旧貌换新颜。

首先，陈薇大胆地将原先的屋顶转了九十度，将山墙作为主立面。其次，建筑选取了黄绿主色调，融合了南京文学之都标识的色彩，也与周边杨廷宝大师设计的民国建筑绿琉璃顶、黄色墙面和周边景物色彩相得益彰。

"老建筑""旧房子"时光中的文化符号，使命式地与文学南京、山水城林相融合，蜕变成为让南京人引以为傲的"世界文学客厅"。

主厅大门上的"金陵六朝松图"与不远处的六朝松正遥相呼应。这株古树在对面一路之隔的民国时期的中央大学、现东南大学校园内。相传，六朝松由梁武帝亲手种植，历经千年依然挺立，见证着六朝以来南京文脉的传承和发展。在主厅大门绘制这幅图案，寓意从文脉的长度、"文学之最"的高度、连接世界的广度，文人书房的风度等十个"维度"，来触摸世界文学之都的不同侧面。

如果在庭院外恰当位置仰视或后背半山腰上俯瞰，能看到那些各式各样、五颜六色的窗户，它们别具一格、独具匠心、使命履新。既有消防、排烟、采光的功能，又能多视角欣赏窗外的天空、流水、树木、花卉；它们另有一个功能，就是分别对应"诗歌、散文、小说、文论"等文学不同体裁。据介绍，陈薇当时设计的理念，这不仅仅是一座房子，也不仅仅是展示馆内有什么，而是要让参观的人能触景生情，产生共鸣，并激发起幽思怀古的创作之念。

一间"文学客厅"传承文韵，
打通金陵千年文脉

"世界文学客厅"主楼展馆高达十一米，分上下两层，分设"文脉""文码""文枢"三个主题展区，配合院落内"文房""文创"共五个展项，体现古都文韵传承与创新空间的设计寓意。

主馆大厅吊顶"文码"是一个 DNA 双螺旋设计的艺术构件，无限循环的完美闭环，象征着南京文学的基因源远流长。"文码"记载的是南京从古至今名称的演变，从金陵、秣陵、建邺、建康、应天、京师……再到南京。与名称演变对应的，还有文字信息记录方式和字体演变，从"0101"结绳记事、甲骨文、篆书、隶书、楷书，再到数字时代二进制文字演进的文码符号，画面首尾相连，象征着南京文脉的生生不息。

进入一楼展厅东侧，南墙上有一块圆形吴越楚地图首先进入视野，记载着公元前472年，越王勾践命范蠡在中华门外长干里筑越城，南京城市史也自此拉开了序幕，这既是南京城市的起点，也是南京文脉的起点。

抬头，五个水晶圆盘悬挂在"文脉"装置的上方，展示的是包括孙吴都建邺图、南朝都建康图、唐升州图、宋建康府图和明都城图，五个历史版图相继排列，构成了与时间脉络相呼应的空间线，体现文与城始终相融。

"文脉"装置，以一块出土于越城遗址的陶三棱锥为起点，金陵千年文脉"流淌"出一个长条形展台，展示了两千五百年来南京文学发展与城市变迁间相伴相生的关系，可以说是一眼千年。

"文学客厅"负责人向南星告诉我们，《大事记》邀请了很多重量级的文史专家，从近千条文学事件中，精选七十个重要节点。它们和南京有着密不可分的关系，或开历史之先河，或集古今之大成，或脍炙人口，或意义深远。

公元280年，左思撰写《吴都赋》是描绘南京城市繁华的第一赋，是描写南京文学作品的开篇名作，见证了文都南京发展的开始。其文辞优美、气势磅礴，写成之后，风行一时，"洛阳纸贵"由此而来。

六朝成书于南京的《昭明文选》，是中国现存最早汉族文学总集；刘义庆的《世说新语》是中国最早文言志人小说集，里面的东床快婿、望梅止渴等成语，都发生在南京；"竟陵八友"之一的谢朓，写下了赞美南京的千古名句"江南佳丽地，金陵帝王州"；南北朝时期刘勰撰写的《文心雕龙》是中国第一部系统的文艺理论巨著，也是一部理论批评著作。

唐代李白一生五次游金陵，五十诗篇述南京，其中《登金陵凤凰台》书写出"凤凰台上凤凰游，凤去台空江自流"的豪情，展现了南京的壮丽景色和自己的豁达心境，成为最著名的书写南京之作。

南唐后主李煜的词不可或缺。他的《虞美人·春花秋月何时了》："问君能有几多愁，恰似一江春水向东流"，《相见欢》："无言独上西楼，月如钩。寂寞梧桐深院锁清秋。剪不断，理还乱，是离愁。别是一般滋味在心头。"用情真切，情感沉郁，凸显悲与恨，成为文学史上"悲恨词作"千古绝唱。

北宋政治家王安石晚年居住在半山园，感慨"六朝旧事随流水，但寒烟衰草凝绿"的怀古之思；千古第一才女李清照留下"春归秣陵树，人老建康城"的名句。

明代有东方莎士比亚之称的汤显祖在南京创作《紫钗记》，与《牡丹亭》《南柯记》《邯郸记》合称为"临川四梦"。

民国时期以中文为母语的美国女作家赛珍珠，她获得诺贝尔文学奖的《大地》，就是在南京构思和创作的。

要说文采飞扬的还要数《七律·人民解放军占领南京》："钟山风雨起苍黄，百万雄师过大江。"气势恢宏，无与伦比。

当然，2019年南京荣获"世界文学之都"的称号，也是南京文学史上的大事，南京文脉的高峰与高原同在，如星河般灿烂，延绵不绝，这样的"长度"，在中国文学史和世界文学史上都弥足珍贵。

展板另一侧则是文都八大文学专题，包括文都作家、文都阅读、文都翻译、文都刊物、文都教育、文都名著、文都名句和文都城市。

文都人物。展示了从秦汉蒋子文等开始，孙吴到六朝时期的钟嵘、刘勰，唐朝的李白、刘禹锡，五代十国时期的李煜、韩熙载，两宋时期的王安石、苏轼，明朝的方孝孺、王守仁，清朝的曹雪芹、吴敬梓，民国时期的赛珍珠、朱自清，一直到当代的曹禺、张爱玲等文学家，这三百多个人物，都和南京有着密不可分的关联。

文都作品。朱自清说"贩夫走卒皆有六朝烟水气"，身边的街巷可能就是文学故事的溯源地。张恨水的《丹凤街》，浦口火车站台上父亲的《背影》，点进去可以看到作品、地点和相关的创作故事。

文都作家。则是从古至今，或曾经生活在南京，或在作品中书写南京，其文本气质和创作风貌带有南京城市文化内涵的一群优秀文学创作者，他们是李白、杜牧、王昌龄、曹雪芹、鲁迅、张恨水、巴金、张爱玲、叶圣陶、余光中、王安忆、范小青、叶兆言、韩东、毕飞宇、朱辉、苏童、鲁敏、王干等。

文都名句。不管是"江南佳丽地，金陵帝王州"，还是"朱雀桥边野草花，乌衣巷口夕阳斜"，这些语文课本中朗朗上口的诗文，也是南京文学"浓度"的最好证明。

文都翻译。《红楼梦》《千字文》《玉米》《苏北少年堂吉诃德》《妻妾成群》等众多经典文学作品走向世界，还有《呼啸山庄》《尤利西斯》等重磅作品在南京被翻译出版。

一根纽带串联起世界文学，
美好持续而永恒

闻一武在接受专访时说，"世界文学客厅不但是中国的，也是世界的，不但给作家的，也是惠至百姓的，不仅仅是怀念历史的，而且是更关注当下的。所以我们相信，随着文学之都今年的四年评估，我们下一步将在新的起点上，通过文学赋能城市，切实打造好文学之都的文化品牌，让世界文学客厅'会'好世界文学来客，促进世界文学交流、融合，为文学事业的发展做出更大的贡献。"

四十二个世界文学之都，南京是第二十九个。此外还有英国的爱丁堡，澳大利亚的墨尔本等。

以文学为纽带，世界文学客厅与世界其他文学之都开展多层次交流、展示互动成果。比如美国西雅图诗意的"白云千载，汉水长流"，比如米兰·昆德拉《不能承受的生命之轻》、詹姆斯·乔伊斯《尤利西斯》。

会客厅的文枢展区，演绎着一张以南京文学地标织起的南京"文学之都"城市空间网络图已覆盖公共文化设施，乌衣巷、石头城、玄武湖、秦淮河、长干里、浦口火车站等十六个南京代表性的文学坐标以及文学地标场所、阅读空间、"文学＋"等场所一千余处。同时，文学客厅作为空间枢纽和数据中心，这里也会和"1＋N＋X"的国内及国外相关城市空间网络里的图书馆、书店和文化空间合作，让参与者都能看到这里的重要活动，也可以把他们的精彩活动与这里连线播出，汇聚文学信息。

下午时分，小院北侧的文创小店已是茶香满室，这里布陈着南京文化文学书籍、文创产品，恰似文学客厅面向城市的一个窗口，每天来来往往、坐坐看看，喝茶的、看书的、参观的人不少，中国与外国的、作家与读者、老师与学生、领导与民众来到会客厅都成了文学虔诚的客。

露天交流活动区"文学之都声音邮局"装置格外引人注意。人们只要在亭子里扫码，便可以录一段自己的声音，打印出一张声音明信片，现场就能寄给亲朋好友。

2022 年 4 月 10 日应邀来会客厅担任央视《品读中国·南京》录制节目嘉宾的中国作家协会副主席李敬泽站在院中发出感慨说："我想，今后'世界文学客厅'将是一个汇聚文学感受力、想象力、创造力的地方。"他在留言簿写下：汇聚感受力、想象力、创造力。

中国作协副主席、江苏省作协主席毕飞宇则在留言簿写下：做南京人真好。

采访结束已是华灯初上，归去在西段的文学小路上，顺着诗墙诵读南朝的萧子良《行宅诗》"访宇北山阿，卜居西野外"，南北朝沈约的《饯谢文学离夜诗》"以我径寸心，从君千里外"。登上北极阁，回首文学小院已在灯火阑珊处，北望玄武湖，水波粼粼与连绵起伏的紫金山、九华山、鸡笼山、台城墙连成一片。

此时此景，唐·罗隐和明·梁以壮《台城》诗句仿佛在风中飘移，我觉得没有理由不呼应一下"晚云阴映下空城，六代累累夕照明""勒马台城一望遥，听人传说是梁朝"。

此景此情，怎一句"归去来兮"能够了得！

如果让文学先辈远离"万里江山终割裂，此时风雨正漂摇"的时代，还会在作品中说尽"无端笠佛思龙象，岂有谈空破敌骄"吗？

如果让李白此时与我一起穿越文学小路，在山顶对酒当歌、共赏文景，我相信他不会再写出"三山半落青天外，二水中分白鹭洲。总为浮云能蔽日，长安不见使人愁"的悲观，而是要在"文学之都声音邮局"录下"长风破浪会有时，直挂云帆济沧海"的激昂之音并且会以"中国诗仙"名义向世界文学之客发出邀请：

欢迎天下文学之客来世界文学客厅，会世界文学，会世界文学之客。

径 山 茶 路

周华诚

一

落尽山花人不见，白云堆里一声钟。

这诗句中的意思，我以为用来形容径山寺当再合适不过。

虽是盛夏时节，山外酷热难耐，径往山中来，却是一路绿意葱茏，满目青翠。待在径山脚下逗留片刻，寻得一条千年古道，一步一步往山上走时，遍身出了大汗，却觉得有无限清凉意。

山上十余里，有径山寺。我便是往径山寺去也。

2022 年 11 月 29 日，"中国传统制茶技艺及其相关习俗"通过评审，正式列入联合国教科文组织人类非物质文化遗产代表作名录。其中，杭州的两项国家级非遗项目，西湖龙井、径山茶宴，分别作为"中国传统制茶技艺及其相关习俗"的重要组成部分，双双入选"人类非遗"。

径山算不上中国名山，但径山寺绝对算是名刹了——径山万寿禅寺创建于唐天宝年间，距今已有一千二百余年，在南宋时被列为禅宗"五山十刹"之首。径山作为日本临济宗的祖庭，圆尔辨圆、南浦绍明等日本僧人到径山寺参学，不仅把径山的禅法、宋代的文化带到日本，也把径山的茶叶、饮茶制茶的工艺和禅院茶礼的仪轨带到了日本。圆尔辨圆把径山茶种带到自己的家乡日本静冈，如今茶产业成为静冈的支柱性产业，圆尔辨圆也被尊称为茶祖。南浦绍明则把径山的茶礼仪规传入日本，才有了后来的日本茶道。

故而，径山脚下的径山村，虽是小小一村落，实在是茶文化深厚之地。

2023年7月4日，我参加"中国一日"文学主题实践活动，往径山访茶来也。这一条蜿蜒漫长的敬香古道，也是一条遗迹斑驳的茶之古道，它从唐风宋韵里绵延穿越而来，也一直延伸到遥远的时空中。

对于章红艳来说，径山脚下的五峰山房是她栖居的地方，也是她出发的地方。这里是她的家，那条穿过茂密丛林的古道是她从小就熟悉的道路。小时候坐在家门前，远远看见行脚的僧人从山中下来，戴笠帽，着僧衣，步履过而不留痕。到了每年的除夕夜，吃过年夜饭，家中父母也会早早带她出发，与村人一起打着手电，沿着古道缓步上山，去寺中敲钟。

晨钟暮鼓，从童年那时起，一直响了二十多年。她在径山脚下居住的日子，总能听到袅袅梵音，穿越深山丛林与悠悠白云，落在她的耳边。古寺、古道与茶，成为她生活的一部分。只是，小时她并不知道陆羽是谁。妈妈说，喝茶的人都应该记住这个名字。这个一千多年前的人，在径山这个地方写过茶经的。

红艳记住了陆羽这个名字。她渐渐也知道了，在唐代，茶是用来敬奉给佛的清供，后来也成为僧人日常品饮之物。径山寺的开山祖师法钦禅师，手植茶树数株，采以供佛，后来漫山遍岭种下了茶。径山茶其味鲜芳，特异他产，也是写进地方志的句子。北宋时的翰林院学士、茶学专家蔡襄则说，径山茶清芳袭人，则写在他的《茶录》之中。

红艳起先是一心想要离开大山。父母开办茶厂，她只是看见父母日常采茶、制茶的辛苦，以及生计的不易。十多年前，径山这条古道上来来往往的人多了起来，游客香客络绎不绝，上山礼佛，下山吃茶，很多人下了山来，希望有个地方坐下来，吃一杯径山茶。于是，家里辟出一个吃茶的地方来。

茶的滋味，也是需要慢慢品出来的。径山村做起了文旅融合的文章，这座村庄的游客多了起来，大家都慕名而来，红艳一家也把老房子做了改造，起了个名字，"五峰山房"。径山有五座峰，像莲花瓣一样拥簇着径山寺。红艳爱上了喝茶，她在泡一碗茶的时候，又依稀听到了小时候熟悉的晨钟暮鼓与袅袅梵音。

山上寺院里的"径山茶宴"，成了"人类非遗"，而红艳知道，茶是中国人的日常生活之一。柴米油盐酱醋茶，开门七件事里，茶是最后一件，看起来不那么重要，其实却必不可少。这就是传统文化的哲学。茶这个东西，不为解渴，不为饱腹，不像其他的事情那么实用和功利，却恰恰因此有了别样的境界。说到底，人生中的事情，都需要一点点无关紧要、无关宏旨的意思，就好像家门口那条古道上来来往往的人，走过了千年，大多数足迹早已湮灭，却也有少数几个人，把喝茶这件事喝到了一种美的境界上来，也因此才留下深深的印记。

红艳学会了点茶，这是宋代人的吃茶方式。在唐代，人们吃茶还像喝粥一样，到了宋代就讲究了，点茶，把末茶调在黑釉色的碗里，以竹筅不断回环击拂，击打出洁白细腻的泡沫来。泡沫凝于水面，久久不散。"碾破香无限，飞起绿尘埃……两腋清风起，我欲上蓬莱。"这是宋人葛长庚所写《水调歌头·咏茶》中的句子，念着这样的句子，觉得吃茶真是一件美妙的事情。怪不得，日本僧人来径山学禅，也顺便会把吃茶的事也带回去了。

红艳闲坐茶席，与我闲谈，不时有人进来讨一碗茶喝。这间茶室静雅，一面墙上挂着几个字，"径山茶汤会"，另一面墙上也挂着几个字，"心有径，茶为道"，都有很好的意思。红艳喜欢坐在茶席之前，泡茶，点茶，吃茶。她坐在这里，窗外就是大山，她看到古道上走来的人，有方外之人，也有红尘中人，都不要紧，说不定其中就有一位茶圣，那个在径山双溪写下《茶经》的人，说不定也有草鞋都穿破了的人，一看就是走了很远的路，问了才知道原来是从东瀛来学习的僧人。这些人，来了又复远去，留给我们一个渐渐消失的背影。

径山在世界茶叶史上，有这样光辉的地位，红艳是很开心的。她现在，也愿意称自己是一名茶人。她的日常，除了在五峰山房，另外还有两间茶馆，一间在瓶窑老街，一间在双溪古镇。她请了表姐帮忙一起开茶馆，表姐以前只是普通的村民，现在不得了，已然是老街的党支书，又是区人大代表，这些年姐妹俩一起开茶馆，做茶艺培训课，还做了很多公益的事情。眼中有光，心中有梦。红艳知道，因为有茶，她俩都变得跟以前不一样了。

二

茶道，其实是吃茶的方法。

宋代人吃茶，跟我们今人吃茶大不一样。范仲淹有一首《和章岷从事斗茶歌》，可以看作是宋代前期斗茶的记录，诗云："黄金碾畔绿尘飞，碧玉瓯中翠涛起。斗茶味兮轻醍醐，斗茶香兮薄兰芷。"陆游在淳熙十三年所作的《临安春雨初霁》说，"矮纸斜行闲作草，晴窗细乳戏分茶"。这里的斗茶、分茶，就是那时候人吃茶的方式。

"茶少汤多，则云脚散；汤少茶多，则粥面聚。"这是点茶的技艺，说的是茶与汤的比例，"先注汤调令极匀，又添注入环回击拂。汤上盏可四分则止，视其面色鲜白，著盏无水痕为绝佳。"这是说的点茶的好坏。

那时点茶、斗茶，比的是点茶的闲工夫，以茶的颜值论高下。久不见水痕则优，水痕先现者为负。那年十月，我访京都宇治，在世界文化遗产的平等院附近，有一条步行街甚是繁华。街上可谓茶铺林立，其中有一家"三星园上林三入"本店，也吃了一碗点茶。

此店门面低调，远看不过是街上寻常的一家。而进入之后，细细寻访，才知道这家店居然是传承五百年的老铺。田中第十七代的年轻传人，曾特意到中国待了三年，学习汉文化与茶文化。他负责接待，用中文向我们讲解自家茶的历史，同时向我们演示日本茶道的点茶技艺——都是宋式点茶的遗风余韵——这种感觉，真是亲切。更令人惊讶的是，田中十七代传人，戴一副厚厚的近视眼镜，语言风趣极了，还用中文讲得一口好段子。

宇治茶极有名。日本有三大名茶：宇治茶、狭山茶、静冈茶。其中静冈茶的产量最大，而宇治茶的品质最佳。尤其是宇治产的"玉露"及"抹茶"，在日本堪称第一。几百年来，京都的宇治抹茶成为全日本最高级的抹茶的代名词，宇治的茶园也成为京都的重要人文风景。若追溯历史，京都宇治的茶是在镰仓时代从中国带去的茶种，栽培了日本的第一棵茶树。

田中点茶所用的茶具，其中有一样，就是茶筅。这次在径山的禅茶新村，我找到了茶筅制作技艺传承人陈金信。老陈家几代人，都从事传统竹编手工艺，是谓篾匠。很多年前，一个日本客商来到径山，找到陈金信的父亲，拿出一只茶筅，问其能不能做。做了几十年手艺的陈金信父亲，看看这样一个简单的竹制品，觉得无甚难度，便满口答应下来。结果，抓瞎了——小小的竹筅难倒了一个老篾匠。老父亲用了六年时间做出一只茶筅，送到日本客商跟前，人家一看就摇头。

一只茶筅，最终是用了十几年时间，父子两代人合力才做出来。这是一只接近完美的茶筅——对于想象中的事物，或者在历史上出现过又消失的美好事物，我们必须极尽严苛。否则，我们要怎么样才能接近过去的气息呢？唐诗宋词那令人仰望的高度，那个时代人们对于艺术审美的极致追求，从来就不是敷衍的态度可以随便抵达的。今日之人，掌握的科技力量与工业手段，都不知道超越了从前多少倍，但那种极竭尽所能、毫不妥协的行事态度，是不是也能一样略不逊色？

一只茶筅，看起来简单，却又是那样难。陈金信，如今也成了老陈，他俯身弯身在一张桌子前对付一个竹筅，其专心致志的程度，仿佛在对待一件艺术品。也的确是艺术品——不只是因为一个茶筅能卖到几千上万元，全世界的茶人都以得到一只他的茶筅为荣；而是那只茶筅的每一根竹枝都细如发丝，透明如花瓣，优美的曲线如自然造物，使人不禁发出轻声赞叹。

当我们今天的人，郑重地端起一个黑釉兔毫建盏，手持这样的一只茶筅，指绕腕旋、手轻筅重地点一碗茶时，我们是不是就能穿越时空，回归到八百年前的旧日时光里？我们能不能像古人一样缓慢地行走在茶之古道上，栉风沐雨，历经沧桑，然后坐下来纯粹地感受一碗茶汤之美？

"妙于此者，量茶受汤，调如融胶……先须搅动茶膏，渐加击拂……疏星皎月，灿然而生，则茶之根本立矣……"

在上径山的古道上，我不禁想，茶道，茶礼，到底是什么呢？

吃茶。且吃茶。不如吃茶去。其实吃茶只是吃茶，它什么都不是呀，它只是你吃茶时那一刻的超然物外，月映于中，只是那一瞬的时空折叠，一瞬便是永恒。

宋人吃茶，点茶，也叫作分茶——在茶面上拉花，画出种种鸟兽虫鱼也好，其实说起来也不过雕虫小技也。不要说跟治国平天下相比，乃至跟修身齐家相比，吃茶都是尘埃小事。然而从前的人岂会不知吗？哪里是不知——他们是知道了生之短暂，知道了流年易抛，才这样分外地珍惜每一个吃茶的时刻吧。

当下的日本茶人，很多人听说过径山寺，知道径山寺，并尊之为"茶道祖庭"。他们不远万里地到中国来，大多要专程到径山寺来走一走。沿着这条长长的古道，步入深山古寺。远客到访，也无须什么客套的话，主客坐了，只是吃茶。

做茶筅的老陈，是红艳学茶的师傅。老陈制茶筅时，亦如老僧入定一般。红艳在山下点茶的一刻，山寺的钟声也仿佛是袅袅地飞下来了。

三

心无尘，也是径山脚下一处吃茶的地方。村支书俞荣华，二三十年间学茶、炒茶、做茶，不仅拿到径山茶炒制技艺的第一本高级技师证，如今带领全村做好一篇茶文章，走一条乡村振兴的"茶之路"。

径山茶有几个不同发展阶段，荣华在十九岁时，高中刚刚毕业，村里恢复径山茶，需要招几个年轻人跟着师傅学炒茶，荣华就报名了。四个人报名，三个年轻人被炒茶师傅领走了，留下一个荣华无人认领，站在那里搓着衣角，尴尬极了。最后杨师傅说，那荣华你就跟我吧。就这一句话，荣华心想我一定要争口气。

学炒茶，手掌闷进茶青里，铁锅温度又高，一开始掌握不好力道与技巧，一只手掌烫出了五六个水泡。一个炒茶季下来，手上已是一掌的老茧。也是从那时学茶开始，他这一辈子再也没有离开过茶。

二十年前，径山村还是深山里一个比较落后的村庄，村集体年收入不到十万元，村民的人均年收入也只有四千元左右。如今的径山村已完全不一样，把吃茶文章做到极致，让绿叶子变身金叶子，成为"全国乡村特色产业产值超亿元村"。一到周末或节假日，村里的游客就络绎不绝。去年，径山村集体经营性收入达到二百三十多万元，村民人均收入达到了五万二千元；村内有十家茶企、十二家精品民宿、七十八家农家乐，还有多家文化公司、文创公司入驻。

带着访茶的心意，我走进了禅茶新村"宴茶·径山筑"茶生活美学空间。好漂亮啊！这是第一个直接感受。这个空间的装修时尚简约，像是一座美术馆，也像是一间城市客厅。窗外是无尽青山、成片茶园，一座碧蓝的泳池点缀在山林之间。楼下非遗炒茶技艺展示区，大堂有茶与咖啡，有二楼与三楼则有十七个各有特色的房间。这是一处供游客歇脚休憩、小住几日的地方，也是一处喝茶修心之所。在这里住着，闻着茶香，让心放空，感受茶的美好和悠远意境，是许多城市人向往的乡间生活吧。

这是"90后"茶仙子周颖的日常生活。

周颖也是"茶二代"，父亲周方林，一生与茶结下不解之缘，当年私人承包茶园做径山茶，也创立径山茶第一个自营私有品牌"绿神"。在女儿周颖的记忆里，父亲被人所惦记，"是因为他是第一个吃螃蟹的人"，报纸上就是这么写父亲，"他是径山茶省级非遗传承人。一双关节肿大的手，是人称'铁砂掌'的他常年炒茶的印记……"周颖说，父亲当年的创业之路也并不平坦，曾有一段时间摔了跟头，欠下债务，还受人冷眼和非议，这些都是记忆中的艰辛与辛酸。然而父亲并未被打倒，债务还清以后，又砸下全部身家去做径山茶。——爱茶至此，还有什么话说？茶，不只是父亲的事情，更是他一生精神所系。

径山茶讲究一个"真"字，真色，真香，真味。二十年前，老周就砸钱做有机茶园管理，那时做这个，既不来钱，又很花钱。可是老周看得长远，说哪怕亏本，也要真正做好茶。

周颖大学毕业，放弃城里的生活重返村庄，也想跟父亲一样，成为一名茶人。她有年轻人的时尚审美，喜欢汉服，喜欢一切美好的事物。她亲手把茶空间装修得精致美好，还开发出新颖的茶饮品，一下受到年轻人的喜欢。在这个过程中，她自己也受到传统文化的滋养，带领一批年轻人传播茶文化，领略茶的美好，建立起茶生活美学的范式。她还成为杭州市政协委员，获得了杭州市五一劳动奖章。

一碗茶汤，滋养精神。几年前刚回村里，周颖急于证明自己，常常用力过度。如今慢慢泡茶吃茶，她也领会到，很多事情其实不需要证明给谁看。只要慢慢去做了，茶的道路就在那里。

两代茶人的故事里，始终不变的，还是一个"真"字。

跟着荣华书记的脚步，漫步在禅茶新村，粉墙黛瓦、小桥流水，茶与禅的细节颇为动人。这个村落，居住的是从径山寺周边整体搬迁下山的五十多户村民，现在这里是"中国禅茶第一村"。禅境寻踪、止步结缘、苏子遗墨、船桥夜遇、围炉煮茶、蔡公斗茶……禅村十景，给整个村庄营造了空灵宁静的禅意。荣华书记还介绍，村里举办了吃茶节，打响"到径山吃茶去"的品牌。游客来了，除了能吃茶，还能参与采茶、制茶等茶事活动，体验宋代点茶，学习径山茶道，感受径山茶文化的魅力。

这一日，我在径山村所感受到的，是茶的日常生活——红艳在五峰山房为客人泡一碗茶，妈妈迎客送客，端出鲜果盘，窗外古径云深，依稀还有钟声传来。陈师傅在他的工坊里制作茶筅，手中的那只茶筅接近完工，陈师傅逆着光线检查工艺，每一根竹丝都恰到好处地呈现出柔和的质感。新茶人周颖在她的民宿，打开直播软件，向网友介绍径山茶文化的故事。村支书俞荣华则掰着指头，向游客一一介绍禅村十景的含义，以及整个径山村的发展思路……

一叶径山茶，承载着悠远的中华文明。从陆羽在此著经、法钦禅师于此植茶开始，这一片茶叶所承载的文化，就像河流一样流淌下来，持久地滋养着这一片土地。这是一条茶之路，也是一座村庄的振兴之路。2023 年 7 月 4 日，静水流深，径山村恬静从容，千年如斯。

凌家滩变奏曲

余同友

一

那应该是一个暑季即将到来的季节，北边五公里外的太湖山一片葱绿，听得见鹿鸣呦呦，南边的裕溪河河湾处，菱角那小耳朵般的叶子铺满了河面，菱果正在水下默默生长，再过不多长时间就可以采食了。睢鸠"关关"地叫着，呼唤着同伴，它们起飞时，惊动了参差的荇菜，荇菜的根须在水中左右摇摆——那时，离《关雎》描述这一场景还有几千年呢。

山岗上，一处工作坊里，匠人们正手持一块块玉石切切磋磋琢琢磨磨，他们一定也听见了鹿鸣，听见了关关睢鸠，他们的心里也一定浮现了菱花与荇菜那美丽的形态，于是，他们不甘心一成不变地对待手底的玉石，他们想，在玉人的脸上，在玉璜的外环，在玉龙的额头，可不可以将轻风、流水、树叶、星空乃至心中的旋律——雕刻在上面呢？他们这样想了，他们也这样做了，他们不知道，他们的这一大胆而又随心的动作，会惊艳了五千多年后的人类。

他们当然更不会想到，这个他们生产、生活的地方，五千多年后被学界认为是"中华文明起源时代曙光升起的地方"，是"大规模用玉之初的创新时期的史前治玉中心"，是"中国最早的城市"，1998 年它被评为全国十大考古新发现，2009 年开始，它被纳入中华文明探源工程，2021 年入选中国 "百年百大考古发现"，2020 年它再次被纳入新一轮中华文明探源工程，2021 年 10 月 26 日发布的北京冬奥会奖牌，背面的形象即来源于出土于它的同心圆玉璧⋯⋯

它便是位于安徽省马鞍山市含山县铜闸镇的凌家滩，一处新石器时代聚落遗址，如今它已经成为国家考古遗址公园。

2023 年 7 月 7 日，预报中的一场暴雨迟迟未来，天气闷热，下了含山南高铁站，走进凌家滩遗址公园大门时，我心里对于它的好奇也愈发增多，历经五千多年风雨，深深埋于地底的它是怎么被发现的？它又是怎么样一步步呈现出如此重大的文化意义的？这个原先坐落在长岗上的小小村落华丽转身后，如今又有着怎么样的风貌？

带着这些疑问，我的采访开始了。当结束采访，来到遗址公园墓葬区的高岗上，这时，有风自南而来，咀嚼着刚刚听来的一个个故事，一时思接五千载，我仿佛听到了一曲美妙的乐声，那是凌家滩遗址发现后几十年来演绎着的动听的变奏曲。

二

凌家滩并非因居住着凌姓人家而得名，而是因为裕溪河上那一湾菱角，那原先叫菱角滩，也不知道从什么时候起，人们叫着叫着，就成了 "凌家滩"。

这是万传仓告诉我的，他家世代居住在这片长长的岗地上。1985 年 12 月 1 日，今年七十二岁的万传仓对于这个日子记得特别清楚。

那天是万传仓去世的母亲出殡下葬的日子，母亲的坟地就选在岗上一处高处，那周围是庄稼地，也有其他人家的墓地。当地习俗，这一天要宴请亲朋们，万传仓在家负责接待，他的侄子带着十来个乡亲在岗上挖墓穴。当天晚上，丧事完毕，宴席散去，等到客人全部离开，侄子悄悄地将他拉到院子角落里，告诉了他一件事。

原来，当天十来个人挖墓穴，挖到半人多深时，忽然挖到了一大堆玉石器，他们先是互相望了望，便纷纷将那些东西捡起，跑到一旁的小水塘边随便清洗了下，他们并不知道那是什么东西，但一种本能让他们随手将之装进了口袋，侄子也趁机捡了两块回来。

侄子说着，将那两个"地下的东西"拿了出来，借助于屋内射过来的光线，万传仓认出来，一件是玉镯，一件是石斧，"这是文物啊!"他脱口而出。

万传仓在凌家滩村算是个人物，他上过学有点儿文化，后来，又随着父亲学习炕小鸡，孵小鸡雏卖，当地人称这种营生为"开炕"，那时候炕鸡走南闯北，万传仓去过很多个城市，而每到一个城市，他最感兴趣的便是去看博物馆，故宫博物院，南昌博物馆，他都去看过，隔着展品橱窗，他的目光抚摩过许多地下出土的文物。所以，他一眼就认出了手中的两件东西绝不是一般之物。

听万传仓这样说，侄子告诉他，他还捡了一堆这样的石头样的东西，放在墓地边。万传仓让侄子连夜将那些东西挑回来，"这些东西不能随便丢弃哟!"他说。

二十多块玉石器在夜色里回到了万传仓家，堆放在院子里，可是妻子不乐意了，她和村子里大多数人一样，认为从地底下挖出来的东西放在家里不吉利，再加上万传仓经常在外，她一个人在家独居，"你这是存心让我晚上睡不着觉啊!"无奈，万传仓将这些东西背到塘边清洗了一番，瞒着妻子用麻袋装了，塞在家中空着的西厢房的床底下。

办完了母亲的丧事，万传仓又外出炕鸡去了，再次回来已经是腊月底，在这期间，他常常会想到家中的那些东西，其实此前，在村子里也常有人在庄稼地里零星刨到过那些玉石玉器，但大家并不太当回事，有的随手拿回家，有的扔在院落里，有的被小孩子们发现了，穿了根绳索当玩具，谁也没太当回事，为什么村子里会不时发现那些"文物"？它们到底是什么东西呢？为什么这一次一次性发现这么多？万传仓打量着自己世代生活的这片山岗，陷入了沉思。过了年，作为党员，万传仓参加了全乡三级干部会议，中午在乡政府就餐，他看见了乡文化站站长李余和，他一下子有了主意，便跑过去，将李余和拉到一边，向他说了那一堆石头的事，"你去县里反映反映吧。"他说。李余和答应了。

1987 年 4 月的一天，县里来人了，找到了万传仓，请他带路，一户户做工作，从当时参与挖墓穴的乡邻们那里收回了那些被拿走的东西。有三十多件玉石器，被县文物所的工作人员擦洗，编号，摆在了万传仓家的大桌子上，还拍了照片。万传仓以为县里来人要带走这些东西，不料，他们说，按有关规定，他们暂时还不能带走，只能暂存在万传仓家中。这下，妻子又不乐意了。万传仓只好再次将那些大些玉石偷藏在西厢房床下，而将那些玉器包起来，放在自家炕房的办公桌下。不巧，不久这些藏货点又被妻子无意中发现，妻子责怪他，怎么还在家里？万传仓背起玉石和玉器，送到了县文物所，文物所工作人员还是拒收，并劝说他，再代保管一阵子，正等着上级回复呢。

就这样，直到 7 月份，这一批东西才正式被含山县文物部门收回，当时奖励了万传仓二百元钱。离开文物所，坐在通往乡间的小三轮上，万传仓想不到，他上交的这批东西随即被报知安徽省文物考古研究所，研究所迅速派专家前来调查，并进行了第一次试掘，一个五千多年前的古老遗址就这样被意外揭开。

在遗址公园办公室，万传仓向我们讲述着多年前的那些往事，脸上一直是一种骄傲的神情，他为自己当年的举动骄傲，更为他所在这个地方骄傲，"我就知道我们凌家滩不一般哪，古人的选址真科学，北望太湖山，近处裕溪河连接着巢湖与长江，四周低洼，先民们就在中间稍高的岗地上生活、生产。"他说话的样子就像一位老专家。

<h2 style="text-align:center">三</h2>

站在历史的角度去看待万传仓这样一个普通农民的当年的行为，会发现，那是非常动人的，而1987年9月的一个夜晚，在凌家滩，又出现了同样动人的一幕。

那一夜，暑热未退，三十六岁的程年仓在结束一天的劳作后，照例搬出木凉椅到户外院子里，躺在上面乘凉过夜，一道流星划过天际，消失在太湖山边，他慢慢进入梦乡。

夜晚十二点左右，朦胧的月色里，程年仓突然觉得不对劲，曾经当过兵，在部队练习过夜晚观听的他，发现了异常，红薯地里，像是有人，他不由往东边距他家八十米外的江家坟望去。他知道，那里前不久来过省里的文物专家，发掘了一批文物，作为村干部，他约略了解了一些文物常识，难道，这个地方被盗墓者盯上了？怎么办？

程年仓翻身而起，却并没有立即上前，他想，如果贸然前去，说不定会惊动了对方，再说还不知道他们一共有几个人，如果纠缠起来，弄不好还会被认为是同伙呢，当过兵的他略一思索，便潜身绕道到西边，找到村委会主任，说了情况后，两人分头行动，主任从大路上去，他自己从小路包抄。到了那地点，一看，有两人，一人在埋头挥锹，一人趴在坟头托着两腮望风。说时迟那时快，程年仓按照分工，猛地扑向趴坟头的那位，一把按住了那人的双手，那边村主任也顺利地摁住了挖墓者，让程年仓颇感意外的是，那位望风的竟然是个女孩子，带到家里一问，还是个大学生，那位盗挖者三十来岁，浙江人，他们说是从报纸上的一则考古新闻得到线索的，女孩儿还诧异地对程年仓说，你不是往下面走去了吗，怎么又走上来了？问得程年仓哭笑不得。盗挖者当时挖了有半人深，位置偏了一点儿，如果再往北去一点儿就可能挖到古墓葬区，所以没有盗挖到文物，加上那时又没有电话及时向县里汇报，见此情况，村主任和程年仓将那两人教育了一番，让他们丢下防毒蛇的药、挖墓的铁锹等作案工具，便放他们走了。

第二天，村主任将这件事向上面汇报了，因为经费紧张，无法安排专门人员保护遗址，县有关部门请求当地政府帮助，村里就委托程年仓说，老程，遗址离你家近，就你吧。程年仓答应了下来，他没想到，在一分钱补贴没有的情况下，他这一个人的守护就守护了二十年，直到2007年，上面才给了每月四百元的补贴，后来逐渐增加到现在的每月一千五百元。

自那以后，程年仓一年三百六十五天，天天多了一项固定的工作内容，那就是每晚到家附近的考古遗址转上几转，那时候，岗上的山地里种满了棉花、花生、黄豆等，如果有盗墓的往庄稼地里一伏，是很难发现的。程年仓多了个心眼，特地养了两条狗，一听到狗的叫声有异常，他便不管多累多忙，也要跑出屋子实地查看一番，遇见可疑的人，他总要上前细细盘查，如果是本地人，则耐心地宣讲文物保护法规。

日日夜夜巡查在这片遗址上，从中年到老年，随着凌家滩遗址名气越来越大，程年仓对片土地的情感也越来越深切了，去年，有关部门考虑到他年龄大了，便劝说他退休，不用再值班看守遗址公园了，他说，我还可以干，有感情了嘛，一天不上来转转，心里就不自在呀。

前不久，凌家滩国家考古遗址公园正式挂牌，原来占压遗址本体的五个自然村、约一千户村民顺利完成了搬迁，当地政府将原有的五栋大粮仓进行整修再利用，从宿舍到工作区、到公园的相关展陈区，步行只要几分钟。考古工作站内，考古队员正忙碌着，拍照、修复、绘图，而原先岗台遗址上，一群群国内外游客慕名而来，他们面对着那祭祀区墓坑那些精美的玉石，那些久远的史前遗迹，不时地拍照、记录，这是

"守望者"程年仓最最高兴的时刻,他很想告诉他们,嘿,你们知道吗?原来我的家就离这遗址中心区八十米,多年的守护,我熟悉这里的每一寸土地哟……

四

"从太湖山走到长岗乡还有五里路,我们扛着几十斤的行李走了两个小时。大家住在乡政府对面的招待所二楼,没有自来水和卫生间,在乡政府食堂搭伙。乡政府距考古工地也是五里路,每天来回四趟,一天要跑二十里。"多年以后,面对记者,张敬国这样回忆刚刚到凌家滩考古时的情形。

遇到凌家滩时,1975年毕业于北京大学考古学专业的张敬国从事田野考古已有十多年,跑遍了淮河两岸与长江南北。遇到凌家滩后,他的名字便和它绑在了一起。从1987年至2007年的二十年间,凌家滩进行了五次考古,张敬国都是领队。

第一次发掘面积其实只有两个探方、五十平方米。但由于文化层较浅,揭去耕土层和很薄的汉代堆积后,很快便发现了早期墓葬。后来命名为87M1的墓葬中,首先发现了三件国宝级文物"站姿玉人"。见过这三件玉人的考古学家王仁湘忍不住写诗表达心中的喜悦:"问问你,知是谁?方方颐,弯弯眉;平平冠,腰紧围;手扪心,目睽睽;端端立,衣如水……"

接下来,三角形刻纹玉片、精致的玉勺等出土玉器让人应接不暇,当然,最令人兴奋的是在其他遗址从未见过的刻纹玉版和玉龟。当时玉版只露出一半,另一半夹在玉龟下面,玉龟分成了上下腹甲,腹甲做得非常逼真,在上下龟甲之间有几个孔,应该可以用绳子拴上。玉版两面均抛光,正面刻纹,中部一小圆,内琢刻八角形纹,小圆外琢磨一大圆，大小圆之间以直线平分为八个区域，每个区域内各有一条圭状纹饰。"这是非常重大的考古发现，古人的精神世界就这样直观地呈现在我们面前，天圆地方的宇宙观可能在五千多年前就已经形成了。"张敬国说，"直到今天，对玉版和玉龟的讨论还在进行着。"

这次考古结束后，在当地举办了三天的小型成果展，让当地村民和附近十里八乡的人"一饱眼福"。现今是含山二中教师的童文玲就是那些参观者中的一员，她当时悄悄地摸了一下出土的大玉猪，"冰凉又温软，真是奇异的感受！"

随后，第二任考古队领队吴卫红，第三任领队张小雷，几代考古人接力，对凌家滩的考古发掘不断深入，各种新发现连连登上媒体头条，一个布局完整的史前文化遗址日渐清晰：

发现大型祭坛一座，墓葬六十八座，出土玉器和玉料一千一百余件；

发现近二十处小型聚落，年代大多略早于凌家滩，反映出明显的聚落集中趋势。在此基础上对凌家滩及周边十个遗址进行全面勘探，勘探面积超过二百万平方米，发现了内外两重环壕，在岗地东侧的石头圩发现大面积生活区；

2020 年，凌家滩被纳入新一轮中华文明探源工程。考古再次启动，经过连续三年的考古，又有了许多新发现，尤其是大型红烧土遗迹片区，发掘面积达两千多平方米，初步证实为大型公共建筑。

从器物考古到聚落考古，再到科技考古、多学科考古，三十五年十四次考古，从一个默默无闻的小村落，到融科研、教育与文旅于一体的国家考古遗址公园，这美妙的变奏，离不开考古人持续三十多年的努力。十四次考古，多位考古人通过手铲一点点为我们揭示出这个古老文化的生动面貌，在中华文明探源中写下重要篇章。

离开凌家滩考古遗址公园，已经是黄昏时分，站在裕溪河南岸，再次回望凌家滩遗址，三级地貌非常清楚，逐渐抬升的凌家滩遗址在落日的余晖下愈发显得神秘，裕溪河水也披上了一层夕阳的暖红，一首低回婉转百折不挠的文明的变奏曲就在这天地之间、山水之间流转着，我，听见了。

城 村 物 语

张晓平

2023 年 6 月 30 日,中国作家协会"中国一日·走近中华文明"大型文学主题实践活动举办之际,我在世界文化与自然遗产地福建武夷山,再一次来到汉城国家考古遗址公园。

1999 年底,福建武夷山列入联合国教科文组织世界遗产名录,位于武夷山城村的汉城遗址赫然写入世界文化遗产的内容。联合国世界遗产委员会协调员亨利·克利文说:"闽越王城是环太平洋地区保存最完好的汉代大型王城遗址,是中国古代南方城市的典型代表,在中国和世界建筑史上占有重要地位。"由于闽越王城被掩埋在地下两千多年后才重见天日,世遗专家说:"这是中国的庞贝!"

武夷山汉城遗址于 1958 年文物普查时被偶然发现,经过六十多年的考古探寻和挖掘,越来越多令人叹为观止的考古成果持续展现,2022 年 12 月汉城遗址正式入选国家考古遗址公园。这一次,我聆听"一个人——闽越王无诸、一座城——闽越王城"的故事,看到了闽越时期能工巧匠的技艺和聪慧,感受西汉历史上一段短暂而又辉煌的文明融合。华夏古老文化与物质的瑰宝,处处闪耀着人类文明之光。古城物语,发出来自土地和历史深处的声音……

"无诸雕像"

来到城村闽越王城博物馆前，抬眼可见一尊闽越王无诸的石质雕像，只见无诸佩剑伫立、英姿勃发，雕像刻意烘托这位"开闽始祖"的高大伟岸，展现他雄才大略的形象。

福建博物院研究员梅华全介绍说：无诸生于战国晚期，卒于西汉初期。越国解体后，王侯贵族纷纷逃到南方各地，或为王，或为君，建立割据国（岛）多达近二百个，这就是中国历史上著名的"百越"时期。无诸是移居闽地的一支，为越王勾践的后裔。无诸作为越人入闽第7世的代表人物，王族权柄传到了他手里。汉高祖五年（前202年），无诸被汉高祖刘邦复立为闽越王。此时"百越"基本消亡，留存下来的是"百越"中最强大的闽越国、东瓯国和南海国。无诸治下的闽越国吸收中原先进生产力，政治、社会、经济和文化得到发展，百姓安居乐业。闽越国揭开了福建文明史的光辉篇章，无诸被后世称为中国历史上民族融合的一个代表人物。

中国考古学会理事、福建博物院副院长、福建闽越王城博物馆馆长楼建龙认为，每一个文明的诞生，都需要漫长的发展过程，地处东南一隅的闽越国更是如此。考古材料显示，福建在距今三千六百年至四千年间跨入青铜时代，形成了多个部落联盟，文明社会初步显现。当时的部落文化呈现出普遍繁荣、多样融合的特点，闽江上游武夷船棺就是这一时期先民的奇特葬俗，也是中国江南地区及东南亚一带悬棺葬的发源地。楼建龙说，闽越国的建立，使福建及周边浙南、赣东北、赣东南及粤东北等地区的闽越文化更显繁荣发展。由考古发现可见，闽越文化的遗址遗存在这些地区广泛分布，闽北地区最丰富。

梅华全说，为什么叫"闽越国"呢？因为有一个"闽越族"，其中

"闽"是闽族，"越"是越族。因为福建这边是闽族，"七闽"是主体，越是客体，两者融合就形成了闽越族。

站在无诸雕像之前，我们不禁对这位拥有大智慧的闽越先王肃然起敬！无诸作为一个越人，以武力占据闽人地盘。在那样一个群雄争霸、胜者为王的战国年代，各族群之间你争我斗，不是我灭了你，就是你灭了我。"百越"之国成也于此，败也于此。但无诸具有大智慧，他扩张的方式并非一味吞并，而是能够兼顾越族和闽族的利益，不去刻意划分所谓的"闽"和"越"，更避免两族之间陷入争斗、分出个高下贵贱，而是依靠融合打拼出一个共同的"闽越国"。能够平衡两族关系、让两族相处相融并非易事，但两千多年前的无诸做到了！他统一了"七闽"，创建闽越国。闽越国中闽人和越人相生共荣，闽人还保存了"主体"。这是无诸了不起之处，也成就了他的王者之道。

这就必须提到无诸的祖先越王勾践。从血脉基因看，无诸是勾践的后代；从精神谱系看，无诸继承了勾践坚忍、顽强、不屈不挠的性格。越王勾践是"卧薪尝胆""忍辱负重"两个成语故事的主人公，千百年来是智慧和坚忍的化身。勾践的故事人们耳熟能详。他饭前尝苦胆，睡觉睡柴草，从一个失败者翻转为最大的胜利者，让羞辱他的吴王羞辱自杀。对于勾践十三世孙无诸，司马迁《史记》记载，秦统一后，降无诸为郡长；秦末，无诸率闽中军挥师北上，协同诸侯灭秦；项羽分封行赏，却把功劳巨大的无诸排除在外。无诸秉承先祖遗风，每当重要关头，进退有度，最终也像勾践一样成为人生赢家，被刘邦复立为闽越王。可以说，闽越王无诸和越王勾践，既有血脉基因的关系，又有精神传承的关系。

无诸雕像立在武夷山城村，无诸对整个武夷山区域的影响无处不在。群峰耸立的武夷山中有一块特别醒目、高大威武的巨岩，人们把它称为大王峰，据说就是因为大王无诸经常在这一带附近带兵练武而得名的。专家考证武夷山名字的由来也和无诸有关，无诸的祖先名叫"无余"，越语"无余"与"武夷"读音相同，族人祭祖口中的"无余无余"（"武夷武夷"）久而久之就叫成了武夷山的名字。无诸复立封王后选择在武夷山城村建立闽越王城，城村成为"武夷山下帝王都"。

武夷山地处闽浙赣交界，当时闽越国的辖地包括闽全境、江西和浙江部分地区。无诸作为成功的政治家为辖区民众着想，将闽越王城王宫设在武夷山，正好处在中心位置。辖区民众无论越人还是闽人，都可以感受到闽越王无诸的"皇恩浩荡"，从而产生融合的归属感。

《汉书·严助传》记载闽越国"甲卒不下数十万"，说明当时闽越人丁的兴旺，在那样一个连年战乱时期实属不易。武夷山下帝王都成为特定时期闽越国政治和军事总部，是"中国东南之强"。无诸民族融合之路大功告成，闽越国成为西汉时期南方的一个强大的割据势力。

武夷山大王峰，何尝不可以说是另一座永久耸立的"无诸雕像"？

瓦当、铧犁和空心砖

关于"七闽"最早的文字记载，出自《周礼·夏官》："职方氏掌天下之图，以掌天下之地，辨其邦国、都鄙、四夷、八蛮、七闽、九貉、五戎、六狄之人民……"

人们印象中的"七闽"是蛮荒之地，许多人津津乐道的闽族文化特征诸如拜蛇图腾、断发文身、拔牙巫术、魑魅鬼物等，说明属于更远古时的风情风俗得到保存。但对无诸时期闽越国文化的认识不能停留在这些事物上，当时闽越国文明融合的大门已经打开，先进的汉文化、越文化占主导地位，与当地以印纹硬陶为代表的闽族文化融合，碰撞出瑰丽的闽越文化。比如建筑文化，建筑师们模仿秦都汉宫的中原风尚建造王城：王殿居中，左祖右社，这是秦汉的礼制格局；城门高大气派，城墙严实厚重，这是中原古城的特征；庭院、汉阙、宫庙、中轴线、祭坛等，中原文化烙印深刻。但在细节之处体现出浓郁的闽越风情，"干栏式"建筑、墙体蛇纹图、彩绘、砖瓦纹路等，把闽越王风情展现得淋漓尽致。

在闽越王城博物馆里，陈列着"万岁""常乐""乐未央""常乐万岁"瓦当。博物馆研究员告诉我们，瓦当俗称瓦头，古建筑用于顶檐上的构件，起着保护木制飞檐和美化屋面轮廓的作用。武夷山城村地下挖出的瓦当，数量之多、制作之精美、书法和构图之独特，出乎考古界专家意料，因为这些吉语瓦当，提供了它们出自宫殿建筑的证据。"万岁"瓦当泥质灰硬陶，扁圆形，沿旁一圈弦纹，当心凸起圆泡，上部有云树纹（镟），书法为篆书，图案有蛇、鸟图。"古代瓦当应用在古宫殿、官署、寺庙等级别较高的建筑上。"博物馆研究员说："从汉城'万岁'瓦当可以看出多元文化的融合。篆书来自中原文化，文字瓦当多见于西汉初期。右侧'万'字及左侧'岁'字均有鸟形钩状，这种'鸟'语在越文化里经常出现。云树图纹虽然比较普遍，但蛇、鸟图纹少见，闽地有崇蛇习俗，蛇形图纹应该是秦时期闽土族神话传说的体现。"

汉城遗址出土的铁器、兵器值得重视，主要有犁、耙、铲、刀、剑、镞、矛、釜等，种类和数量都是无与伦比的。楼建龙说，历年考古发掘出土的铁器种类齐全，有农具、手工业工具、兵器及其他日用杂器等三百余件，是福建出土最多、最早的一批铁器。许多罕见的器具，代表了当时先进的生产水平，可见闽越国农业生产力达到空前水平，精耕细作的农业技术已被闽越人接受和掌握。一些先进的农具甚至在中原地区也属罕见，比如：一件硕大的铧犁，重达十五公斤，需四头牛才能拉动耕田；一件奇特的铁锯，齿轮清晰可辨，残长一百零二厘米，宽三厘米……

闽越王城遗址出土了大量石器、木器、砖瓦等珍贵文物。比如：一块全国最大的空心砖，泥质橙黄陶，长方形，正面模印两条绶带串联四块玉璧形主体纹饰，边框以菱形纹作辅助装饰；铺地砖及角砖，长四十六厘米、宽三十八厘米、厚四厘米，印有菱形花纹的长形砖主要用于铺砌回廊走道宫殿地面，角砖用于建筑边角的陶质建材；还有大小、口径不同的水管道是根据排水流量设计的，反映出当时古城排水系统设计得严密周到。

宫 殿 浴 池

司马迁《史记·东越列传》中用一千两百五十六个字勾勒出闽越国兴亡的轨迹，最后这样评价："太史公曰：（闽）越虽蛮夷，其先岂尝有大功德于民哉！何其久也。……然馀善至大逆，灭国迁众。"可见，闽越开国之王无诸是历史功臣，其继承者东越王馀善是历史罪人。

司马迁的闽越国传记为何名《东越列传》而不是名《闽越列传》？一是有考证认为闽越国就是东越国。二是因为后无诸时代，东越王馀善戏份儿太重。

馀善是个野心勃勃的狠角色，他杀死自己的亲哥哥、无诸王位继承人郢，把郢的首级作为投名状献给汉武帝，想以此换得闽越王位。不料汉武帝认为"只有无诸之孙繇君丑没有参与阴谋"，立丑为闽越王。此时馀善杀郢占据了地盘，收拢了人心，闽中贵族和百姓多半拥戴他。馀善自以为已经做大，暗中自立为王。汉武帝得知后也予以默认："馀善屡次同郢阴谋作乱，以后杀死郢，使汉军得以避免征战之苦。"汉武帝索性下诏封立馀善为东越王，与此时的闽越王丑并处。

这或许是大汉朝廷惯用的离间计，目的让闽越王族之间相互制衡，如果相安无事最好，这样也可保一方平安。但屡获成功的馀善野心已经包藏不住，居然发兵拒汉："号将军驺力为吞汉将军，入白沙、武陵、梅岭，杀汉三校尉。"首战告捷，馀善被胜利冲昏头脑，便私刻"武帝"玺印自立为帝。元封元年（前 110 年），汉武帝派四路大军围剿馀善，一直杀到武夷山，武夷山下的闽越王城毁于一旦。这场惨烈战争的主角东越王馀善，被东越建成侯敖和繇王居股合谋杀死。

强大的汉武帝铁蹄征服闽越国后，烧光闽越王城的城池宫殿，杀戮闽越残兵败将，将闽越族人流放至江淮一带。在历史长河中，闽越国"兴也匆匆，亡也匆匆"，从此在地球上永远消失了。

馀善等人犯下致命的错误，将勾践、无诸祖训置之脑后，闽越国与汉、南越、东瓯上演"四国演义"，对抗大汉朝廷统一中国。馀善野心膨胀私刻玉玺，擅自称帝搞分裂，逆历史潮流而动不得善终，导致了闽越国的灭亡。闽越国在穷兵黩武的同时，王孙贵族的生活骄奢淫逸，这也加速了闽越国走向衰亡。在汉城高胡坪甲组宫殿大殿的东边有一个砖砌的水池。浴池四边有四条并列的东西向陶管，北边也有四条并列的南北向陶管道，东壁下设有一条排水管。在浴池北侧东部又有一组回形陶管道。专家认为这是供暖设施。这些复杂的设施在全国的汉代遗址中是独一无二的，一方面说明当时浴池设施的先进水平，另一方面宫廷生活的豪奢可见一斑。

祭祀及幔亭宴之乾鱼

公元前 110 年，汉武帝派出特使到武夷山幔亭峰祭祀，同时举办了神仙会幔亭招宴。

宋代诗人陆游诗云："幼读封禅书，始知武夷君。"司马迁《汉书·封禅书》中，记载汉武帝接受大臣祭祀神仙武夷君以求福祥的建议，令祠官"领祠之，如其方……武夷君用乾鱼……"。

为什么祭祀武夷君用乾鱼？《易·说卦》中乾为六十四卦中第一卦，代表尊贵无比，汉武帝及一干臣子炫耀一统天下的威力，所以选择以乾（雄性）之鱼祭祀。

当然，祭祀活动是汉武帝使出的怀柔招数，他收复天下后，实行"汉化闽地"政策。祭祀武夷君，以神仙之名号令天下，目的在软化人心。

所以武夷山被列入封禅之册，皇帝派出的特使来到幔亭峰举办祭祀和幔亭招宴。乾鱼也成为幔亭招宴上的一道美食。这种鱼是当地一种鱼干，取自武夷山城村河流里的鱼精制而成。

朱熹《九曲棹歌》开篇写闽越时期的神仙会："一曲溪边上钓船，幔亭峰影蘸晴川。虹桥一断无消息，万壑千岩锁翠烟。"能让朱熹如此高看一等，可见神仙会幔亭招宴的分量。

据《武夷山志》记载，古代武夷山祭祀神仙武夷君的盛会，每年农历八月十五举行。幔亭峰前，设彩屋数十间，饰以明珠宝玉，"置酒会乡人于峰顶，召男女二千余人，皆呼虹桥，令乡人跨空鱼贯而上"。记载中秦始皇二年中秋的幔亭招宴最为盛大，众神仙和两千多名山民齐聚一堂，上演了仙凡同乐的大戏。曲终人散，"风雨暴至，虹桥飞断"，回首望去，寂静的幔亭峰上空无一物。李商隐、柳永、辛弃疾、李纲、黄庭美、蓝仁、董天工等名家也都对神仙会着迷，写下令人难忘的诗篇。其中辛弃疾的诗句耐人寻味："山上风吹笙鹤声，山前人望翠云屏。蓬莱枉觅瑶池路，不道人间有幔亭。"

宋代学者祝穆《幔亭招宴》一文中记叙了神仙会情况。只见幔亭峰上，彩虹桥横空飞架，神仙皇太姥、魏王子骞、武夷十三仙腾云驾雾而来，落座高堂，众山民鱼贯簇拥分东西两侧跪拜坐下。山中宴席美酒佳肴摆开，一时觥筹交错、醉饮良宵。主持人（赞者）命鼓师击鼓、乐手演奏。歌师彭令昭食罢乾鱼登场，高歌《人间可哀之曲》：

天上人间兮会合疏稀，
日落西山兮夕鸟归飞。
百年一饷兮志与愿违，
天宫咫尺兮恨不相随。

听，千年文物会"说话"

王　芸

一

双耳直立，下有三足，浑圆的鼎身被灯光照亮，模样并不见奇，亮处的铭文笔画细挺，清晰可辨："昌邑籍田铜鼎容十斗重卅八斤第二"。它是南昌汉代海昏侯国遗址博物馆内展陈的两千多件文物之一，被命名为"昌邑籍田"青铜鼎。

"金色海昏"展厅整体光线偏暗，柔和的光团映亮一件件文物。此时是 2023 年 6 月 29 日上午 11 时 5 分，我站在"昌邑籍田"青铜鼎的面前，这不是我第一次与它对视，也不会是最后一次。海昏侯墓的神秘幻彩所构成的吸引，强劲、绵长。

"这寥寥十五个字，蕴含了丰富的信息。"博物馆考古部主任赵艺博告诉我，"昌邑"指明了归属地，即山东巨野县，古昌邑国所在地。刘髆及其儿子刘贺是两代昌邑王，此鼎应是他们使用过的礼器。按照礼制，不同级别的王侯只能使用与自己身份、地位相匹配的鼎，其大小、数量都有严格的规定。"籍田"指汉代的一种典礼——春耕之际，天子率领诸侯及百官亲自耕田的礼仪，以祈愿年景兴旺，五谷丰登。这是农业文明占主导地位的国家之大事，关系百姓民生，关乎兴国安邦。"铜鼎"，标明了其材质和形制。"容十斗、重卅八斤"，标明了它的容量和重量。最后那个"第二"不可小视，在汉代的籍田典礼中，有一套特定的器物，包含鼎、灯……"第二"指它是一整套礼器中鼎类的第二件，标明了它在典礼中的序位，也说明成套籍田用鼎至少有两件。

两千年后，它缘何出现在离山东巨野千里之遥的江西南昌？这位惜字如金、言简意赅的"讲述者"，向我们讲述着两千年前古昌邑国的兴与衰、汉代一项重要的典礼制度，还有一位名叫刘贺的古人从王—帝—平民—侯的奇诡命运。

奇诡命运所赋予的墓主多种身份，以及地理动荡带来的对棺椁的奇异呵护，虽遭多次盗墓却莫名得以保全的奇特遭遇，让这座在 2011 年进入今人视野的西汉大墓，成为让考古界震动、让世人为之一再发出惊叹的"宝库"：青铜器、漆器、玉器、简牍，还有数量惊人的金器……海昏侯墓创下了我国考古史上的多个第一。2015 年囊括了中国考古六大新发现、田野考古奖、全国十大考古新发现、考古资产保护金尊奖等，2019 年被授予第四届"世界考古论坛奖·重大田野考古发现奖"，2021 年入选全国"百年百大考古发现"。

二

游龙造型的博物馆建在海昏侯国紫禁城遗址附近。沿馆身一侧的弧形小路，我来到江西省文物考古研究院与博物馆联合设立的考古站，见到了担任海昏侯墓考古队领队的专家杨军。

2011 年的一天，刚出差回来正在做饭的他，接到一个电话，称南昌新建县（现为区）大塘坪乡观西村有一个墓疑似被盗，让他马上去现场看看……那天，顺着黑咕隆咚的盗洞下沉的杨军，突然闻到一股异香扑鼻，那一瞬间带来的惊诧和震动，令他再难忘记。香气何来？杨军告诉我，时间久远的高等级古墓一般没有难闻的气味，松木、樟木、楠木，源于植物体内的香息，还有香炉中残存的香料，在封闭空间中不被打扰，不受污染，又被时间这位耐心的调香师慢慢调理，越来越醇，越来越浓……沿着这异香弥漫的时间甬道，通向的是两千年前的大汉王朝。

十二年沉浸式投入，海昏侯墓的大量考古信息，无分巨细存于这位权威专家的脑中，一被问及便可脱口而出，无须翻阅资料。"海昏侯墓出土金器四百七十八件，重达一百二十公斤，数量惊人，是迄今为止我国汉代考古方面一次性出土金器量最大的一座，甚至超过了以前出土的汉墓金器总和。"

金器不腐不萎，经过清洗、除霉、除菌和修复处理后，被展陈在博物馆数个展柜中，相互呼应。铺排成阵的金饼、金板，还有敦实的马蹄金与精致的麟趾金，个个色泽耀亮灼目。凑近去看，麟趾金的沿口用细细的金丝雕琢成繁复花纹，有的多达七种。有的金饼上标示"海昏侯臣贺元康三年酎金一斤"字样。它们仿佛一段段铿锵有力的"证词"，言之凿凿地证实了汉代确实是一个"多金王朝"，也道尽了刘贺的凄惨境遇。

汉代对金的重视，始于汉文帝。每年农历八月，汉文帝在都城祭高祖庙，除了供奉从一月开始酿造的醇酒，还有由各地诸侯王、列侯铸造，成色足够纯粹的黄金。"元康三年"，这一年刘贺想必早早就备好了献祭的金饼，寄望能重返京城，与诸侯、大臣们一起匍匐在高祖庙前，但没能如愿。

"为什么一个诸侯的墓中会出土这么多金器?"面对我的疑问，专家杨军分析原因有二：一是历代盗墓者未能真正进入，盗取文物；二是刘贺身份的特殊性，这位曾经是王（第二代昌邑王）—帝（仅当了27天天子便遭废黜）—侯（第一代海昏侯），经历了过山车般跌宕一生的古人，积累了多种来源的财富，加上在其死后不久，海昏国遭到"除国"，沦为平民的刘贺后人家中不能再保留任何关于侯国的物品，于是，在朝廷官员的主持下，这些物品一股脑地被扫进了刘贺墓中。

"海昏侯墓中一共出土了三架乐悬，铜编钟两组二十四件，还有一组铁质编磬，构成了完整的'礼仪乐悬'。其科学价值在于反映了汉代的礼制，它们应该是刘贺现实生活中曾使用过的礼制乐器，经测音，还能演奏现代乐曲；其艺术价值，在于制作精美，铜钮钟和甬钟都是鎏金的……"专家杨军告诉我，在海昏侯墓之前，有三座汉王墓出土过编钟，而海昏侯墓出土的编钟比它们时间都晚，也最为精美。

三

那枚小小的玉印，曾经让考古专家们翘首以盼，最终锤实墓主乃刘贺。灯光下，它玉色清透，高浮雕幼螭为钮。螭为龙生九子之一，一个以龙为尊的民族，螭的形象不可随意出现。幼螭之钮，隐晦地指明了刘贺乃皇帝子孙的身份。他是汉武帝的嫡孙。

"海昏侯墓的考古研究工作，需要一代、两代甚至更多人接力完成。"杨军队长深知这项工作的浩繁、复杂与漫长。公开展陈的两千多件文物只是"冰山"一角，巨量的文物还在等待被专家们的金手指"唤醒"。

海昏侯墓文物的保护和修复工作，分门别类，都由该领域顶尖级的专家来完成。南京博物院文保部承担了玉器修复的重任。发掘时墓内坍塌严重，不少玉器残破，最严重的一枚碎成了六十多片。大墓共出土玉器五百多件，今年 6 月初，十五件主棺玉器被修复一新。

5 月 18 日国际博物馆日那天，海昏侯国遗址博物馆上新了十四件刚刚修复的文物，有漆耳杯、漆盘，也有青铜匜。其中一只耳杯，躺在恒温恒湿的展柜中，形态完整，黑红漆色古朴，纹饰清晰灵动。

遗址博物馆保管部的工作人员桂艳琴告诉我，随着文物的修复，馆内的展品也会不断更新，让前来参观的人可以"常看常新"。"海昏侯遗址博物馆的定位不是'考古展''赛宝展'，而是注重展现历史文化的脉流，以一座墓、一座城、一个人为逻辑线索，'以物言史'，尽可能地展现这一'消失的侯国'的面貌和精髓，进而展现两千年前'大汉盛世'的王朝气象与豪迈气度。"

　　海昏侯墓是在我国考古技术已经非常熟练、精湛的前提下，依靠顶层设计、多方配合、多技术运用，并与现代科技紧密结合的一次现代考古"实战"。发掘时，首度使用了低氧实验室等高新技术，考古发掘和文物保护同时进行。

　　"遗址公园不只是一座博物馆，仅展示墓葬中出土的文物，还包括一个国——海昏侯国的遗址，一个城——紫禁城有三点六平方公里，分内城、外城，两三米高的土城墙基本完好，还有城外墓葬区，包括历代海昏侯的墓园、贵族墓区、平民墓区。这样一个面积大、保存完好、内容丰富的大遗址，整体构成展现汉代文明的一个重要标识，足以让中外重新看待中国的汉代文明。"杨军队长帮我厘清了遗址公园的内涵与外延，其营建遵循"从文物保护向文化遗产方向"转变的现代理念。未来，紫禁城遗址与墓区的真实形态，都将向公众开放。

四

　　在考古站，我看到了很多年轻面孔，他们大多参加过海昏侯墓的考古发掘工作。一个十来平方米的房间里，五六位年轻人围桌而坐，各自低头忙碌着，有的在整理资料，有的在做小型文物的修复，有的在做拓印……

　　走进斜对面的竹简修复室，意外遇到三位老乡——来自湖北荆州文物保护中心的专家白云星、何文清、凡月娥。他们来南昌四个多月了，每天的工作从早到晚，都是一心一意从一排竹简到另一排竹简。这样的工作状态，他们很可能要持续三年。

海昏侯墓出土的竹简多达五千枚，经过初步识读，专家在此之中发现了《论语》《易经》《礼记》《医书》《六博棋谱》等珍贵内容。来到这间工作室的竹简，已经被清洗掉了泥污、杂质，做过了脱水处理。做了二十年文物保护的何文清正将纯净水中浸泡的竹简，小心翼翼地移到红外扫描仪上，她用非常细的毛笔扫除竹简上的杂质。竹简十五枚一组，有一根断成了上下两节。肉眼看去，竹色与上面的墨字混为一体，难以分辨。可被扫描成像后，图片上的墨字清晰了，典型的汉隶。完成扫描的竹简，来到专家白云星手中，他将竹简放在玻璃上，一枚枚用纸和细线单独捆扎起来，这是做加固处理，便于长久保存。

简牍，被誉为学术价值最高的文物。专家杨军说："非常难得的是发现了已经失传一千八百多年的《齐论语》。"文化断裂的一根脉流，竟这样跨越千年空白重新接续上了。正是众多的涓流汇合成五千年中华文明的长河，使之生生不息奔涌至今。

遗址博物馆保管部科员袁龙辉，是一位"90后"。今年初，为配合一部纪录片的拍摄，他被安排到库房寻找一枚有代表性的竹简。竹简们躺在装有药水的托盘中，上面压着玻璃片。他将手电调成柔光，凑近托盘细细辨识，忽然，他看到一段熟悉的句子，"有朋自远方来不亦说乎"。那一刻，如遇"故人"，惊喜在心间沸腾。这些由生活在几千年前的哲人写下的句子、表达的思想，依然在影响着我们，并将继续影响下去……文化的脉流是这样绵长、强健。

袁龙辉学的化学材料专业，刚考进博物馆时在考古方面是个"小白"。他被派出去学习，曾亲历过小型青铜器的保护与修复，旁观过漆耳杯的修复。记忆深刻的一次，他和同事在显微镜下观看青铜器被放大的细部，外包装的织物在其表层落下了清晰格纹，细微的裂隙处洇沉的铜绿颜色艳丽，震惊之下，他拍下了几张照片，至今存在手机里。

他的手机里还存有一只漆耳杯的照片，那是他的同事修复完成的。这只耳杯经过了长达两年的脱水，母体的木质重新变得结实。因为形体在墓中被挤压变形，需要制作石膏模型定型、矫形，一器一模，一点儿一点儿反复进行修正。之后，进行补缺，上漆。许多细部，是用牙签般粗细的木棍，一点儿一点儿涂、抹、填、补、修。同事将一年时光都交付给了这只耳杯。

"还有一架孔子像漆衣镜架，上面绘有迄今发现最早的孔子像，还有关于孔子与弟子的文字，专家考证抄录自《史记》，也是迄今发现的最早的《史记》实物资料。它们是汉武帝'罢黜百家、独尊儒术'的历史见证。正因为'罢黜百家'，才有儒家思想成为此后历朝历代统治阶级奉行的'正统'思想，对中华民族产生了至为深远的影响。"专家杨军说还有尚未全部破译的竹简，其中儒家经典与规训占比非常大，具有极高学术研究价值。

五

被"唤醒"的文物是穿越两千年时光而来的讲述者，讲述着被时间层层掩埋的久远的历史，历史褶皱处的隐秘，隐秘而险些消隐的故事。它们中，有朗声高腔、慷慨而谈者，也有音色婉转、浅吟缓唱者，还有声音低微、絮絮如耳语者，后者需要人们凝神聆听、悉心辨析，方能觉知个中美妙。

作为一个与文物朝夕相见的研究者，赵艺博有自己的独特视角。在他看来，从几件颇有意思的小文物，能感知到早在汉代，中西方文化就有了交流融合。

"在刘贺墓中出土了不少车马器，其中一件银制马珂，是装饰在马腰身处的一件器物，近椭圆形，上面雕刻的动物是一只羱羊。这种动物源自北方草原文化，匈奴民族将羱羊作为非常重要的纹饰。这一纹饰传到中原地区后，受中原文化、习俗和大众审美喜好的影响，其造型有了些微变化。另一种可能是中原的工匠在制作的过程中，偏离了'母本'而有所创变。不论是哪一种原因，现在呈现在我们面前的这件马珂，既能看出源自东北方少数民族族群的基因，又与'母体'不全然相同。它可以说是东西方文化交流、融合的一件证物。"

这枚被赵艺博特别强调的马珂，陈列在"车辚马啸"展区，银质，大角羊正回头展望，双目有神，姿体灵动。西汉时期张骞出使西域，开启了古丝绸之路，这是一条多样态文化交流融合之路。赵艺博介绍说，在刘贺腰部位置出土的觽形佩、玉组佩、水晶珠，其纹饰和造型都能看出外来风格的影响。"还有一枚琥珀辟邪形珠，采用的是来自西方的原材料，刻画的是东方神兽，承载的是我们民族的民间信仰观念，多元素融合一体，体现了汉代文化的包容性。"

六

大墓虽然有两千岁了，可其科技价值依然令今人啧啧称奇。

一对青铜雁鱼釭灯，造型奇特精妙。两只大雁并立，嘴中各衔一条鱼，其构造承载了今人正大力倡导的环保理念。赵艺博为我讲解其使用原理：点燃后，烟气顺着鱼腹进入大雁的"颈部"，再进入"腹部"，被装在这里的水稀释、过滤，烟气不会外溢而污染室内空气……

在"礼乐宴飨"展区，复现了西汉时期的宴乐场景。那时的古人实行分餐制，一人一案一套餐具。展区有一个染炉，为考古专家们津津乐道。染炉的上部为青铜耳杯，下为带长方形托盘的炉，炉中加上炭火，可以加热保温耳杯中的酱料，相当于我们现代人吃火锅的调味酱。

"事死如事生"的生死观念，让西汉人在生前就早早地开始建造自己的墓园，将自己的生活布景、实用之物都搬进墓园，寄望在死后开启新一轮"生活"。墓园的展示区，设置在露天，以刘贺墓为核心的大小墓葬9座，还有一座规模不小的车马坑。近八百米长的墓园墙，祠堂、陵寝、便殿、厢房、钱库、粮库、衣笥库、乐器库、武库、文书档案库、厨具库、酒具库、车马库、乐车库、娱乐用器，四通的道路与完善的排水系统……一应俱全，让我们得以窥见两千年前的生活形态。

上万件文物，如一张张细小的拼图，相互拼接起来，可以衍生成关于两千年前西汉王朝的一幕历史大剧，也能衍生成关于海昏侯刘贺的生活情景剧。它们揭开一些谜团，同时也制造一些谜团。

至今未能全然破解的大型青铜组件，摆放在"礼乐宴飨"展区。它是蒸馏器，还是蒸煮器？至今没有定论。整个组件由釜、甑、大盖、小盖组合而成，发现时甑内还有芋头等物。在玻璃展柜的一个立面，设置有多媒体动态展示屏，以动画的方式展现其使用原理，让参观者可以直观感知，桂艳琴说这在全国尚属首创。"如果只是蒸煮器，这样复杂的构造，就显得'大材小用'了。"赵艺博有自己的判断。

那只熊随处可见。它呈蹲坐状，右腿半跪，圆眼弯眉，咧开大嘴嬉笑着，露出了三颗门牙。头上一只独角，左爪举起在头侧，掌心朝外，右爪横抚胸前，其姿态颇像"招财猫"。我国古人视熊为吉祥之物，汉代人非常喜欢熊的形象。原本，它是海昏侯墓中一只镶玉漆樽上的嵌饰。人们将之认定为"招财神兽"，于是，它以独特的造型、憨萌气十足的亲和力与吉祥寓意登上了海昏侯国遗址公园的门票，也出现在博物馆的墙面上。现在，它又变成了一只绒布做的布偶，依然憨态可掬、形体动感十足，一见之下让人心动。

赵艺博说他给自己的儿子也买了一个布偶熊。这只熊，将携带着来自历史深处的善意、亲和与喜乐、吉祥之意，跨山越河，甚至漂洋过海去往世界各地吧。海昏侯墓吸引的必将是来自全世界的目光。那是对地球上一种古老文明的好奇探看，也是对我们——地球上的生命从何处来的追问探究。

孔孟之乡的蝶变

杨义堂

孔孟之乡作为孔孟思想和儒家文化的"圣地"，一直是中华传统文化影响最深厚的地区。改革开放以来，地方上把孔子文化作为重要的文化资源和对外开放的品牌。全面修复了世界文化遗产"三孔"等文物景区，每年在孔子诞辰的 9 月 28 日前后举办"孔子故里游"活动，后来，"孔子故里游"改为中国曲阜国际孔子文化节，实行"文化搭台，经济唱戏"，用文化节庆活动来推动经济社会发展。经国务院批准，建设了儒学研究专门机构——孔子研究院。

"竹外桃花三两枝，春江水暖鸭先知"，孔孟之乡的人们无不欢欣鼓舞，感觉到春风拂面，感觉到一个中华文化的春天就要到来了，一个经济社会全面发展的重大机遇就要到来了！

十年来，孔孟之乡山东省济宁市的干部群众认真践行"两创"和"两个结合"，创造性地开展工作，取得了一个又一个显著的成效。十年生聚，破茧成蝶，孔孟之乡已经发生了巨大的变化：

——在孔子出生的尼山，荒凉了亿万斯年的荒山上耸立起一座世界上最高的孔子像，山脚下"长"出了一片美轮美奂的尼山圣境；

——在曲阜城南，沿着城市中轴线向南，在一片高台子上，矗立起了一座高大的孔子博物馆；

——在曲阜高铁东站附近，济宁干部政德学院已经把孔子思想作为党员领导干部的培训课程，对来自全国的各级领导干部进行培训；

——在邹城护驾山南侧，建起了一座规模宏大的研究孟子思想的孟子研究院……

尼山圣境、孔子博物馆和孔子研究院被誉为"新三孔"，高铁曲阜东站、曲阜南站、济宁站、济宁东站四通八达，济宁大安机场乘势欲飞，大运河济宁梁山港、龙拱港通江达海，但是，笔者今天无意带领大家参观这些高大上的硬件设施，倒是愿意走进市井生活，从一张张自信从容的笑脸上去感受干部群众发自内心的喜悦之情。

杨朝明——让儒学散发光芒

杨朝明 1962 年出生于济宁市梁山脚下的一个小村庄，1981 年考入了曲阜师范大学历史系，后来在华中师范大学和中国社会科学院研究生院获得硕士、博士学位，因此打下了坚实的学术基础。在孔子、儒学与相关文献研究领域，他频频发表重要论著，吸引了学术界的关注。2005年，杨朝明受命担任曲阜师范大学孔子文化学院院长，2010 年，杨朝明担任孔子研究院院长，从此，他成为这家"国字号"孔子、儒学专门研究机构的学术掌舵人。

在他看来，作为孔子研究院院长，有责任思考如何弘扬孔子、儒学与中华优秀传统文化，实现孔子、儒学与时代精神的互动交融。"让孔子照亮人心"，"用儒学温暖世界"。

杨朝明致力于孔子研究院的发展，让其焕发学术生机。他主持完成了国家级、省级课题十余项，推出了七十余万字的《中华传统八德诠解丛书》，八部著作分别阐释"孝、悌、忠、信、礼、义、廉、耻"的起源、含义和本质，论述与个人修养、社会和谐及国家治理的关系，获得山东省社科优秀成果二等奖；还组织编写出版了《中华八德：党员干部读本》等具有传播普及意义的系列文化读本。积极引进海内外高层次人才，推出由十三名高层次人才的十三部著作组成的《尼山儒学文库（第一辑）》，帮助读者把握新时代儒学研究和建构的发展方向。还推出了"中华文化走出去"系列成果。《孔子家语通解》翻译为韩文版、吉尔吉斯语版，《论语诠解》翻译为英文版、韩文版；《儒学精神与中国梦》翻译为英文版等。

在杨朝明的主持下，孔子研究院建设了"孔子学院总部体验基地"，可以让国外学生看了"三孔"后，再到孔子研究院进行深加工、再提升，体验中华文化。先后接待了一百三十余个国家和地区的孔子学院师生、海外汉学家、国内各地干部政德教育学员以及专家学者、国学爱好者等六万余人。

在工作之余，杨朝明还个人出版了《儒家文化面面观》《鲁文化史》《周公事迹研究》《儒家文献与儒家学术研究》《出土文献与早期儒学研究》等三十多部著作和数百篇论文，为社会各界讲授孔子、儒学与中国传统文化过千场。有一次，他受邀到国外讲学，外方原计划只给半小时时间，但随着杨朝明侃侃而谈，在场听众的兴趣越来越大，不断有人提出问题。最终，这场讲学进行了两个多小时，收到了热烈的反响。

2018年3月，杨朝明被选为第十三届全国政协委员。在新的平台上，他积极建言献策，在2018年全国两会期间，杨朝明在认真调研的基础上提交了《关于在曲阜打造"世界儒学中心"的建议》《关于在曲阜建设孔子大学的建议》《关于依托鲁班文化大力弘扬工匠精神的建议》等提案，受到有关部门和社会各界的高度关注。

此后，每一年的全国政协会议，他都提关于弘扬中华优秀传统文化方面的提案，每年两会期间，他都是记者们争相采访的对象。在新闻媒体面前，他畅谈文化自信。他说，只有了解自己的文化，才有可能自信于我们的文化，才能了解为什么中华民族能和谐地生活千年。我们只有文化自知，才能建立起文化自信。

党的十九大、二十大召开时，杨朝明都率先站出来，用中华优秀传统文化来诠释党的方针政策。他探寻传统文化的初心，强调要牢记中国共产党人的初心和使命。"如果要谈初心的话，我觉得孔子的初心就是大道之行也，天下为公。研究一个人心和顺、社会和谐的大同世界。这是孔子的理想。"杨朝明用自己的事例向记者讲述，自己一步一步走到今天，完全是因为被传统文化内在的精髓所吸引。"中国共产党人的初心和使命，就是为中国人民谋幸福，为中华民族谋复兴。中国共产党人的初心和使命，作为全国政协委员也应该牢记这种使命，去认识到自己有幸于这个时代，自己也有责于这个时代。"

2021年11月，杨朝明六十岁了，他不再担任尼山世界儒学中心副主任、孔子研究院院长职务。但是，作为一位著名的儒家文化学者，他的学术生命是长青的。2022年，杨朝明受山东大学儒学高等研究院的聘请，担任特聘教授。2023年2月，杨朝明又当选为第十四届全国人大代表。3月12日上午，十四届全国人大一次会议第三次"代表通道"开启。杨朝明挥动双手，亮相"代表通道"，聚光灯下，杨朝明声如洪钟，底气十足："如果把中华文明比喻成一棵生生不息的大树，树干之所以又粗又壮，是因为它的根扎得很深很牢。这是我们中华民族的突出优势之一，是我们深厚的文化软实力。"

接着，杨朝明自豪地与大家分享身边的文化"两创"故事。"我们在曲阜尼山连续举办了八届尼山世界文明论坛。每届论坛都有一大批中外学者、外国使节、国际友人来这里进行文化交流互鉴，一起感受中华传统文化的独特魅力。"他讲述了一个在尼山论坛上与欧洲学者交流的故事。在论坛期间，两人谈论东西方文化的差异，特别是在谈到儒家思想、中华传统文化时，这位学者非常赞同"大道之行，天下为公"的理念，认为这对整个人类都是共通的。后来，两人多次见面交流，结下了深厚友谊。杨朝明在"代表通道"上仍对朋友念念不忘。"我们出版了《论语》的外文版，我特意准备了一本，下次见到他，一定送给他。"

杨朝明还深情谈到了鲁源新村的变化，他说："现在，许多中华经典成为中小学诵读教材。在千年古村——鲁源新村，处处都能感受到优秀传统文化的独特韵味。"

十年来，杨朝明像一个忘我的行者，一直在为大力弘扬中华优秀传统文化而奔走，无论是当院长的时候，还是六十岁退休之后。他的妻子从小在海边长大，很喜欢在海边生活。曲阜师范大学因为在日照建了分校，每个教职工都买了一套价格优惠的房子。同事们都装修好住进去好几年了，暑假里就到海边去生活，杨朝明因为没时间去日照看房子，他家的海景房至今没有装修，也没有去过那里。

已是耳顺之年的杨朝明坚定地说："我要通过儒学研究工作，为更好地弘扬中华优秀传统文化，增强文化自信，加强文明交流互鉴，建设社会主义文化强国，发挥自己的一份光和热。"

金徽——回首来时路，万里不为远

2013年的时候，金徽已经在传统文化教育培训的道路上艰难跋涉了十年的征程。2002年，金徽在济宁成立孔子文化礼仪学校，租校舍、招教师、编教材、招学生，创业艰难，举步维艰，因为交不起房租，先后搬了五次校舍。2012年，金徽毅然把学校迁至孔子故里曲阜，倾其所有，举债兴业，投资近亿元建设了儒源儒家文化体验基地，组建了山东儒源文化集团。

金徽认识到，作为一家在孔子家乡的民办传统文化教育机构，优秀传统文化"两创"重点不在于研究，而在于落地。为此，她聘请杨朝明、颜炳罡等儒学专家为顾问，带领课程研发团队与教师团队，针对学生、教师、家长、市民、企业家、公务员等不同的人群，研发了三十六个优秀传统文化课程体系，创立了十五个优秀传统文化教育品牌，面向全国开展优秀传统文化教育培训，教育培训人数逐年上升，最高年份达三十多万人次，把优秀传统文化传播至祖国大地。

2014 年，曲阜市在全市开展"彬彬有礼道德城市"主题教育活动，在儒源集团设立"人人彬彬有礼学校"，在村街、社区、工厂、学校等设立六百七十五个分校，教学由金徽带领教师团队总负责，"人人彬彬有礼"教育活动很快开展得有声有色，中宣部向全国推广经验。

她们面向全国青少年学生开展传统礼仪教育、孝道感恩教育、文化遗产研学教育、农耕文化学习体验教育等，创立了"德行好少年""圣地研学游"等十五个优秀传统文化教育品牌，每年来自全国各地的青少年学生有十万人左右。时任中国关工委副主任祖书勤考察了儒源儒家文化体验基地后，称赞说："这正是中国关工委想做而没做好的工作"，并欣然赋诗：

鲁城儒道在，千古自流香。
和善先行孝，崇仁贵守常。
教民兴礼乐，治国重文章。
俯首参先圣，仍求世运昌。

针对全国教师，每年开展四至六期面向全国中小学教师的师德教育培训班，每年举办两次"全国中小学校长论坛"，成为民办师德教育的典范。面向家长，开展"家和之道"教育，面向企业家，开设的课程是"儒商之道"，面向公务员，则开展"为政以德"教育。

为响应国家"一带一路"的倡议，金徽还面向"一带一路"国家华人华侨开展中华优秀传统文化教育。英国、新西兰、澳大利亚、印度尼西亚等十五个国家和地区的华裔青少年来曲阜参加了"圣地研学"冬夏令营，学习感悟中华优秀传统文化的独特魅力。统战部门组织的海外华裔青少年"中国寻根之旅"来曲阜儒源集团学习优秀传统文化是必修课。2018 年 4 月，阿拉伯联合酋长国亲王一行四人莅临儒源集团参观考察学习，了解中国文化。儒源集团被省委统战部授予"山东省华文教育基地"称号。

金徽还不远万里，到新疆喀什地区英吉沙县建设国学书院，开展文化润疆、国学援疆，开启了民族地区中华优秀传统文化教育先河。面向英吉沙干部群体、中小学师生、村居居民等，开设传统文化、文明礼仪、党史国史、公民四德等系列课程，举办《弘扬中华优秀传统文化·铸牢中华民族共同体意识》《增强五个认同·推进民族团结》《坚定文化自信·践行文化润疆》等专题讲座，有十万多人次接受教育，为英吉沙文化经济建设与社会稳定做出突出贡献。另有两百多批次两千余人到英吉沙国学书院参观学习。

金徽发起成立了"曲阜市金徽传统文化发展基金会"并任理事长，自掏腰包注入资金二百万元，以此平台开展慈善事业。主要形式就是发挥自身优势，开展公益优秀传统文化教育传播。以曲阜为重心，辐射济宁十一个县市区，开展"家和之道"教育，开设"父母课堂"，举办"家庭公益报告会"一百六十七场，受众达十万多人。面向留守儿童，举办公益"德行好少年"冬夏令营，先后有六千多名留守儿童和家长参加。资助曲阜市和汶上县三十二名贫困学生全日制学习。

金徽就像一只拧紧发条的时钟，常年奋战在优秀传统文化教育三尺讲台，每年授课都在三百天左右，足迹遍布除了西藏以外的所有省份，常常是白天授课，夜间赶路。2017 年 6 月 21 日，原定在雷州举办一场优秀传统文化报告会，因天气恶劣，航班不断延迟，金徽二十四小时不饮不眠，历尽周折，终于提前三分钟到达会场，站上讲台时已头晕恍惚，当看到台下两千多双渴望的眼神，她又浑身充满了力量。该讲座讲授了一整天，第二天又匆匆赶往深圳继续授课。她受邀在新疆喀什地区几个县区授课，一待就是两个多月。

谈及将来，金徽捋捋秀发，深情地说："'春蚕到死丝方尽，蜡炬成灰泪始干。'我已立志，我将一辈子做好弘扬中华优秀传统文化这件事，虽千万里，不以为远，矢志不渝，终生无悔！"

孔繁鹏的新岗位

孔繁鹏说："曲阜是世界著名的历史文化名城和旅游目的地，也是儒家文化的发祥地，有着丰富的文物资源和深厚的文化底蕴。作为一个曲阜人，能为继承和发扬当地优秀传统文化贡献一份力量，我感到很荣幸。"

在济宁政德教育干部学院找到孔繁鹏时，他脸上还是洋溢着那份谦和的笑容，说话时中音饱满，彬彬有礼。十年前，孔繁鹏是曲阜文旅系统的一名讲解员，如今，他已经是济宁政德教育干部学院一名从事现场教学的导学、讲师了。

1997 年，二十二岁的孔繁鹏成为曲阜三孔景区的一名讲解员，自那时起便与源远流长的儒家文化结下不解之缘。向专家请教、听前辈讲解、查阅相关资料……他一步步成为景区内的优秀讲解员，不少外地的游客都慕名而来，点名让孔繁鹏讲解。

孔繁鹏原名孔鹏，在为游客讲解三孔时，常有人问他："你也姓孔，是孔子的后代吗？是哪一辈的？"每当这时，孔繁鹏都会耐心解释："我是繁字辈的，是孔子第七十四代孙。"后来，孔繁鹏想把名字改过来，加上辈分，他多次跑派出所、公安局，终于把"繁"字加进了名字。"改过名字后更直观了，也令讲解更有说服力。"有的游客经常就孔家的辈分排行，到他自家的辈分跟孔繁鹏聊上一路。没想到名字中增加了一个"繁"字，引起了大家对家族文化的认同。

2018年，济宁政德教育干部学院招聘一批现场导学人员，孔繁鹏有幸入选，成为一名有事业编的导学、讲师。刚成为导学时，对已经不惑之年的他挑战不小。讲解对象从普通游客变成了各级领导干部，原本比较轻松自由的讲解方式变得更加标准化、系统化。以孔府、孔庙为例，济宁政德教育干部学院设置了六个教学示范点，平均一个点的讲解时间需控制在六至七分钟，要求极为严格，因为和政德学院讲的一套不对路，孔繁鹏坐了半年的"冷板凳"。

从当初的金牌讲解员到"落寞"的导学，孔繁鹏没有消沉，他在挫折中奋起，一步步克服挑战。有一段时间，他总一个人不声不响地跟在培训队伍后面，学习其他导学如何把控教学节奏、控制时间，孔繁鹏还积极向来学院授课的专家教授请教，学习他们的教学方式和技巧，利用一切机会提升自己的专业技能。孔繁鹏说，那段时间虽然落寞，但他一点儿也不气馁，"学习了这多年的儒家文化，早已将自强不息、奋斗进取等精神，内化为自己的精神力量和行为准则"。

孔繁鹏以前在讲解孔庙弘道门时，主要以讲解历史渊源为主："弘道门始于清代，取《论语》中'人能弘道'之意，意思是每个人都应该发挥积极的主观能动性，将道发扬光大。"如今，作为一名导学，在阐释优秀传统文化内涵的同时，还要融入政德与时代精神："人如何弘道？就是要有志气、骨气、底气。志气就是志向，要做有坚定的理想信念；骨气意为风骨、气节，要勇于担当；底气就是自信，要有必胜的信念。增强志气、骨气、底气，才能在新征程中努力激发新作为、做出新贡献，才能不负时代、不负韶华。"

孔繁鹏主动地去适应新岗位、新形势、新变化。他说："作为导学，我们的讲解主要围绕领导干部讲政德、明大德、守公德、严私德等方面，并努力将优秀传统文化的价值理念转化为领导干部修身立德、执政为民等方面的精神动力和思想源泉。"

转型后的孔繁鹏"愈战愈勇"，不仅赢得领导、同事们的信任，更收获一批批学员的信任与掌声。目前，孔繁鹏累计完成两百余个培训班次及考察任务，并先后出色完成中央党校（国家行政学院）工业和信息化部、生态环境部、中国石油集团等重点班次的导学任务，教学评价全部为优秀。

十年岁月匆匆走过，孔繁鹏有过彷徨、有过忧虑，但更多的是信心和快乐。近几年来，他先后成为曲阜市第十三届、第十四届、第十五届政协委员，济宁市第十三次党代会代表，山东省第十二次党代会代表，并先后获得过曲阜市劳动模范、济宁市优秀共产党员、全国五一劳动奖章、全国旅游系统劳动模范、2008 中国好人榜、中国好导游、山东省优秀共产党员、最美政协人等一系列荣誉称号。

"下一步，我将继续做好导学工作，不断加强专业知识和政治理论知识的学习，积极探索研究如何将'两个结合'和文化'两创'落地生根。另一面，我还要尝试从专业的广度转向专业的深度，对优秀传统文化做更深入的学习和研究。并打造新的专题课，为济宁政德教育干部学院建设全国一流干部学院做出自己应有的贡献。"孔繁鹏依旧笑着，谦和而又坚定地说。

孔令绍——退休后的好风景

赋闲的时日过得真快，一晃就是十多个春秋。

2013 年的时候，孔令绍刚从曲阜市委宣传部常务副部长的岗位上退休，他诙谐地说，打算学一点儿东西，写一点儿东西，讲一点儿东西，用三个"一点儿"让退休生活丰富多彩。

为弥补上班时沉不下心来读书的遗憾，孔令绍反复阅读"四书"，浏览式阅读《史记》《资治通鉴》等。别说，系统读经典还真发现了不少新道理。他反复咀嚼《论语》，从而得知修养的提升没有止境。

孔令绍上班的时候就爱写文章，特别是爱写古体辞赋。退休了，有了自己的时间，孔令绍写出了许多好文章。河南省巩义市农村的朱萌萌，十岁起就侍候六位病患老人。考上大学后，用地排车拉着爸爸妈妈去上大学，被评为"全国十佳孝女"。他爸爸几经打听让孔令绍为女儿写篇文章，孔令绍当即为她写了《中华孝女赋》。曲阜海棠小镇让写篇散文，他信手写了《海棠小镇的流苏》，文中写道："春的朝阳，扑打着流苏的芳香，年轮式地外溢着，在空中荡漾。瞧那模样，宛如西式婚礼上的新娘，矜持中彰显着大方。"在社会上流传很广。十多年来，孔令绍写下几百篇文章，还正式出版了《曲阜赋·东方文化的密码》《映心集》《中国家风》《铸基·初心映在热土上》等六部著作。

退休之后的系统学习，不断提升着孔令绍的思想境界，他很愿意和别人分享自己的学习心得。他讲课的时候，不用课件，不用讲稿，信手拈来，汪洋恣肆，受众们口口相传，都说曲阜多了一个讲传统文化讲得特别好的人，这让孔令绍不断地走出曲阜，走出济宁，累计宣讲一千六百余场，受众百万人次。有一天，他在曲阜市齐李村讲"孝道文化"。散会后，一位八十多岁的老大爷拄着拐棍让村支书领着找到他，激动地说："讲得真好，听着得劲儿。还来讲吗?"孔令绍说："来。想听了，就叫书记给我打电话!"

2021年1月，孔令绍受邀到河南省商丘市宣讲《坚定文化自信，涵养优秀师德》。他说，作为一个老师，首先应具备国家意识。这是因为一旦站在三尺讲台上，你就不是代表你自己在说话，而是代表国家培养人才，塑造未来。课一结束，商丘市教育体育局局长就迎上来，紧紧握住孔令绍的手说："我走遍全国各地听讲师德，还是第一次听到教师必须具备国家意识，讲得深刻，让人耳目一新。"

十多年来，孔令绍还把很多的精力放在研究家风、传播家风上。他和儿子创作出版的《中国家风》，囊括了从古代至近代中国二十四个家族的名门家风，通过七十六个故事反映中国家风的各个侧面，广大青少年朋友读完一个故事就拿到了一把开启心灵的钥匙。从社区到农村，从机关到学校，以至全国的二十多个省市，他用自己的真诚坚持宣讲家风。他的儿子孔颖是曲阜市一名机关干部，在他的影响下，担任了曲阜市家风传承志愿服务队队长，还被聘为"山东省好家庭好家风宣讲团"成员。他的孙子孔齐维续今年十六岁，是一名高中生，从九岁就与爷爷同台讲孔子家风，很有范儿。祖孙三代践行家风、弘扬家风的做法得到了社会各界的关注和褒扬。

这十年，孔令绍做公益不分城市与农村，搞宣讲不分时间和地域。先后被评为"中国好人""全国优秀辅导员""山东省离退休干部先进个人""山东省最美五老"，入选"全国家庭建设专家智库""山东省文明实践志愿服务示范引领人才库"。孔令绍的家庭先后被省市以至国家授予"山东省最美书香家庭""全国五好家庭""全国文明家庭"等荣誉称号，比在岗的时候获得的荣誉都多。

孔令绍在刚刚出版的文集《映心集》自序中这样写道："生命的长度是有限的，生命的宽度是可以拓展的。我不老，还年轻，快乐地走下去，还是好风景！"

李文文——两换人生赛道

山东大学儒学高等学院女博士李文文是一位性格爽朗的女子，她爱唱一首名叫《传奇》的歌，其中的一句"只是因为在人群中多看了你一眼，再也没能忘掉你容颜"。她觉得，那深情的旋律一直在她耳畔回响。

2013 年的时候，文文还是济宁香港大厦集团的一名服务员，抽调到下属的曲阜东方儒家花园酒店工作，对，就是孔子研究院西侧的那个酒店。

东方儒家酒店承接了孔子研究院的一场会议，文文在那里服务，站着听专家发言，听着听着，竟然听进去了！她原本认为自己距离孔子是很远的，几千年的时光，想想就遥不可及。事实上，孔子就在身边，人人都可以学习孔子文化，且功莫大焉。

《论语》里温暖的言语打动了文文的心，以至于自己动不动就想把读到的孔子的话讲给同事听，讲给家人听。有时，正在自己讲得眉飞色舞时，也会迎来当头冷水。朋友们不理解，一个女服务员怎么会读这些书，这么古老、读起来艰涩、又不知道有什么实用之书。这时候，她总是反驳道："怎么能不读这些书！这些可是中华民族最有智慧的人写的书，全是人生秘籍啊！"

文文和几个要好的年轻同事一起讲读《论语》。先是讲给同事听，后来，公司经理也知道了，每周一的例会上，让文文领着大家学。

随着每周一讲读《论语》的开展，文文由最初的好奇、兴奋开始慢慢沉静下来，深深感受到自己的不足，很多理论不知渊源，有些解读也不甚明了。若是无人引领，怕是会迷航，多么希望能有老师指导啊！这事儿难不倒文文，因为东方儒家花园酒店就是孔子研究院的，文文在服务完一场杨朝明院长的报告会后，正式向杨朝明提出拜师。

杨朝明没有答应文文，而是推荐李文文习读《孔子家语》。说世人多知道《论语》，但是《孔子家语》中孔子的言论事迹更加完备，价值极高。

《孔子家语》这本书，文文还是第一次听说。但是，既然老师推荐，这本书的分量不容怀疑，当然要好好读。怎么读呢？除了按照原来的笨法子，多读多背外，杨老师还教给他另外一种方法——写读书笔记。老师说在读经典的过程中，每当内心有所触动之时，应该记下来，因为心神相会之处，智慧的灵光就会现身，要让那些灵光定格、存有记忆。文文像一条小鱼，邂逅儒学的大海，自由自在地畅游。

不知不觉，一年多的时光，文文记下了几十万字的读书笔记，杨朝明看到文文的笔记大吃一惊，不仅文文和自己讨论儒学问题的内容十分详细，还有她自己的读书体会，有许多新奇的见解，这些内容对于当代青年人有很好的启发。

这一次，杨朝明不仅答应做文文的老师，还决定和文文一起合著出版《问学孔子家语》，这是文文从来不曾想过的事，当这部书正式出版时，文文激动地流下了幸福的泪水。

接下来，有了第一次出镜。2014年年末，李文文录制了十二集《论语的逻辑》，后来书和光盘同步发行。也有了第一次在报纸开设专栏，而且是《学习时报》，李文文个人专栏的题目是《经典今读》，2016年8月刊发首篇。

一个人选择了什么样的道路，就会遇到什么样的同行者。在文文的身边，喜欢中华经典的朋友越来越多。2015年12月，文文在网上发起经典共读计划，启动"黎明即起　读圣贤书"活动。"黎明即起　读圣贤书"是以互联网为手段，以经典教育为核心，探索传统文化在新时代应用新媒体，实现大众化、生活化、普及化的在线直播传播体系。直播时间为每天早上六点到六点半，内容以儒家经典为主，引导人们以碎片化的时间接受系统思维，将传统文化落地，化成能知能行的生活方式，润养人们的日常。早晨早起一会儿，收获竟然这么大！

伴随着网络的传播，参加"黎明即起　读圣贤书"共读的人越来越多，已经有几万人，在年龄结构上，最小者五岁，最长者年过八旬，其中百分之七十以上人群年龄处于三十五至五十五周岁，恰是社会的中坚力量。在职业上，士、农、工、商全覆盖。在地域上，覆盖了国内全部省级行政区，以及俄罗斯、美国、加拿大、意大利、新加坡、澳大利亚、韩国等国家，大家同频共振，共读圣贤书，蔚为壮观。由于是网络课程，有些同学一直未能谋面，但是大家的心却因为经典相聚。近三千天的时光中，已经共读了《孝经》《大学》《中庸》《论语》《孟子》《诗经》《道德经》等经典。

文文的培训也做得风生水起，她在曲阜买了一套很大的大平层，装修起来作为培训机构，寒暑假里，各地的学员们来曲阜集中授课，拜见他们敬仰的文文老师的时候，不用再到宾馆租教室了。

这时候，文文却感觉到自身文化底蕴的不足，她已经在思考一些儒学的大问题：孔子儒学是中国献给世界的伟大礼物。那么，应该以什么样的方式将孔子儒学的光明且美呈现出来呢？孔子儒学中正大气、厚重典雅，如何能知其然、知其所以然？作为新时代的文化工作者，有责任在世界舞台上，在更加广泛的范围内，把中华文化讲清楚。要想讲清楚，需要更加专业、更加系统的学习。文文下定决心，重新"回炉"深造。

2020 年春季，李文文站在了曲阜师范大学孔子文化研究院 2020 级硕士研究生入学复试的现场；

2022 年元月，她竟然又出现在山东大学儒学高等研究院 2023 级博士研究生入学面试的现场，从此在山东大学的校园内畅游书海。

我问她：文文，你为什么非要去考博士，继续在孔孟之乡经营一家儒学培训机构不香吗？

文文笑了，爽朗的笑声像一串春天里长长的鸟鸣。她讲了《庄子》里的一个故事：若是要到郊野去而当天返回，只需要带三餐之粮；若是要到百里之外，要准备一宿的粮食；若是要到千里之外呢，就要预备三个月的粮食。她说，为了倡明圣学，兴起斯文，我等后学当全力以赴，多备粮食，好行更远的路。

鲁源新村村民的新生活

在孔子诞生地尼山脚下，坐落着一座宁静的小村庄——鲁源村，是春秋时期孔子的父亲叔梁纥担任大夫的村邑。每天，数不清的旅游团和自驾游的游客来到鲁源新村参观，人们从车上下来，从村口拾级而上，造型古朴的鲁源新村"儒源乡集"文化街区便映入眼帘，青砖灰瓦的建筑、古色古香的牌匾……道路中间一条流动的儒家文化文字长河，好似指引着游客感悟浓厚传统文化的方向。

然而几年前，这座尼山脚下的小村庄还是另外一种模样：由于位置偏僻，村民们耕种山间薄地，村里的房屋破旧，道路坑坑洼洼。到2018年，鲁源村还有贫困户三十七户没有脱贫。

巨大的转机发生在2018年，那一年，尼山圣境第一期建成开业，非常红火，又在规划第二期的项目，计划建设一个鲁源小镇项目，需要对鲁源村进行搬迁，将村庄向北整体搬迁到一点五公里的一片山坡上，进行统一规划和整体搬迁，建设连片的鲁源新村，家家都是联排的小别墅。

村党支部书记刘承彪和村干部挨家挨户做工作，拆掉了原来的一千零四十间房屋，把老村庄交付给要建设的鲁源小镇大项目，保障了后续工程进度。之后，在新规划的山坡上建设鲁源新村，鲁源新村的新址地基上塔吊林立，打桩机日夜不息。刘承彪日夜坚守在工地上，仅用了八个月的时间，到2019年6月，总面积二十三点四万平方米的别墅村就在村民的期盼中顺利完工。这些别墅都是二到三层的小楼，一排排新颖别致的小楼白墙灰瓦，房前屋后花团簇拥，花香沁人心脾，绿化带、房檐边，绣球、玫瑰、蔷薇、月季、芍药……五颜六色的花朵迎风摇曳，看着就让人喜欢。

2019 年 11 月 5 日是一个让鲁源人难以忘记的日子，鲁源新村的村民可以公开选房了，凡是符合条件的家庭都能分上小别墅！那一天，两千八百余人高高兴兴地搬进了七百八十八套新房。

鲁源新村就在尼山圣境景区大停车场的对面，这一片新颖的建筑群吸引了过往游客的注意。曲阜一家旅游公司眼光敏锐，他们从游客的需求当中捕捉到了商机，与村里合作运营"里仁美宿"项目，希望让村民把自己家的房子让出一部分来作"民宿"，让客人住在村民家里，不仅方便游客，也能增加村民的收入。

年轻的女村民颜培俊从拆迁时就盼望着住进别墅一样的新家里去，到"里仁美宿"项目参观之后，她突然有了新的想法，新房自己不住了，全部改做民宿！小两口选了时下流行的新中式风格，典雅、端庄，配了全套实木家具，很上档次。2020 年元旦，颜培俊家的民宿装修工程接近尾声，她得知可以在网上申报民宿营业执照，就在线申请了"鲁源印象民宿"的名字。三天之后，申请就顺利地通过了。她给自己的鲁源印象民宿拍了照片，在网上平台推广自己的民宿。

一天晚上，一家人正准备休息，颜培俊的电话突然响起来。"喂，曲阜尼山鲁源印象民宿吗？"打电话来的是河南客户："我们有十八个人，一共需要十八个房间，能行吗？"

颜培俊想都没想，赶紧接下活儿："没问题！你们来就行！"

自家的"鲁源印象"只有四个房间，还差十四间房呢！颜培俊和丈夫联系村里其他从事民宿经营的人家一起来接待。虽然没有经验，又没有雇人干活儿，颜培俊夫妇白天晚上忙得连轴转，河南客人在"鲁源印象"住了三天，谢天谢地，客人们在携程网上给了五分的好评。"鲁源印象"开张就迎来了一个"开门红"，有了一个不错的开始。

鲁源村的青年刘强去天津打工，在那里遇到了河北漂亮的女青年王闰夏，二人成了男女朋友。结婚时，王闰夏跟着刘强回了一次家，王闰夏对偏僻、贫瘠的鲁源村很不喜欢，结婚后，小夫妻俩立刻又去天津打工了。在与家人的通话中，刘强知道了鲁源村要整体搬迁的消息。2019年9月，刘强带着妻儿回到了家乡。此时，鲁源村已经蜕变成鲁源新村，建起了一栋栋联排别墅。眼瞅着村里的民宿一户户开起来，王闰夏与刘强小两口儿给自家的民宿起名"清源民宿"。经过装修和注册，他们家的清源民宿正式开张了。王闰夏一家三口住一楼，二楼与三楼是客房。不仅住宿，王闰夏的民宿还能卖土特产。王闰夏在网上购置了码货的货架，摆上孔府煎饼等土特产，游客临走时，总会带一些孔府煎饼和土特产。

郑娇是鲁源村的新媳妇，她嫁进鲁源新村后，也将自家的三层小楼改造成了民宿，自从开了民宿之后，郑娇的心态一下子稳定了下来："原来在外面打工，每个月工资不多，更不是长久之计。现在回家的感觉就是踏实、有奔头！"

过去脸朝黄土背朝天、靠天吃饭的农民开始吃上了旅游饭，民宿一下子成了鲁源新村村民致富增收的重要渠道。

鲁源新村村民开办的民宿达到了一百五十家，共有客房五百多间，不仅能接待小型的家庭旅游住宿，还能接待大型的研学游团体，提升了曲阜市的旅游接待能力。为提升民宿服务质量，鲁源新村党总支成立"民宿发展联盟"，将有意加盟的民宿进行统一管理、统筹调配。通过小视频宣传、满意度回访、私人定制服务等方式进行游客引流和精细化品控。村民们不仅加入了村里的民宿发展联盟微信群，还在旅游 APP 上注册了自己的民宿信息，还用微信、抖音推广自己的民宿，实现了线上加线下的双推广。每逢周末和节假日，村里的民宿都住得满满当当。

鲁源新村致力于把文化优势转化为发展优势，带动乡村振兴、村民致富，让村民享受文化红利。打造了以"流淌的经典"为主题的鲁源新村儒学美德示范街区，涵盖鲁源书房、汉风艺术、徐弓坊、手造集市等多家"文创"店铺。剪纸、面塑、布老虎制作……众多传统手工艺在村民的指尖传承，村民的腰包逐渐鼓了起来。

村里有一家名叫汉风艺术的商铺，店铺内，线编老师孔莹正在耐心教学，村民也认真仔细地学习着线编技巧。"自从家门口有了这个文化项目，我们平时没事就来学习，现在很多姐妹都已经能够独立上手有自己的'作品'了，制作完成后还能直接通过店内渠道销售，收入也不错，大家都喜欢来。"村民胡享享一边绕着手中的丝线一边说。这家以汉风艺术为代表的"儒源乡集"店铺，将有儒家文化内涵又有艺术气息的弦丝画作品进行展示及出售，在弘扬传统文化的基础上，带动了周边农村妇女就业增收。

村里还实行了"老年公寓＋幸福食堂"农村互助养老模式，共建设了两百多套老年公寓，老年公寓里配备了幸福食堂、省级标准化卫生室、棋牌室、阅读室、休息室，让老年人老有所养、老有所学、老有所乐、病有所医。幸福食堂可满足一百多位老人就餐，目前就餐人数是五十多人，每天只需要交五块钱，村里每人贴补三元，并聘请了专业的厨师，安排了五名服务员，为老年人提供了无微不至的服务。

千年古村，一朝蝶变。如今的鲁源新村，立足孔子诞生地的金字招牌和尼山圣境景区带动优势，摇身一变，成为远近闻名的"明星村"、乡村文化游的"打卡地"，村民们不仅全部实现了脱贫致富，而且家家高朋满座，每天笑语盈盈，天南海北的游客都愿意住到鲁源新村里来，体验孔孟之乡的热情好客与淳朴民风。

笔者的故事，夜著《春秋》

讲了那么多身边的人和事，作为一名同样生活在孔孟之乡的人，也很想分享一下自己的故事。

多年来，孔孟之乡给我以丰厚的文化滋养。我利用业余时间创作出版了《大孔府》《大运河》《鲁国春秋》《千古家训》《北游记：苏禄王传》《河道总督》《抗战救护队》《昆张支队》等八部长篇历史文学作品，几乎都是根据历史人物和典故来创作的。

2013 年的时候，我的第一部长篇传记文学《大孔府》刚刚出版。《大孔府》写的末代衍圣公孔德成在诗书礼乐的严格教育下成长，从小就有家国情怀，在日寇逼近曲阜时毁家纾难，投入民族抗战的滚滚洪流中。

我在从事大运河申遗工作的过程中，又开始创作长篇历史小说《大运河》。我到汶上南旺的宋庄、白庄村采访，这两个村庄是明朝工部尚书宋礼和农民水利家白英的后裔村。当年，宋礼为了请白英出山治河，二人结拜为兄弟，两个村庄现在还保留着宋白二姓是异姓兄弟不能结亲的风俗。所以，《大运河》中就有了宋礼白英结拜兄弟、共同治河的感人故事。这部作品获得了山东省文艺精品工程奖。

我想，孔子和儒家文化为什么会产生在鲁国，而且还是到了春秋末年才会出现？我认真学习《春秋》《左传》等历史文献，挖掘鲁国的历史，写出了长篇纪实文学《鲁国春秋》，将孔子在《春秋》一书中所写的十二代鲁公、二百四十二年的春秋断代史扩展到三十六代鲁公、八百多年的整个鲁国历史，描写了从周族兴起、伯禽封鲁到战国末期鲁顷公被楚国灭亡的历史风云和人物故事，是一部真实、生动、全景式的鲁国史。有评论家说，《鲁国春秋》写出了鲁国之史、鲁国之魂、鲁国之韵，是接续孔子作《春秋》。

济宁也是复圣颜子的家乡，颜庙、颜府是国家级文物保护单位，《诸葛亮治家格言》《颜氏家训》《朱子家训》都在倡导一种家风。《颜氏家训》被誉为"历代家训之祖""篇篇药石、言言龟鉴"，我觉得

《颜氏家训》很有意义，其作者颜之推的一生很有故事性，因此，我紧扣中华家风家训主题，开始写《千古家训》。这部书写的是复圣颜子的三十五代孙、南北朝时期北齐黄门侍郎颜之推的故事，他身处乱世，三次亡国、九死一生，不仅活了六十多岁，子孙满堂，而且留下了一部家训。我在写完这部书后，经常带着作品到企业、街道、社区作报告，讲家风家训故事，都说《千古家训》就是一部家教家风的好教材。我的家乡济宁梁山县位于冀鲁豫交界处，抗战时期是共产党的根据地，留下了很多抗战英雄的故事。我写了长篇报告文学《昆张支队》。1942年9月日寇"铁壁合围"后，共产党冀鲁豫根据地受到严重破坏，为了打破封锁，八路军冀鲁豫军区二分区派出了以支队长吴忠带领的一百零八位战士参加的小部队，他们机智勇敢，三进梁山地区，依靠人民群众，坚持武装斗争和革命统一战线，消灭了日伪军，恢复了根据地。这部作品在被誉为"国刊"的《人民文学》发表，很多冀鲁豫根据地革命前辈的后代奔走相告。

济宁市是运河之都，明清两代的河道总督设在济宁，有很多河道总督治河的感人故事。自古以来，从大禹治水到潘季驯"束水攻沙"，从汉武帝"瓠子堵口"到康熙帝把"河务、漕运"刻在宫廷的柱子上，中华民族始终在同黄河水旱灾害作斗争。我毫不犹豫地选择了"束水攻沙"的潘季驯，我对自己说，就写他了！《河道总督》这部长篇纪实文学写的是明代潘季驯四次担任河道总督，他根据黄河含沙量大和善于淤积决口的特点，采用"束水攻沙"的办法，建立堤防体系和修守制度，让黄河承担起了运河漕运的功能，成为中国水利史上的伟大奇迹。

我20世纪80年代读大学中文系的时候，对各种西方文学流派很熟悉，但是，在我开始写作的时候，却发现很难用意识流、荒诞、悲观的西方文学流派来讲大情怀、正能量的中国故事。于是，重新研读《春秋》《左传》《史记》和四大名著，从中找寻民族文化的根脉，从中国传统文学汲取营养，书写中华民族伟大复兴的史诗，展示中华文化的独特魅力。

十年，三千六百多个日日夜夜。白天，我认真地工作；寂静的深夜，我敲打着一段段文字，笔下的一个个历史人物衣袂飘飞，朝我姗姗走来，我觉得自己已经和这些历代圣贤融为一体，也融入弘扬中华优秀传统文化，推动中华传统文化创造性转化、创新性发展的伟大实践中了。

作为一名工作和生活在济宁的人，亲身经历了孔孟之乡十年来的巨大变化，发生在身边的许多的人和事都令人感动不已，很多情景就像一幕幕电影在我的脑海里闪现，很多精彩的故事讲不完，根本讲不完。

秋风送爽，雁鸣蓝天，孔孟之乡大地一片丰收的金黄。王建华和孔孟知音声乐团又上路了，她们《再出发》的歌声在城乡之间飘荡：

> 春风吹拂着我的脸颊，
> 讲坛环绕着朵朵杏花。
> 我们到这里找寻智慧，
> 为了和世界更好地对话。
> "两创"点亮了强国的火把，
> "两个结合"让东方生机勃发。
> 升起了风帆向大海，
> 复兴的航船再出发，再出发！

厨 乡 一 日

冯 杰

一

癸卯七月二日这天在中原算是酷热日。

郑州的一位保洁员说，今天地面温度热得鸡蛋都能在上面摊熟，路上铁栏杆都不敢摸。早上，我约北京钓鱼台国宾馆烹饪大师侯仲华、钓鱼台侯瑞轩大师的技术传人李志顺大师、烹饪大师张永涛，前去中国厨师之乡长垣。

驾车的侯派三代传人李为开玩笑，说今天拉的一车都是大师。

几天前为采写做计划时，原准备和李志顺一同去长垣厨乡，恰好昨天侯仲华先生来河南调研豫菜，说也正好要回多年未归的老家看看。侯仲华出身厨师世家，父亲就是钓鱼台国宾馆首任行政总厨、"国宝级"烹饪大师、钓鱼台菜系开创者侯瑞轩大师，侯仲华家教师承，将门虎子，如今也是中国烹饪大师、国务院国宴烹饪大师，曾任钓鱼台国宾馆行政副总厨师长。

知道我也写过许多乡味美食，路上，侯仲华对我说，他父亲和汪曾祺都是1920年生人，只是汪曾祺先生会写，我父亲光会做菜不会写，两人在京没有交集，要是当年父亲结识了汪曾祺肯定会有美食文章故事。他还说认识汪朗先生，京城现在有人专门打造"祺菜"，祺菜就是

"汪曾祺菜"。

不由得说到侯大师曾出走的故乡长垣小城。

河南长垣是中国三大厨师之乡之首,其他分别是广东顺德、陕西蓝田,后来又增添山西汾阳、安徽绩溪。顺德是粤菜的发源地,顺德厨师善于博采众长,推陈出新,烹饪海鲜和蒸炒各种菜肴,以风味清、鲜、爽、滑、嫩驰名,香港"十大名厨"其中两位是顺德人,除了作为厨师之乡,顺德还是"世界美食之都"。蓝田厨乡历史悠久,当时社会上流传着这样一句口头禅"要找蓝田乡党,大小衙门厨房"。汾阳厨师之乡是山西美食代表。绩溪厨师之乡菜式以徽菜为主,绩溪菜是徽菜的代表,选料严格,力求鲜活,注重原料产地、季节、品种。烹调擅长烧、炖、蒸、炒,重油、重色、重火功,突出色、香、味,讲究原汁原味。"烹饪之乡"可谓不相伯仲,各有千秋。

长垣作为厨乡之首,自古就有尚厨之风,以历史悠久、厨师众多、技艺精湛、服务广泛著称于世。资料上说因为离开封近,地理位置优越,早在北宋时期,就形成了宫廷菜、官府菜、市肆菜、寺庵菜和民间菜五大体系,长垣厨师在烹饪历史上独树一帜。

我看过唐朝诗人岑参当年为长垣写过一首美食诗《醉题匡城周少府厅壁》,里面有"愁云遮却望乡处,数日不上西南楼。故人薄暮公事闲,玉壶美酒琥珀殷"的诗句。我鼓动过厨师,若开长垣一座"西南楼",我就写岑参这诗。

至今我还保存一本 1981 年长垣县饮食服务公司编写的《中餐食谱》,当年灶头做菜时不时翻看一页。

印象深的第一页不是食单,而是这样一句话:"解决群众的穿衣问题,吃饭问题,住房问题,柴米油盐问题,疾病卫生问题,婚姻问题,总之一切群众的实际生活问题都是我们应当注意的问题。"

让人感慨时光里饮食的变迁。

二

中午第一站来到长垣博大烹饪学校，在当地厨师界有"黄埔军校"之称。

学校前身为长垣 1963 年创建的安阳专区厨师培训班，2006 年范国栋先生整合资源出资创办，升格为全日制高职院校。在校学生目前一万二千余人，是国家级"餐饮食品研发配送中心"生产性实训基地建设单位、中国烹饪大师培训基地、中国烹饪大师工作站、非物质文化遗产研究基地和社会传承基地。

学校目前是全国中国烹饪大师在校任教人数最多、烹饪专业在校生规模最大、门类最为齐全、烹饪专业办学历史首屈一指的高职院校。谈到学校成绩，范国栋说来如数家珍：学校现有十三名中国烹饪大师、一名中国餐饮服务大师在校任教，其中全国技术能手一人，中国果蔬雕刻天王一人，长垣烹饪技艺代表性传承人一人。近年来，学校学生五人被人民大会堂录用，一百零四名学生到北戴河服务局顶岗实习，九十七人参与 G20 杭州峰会后勤餐饮服务。三次选派一百余名学生参与服务全国两会河南代表团餐饮。

"耳餐""目餐"之中，时间上不知不觉"日过中天"，午餐大家在学校食堂吃。

所谓乡愁恐怕就是一个人犯了乡味口瘾之后的反应，范国栋为了我们重温故土乡味，特意让烹饪大师徐书振操刀执案，做了一桌脍炙人口的厨乡几个代表菜：肉丝带底、炸八块、扒广肚、油馍头、手撕卤鸡，最后上一碗凉饸饹拌荆芥。一桌都是小城风味，每一道都有乡情旧事。

最后上了一道糖醋软熘鲤鱼。

这是厨师之乡的一道代表菜，厨乡厨师凭经验说，黄河鲤鱼就数长垣到开封的这段生长的肥美，自有道理，主要是河道宽阔，水草丰厚。豫籍作家姚雪垠先生当年给《中国食谱　河南风味》一书作序，特意写到黄河鲤鱼的吃法，他印象最深是开封菜馆的"一鱼两吃"，焦炸一半，糖醋熘一半。

许多作家都和豫菜有联系，梁实秋的父亲梁咸熙，当年投资入股北京的"厚德福"豫菜馆。鲁迅也和豫菜有联系，鲁迅在北京生活时喜欢到"厚德福"吃豫菜，回到在上海喜欢到豫菜馆梁园致美楼吃饭。

李志顺对我说，梁园是河南人在上海开的第一家豫菜馆，由长垣厨师郭玉林、李四志、张清之投资创办，长垣厨师李景聚掌勺做菜，号称"大李师"，其弟"小李师"李瑞聚，弟兄俩和掌柜是表兄弟。豫菜馆厨艺高超，以扒、爆、炸、烧见长，在上海大有名声。统计鲁迅日记里记载，他从1934年到1935年一年时间里，六次到梁园致美楼吃饭，日记里有"属梁园豫菜馆定菜"，还不时请梁园厨师"来寓治馔"。

1934年12月19日记载这天特意设宴，请萧红、萧军、茅盾、聂绀弩、叶紫、胡风来上海豫菜馆。因为豫菜馆生意火爆，需提前订菜，鲁迅头一天也就是12月18日的日记记下了"往梁园订菜"。鲁迅信中提前嘱咐萧红、萧军："本月十九日下午六时，我们请你们俩到梁园豫菜馆吃饭，另外还有几个朋友，都可以随便谈天的。梁园地址是广西路三三二号。广西路是二马路与三马路之间的一条横街，若从二马路弯进去，比较的近。"想起来当年从东北奔波来上海的萧军、萧红常到鲁迅家"打秋风"，信函字里行间体现对"二萧"温暖关爱。当时"二萧"在上海生活窘迫，就是这一次在豫菜馆梁园"借鲁迅二十块钱"。

后来，长垣厨师把鲁迅喜欢吃梁园的"糖醋软熘鲤鱼""铁锅烤蛋""酸辣肚丝汤""炸核桃腰"四种，命名为"鲁公筵"。肯定不止吃过四种豫菜，这里更多是一种纪念意义上的厨乡菜单。

记得上午最后一道菜特意上了一道"酸辣肚丝汤"。我还开玩笑说，就是鲁迅杂文风格。这道汤特点是酸，辣，咸。

提起长垣名厨，每一位都有自己的案上传奇故事。下午特意安排到坐落在长垣新区的"中国烹饪文化博物馆"。先到二楼特设的几位烹饪大师的青铜像前。

侯仲华说，好几年没看到父亲的铜像了，李志顺也说先要看恩师的铜像。李志顺自己一直有个建立"侯瑞轩纪念馆"的心结。

三

"中国烹饪文化博物馆"2012年建成，布展面积五千四百平方米，馆内共展出文物二百四十余件，展示了中华烹饪的源远流长，天下滋味，悉在庖厨的食治养生，讲究中和的饮食概念，博物馆梳理了中华烹饪文化、中原烹饪文化在不同菜系、不同民族、不同地域饮食文化相互影响、渗透、融合、发展的脉络，彰显了中国烹饪文化特色和浓郁的东方魅力，我每一次来，都能置身于中国餐饮文化辉煌的历史之中，它在诠释中华烹饪的博大精深和源远流长。

这是中国第一座以烹饪文化为主题的博物馆，说它填补了中国烹饪文化主题博物馆的空白一点儿都不夸张。

在这里，我看到另一场"厨师文化盛宴"。

烹饪大师星光璀璨：

中南海名厨有中央办公厅厨师长韩百胜，国务院餐厅总厨乔好文，全国政协餐厅厨师长李学聚，钓鱼台国宾馆总厨师长侯瑞轩，人民大会堂厨师长陶少书。当代名厨中国烹饪大师吕长海、赵继宗、郝玉民、杜新敬、高世选、徐书振、赵留安、董学亮，新一代烹饪大师李志顺、樊胜武、顿玉松、成国富、乔增广、冯建忠、侯永强等。

长垣涌现的厨师才是支撑"厨师之乡"的灵魂，厨师的星空图上才能熠熠生辉，照长垣话说是"一把勺子弄大一个产业"。

长垣为何能出这么多位烹饪大师，并且能成为豫菜的中坚？是我一直揣测的一个话题。

餐桌上说了一个段子，传说长垣风水好，原来要出"三斗芝麻"数量多的官的，被南蛮子提前察觉，前来破坏了风水，后来出了"三斗芝麻"多的官——是厨官。

厨官也是官，一辈子做菜更踏实，李志顺经常说他老师钓鱼台国宾馆厨师长侯瑞轩说过的一句话"拿菜当命做"。我想到另一位河南艺术家常香玉，说过"戏比天大"，两者有异曲同工之妙。

一个地方形成一种现象，是由多种因素组成。

长垣尚厨成风，有传承基础，一般家里来客人了主人都能随手做上十来道菜，这里有"长垣村妇赛国厨"之说。烹饪大师吕长海先生我给他写过扇面，他讲老师赵廷良大师厨艺，能就地取材，在平常中创新菜，夏天玉米天缨里面的脆骨，被他炒成一盘"烧玉骨"，色泽雅致，形如翡翠。端上餐桌，食客们大快朵颐，感叹道："一桌鱼翅席，抵不过这一道烧菜心。"

另一个因素是地理上距离开封近，开封在宋朝是全国首都，开封在民国和新中国成立初期是河南省会，经济促进饮食，开封著名的酒店"稻香居""又一村""又一新"等，都有长垣名厨最早创办加入执灶，师傅带徒，渐成规模。

夸张地说，一部长垣厨师餐饮史可谓近代中原半部风云史。

长垣厨师孙可发给光绪、慈禧做过饭，民国韩复榘的专厨王景云，杜月笙的家厨李瑞聚，以及袁世凯、吴佩孚、冯玉祥、张学良、吉鸿昌、胡宗南、刘峙等许多名人的家厨或聘的厨师均是长垣人。长垣厨师黄润生在开封"又一村"饭店为康有为当厨，精心烹制佳肴"剪扒青鱼头尾"，康有为赞赏不绝，事后提出要见做这道菜的厨师，给黄润生写下"味烹侯鲭"条幅，又在一把折扇上写下"海内存知己　小弟康有为"相赠。时年黄润生二十六岁，康有为六十六岁。

解放后，很多国家领导人也都选用长垣厨师作专厨或临时司厨服务。中央办公厅总厨韩百胜为中央首长做过火腿口蘑老母鸡猪肘子熬制的"清水白菜"，中南海厨师长乔好文提出"菜以味为首，味以鲜为佳""以甜提鲜，以咸增香"理念，适合国家领导人的日常口味。

长垣籍厨师中的杰出代表、原北京钓鱼台国宾馆首任总厨师长候瑞轩，先后为多位国家领导人服务。无数次制作国宴酒会，接待过西哈努克、伊丽莎白二世女皇、克林顿、叶利钦、日本明仁天皇、卡斯特罗等数百位外国元首的餐饮。

博物馆的文字资料上说，长垣在外有专业厨师三万多人，其中，在国外从厨者二百多人。清末民初以来为名人政要服务的长垣厨师一百二十六人，中国烹饪大师七十八人，中国烹饪名师二十五人。2004年长垣成功举办中国（长垣）厨师之乡国际美食节。

在烹饪博物馆二楼，出现一个有趣的小插曲。

今天恰好星期天，参观者甚多，熙熙攘攘，给一群观众讲解的解说员是一位十来岁小学生，属于义务学习锻炼，面对观众，小姑娘熟练地解说资料照片简介上候瑞轩大师并介绍他身边的侯仲华。

侯仲华对小姑娘说，你知道我是谁吗？我就是照片上的这一位侯仲华。

他专门和小姑娘合影照，特意嘱咐摄影师把照片给小姑娘发去。也许多年以后，小姑娘会说，我和自己讲解过的照片上的烹饪大师合过影。

四

晚上，李志顺大师亲自在厨乡名店"二合馆"展示代表品牌"乌鱼蛋汤"。

二合馆为厨师之乡长垣伦家和李家最早于清光绪十六年开办，据长垣县志资料记载，李志顺祖父李凤鸣是二合馆老馆子掌勺灶头，解放后二合馆响应政府号召，公私合营，李志顺为把厨艺光大，十五岁就入厨学徒，先在长垣实验饭店学习厨艺，1987 年二十三岁的李志顺进京，拜钓鱼台国宾馆首任厨师长侯瑞轩烹饪大师，侯瑞轩是长垣厨乡走出的代表人物。李志顺始终秉承恩师侯瑞轩的师训"把厨业当事业，拿菜当命做，传承厨艺，坚守匠心"。

这道汤是钓鱼台国宾馆侯瑞轩大师经过提升改良，制成的乌鱼蛋汤，也称为"钓鱼台台汤"，号称"中华第一汤"，侯仲华说他父亲侯瑞轩和钓鱼台国宾馆厨师们为遵循钓鱼台国宴菜"大味必淡"的理念，讲究"低糖、低盐、低脂肪、高蛋白"科学养生经验，原来是浓汤勾芡，多浑浊少观感，改为清汤烹制，把原来醋酸改为东北酸黄瓜汁，淡化原来的浓重口味处理，把胡椒的重辣改为轻辣。

二合馆尊重顾客，做这道汤前会先让顾客尝试调味。

服务员在一边熟练地为客人介绍台词："这道汤清汤如水，辣不见椒，酸不见醋，微酸微辣，妙不可言。"

侯仲华深有体会地说："味道是菜品的灵魂，一个厨师在积累十年经验的基础上，才能真正鉴定菜品味道的好坏，这需要真功夫。"

这道汤也是能代表厨师厨艺的菜品之一。

李志顺和侯仲华给我讲当年侯瑞轩大师如何把这道汤变为"中华第一汤"的。侯仲华说他父亲当年教他擀面，过去鲤鱼焙面是生切，擀的面片放在报纸上都能映出来字。他擀面块是方形状的，便于好切，他平时用长短两根擀面杖擀面。入一行就有一行的严格行规，大师对儿子也没有破例。

李志顺也回忆当年侯瑞轩恩师的敬业和严谨，他说："我天生就是干厨师的命，不是生意人，是个手艺人。"他自己学厨，宰鸡杀鱼、和煤铲煤渣、烧锅炉，别的学徒该干的，一样没落下。李志顺坦率地告诉我，他不是创业，而是传承。他要传承前辈的手艺，进行菜品研发和品鉴，传承技艺、坚守匠心，以师带徒的方法来带徒弟。

从两位烹饪大师这里我了解到，当今中餐有八大菜系分别是：粤菜、川菜、鲁菜、淮扬菜、浙菜、闽菜、湘菜、徽菜，其他还有东北菜、冀菜、豫菜、鄂菜、本邦菜、客家菜、赣菜、京菜、清真菜等。

有史以来，"吃"一直是中国人的头等大事。今天在厨乡听厨师们归类，中国文化归为吃的文化，西方文化归为情爱文化，从几千年前的历史到当下，中国餐饮史一代又一代传承创新，才有了今日"屹立于世界美食之林"的中国菜，在传承有序的中国厨师队伍里，自然也有长垣厨乡的这些人人都有自己故事的厨师。

无物不髹,万物皆可髹

熊湘鄂

太多东西被忽视,隐于热闹背后的安静,藏在街巷的深深时光,都是记忆和人文的构成部分,你自会对着名胜古迹感慨,说逝者如斯夫,也会站在山河中,俯仰宇宙之大。谁承想过,基因的组成也经过历史淘洗,你不是生来就会唐诗宋词的,当你第一次发出咿呀呀哟的平仄之音,和宫商角徵羽的传承不无关系。当你感叹三原色交织碰撞出的惊艳时,空间上变换了的,就是发明。发明美,不亚于发明创造,或者其本身就在发明创造。试想,当生活没了美,我们该如何定义新的平庸和新的传奇?当生活没有天空,我们自可以认白云为天,当白云消失,我们可以认飞鸟为天空,总之一切可以在削减中找到天空的平替。很多印记是独一无二的,诗人说,有些东西,生来就是大的,比如大海,有些东西生来就是老的,比如老家。当文字不再被需求于表达立场时,我们解放的思维空间,可以接纳更多层次的发明,无数在尘埃显现的艺术,会展现出超脱的光芒。又比如,漆器。

词作家方文山借鉴"雨过天青云破处,这般颜色做将来"的美学意境,写出"天青色等烟雨,而我在等你",将北方汝窑独特的釉色缓缓道来。漆器的制作工艺,与瓷器釉色有极大相似之处和异曲同工之妙。楚式漆器,传承了千年楚韵,是楚文化乃至华夏文明中极其绚烂的一笔。"禹划九州,始有荆州",说到荆楚文化,我们不由自主地会想起李白的"千里江陵一日还",或者"刘备借荆州""关羽大意失荆州"等历史人文,很少有人知道,荆州除了有丰厚的历史文化和名胜古迹,还有流传了数千年的传统漆器工艺。楚式漆器,虽不及《楚辞》浪漫优雅,不及青铜器庄严厚重,但其自身的神秘艳丽,在非物质文化遗产里独树一帜。同宋徽宗眼里的汝窑一样,楚式漆器,用存在证明了审美的独特性和差异性。漆器,是会说话的文物,它用沉默回答流光岁月,无数纹理在破碎的生活中使人仍可追溯当年浮光跃金的林林总总。可以说,漆器,除了发明美,还发明了想象。一个地方的历史文化传承,和当地的传统工艺密不可分,而传统工艺的形成,与这个地方人民的日常生活紧密联系。可见,楚式漆器是荆楚劳动者们智慧与勤劳的结晶,极具民族和地域特色。标志性的楚文化遗存,早已融入了荆楚人民的文化血脉,蕴含着不可磨灭的文化痕迹。

流传至今的楚式漆器,正在以美学的独特性和文化的空间性,默默展示着千年楚韵,在无数次临摹、复刻中,它从不在乎,自身是不是华丽的载体。它的自信,优雅又沉湎。河姆渡文化中的漆器工艺,虽然粗糙,但不可否认在发明美和享受美的过程中,迈出了第一步。国之大事,在祀与戎,夏朝时期,漆器已大量出现,一场场盛大的祭典,是精神上对风雨雷电的原始寄托。那些简易甚至单一的纹饰中,已具有开天辟地的蓄力感。到了春秋战国时期,漆器的制作工艺又进一步朝着"美"的方向精进。也正是在这个时期,楚式漆器成为个中翘楚,是被世界公认的"漆器工艺的高峰"。《髹饰录》有云:"以笔为文采,其明媚如画工之装点于物,如春日映彩云也。"楚式漆器髹饰技艺,是必须谈谈的,髹是用漆漆物,饰是纹饰。漆绘,将彩色漆绘制于表面已经髹漆的漆器之上。几乎所有楚地漆器均使用漆绘的技法进行装饰。一贯的生活习性,多维的审美风格,造就了楚式漆器独一无二的象性特征。

在琐碎中透过支系看清脉络,是自然最神秘的一组规律,无数植物春生秋亡，挨过寒冬，又在下一个春天复活。楚式漆器的发展和传承，也像野草那样，有过长势旺盛的阶段，也在历史洪流中，遭遇过无法抗拒的衰落。一切取决于需求，容器之外的雕工和技艺，其美学价值远大于器物原用的本身。新的潮流必然引导新的风向。无论是具有相同属性的其他新容器的诞生，还是脱胎于古老文明中祭祀意义和当下社会理念的互不相容，独具意蕴的楚式漆器，仍吸引着大批人群。是的，小众的，即是大众的，个性的才是共性的，桀骜又谦逊，低调但出群，是楚式漆器与生俱来的气质。

著名文物专家、中国文化遗产研究院研究员王世襄说，漆器在楚文化中占有重要地位。从七千多年前河姆渡文化所发现的木胎漆碗，到两千多年前春秋战国时期漆文化发展的蒸蒸日上，到汉唐金银平脱漆器的出现，到宋朝素色漆器及元明清雕漆的工艺，漆器在被生产于需求的基础上，不断被注入新的时代理解和文化内涵。在不同历史阶段，凭借内在特色，均平等而稳定地达到了漆文化史上的一个又一个高峰。前者对后者继往开来，后者对前者取其精华，造就了漆器文明和隐于文明背后的工匠精神。纵观中国古代大漆的发展，楚国的漆器是战国时期最具有代表性的器物，兴盛繁荣，经久不衰，一直延续到西汉。其产量之多、品种之备、制作之精、分布之广，都远远超过前代。

谈漆器，不能光谈器，而忽略了漆。如果说器是空间的物体术，那么漆则是时间的印刷术。古人说的漆工或漆器，在专业上叫髹饰，即用漆漆物，谓"髹"，"饰"寓纹饰之意。《汉书·外戚传》有云："其中庭彤朱，而殿上髹漆"。髹饰，封印了时间，将千百年前的实用美学和造物体系原样呈现给后世，为后人研究前人提供了珍贵的历史史料。说到漆，楚式漆器便有了天然的地理优势，作为楚文化的发祥地，在不少楚墓的发掘中都会看到漆器的身影，那些形态各异的漆器历经千年，仍然保持富丽光彩，这些漆器的颜色能够经久不衰，与其所使用的漆有着紧密联系，楚式漆器技艺的魅力可见一斑。中国是漆树原生地，是大漆的故乡。大漆，即漆树树皮中分泌的汁液，又名生漆、土漆、国漆。楚式漆器的悠久历史，离不开源远流长的技艺，也离不开地理人文的因素。荆州从古至今除了是兵家必争之地，还是江汉平原的经济、文化重镇，南临浩浩长江，北有悠悠汉水，西靠三峡崇岭，东接百里洞庭。荆州属亚热带季风气候，适合漆树生长。自然前提和传统工艺的双重结合，为楚式漆器的繁荣发展提供了就地取材、就地制造的便利条件。直到 20 世纪 50 年代荆州城内仍种植有大片漆树。大漆的使用，是人类认识自然、利用自然进程中的一个标志性事件。悠久的大漆髹饰传统，巧夺天工的髹饰技艺，历经千年，深藏在中华民族的文化记忆当中。近年来，随着我国非物质文化遗产保护工作的开展，越来越多的人开始重新认识大漆，愿意主动去学习、传承大漆技艺，古老的大漆髹饰技艺正在复兴一种古拙的时代风尚，并焕发出新的生命力。

漆器的制作大致分为胎体制作、髹漆、彩绘三个环节。在采访中，荆楚非遗传承院专家、漆器非遗传承人邹传志介绍说，楚式漆器技艺发展脉络清晰，从最开始的贵族身份象征到普通百姓家中的生活用品，漆器的品类越来越齐全，技艺越来越精湛。各种胎质，异样形制，应有尽有，雕镂刻画、螺钿巧饰无所不能。漆艺是和生活休戚相关的，在兵器、乐器、葬器等器物上都有呈现。2008 年以前，邹传志主要制作仿古漆器。有次在福建，一个朋友问他，在漆器发展上未来有什么规划？邹传志说想让漆器重新走进大众的视野和生活，朋友便建议他申报非遗。说干就干，从福建回来后，邹传志立即找寻了群艺馆等相关文旅部门，进行了非遗申报，最后才有了现在的名字——楚式漆器。漆器的发展，离不开器，也离不开漆。器的方面，最有特色的是榫卯彩绘木雕、金漆盆盘和甲骨胎漆器。榫卯组合是荆楚髹漆彩绘木雕的第一特色，整体物件分别由精心雕刻成型的部件榫卯组合而成，既能保证部件的精致程度，又让整个物件牢固，运用榫卯组合制作漆器，极其考验制器师的工艺。由于木雕组合多是异形榫卯，除了要能熟练应用传统木制家具的多种榫卯形式，还要能根据固有条件随形独创出许多无名榫卯形式。漆的方面，楚式漆器使用精加工而成的生漆，色彩选用天然矿植物色素。彩色漆料必须经过色料研磨、日晒脱水、色料与透明漆料搅拌、密封存放等多道工序。彩绘是楚式髹漆木雕的另一大特色。以红黑金为基本色调，颜色饱和，瑰丽雅重，传承千百年仍光彩夺目，主要是因为彩色漆料完全选用矿植物色素，遵照古法炮制。髹漆彩绘普适性非常强，无论是动物、人物，花卉造型，都浪漫神秘，瑰丽神异，奇诡想象，使人过目难忘。装饰纹样也是以凤鸟、龙蛇、虎鹿、花枝、祥云为主题而千变万化。楚式漆器髹饰技艺胎体种类的丰富，纹饰多以古代漆器纹饰为主，大多以红黑二色来描绘图案纹饰。也就是黑漆为底，再在黑底上用红色彩绘纹饰。部分作品也会采用黑底上饰金的方式，如鸳鸯豆、鸳鸯盒等；或黑底上用红色、金色相结合的方式，如蝉形砚、虎座飞鸟等。楚式漆器的千变万化，精雕繁饰，凝聚了中华民族的智慧和人文精神，是实用经验与艺术创作的完美结合，在我国社会的生活、生产和文化艺术领域均发挥着重要的作用。自古以来，大漆因其独特的质感与魅力，受到了包括亚洲、欧洲在内的世界各国人民的青睐与欢迎，它与丝绸、瓷器一道，成为让世界了解中国，向世界传播中华文化的重要载体。

漆艺匠人孟祥高说，古时的楚国流传着"无物不髹漆，万物皆可髹"的说法，可见漆器在日常运用之广泛。漆器，虽没有逆转乾坤的伟力，也没有银河倒流的魔法，但熟练运用其工艺，确实可以在生活中创造出足够的惊喜。比如竹篮打水，由于竹篮结构的原因，不能够成为密而不漏的装水容器。但如果加入漆工艺，以竹篮为胎体原型，在其上刷生漆，制作成漆器，可以说是推翻了竹篮打水一场空的概念。再如曲水流觞、买椟还珠、如胶似漆等典故，它们都与漆器相关，可见漆器在漫长时光里早已融入民族文化的基因。在谈到漆艺的传承发展，孟祥高说，应该回归传统，坚持和而不同的理念。回归传统，就是回归文化的基因库。传统就像是人体血液里的DNA，只有深入认识传统，才能充分提取传统漆器中的器型、纹饰，结合时下的潮流与个人的思想进行改良和创新，才能制作出折射传统，又与传统不尽相同，具有当代气息的漆器作品。在这个读图的快餐阅读时代，如何打破传统漆器上复杂烦琐的纹饰，使用更简洁、活泼的纹饰表达思考，是艺术创作不可忽略的部分。

镌印在小学教材封面上的虎座鸟架鼓，是孟祥高对漆器概念的最初认知。孟祥高始终记得当年毕业时，导师对他说的一句话：多听，多看，多想，少说话。无独有偶，日本文化里也有"听无，避开世间嘈杂，看无，不见世间纷争，说无，不言闲言碎语"的禅意表述。俗话说荒凉饿不死手艺人，在AI盛行的时代，简单的工作和廉价的劳动力，正在被蚕食，甚至AI开始写诗、绘画，进军艺术领域。但是，有的记忆，是无法复刻的，有些存在于过往的深深记忆，是无法被真诚以外的科技发明所超越的。楚式漆器，它的生命和研究价值，是造物者的思想投映，漆器的艺术感知和文化厚度是AI所不能领悟的。人磨器，器磨人，手艺人跟器物之间是有温度的，每件漆器都是一个独立的个体，制作漆器的过程也是一个自我锤炼内心、不断修行的过程。孟祥高目前最满意的作品《少年》是一件人首形象的漆器，通体黑色，高度约一米，宽度约九十厘米，历时四年完成。也许是深受导师的影响，在创作《少年》时，孟祥高刻意突出耳朵，弱化眼睛和嘴巴。再则，取名为《少年》，是想通过这件作品让自己保持警惕，鞭笞自己保持初心，不要在浮躁的时代，因名利迷失了自己对漆器那种最初的热爱。从制作泥稿到裱布，从刮灰到反复髹漆，再到胎膜分离，孟祥高沿用传统漆器制作工艺，融入现代思维，打破传统繁杂的纹饰和结构，创新传统漆器样式，改变传统纹饰的排列组合，在传统漆器的DNA中找到自己的脉络，创作符合新时代的艺术作品，是孟祥高一直坚持在做的事情。

荆楚非遗传承院，是全国漆艺的制高点，在漆艺传承、产业创新、人才培养等方面做出了突出贡献。荆楚非遗传承院重点调查了代表性传承人的传承谱系、技艺水平、制作能力、工艺流程和现有作品，并撰写了"楚式漆器及工艺"的考证文件，摄制了有关漆器文化的录像与图片资料。保护传承"楚式漆器技艺"，对研究荆楚文化东方漆艺有着不可缺失的重要意义。荆楚非遗传承院在传承漆艺的过程中，总结出了"食、茶、琴、书"四个字作为发展方向。如今，楚式漆器髹饰技艺已列入第三批国家级非物质文化遗产名录。荆楚非遗传承院负责人表示，他们将成立"楚式漆器技艺保护工作小组"，对这一技艺开展研究、开发利用，助力非遗传承。在漆艺传统上，开展了漆艺进校园、漆艺研学、产品体验、暑期中小学漆艺手工课等特色活动。鼓励拜师授徒等一系列措施，建立起市场开发营销机制，推广荆州市的"楚式漆器"产品，保护这一古老技艺。

数千年来，楚式漆器在激流岁月中繁荣过，也式微过。时下，我们谈及漆器文化和艺术，难免会有很多感慨，消失的谜底正在以一定速度逐步消亡，在物欲横流的社会环境下，想要保护漆器工艺，不得不让人打起十二分精神。我想，我们应该允许无常的感受在心中升起，我们也应该习惯面对绝境，只要心存希冀，精神世界的压力和身体内在的潜能，一定会创造出黎明破晓的奇迹。和无数非遗传承人一样，孤独久了，看绝望也就不再绝望，绝望久了，也就不相信绝望。坚持，就是在发明。楚式漆器历经千年，深深植根于荆楚人民的乡土历史，在社会生活、生产和文化艺术领域发挥着重要作用。是的，坚持非遗不易，坚持传承不易，可当光斑投射到兽面纹和几何纹上时，沉默的漆器在光影下开始说话，那种古老的器型、浪漫的工艺，一定会使得你再次相信世界，相信自己。

麓山禅房里的干谒诗

谢宗玉

一

应该有九成以上游客，同我一样，不知道千年前，岳麓山曾有一名登山者，叫韩愈。对，就是那个被苏轼誉为"文起八代之衰，而道济天下之溺"的韩愈，就是被后世尊为"百代文宗"的韩愈，就是"唐宋八大家"之首——韩愈。

这样一个人物，放在别处，必会又建亭、又塑像、又刻碑。比如韩愈曾在郴州作诗《叉鱼招张功曹》，如今郴州北湖边上，亭、像、碑，三样俱全。清代永兴知县更是自造遗迹，在便江的岩石上雕刻四个大字"昌黎经此"，讹传为韩愈亲书。

丹霞地貌，青山碧水，风景独好。韩愈的确数次行舟便江，但他不可能在江上悬崖题写这四个字。韩愈标榜自己出身"望郡昌黎"，或自称"昌黎韩愈"，这是有的。但在有生之年，不会自称"韩昌黎"，韩昌黎是后世对他的称呼。"昌黎经此"，只能是后世文人的笔迹。

说到这里，我不由得想起前些日游历黄克诚将军故乡时的情景。那里刚大兴土木，村口马路上搭建了高大牌楼，上书：江夏世望。让人一肚子疑问，这个小村庄与千里之外的江夏有啥关系？百度一查，才发现湖北江夏黄氏是一大族。其一百一十九世祖峭山公曾任江夏太守，历官至刑部尚书，生有二十一子，遍散福建、广东、广西、湖南等地。这四个字的意思就是，别看我们村庄小，但出身名门望族。心态跟韩愈是一样的。从这里走出去的人，即便是黄克诚，也不敢自称黄江夏。江夏是他们心中的圣地，有如昌黎之于韩愈。

可岳麓山的文化底蕴太深了，来往名人太多了，所以就算韩愈曾在这里爬过山，后人们也不会觉得是一件多么了不得的事。以致到现在，翻遍岳麓山每一个角落，你不会发现有一处遗址与韩愈有关，深深草木和漫长光阴，把一切都湮灭了。

公元805年夏末秋初，韩愈来到岳麓山，当时天气还很炎热，但清风峡暑气已消，特别是麓山寺和道林寺某些佛殿，穿堂风经过，凉丝丝的感觉，从皮肤沁入肺腑，里外通泰舒爽。

那天有很多人，说是文朋诗友也好，说是官宦同僚也罢。组局的是一位姓杜的侍御。大家呼朋引伴，争先恐后，放浪形骸，把官场的尊卑上下，全抛到了一边，玩得忘乎所以，痛快淋漓。

有人在大殿拜佛，有人与高僧闲聊。韩愈则去了清风峡，扯了蒿芹；又去赤沙湖，打捞菱芡，洗净剥好，拿回佛寺厨房，让僧人做了一顿很丰盛的素食。大家大快朵颐，吃得双颊汗流。歇一会儿，再去登山。站在山顶，指着玉带般迤逦北去的湘江和河东城里的次第风光，有人引吭高歌，有人合手长啸，有人感慨唏嘘，韩愈则怅然若失。

到黄昏，大家感谢了庙里袈裟鲜艳的住持，又对着宝相庄严的菩萨默默揖了揖，算是告别。然后坐上马车，笑谈下山。唯有韩愈一人，留在了山里。

同来何事不同归？这真是一个谜呢。更奇怪的是，看着大家转过山坳，韩愈竟有一种如释重负的感觉。显然，这一天，他并没有看起来那么高兴，他甚至有些心不在焉。

二

为什么会这样？这得说说韩愈当时的处境了。

从公元 805 年元月，到八月十四，大半年他都处在停职听调状态。之前，他任广西阳山县令。元月，唐德宗去世，太子李诵继位，史称顺宗。唐顺宗即位初始，朝廷大赦天下，韩愈名列其中，被解职阳山县令，等待重新分配。

韩愈有什么罪愆要赦免呢？

渎职罪。公元 803 年，韩愈在长安做监察御史。因上疏《论天旱人饥状》，揭露了关中饿殍遍地、灾民流离失所的惨状，影响了京兆尹李实的政绩和既得利益，被李大人倒打一耙，诬告调查不实。

唐德宗一怒之下，将韩愈贬到广西阳山。与他同时被贬的，还有被贬为郴州临武县令的张署。张署当时也是监察御史，与韩愈同时负责调查关中灾情。但因证据不足，或者说，在朝堂辩论时，两人输给了李实。

当然，唐德宗也可能有保护之意，将他俩调离京兆尹的势力范围之外。监察御史在唐代，是正八品上，而偏远小县令则是从七品下。虽是贬谪，官职不降反升。当然，在唐代，这种现象挺为常见。很多官员贬着贬着，就把官职升上来了。所以被贬不怕，就怕再没有返京的机会。

韩愈不清楚的是，李诵是带病即位的。早在公元 804 年农历八月，他就中风失语。德宗见太子生病，心头一急，六十几岁的老人，一下子就垮了，并很快驾崩。太子不得不继位，但病情一直不好，朝政也陷于半瘫痪状态，春季很多赦免之人，迟迟得不到安排。这样一来，韩愈就滞留湖南了。他不知道接下来自己会被打发到哪里去。这种状况，进京打探消息或疏通关系，或许更为奏效。韩愈之所以没有返京，应该是大唐律法不允许。

这一年张署是怎么度过的，不是很清楚。但韩愈的活动轨迹，从他的诗歌中可以窥探多半。他不敢走远，一直沿着湘江，在郴州与长沙之间徘徊，一副随时准备返京的架势。春季里，他在郴州写《叉鱼招张功曹》，在耒阳写《题杜工部坟》，在长沙写《罗洋远眺》，那时他的心情是明亮的、闲淡的、舒展的。对美好未来的期待，充满了信心。

为什么这么说？在郴州，他半夜打着火把，跟着一群人，叉鱼叉得特别嗨；在耒阳，他尚有闲情为杜甫的死因辨伪；在长沙，他写的《罗洋远眺》，字里行间的欢快气息，更是浓得要溢出来。"绕廓青山一座佳，登高满袖贮烟霞。星沙景物堪凝眺，遍地桑麻遍囿花。"罗洋山就是烈士公园电视塔所在的那座小山，年嘉湖那时只是浏阳河的一个拐角。

可时间一久，他的好心情没了。春天被赦，秋天还不见安排工作，他难免牵肠挂肚、焦急抑郁，心潮起伏难平，思绪曲折难安。在这种情形下，他被杜侍御拉去游麓山道林二寺，能有什么好心情？不过是强作欢颜罢了。

更何况，他是一个坚定而高调的反佛卫儒者。出于对身份纯洁度的保护，寺庙他是能够不去，就尽量不去。年少时，韩愈跟着寡嫂清贫度日，很想靠科举进入仕途。每日饥饮冷水，饿读文章。可惜天分稍欠，考进士，落榜三次，考博学宏词科，又落榜三次。进士第四次才通过，博学宏词科最终没通过。与他相比，柳宗元的科考成绩就好多了，进士一次考过，博学宏词科又一次通过。事实上，如果你愿意细读，就会发现，柳宗元散文的综合得分，其实要稍高于韩愈。但柳宗元的名气却远不如韩愈。

两百年后，一个叫契嵩的和尚为了重振被韩愈踩到了尘埃的佛道，一语道破了韩愈反佛卫儒的真相。他说韩愈当年之所以掀起以反佛卫儒为核心的古文运动，不过是想找一块进入仕途的敲门砖罢了。

他说得没错。韩愈年轻时带着一班小弟搞古文运动，与其说是看不惯当时的文风，不如说是为自己落榜找借口：不是我没才华，而是腐朽僵化、言之无物的科场文风，根本不适合新时代的"文青"了啊。甚至被佛道"污染"过的孔孟之学，也要正本清源，重新诠释了。所以他要立儒学正道，塑秦汉文风，重新制定标准。只要大家按新标准讲道理、写文章，他这个倡导者就立于不败之地了。这一切的初心，不过是为了占住仕途的主动性罢了。他绝没想到，做文化运动的发起者，所带来的福利，竟能延绵千年。风头盖过柳宗元，这就是原因之一。

当然，最重要的是他写了一篇反佛檄文《谏迎佛骨表》，从晚唐开始，就有文人陆续为他摇旗呐喊。到北宋前期，更是受到欧阳修等一班儒士的热烈追捧。这篇文章主题反佛尊儒，行文自由洒脱，笔锋犀利激荡，言辞尖锐辛辣。简直是为古文运动量身打造的样板文。加上《原道》《原毁》《与孟尚书书》等系列文章如骤风暴雨，声势壮阔，让韩愈的名望青云直上，大有比肩孔孟，成为季圣的趋势。

正是在这种情形下，契嵩和尚才绝地反击。有意思的是，文坛大佬欧阳修与佛门高僧契嵩，两人针锋相对了一辈子，却是同年生，同年死。最终，契嵩以《非韩上》和《辅教篇》取得了巨大胜利，两篇文章既点破了韩愈反佛卫儒的动机，又抓住了《谏迎佛骨表》观点的逻辑漏洞，同时还将佛儒两道的本质说得通达透彻，化敌我矛盾为互补相融关系，把当时的宋仁宗及帝国一干文人士大夫全部折服。从此韩愈的身份只定位文学成就，不再往"儒家圣贤"方面推了，宋代的古文运动也由此进入平缓期。

靠着这身标识，被朝堂大佬看中，韩愈得偿所愿，从此步入载沉载浮的仕途。他必须保护好这身标识，才有可能在未来走得更顺畅。若多年后，他写《与孟尚书书》，几乎通篇都在解释，他对儒教的坚贞可昭日月。他与潮州大颠和尚交往，绝不是叛儒投佛。在书信末尾，他剖心明志："使其道由愈而粗传，虽灭死万万无恨！"假如我韩愈能凭自己之力让儒道稍稍得以传播，那么就算死一亿次，也不后悔。

三

而现在，正是停职待宣的敏感时期，杜侍御却邀他一起去拜佛求菩萨，他内心能不纠结吗？侍御的全称叫殿中侍御史，从七品上，只比小县县令高一点点，却负责监督百官。韩愈目前近乎白身，又怎能拒绝杜侍御的好意邀请？这一天，他注定过得很煎熬。一边患得患失，一边强作欢颜。

或许正是因为内心里的小纠葛，反佛斗士找了个理由，主动留宿寺院客房。他得好好想想，该如何处理这件事。既然大伙玩得这么高兴，自己又诗名在外，岂能不写诗酬和？要不然怎么对得起主事人和同游者的拳拳盛意？

可是，若单写游赏麓山道林二寺的美好心情，以后诗歌到长安，大家还以为他韩愈思想变节、信念动摇了呢？如今自己前途不明，会不会升迁，赴任何处，还得仰仗朝堂那帮卫儒大佬。他可不想让朝堂大佬把他看作脚踏儒佛两教的投机者。

那夜无月，江中渔火点点，恍若星辰坠落人间；夜风很大，刮得满山树摇，松涛阵阵，疑似身处江湖之中。韩愈夜半梦魇惊醒，辗转无眠，只听得岭外那一声声猿啼，格外凄绝。直到天渐渐亮了，灯渐渐暗了，他才提笔作诗。诗很长，写尽了白日的欢娱和夜里的悲思。

陪杜侍御游湘西两寺独宿有题一首，
因献杨常侍

　　长沙千里平，胜地犹在险。况当江阔处，斗起势匪渐。深林高玲珑，青山上琬琰。路穷台殿辟，佛事焕且俨。剖竹走泉源，开廊架崖广。是时秋之残，暑气尚未敛。群行忘后先，朋息弃拘检。客堂喜空凉，华榻有清簟。涧蔬煮蒿芹，水果剥菱芡。伊余夙所慕，陪赏亦云忝。幸逢车马归，独宿门不掩。山楼黑无月，渔火灿星点。夜风一何喧，杉桧屡磨拂。犹疑在波涛，怵惕梦成魇。静思屈原沈，远忆贾谊贬。椒兰争妒忌，绛灌共谗诐。谁令悲生肠，坐使泪盈脸。翻飞乏羽翼，指摘困瑕玷。珥貂藩维重，政化类分陕。礼贤道何优，奉己事苦俭。大厦栋方隆，巨川楫行刬。经营诚少暇，游宴固已歉。旅程愧淹留，徂岁嗟荏苒。平生每多感，柔翰遇频染。展转岭猿鸣，曙灯青睒睒。

　　诗长，标题也长，乍眼一看，"湘西"一词，让人心生歧义，以为是指湖南西部，实际上是指湘江西岸，而且特指与长沙隔水相对的岳麓山一带。查看古书就知道，这种叫法由来已久。

　　长沙有位文史专家，大概是想避免后人误解，好心将此诗的标题改为《陪杜侍御游岳麓道林两寺》。殊不知这一改，完全违背了韩愈的本意。

　　别的诗人游岳麓山寺庙，的确会直称寺名。韩愈之所以要含糊其词，是他对"道林"二字不感冒。韩愈把"道"看得很重。他认为天下正道只属儒家，广施仁义，严守道德，博爱百姓，才是正道。其他都属邪门歪道。而岳麓山下的寺庙，竟敢以"道林"自称，韩愈是不认同的，所以诗中他避开了这个字眼。

全诗共六十句三百字，应该是历代写岳麓山最长的诗歌之一。虽以寺庙为题，可涉及佛事的，只有轻描淡写的两句："路穷台殿辟，佛事焕且俨。"意思是说，走到没路时，发现林中寺殿耸立，香火很旺。目及处，颜色鲜艳，宝相庄严。

诗歌的前半部分是写山中游玩时的盛况。后半部分却写他半夜惊醒，忧国忧民之情如湘江之水，奔涌心头。他先是把屈贾之悲和当前国事感慨了一番。接着表达了自己忠君报国、克己奉道、经世济民的志向和热情，最后感叹时光荏苒，人生苦短，自己淹留在没有方向的旅途中，任凭生命迅速坠入暮年……

噫，身处佛寺，心怀九州四海。细细品来，韩愈竟在讲究寂灭心的寺庙里写了一首对仕途充满渴望的干谒诗！这真是让人啼笑皆非。

那么，他干谒的对象是谁呢？

正是标题提到的杨常侍。常侍是指散骑常侍，属正三品高官。杨常侍应该属于卫儒派，韩愈借此诗完美地解决了内心的纠葛。诗歌前部分，他写兴高采烈游佛寺，是为了哄杜侍御他们高兴。后部分他写只争朝夕报君国，是为了让朝堂杨常侍他们无疑心。这平衡术运用得真是炉火纯青，让人称绝。

韩愈性格耿直，且急躁冲动，常常因文害事，情商老不在线。但从这首诗来看，只要不出离愤怒，不走极端，他做事还是挺有章法的，也挺有能力和手段的。要不然最后他也不可能成为吏部侍郎，死后还被追赐为吏部尚书。

四

可是，等待的滋味，对心性跳脱的韩愈来说，实在是太难受了。岳麓山的诗歌，他写得天衣无缝、滴水不漏。可场景一换，从岳麓山到了南岳，他却大放悲声，心态趋于崩溃边缘。

他去南岳问卜前程。很幸运，抽得了一支上上签。其时南岳淫雨霏霏，或许是天气的原因，上上签也未能让他心情好转，他作诗感叹："窜逐蛮荒幸不死，衣食才足甘长终；侯王将相望久绝，神纵欲福难为功。"意思是说，我韩愈放逐蛮荒，幸得不死，只要衣食足够，就算留在这里终老一生，也心甘情愿。王侯将相的美梦，做得久了，也该清醒了。抽个好签有什么用？纵使神仙想降福于我，恐怕也难变现。

韩愈的预感是准确的。就在他南岳打卦求签时，朝廷格局又有了新变化。这年八月，久病不愈的顺宗禅位，成了"太上皇"。宪宗继位，再次大赦天下，韩张同时被量移到湖北江陵，任法曹参军。

旨意于八月十四日抵达郴州，中秋夜两人举杯对饮，互诉衷肠，之后醉而歌、歌而号、号而泣，悲声暗明月。江陵虽稍近长安，但职位并没上升。两次皇恩，竟"浩荡"如此？眼看他人免死的免死，除罪的除罪。流放的被遣返，远迁的被召回，全国罪人"喜大普奔"，只有他俩在郴州孤馆笑泪无常。"君歌声酸辞且苦，不能听终泪如雨。"

这年孟冬，韩愈再作《岳阳楼别窦司直》，情绪依然激动，诗中的愤怒幽怨，噼里啪啦，像直筒倒豆，急雨连珠。都过去了两个月，韩愈仍逗留湖南，迟迟不肯北归。

"念昔始读书，志欲干霸王"，而今世事看透，再不会强求那镜月水花般的功名了。他甚至打算点卯江陵后，再挂冠而去，"誓耕十亩田，不取万乘相"，他要带着心灵手巧的妻子和业已长大的儿子去养蚕织布，躬耕南山。

其实人生漫长，不只有江陵。江陵任上，他只待了一年，很快就奉召返回长安，官授权知国子博士，响当当的正五品大员。可见人生一时得失，算不了什么。风物长宜放眼量，牢骚太盛不是好事，容易被有心人抓住把柄。

还莫说，十年后，朝廷要提拔他为中书舍人，有人反对，说他任江陵法曹参军时，曾在一篇送行文章里，称呼过节度使裴均的儿子裴锷的字，让人无法容忍。因为裴锷品性鄙陋，平庸粗俗。朝廷只好将韩愈改任为太子右庶子。

这种话术，让现代人莫名其妙，搞不清唐代的名和字，究竟有什么玄乎？人品不好的人，连字都不配称呼了吗？也不知那个官二代，究竟做了什么天怒人怨的事？可惜无更详细的史料可查。

当然，话又说回来，诗言志，歌传情，诗人没有一点儿牢骚，那还叫诗人吗？反正连十年前这种小事，都能被人拿出来当反攻武器。韩愈其他大开大合、不拘小节的文章，若是细究，肯定也是"漏洞百出"。既然这样，还不如由着自己的性子来。至少可以用热血文字，浇浇心中冰硬块垒，出一口闷气，得一时之爽。何况，散落江湖，若不发声，日理万机的皇帝又哪会知道，你有一肚子哀怨和愁苦？甚至连你这个人，他都忘得差不多了。这时若读了你一首抒情言志好诗，慈悲一发，就把你召回都城了呢。

韩愈这首只稍稍提及佛寺的长诗，在他去世三百余年后，与沈传师、裴休的笔札，宋之问、杜甫的诗篇和欧阳询的书法，被岳麓山道林寺新建的六绝堂给珍藏了，并勒石以铭。到南宋末年，和尚志茂重修六绝堂，更名为衍六堂。韩愈若泉下有知，不知会作何感想？

不过没多久，道林寺就毁于元蒙兵燹。一同消失的，还有衍六堂。从此，岳麓山就再也没有韩愈半分踪迹了。岳麓书院兴于宋初，千年来，里面已积攒了大量名人。韩愈被尊为百代文宗，又是铁杆儒学卫士，里面竟没有三尺之地，容他一尊小小雕像，还真有些令人遗憾啊。

香　道

周齐林

一

　　莞香如磁石般深深吸引着我。沉香、檀香、龙涎香和麝香，四大名香，沉香为四香之首。莞香是沉香中的珍品，更是名贵的药材，几百个古药方里都有莞香的影子。静静的深夜，点燃一根莞香，夜风吹来，暗香浮动，喧嚣的内心顿时安静下来。檀香浓烈奔放，莞香则低调内敛清新。来自抹香鲸体内的龙涎香带着海水的气息，而莞香是檀香则醇厚细腻，带着奶香的甘甜和温暖。莞香是龙涎香和檀香的合体，跨越了海洋与陆地的藩篱。树生香，香生万物。莞香树是唯一以地方名命名的树木。树与土唇齿相依，形影不离。土壤决定了一棵树的命运。橘生淮南则为橘，生于淮北则为枳。莞香树若种在五岭以北，就只是普通的木材，无法结香，种在五岭以南的地区才能结香，而结香品质尤以种植于东莞者为佳。莞香树在肥沃的土地上容易枯萎，走向死亡的边缘。在贫瘠的土地上，它反而生机勃勃。莞香树独特的生长法则让我陷入沉思。在优越的物质条件下，人的精神容易萎靡。在恶劣的生存条件下，人的潜能反而容易被无限激发。

　　这是一棵树与一片土地的相遇。东莞多黄壤和红壤等酸性沙质土壤，贫瘠而坚硬，适合莞香树生长。

一棵棵莞香树，在时间的孕育下，攻城略地，深深扎入这片土地。

莞香弥漫着皇室贵族的气息，一度成为朝廷的贡品。在故宫提供的历史档案里，能清晰地看到道光十五年到咸丰七年，乾清宫库贮莞香及使用情况。

莞香让莞香树名扬天下，也让它在劫难逃。莞香树无法当作柴来烧，它烟雾浓重，没有明火，它材质疏松，更不适合做家具。它百无一用，寂寂无闻，无人问津，在角落里自生自灭，却也自在。电闪雷鸣，狂风大作，一棵莞香树的树枝被刮倒在地，裸露出巨大的伤口。经年累月下，刮落在地的树枝变成了黑褐色。一个下山的农民顺手把树枝捡起，插入灶台间燃烧，一股独特的香味顿时扑鼻而来。来自树上的香改变了莞香树的命运。一棵棵莞香树步入人们的视野里，渗透到生活的方方面面。

二

眼前这个面目清癯的中年男子是莞香制作技艺国家非遗传承人黄欧。在莞香保护园区内，他指着一棵矮小的莞香树跟我说，这是一棵一千多年的古树。树身上挂着一根红绳。树根和树墩跨越千年，而枝丫则是近几年刚生长出来的。古树，是生命的另一种图腾。它像是一个守夜人，矗立大地上，默默地注视着过往的人。

黄欧出生于莞香世家，祖辈都是地地道道的香农，循着族谱的脉络，莞香氤氲在漫长的时空里，化身为家族的气息和符号。他的先辈在汉朝时就已迁入东莞。发黄的族谱，字迹依旧清晰可辨，先辈们血肉丰盈的生活被简化成几行字。藤蔓般缠绕着的族谱指明着他血脉的来处。

他自小就沉浸在清新微甜的莞香中，这种独特而熟悉的香味浸入他的骨髓和血脉里。

年幼时，黄欧一放学就背着书包往外祖母家跑。还未进门，莞香的味道扑鼻而来。他每天形影不离地跟着外祖母上山下山，徘徊于每棵莞香树下。

莞香早已深深嵌入他外祖母的生命里。昏黄的灯光下，外祖母经常给他讲年轻时那些与莞香有关的故事。还未出嫁前，外祖母经常给她在山上种香的父亲送饭。每次采香归来，父亲都会偷偷把最好的一块莞香留下来。年复一年，她出嫁那天，父亲把那一块块积攒下来的莞香当作她的嫁妆。当外祖母嫁作他人妇，每点燃一根莞香，闻着香的味道，她的脑海里就会浮现父亲在山间采香的身影。

在山上，他学着外祖母的样子，手持刀具在树上割下一道细长的伤痕。

以刀为工具，一条通往莞香的道路缓缓开启。受伤的莞香木被真菌侵入寄生，在菌体内酶的不断的作用下，使木薄壁细胞贮存的淀粉产生一系列变化，最终形成瘤状的香脂，而香脂渗透入莞香木之中诞生出莞香。

寒冬来临时，他看着外祖母手持锋利的长刀在一棵棵莞香树上开凿香块。树颤抖着，树叶落下来，疼痛辐射到大地上。树在无声地呐喊、呼救。

"树很疼啊。"他忽然大声喊道。

"疼才能结香，没办法。"外祖母说道。

小雪，温度骤降，白霜覆盖大地，寒风在村子里游荡。外祖母带着他山上采香。晨露打湿了山间的小路，晨雾笼罩着山野，眼前一片朦胧，阳光慢慢由淡变浓。在山腰的那片莞香树林停下。外祖母拿出祭品、香烛、香纸、酒和鞭炮，置放于不远处干净的地方。上供品、点烛、焚香纸、敬酒，转瞬噼里啪啦的鞭炮声响彻山林。祭拜完山神，外祖母就带着他开始采香。

二十四节气是人类千年生存智慧的结晶。"盖以十月香胎气足，香乃大良也。凡凿香贵以其时，秋冬凿则良，霜雪所侵，精华内敛，木质尽化瘠而不肥，故尤香。"屈大均在《广东新语》中就小雪时节采香作了科学而详细的解释，颇有道理。

两年前刀在树身留下的伤口的刹那，一条无形的通往莞香的道路早已开辟，微微张嘴的伤口如一道虚掩的门，通往香的门已打开。如今刀伤处结满莞香。这是一棵第一次结香的莞香树。年幼的他用刀左右开凿，凿出一块巴掌大的莞香木。他欣喜地疾步跑到外祖母身边，递给外祖母看。外祖母细心地教他辨香。他开凿下的这块叫白木香，初开香门，年份低，是香中最低等；年份越足，香味越浓。

这是一棵碗口粗的百年老莞香树。去年划下的疤痕结成树瘿状的莞香。一刀刀下去，树身微微颤抖着，像是在痛苦地呻吟。几分钟后，外祖母在树干上开凿下一块巨大的莞香木。放在鼻尖，一股浓郁的香味扑鼻而来。这块深褐色的莞香木富含丰富的油脂，是莞香精品，入水即沉，是为沉香。

"外婆，怎么不多开凿几块？"他一脸疑惑地问道。

"多开凿几块，树就容易死。人不能太贪，要给树留一条活路。"听着外祖母的话，他仿佛懂了。

一百多棵莞香树，一棵棵开凿下来，全部开凿完毕，已是薄暮时分。外祖母挑着满箩筐的莞香沿着山间小径往回走，他紧跟其后。

夜晚，晚风吹拂，风透过窗棂跑进屋内，案上的烛火左右摇曳。昏黄的烛光下，黄欧和外祖母弓着腰，手持铲刀，小心翼翼地铲着，细碎的木屑掉落在地，暗褐色的莞香慢慢裸露在眼前。去木留香，取香最考验耐心，用力过猛则损耗莞香的肌理，力度轻则难以接触到莞香的内核。耐心地用铲刀一层一层地削去白木，直到能看到油脂丰富、散发淡淡香气的莞香。将没有香油聚集的白色木质铲去，剩下的暗褐色的部分就是珍贵的莞香。莞香是树流下的眼泪，是它已结痂的伤疤。没有受过伤的莞香树无法结香，亦如只有受过伤的人才会真正成长。一般莞香的采集，是将含香油的木块大范围地凿下，再用人工精心地将无香油积聚的木质铲去，留下的油质部分就是莞香。夜越来越深，院落里弥漫着桂花的香味。他跑至院子里，在磨刀石前坐下来，不停地打磨着手中的铲刀。刀在磨刀石的表面快速摩擦，发出霍霍的响亮的声音。清冷的月光下，铲刀寒光闪闪。他迅速跑回屋内，一脸兴奋地看着外祖母。"外婆，这下我会比你快的。磨刀不误砍柴工。"他笑着说道。锋利的铲刀加快了剔除木质的速度。很快，外祖母手上的木块加工完，一块圈形的褐色莞香出现在眼前。轻轻掰下一小块，点燃，屋内瞬时弥漫着一股莞香。半个月后，季节已步入深冬，去木留香的工作终于完成。俯身细闻，新鲜的莞香还弥漫着木头青涩的气息。在外祖母的吩咐下，他小心翼翼地把新鲜的莞香放入瓷罐中，密封，藏于地窖深处。数月下来，解开瓷罐的盖子，香气醇厚，扑鼻而来。彼时，村里的香农大都把取来的莞香卖给药材公司或者中药店。药铺里弥漫着一股浓郁的中药气息。莞香按克卖，当时一克莞香几毛钱。莞香是一味名贵中药材，可清热祛风、凉血通脉、养心安神。焚一根细小的莞香，屋内顿时香气弥漫，喧嚣的内心世界也随之安宁下来。外祖母用卖莞香得来的钱去墟上购置过冬取暖的炭等一些生活用品，每次卖香回来总会给他带一些可口的水果或者零食。莞香带着母性的气息。村里的姑娘在晾晒清洗莞香时，偷偷把小块品质好的莞香藏于胸口，以去集市上换取脂粉。莞香与女性特有的体香糅合在一起，变成一种独特的女儿香。莞香因而又称女儿香，这是一个充满诗意的名字。

屋外寒气逼人，树在寒风中瑟瑟发抖。屋内却温暖如春，他们围坐在炭火旁烤火，莞香的气息氤氲在空气里。一旁咕噜噜的茶壶里浸泡着一块莞香，正在泡莞香茶。

树给予他们生活的温暖，给日常生活增添了几许诗意。

<h1 style="text-align:center">三</h1>

多年后，黄欧依旧记得那天外祖母跟他说的话。屋内，香炉里的缕缕莞香缓缓飘升，弥漫在屋子里。有段时间他事业不顺，彷徨迷茫，来到外祖母家诉苦。外祖母看他闷闷不乐，心事重重的样子，指着院落里那棵百年莞香树说道，只有受伤的莞香树才可以结出宝贵的莞香。人也一样，只有经历过风雨的锤炼，才能真正成长起来。

默默行走在莞香树间，一阵风吹来，树叶哗哗作响，咀嚼着外祖母说的话，他顿有所悟。树犹如此，人何以堪？一棵树成长的路彰显着一个人命运的轨迹。

黄欧没想到正当自己的事业渐入佳境时，外祖母却正挣扎在死亡的边缘，疾病的阴霾笼罩在上空，院落里的梧桐树上发出乌鸦的阵阵悲鸣声。他请假回到家里，寸步不离地守候在外祖母身旁。屋内案上摆放的香炉里，莞香彻夜燃烧着，苦涩中微甜的香气穿透黑夜，抵达黎明。

次年，春寒料峭之际，外祖母走到了生命的终点。清晨，在悲凉的唢呐声里，外祖母埋葬在后山上，数百棵莞香树陪伴着她。静静地行走在一棵棵莞香树间，他常心生幻觉，感觉外祖母没有走远，而是化身为身旁的这一棵棵莞香树。

那日，办公室香气弥漫，一股清新苦涩而甘甜的气息由鼻入心。一个上海的客户忽然对他说道，这莞香是你的？这可是很好的宝贝。

"我自家种的。"当客户得知黄欧是莞香世家，家里还有十多斤莞香时，面露惊讶。"我改变主意了，我不想买你们公司的机器设备，想用这些资金把这些莞香全部买走。"上海客户以极其贵重的价格买下了他手中的十多斤莞香。窗外，夜色苍茫，一连多日，他辗转反侧。彼时，他的事业已渐入佳境，在那个月薪只有几百的年代，他一年的收入超过五十万。莞香树一年只能取香一次，而新种下的莞香树苗，需要十年后才能结香。深夜，他从睡梦中惊醒过来，窗外如水的月光映照着他苍白的脸。梦境历历在目，外祖母在梦里叮嘱他好好照顾山上的莞香树。次日清晨，他上山，看着一棵棵被暴风雨吹倒在地的莞香树，横七竖八地躺在地上，心如刀绞。梦让他警醒。几日后，在众人的惊讶声中，他卖掉机械设备和厂房，把所有资金投入莞香树的种植中。

家里都以为他疯了。

"你就是在瞎折腾，好好的事业放弃，硬要去种树，种树能种出什么名堂来？你这就是胡来。"他父亲气呼呼地说道。"爸，这些老树都是祖祖辈辈留下来的，也是外祖母留给我的唯一东西了。别人觉得没用，但在我眼里就是宝贝。你以后就懂了。"一番激烈的争吵后，紧接着是长久的沉默和寂静。他每天早出晚归，忙于种树、取香、护树。

浓郁的工业气息渗透到村庄的各个角落，挖掘机轰鸣的声音不时在耳畔响起。寂静温馨的村庄变得喧闹起来。一座座山被夷为平地，一栋栋崭新的厂房拔地而起。行走在村里熟悉的小路上，看着一棵棵珍贵的莞香树被挖掘机连根拔起，推倒在地，孤零零地躺在路旁，发出痛苦的呻吟声，黄欧心如刀绞。无声的呼救在耳畔响起。外祖母生前的叮嘱依然在耳边回荡。他迅速行动起来，与施工的工人谈好价格，把这些濒临死亡边缘的莞香树买了下来。每天清晨醒来，匆匆吃完早餐，他便往机器轰鸣的地方奔去，四处寻觅莞香树的身影。莞香树已嵌入他的生命和血脉里，他对它们了如指掌，熟悉它们的茎叶和树干。远远地，他就能辨别出莞香树的身影。几个月下来，他搜集到的莞香树达一千多棵。

他常带着干粮跑到偏僻无人的地方寻觅野生莞香树的身影。在布满荆棘的偏僻山野间行进，脚下危机重重，毒蛇、蚊虫随时出没。当他汗流浃背，气喘吁吁，心生绝望之际，一株野生莞香树出现在他面前，浑身的疲惫顿时一扫而光，他禁不住兴奋地大喊起来。喊声回荡在山野间。一次他因过于兴奋，脚底一滑，从山半腰摔下去，幸亏及时抓住一根树枝才幸免于难。下山后，看着伤痕累累的自己，他脑海里不由得浮现出莞香树的身影。一棵莞香树的一生注定是伤痕累累，充满伤口，它必须靠外部的创伤来结香。

他把这些树安置在大岭山镇百花洞。百花洞素有"莞香祖源，沉香圣地"之称，是广东四大皇家香园之一。这里气候湿润，温度适宜，十分安静。

现在，对于黄欧而言，脚下所有的路都是通往莞香的路。他整日奔波于山间小路上。辨土、育苗、折枝、断根移植、开香门、育香，采香、理香、拣香、窨香、合香，一道道工序串联成一条崎岖的莞香道路。

四

根在，树就在。黄欧的根就在东莞，在百花洞，在一棵棵莞香树身上。他感觉自己如一棵棵莞香树般深扎在这片大地，寸步不曾远离。

树有直根和须根之分。直根系的树有一条粗大的主根，主根旁边则生出一条条细细的侧根。须根系的树，根须没有主次之分，大小一致，它们齐心协力深扎入泥土里。相较于直根系，须根系的树从泥土中吸收养分的能力要强。

莞香树属直根系，不容易一次种植成活。初春四月，莞香树上开出淡黄色的花朵。七月，炽热阳光的映射下，淡黄色的花结成了果子。果子成熟后落在地上，在雨水的滋润和孕育下，变成了嫩绿的树苗。在苗圃里生长两年后，莞香树被移植到山上，吸收山间的雨露生长。

断根移植是种植莞香的核心技术。莞香树需不断移植才能结香。莞香树的最初两次连根拔起，剪断主根，移植到新的土壤里，是为了抑制主根，让无数侧根吸收更多养分，更好地深扎入土壤里。

树挪死，人挪活。当莞香树在沙土里扎根下来后，每一次断根移植都是一次挣扎和重生。黄欧在坑里填入一层泥浆，而后才填满泥土。向上生长的枝丫因为断根和泥土中加入泥浆而处于危机四伏的局面，它挣扎在死亡边缘。密不透风的泥浆几乎让莞香树窒息。这种半死不活的状态却有利于莞香树结香。当一个人身处恶劣的自然环境或受到疾病的侵袭，他的免疫力降低，很容易受到各种病菌的侵袭。莞香树也如此，在死亡边缘挣扎的他，各种真菌慢慢侵入树的身体里，与树体内的细胞发生反应，结下醇厚的脂香。

莞香树的移植是一部微型的迁徙史。我在一棵树上看见人类大规模的迁徙史。

人只有在遭受生命的不断磨砺之后才能实现生命的涅槃。莞香树也是这样，它的一生伤痕累累，它在频繁地遭受刀斧的伤害中，结出世间奇特的莞香，实现生命的涅槃。

在野外，它遭受闪电雷击、虫蛀和暴风雨的吹倒，伤痕累累，自然结香。人培育了一棵莞香树，树便舍命相报。当一棵莞香树到了结香的年龄，每年腊月就要接受一次刀割。

只要活着就会遭受刀斧的侵袭，眼前的这棵千年莞香，它一生中不知遭受过多少次刀伤。在一次次刀的砍伤下，它流下痛苦的眼泪，结出完美的香。像被凌迟的犯人，行刑已经开始，一刀刀割下去，一年一刀，年复一年，结满香的完整的树干最终被分割成一截截香。到最后，这棵莞香树变成一个矮小的树桩。树桩下面是盘根错节的根须。树桩被人连根拔起，移植到新的土壤里，一年后，它又生长出新的枝丫和绿叶，重新焕发生机。它不断从土壤和阳光中汲取力量，为新一轮的结香准备着。生命新的轮回复又开启。

当他人为了追求利益最大化，纷纷给树打点滴注射化学药品以缩短莞香培育时间时，黄欧却始终不为所动，坚持人工培育。这是黄欧多年来一直坚守的道。

五

几十年下来，当年那一小片种植莞香树的土地，如今已是一个占地三千余亩的庄园。几十万棵莞香树居住在这里，生根发芽，开花结果，直至结香。

黄欧每天在山林间游荡着，静静地看着那一棵棵莞香树，细心地守护着它们，日复一日，年复一年。他也时常会去外祖母的坟墓前坐下来，静静地待上一会儿，跟她聊自己这些年种植莞香的故事。

他在坟墓前点燃三根莞香，香气氤氲，那些久远的往事在他脑海里又变得清晰起来。他默默叩首，三鞠躬。

在夕阳余晖的映射下，他缓缓朝山脚走去。转身回望，这一片莞香树林，香的海洋，被黄昏里金黄柔和的光晕笼罩着。山风缓缓吹来，吹在脸上，带着一丝凉意。风轻抚着每棵莞香树，它们的根深扎在泥土里，缠绕着整个村庄。

行 走 花 山

黄　鹏

一

2023 年 7 月 7 日。星期五。小暑。宁明县城。户外三十六摄氏度。

上午 8 点，天空早已把夜晚的布局收拾干净，呈现出浩瀚蔚蓝，间或点缀白云。太阳用炽热的目光注视大地，阵阵热浪到处汹涌。我与宁明县委宣传部的两名同志从花山宾馆出发，跨过明江，到高速路花山出口与自崇左市区过来的《左江日报》记者潘全山一行会合，一起前往世界文化遗产花山岩画文化景观，共同落实广西作协交给的对世界文化遗产花山岩画的采访任务。这是中国作协 2023 年"中国一日·走近中华文明"大型文学主题实践活动的广西内容。

沿明江顺流而行，不久便到岜荷渡口，在这里乘船到对岸，再驱车前往花山岩画对面村庄。现在从宁明县城去花山，有水路、陆路可行。水路在花山码头乘船前往，一路可见多处岩画及壮美景观，往返需要四个多小时。陆路是开车直达花山岩画对面的村庄，再乘船到对岸花山岩画，陆路单程时间大约四十分钟。我们因为采访需要更多时间，所以选择了陆路而行。在渡口等船间隙，同行的宁明诗人农陆权告诉我，这个渡口是半公益性质的，车子每辆收费十元一次，行人免费。我默默估算了运营成本，显然收入是不高的。看来政府有一定的补贴。在为民办事上，这个是惠泽民生的实事好事。有钢缆绳把船两岸牵引，马达声声，船缓缓驶向对岸。船只比较简陋，没有顶盖，阳光和钢铁船身互相烘托，船上的人个个满头大汗。上船的有货车、轿车、农用三轮车、摩托车等。因为前些天下雨，明江水还混浊着，带着一些漂浮物向前流去。上得岸来，我们乘车继续往前走。道路不是很宽，转弯起伏也多，双向会车需减速慢行。路边时有龙眼树，尚在成长的龙眼果密密麻麻、大小不一挂在树上。已然不是花期，仍见蜜蜂和蝴蝶。村庄的房屋外立面都做过粉饰装潢，既有传统建筑结构的美观，也有民族风情元素的特色；房前屋后打扫得比较干净，柴火、农具集中摆放，环境比较干净清爽。地里种有甘蔗和玉米，甘蔗正在长高，玉米已经成熟。看到甘蔗，我想起崇左市号称"糖都"。有资料显示，全国五分之一的糖产自广西崇左，也就是说全国人民每吃五勺糖，其中一勺就是来自崇左的。蔗糖业是崇左市的第一大支柱产业，随着各种配套技术的应用和推广，崇左市甘蔗种植面积已持续多年稳定在四百万亩左右，蔗农种蔗收入突破一百亿元大关。农陆权原任宁明县糖业办副主任，他告诉我，甘蔗一般每吨收购价是五百至五百三十元左右，一般要达到亩产四点五吨才能平本，超出部分才有收入。蔗农每户每年种植甘蔗亩数不等，有多有少，少的有几十吨，多的一百吨，除去成本，理论上可以收入三万到五万元。但由于蔗糖市场价格波动大，实际收入并不十分可观。

二

经过近半个小时的车程，我们到达花山岩画对面的耀达村。

耀达村地处宁明县西北部，与龙州县交界，距离宁明县城十八公里，处于世界文化遗产花山岩画核心区。耀达村在"十三五"规划期间，属于贫困村，这里虽然风景优美，资源丰富，但山多地少且三面环水，制约着当地的经济发展。党的十八大以来，通过精准扶贫和保护传统村落、传承传统民俗古韵、开发乡村旅游，全村实现了脱贫致富，步入小康。漫步村屯间，白墙青瓦的村居掩映在群山怀抱之中，一些散养的鸡在甘蔗林下、村屯边草丛中找虫子吃，一条条平坦的水泥路延伸到家门口，村民脸上洋溢着幸福的笑容……移步换景，一幅幅锦绣乡村振兴图徐徐展现在我们面前。

我们在采访中了解到，耀达村抓住花山岩画旅游景区正在快速发展的机遇，把参与融入旅游产业作为发展村集体经济的着眼点和切入点，投入一百万元购买四艘游船发展旅游运营项目，再投入三十七点五万元与另外三个村合股采购四辆旅游中巴，进军花山旅游运营。为规范经营管理，该村选定宁明骆越文化旅游投资公司作为"合伙人"，将中巴、游船租赁给该公司，由其负责经营管理，耀达村按约定每年从中可获得一笔分红。村集体和企业联创共建，使企业、村集体、农户三方实现共赢，村集体经济每年从中得到约五十三万元的收入，实现了村集体经济不断发展壮大。为了深度挖掘和弘扬花山文化，还以音乐铜鼓为重点，在耀达村屯组建了铜鼓队、战鼓队、音乐铜鼓队、山歌队，现在铜鼓队经常外出演出，一场演出有两千元的收入。

濑江屯属耀达村下辖的一个屯，是典型的石山区。明江河从村边流过，四面环山，风景如画。全屯总面积二点五平方公里，耕地面积六百五十亩，其中水田二百多亩。有农户一百一十四户，共四百九十二人，全屯主要收入依靠种植甘蔗、制糖酿酒、种植莲藕示范片、种桑养蚕及外出务工为主。当天我们在濑江屯，只见山水环绕，曲径通幽，古朴的壮族特色民居错落有致。多棵上百年古树，根深叶茂、形态各异。2017年1月18日，耀达村在濑江屯成立了宁明县岜莱贝侬农民专业合作社，合作社与三十户村民签订了租地合同，共租用土地二十三亩，扶持受益贫困户五十户。据合作社负责人介绍，合作社每天生产六千斤红糖，需要收购五十吨甘蔗，村民把甘蔗运过来直接过秤就可以拿到现金。"全国各地都有客商订购我们的红糖，每天包装好以后就发给快递，以前村民们自己生产散卖，不成规模，现在销路越来越广了，我们计划今年年底买两辆运输车，以后可以上门收购甘蔗，农户们就不用再费力气运过来了。"据了解，除推广当地古法红糖、古法酿酒外，合作社还对当地的工艺品等民族特色产品进行包装推广，利用公司的销售平台，通过"互联网＋"模式把土特产和工艺品等旅游产品远销国内外，实现旅游和扶贫双促进双丰收，而村民们的生活也跟上时代，一路向好。而每年的农历二月十九，是屯里的传统节日歌坡节，在这一天，周边的群众纷纷聚集到濑江，五人一组，十人一群地进行山歌对唱。当地的居民则杀鸡宰羊，大摆酒席，喜迎八方宾客。

在岜耀屯，我们走进村民吕旭升的家，他正在家里纳凉。采访中我们知道，他是自治区级非物质文化遗产项目宁明壮族红糖制作技艺代表性传承人，他每年通过种植甘蔗、古法熬制红糖、酿酒等，与全村人同步脱贫、步入小康。他带我们参观了他的缘味红糖作坊，这个简陋的作坊，不仅制作出他殷实的家底，也酿出了他一家生活的幸福与甜美。壮族古法红糖已有上百年的历史，现在是远近闻名的农副产品。"游客到这里，可以体验红糖制作、打糍粑，等到山歌队表演的时候也可以加入其中。通过当地的山歌手进行现场教学，不少游客学会了我们当地的山歌。"耀达村第一书记廖树珍说。与吕旭升家相距不远的黄朝中家，女主人何小连是耀达村委妇委委员。夫妻生育两个儿子，做过多种经营，其中每年甘蔗种植收获一百二十吨左右。相邻建起了两栋楼房，家门面朝花山岩画景区，如画风景衬托夫妻俩幸福的笑脸，让人看到了富裕生活绽放的美。

而在花山脚下的花山屯，满眼尽是鲜花、碧草、木屋。村落处于明江半岛，是前往观赏花山岩画的必经之地，也是唯一与岩画景观紧密衔接的自然村落，背靠花山岩画，面环明江碧水，出入均靠渡船过江，山清水秀加世界文化遗产花山岩画，仿如世外桃源。花山屯主要以种植甘蔗为主，长久以来一直保持着古法熬制红糖的传统技艺。按照花山屯文化旅游提升规划，当地努力将其打造成为与世遗文化相匹配的旅游配给部落，其中配套由骆越秘境码头、红糖工坊、花山部落、花山戏台、骆越花园、糖波酒工坊、花山屯骆越民宿等组成。离船上岸，就是修建一新的码头，青石板一路走"之"字蜿蜒而上，两旁整齐的固定花盆里，尽是争奇斗艳的三角梅，一排夺目的"美人蕉"依地势而立。从停车场入屯，就是骆越秘境的开始，全长一点七公里。在经过一段甘蔗林后，接着是香蕉林。穿过秘境，就来到古法红糖体验工坊，外表均为木板、红砖、灰草装饰，传统中却有遮不住的时尚。这些工坊共有五间，分为：普及馆、榨汁间、熬制间、包装间、售卖馆，村民可以到里面熬制自己的红糖。村民先要将自己种植的甘蔗收割回来，然后再用机器切碎碾压成汁液；这些收集起来的汁液，会清除泥土和纤维等杂质，然后放入大铁锅里，用火熬煮；这个过程比较久，通常是三个大锅煮成一个锅，目的是让这些蔗汁慢慢将水分蒸发掉，使糖的浓度越来越高，最后就熬成糖浆，将糖浆倒入不同的模具，冷却后会形成不同的红糖砖。这种糖保持了甘蔗原有的营养成分，容易被人体消化吸收，能快速补充体力、增加活力，因为含着甘蔗的浓香，带有一股类似焦糖的特殊风味，被称为"东方巧克力"。

三

我们是乘船过来的。

船是一小舢板船。摆渡的是一位动作敏捷的男人，名字叫黄旭芳，今年六十六岁，花山屯人，参与监测站看护和摆渡工作。他祖祖辈辈都在花山屯生活，与花山岩画为邻，既守护着祖先遗留下来的文明，也传承弘扬祖先创造的文化。驻村第一书记廖树珍说，长期受到花山文化的浸染，花山人养成了坚韧不拔、不畏艰难、勇于创造、尊重生命、敬畏自然、与自然和谐相处的民族品格。正是这种民族品格，在决胜脱贫攻坚战中，花山人克服困难、勇于创造、敢于突破，夺得了脱贫攻坚战的胜利，步入小康的行列。

我们往花山屯的右边行走，前往花山岩画核心区。在入口处，有工作人员告诉我们，由于风雨的缘故，核心景区内偶有石块坠落，请务必注意安全，并要求我们都要戴上安全帽。县委宣传部的小黄告诉我们，出于安全和保护考虑，花山岩画核心景区原则上是不允许游客进入的，游客只能在江中船上观看。因我们此行意义重大，有关部门和领导才特批允许的。听他这么一说，我们很受感动，心中涌起一股暖流，暖流与外面的高温相交相融，很快让我们发散出身体的热气，濡湿我们的衣服。

走过一段廊桥，我们发现，在岩石根壁处，有一个用厚玻璃镶封起来的方物，凑近才看清，里面有一些贝壳、螺壳等，再看文字说明，言为花山贝丘，是新石器时代的文化遗存。可见，至少在新石器时代，花山就有人类生活了。从花山贝丘放眼望去，是一座断岩山，临江断面宽二百二十米，高四十五米，形成一个明显内凹的岩壁。岩壁上留存有大批赭红色岩画，这就是举世闻名的花山岩画。有资料显示，岩画中绘有人物一千九百多个，另有众多的动物、铜鼓（或铜锣）、环首刀等图形。其中人像高者达二点四米，小的只有零点三米，多数在零点六米至一点五米之间，人像一般双脚下蹲，呈八字张开，双手向上托举，整个造型如蛙泳，线条粗犷有力，形象古朴，是我国目前发现规模最大的古代岩画之一。可惜，岩画由于长期暴露，许多画像颜色逐渐减退，模糊不清，有的画壁已崩落。看到祖先创造的文明遗迹、文化遗产正受到伤害和流失，令我们心痛不已。想到随着时间的推移，画壁崩落的可能性越来越大，流失可能越来越多，不禁令我们万分焦灼。

花山，壮语名为"岜莱"，意为"崖壁麻花"，汉译为"花山岩画"。宋、明时代已有记录，20 世纪 50 年代初期调查发现，1988 年被国务院列为全国重点文物保护单位。广西左江岩画主要分布在左江流域的宁明、龙州、崇左、扶绥、大新等壮族聚居地区的江河转弯处宽大、垂直的石壁上，目前普遍认为是壮族祖先骆越人所画，共七十九处。其中宁明县明江花山岩画规模最大，最为壮观，被称为"自然展览宫""壮族文化瑰宝"。2016 年 7 月 15 日，在土耳其伊斯坦布尔举行的联合国教科文组织世界遗产委员会第四十届会议上，中国世界文化遗产提名项目"左江花山岩画文化景观"与湖北神农架一起入选《世界遗产名录》，成为中国第四十九处和第五十处世界遗产。花山岩画申遗成功填补了中国岩画类世遗项目的空白。世界遗产委员会是这样评价的：花山岩画位于中国西南边陲地区的陡峭岩壁上。这三十八处岩画展现的是骆越族人生活和宗教仪式的场景，这些绘制年代可追溯至公元前 5 世纪至公元 2 世纪的岩画与其依存的喀斯特地貌、河流和台地一起，使人得以一窥过去在中国南方盛行一时的青铜鼓文化仪式的原貌。这一文化景观如今是这种文化曾经存在的唯一见证。据介绍，当年被遴选的依据有二：一是左江花山岩画文化景观展示出独特的景观和岩石艺术，生动地表现出从公元前 5 世纪到公元 2 世纪，生活在左江沿岸一带的骆越族人蓬勃的精神生活和社会生活。它现在是这一传统的唯一见证。二是左江花山岩画中的铜鼓形象及相关元素与当地铜鼓文化直接相关，见证了该区域广泛兴盛的文化特色。今天，铜鼓在中国南方仍然被视为权力的象征。

关于花山岩画，很早就有记载。宋代《续博物志》中有相关记载："二广深谿石壁上有鬼影，如淡墨画。船人行，以为其祖考，祭之不敢慢。"古人文献里的记载，在某种程度上展现着花山的神秘。明代张穆的《异闻录》中是这样描述的："广西太平府有高崖数里，现兵马执刀杖，或有无首者。"光绪年间的《宁明州志》记载："花山距城五十里，峭壁中有生成赤色人形，皆裸体，或大或小，或执干戈，或骑马。"据专家考证，花山岩画的绘制年代早期可追溯到春秋战国时期，历经了战国、西汉、东汉等多个历史时期的不断完善，才形成这震撼人心的鸿篇巨制。

我们仰望着这幅鸿篇巨制，刹那间完全被大自然的鬼斧神工和骆越先民卓越的想象力、艺术天分与智慧勇敢所震撼折服，叹为观止！崇敬和畏惧油然而生。只见在凹凸不平的崖壁上，人物、动物和器物错落有致，排列生动。人物只画出头、颈、躯体和四肢，无五官等细部，基本造型分正身和侧身两种：正身人像形体高大，最大的高达两米以上，皆双臂向两侧平伸，屈肘上举，双腿岔开，屈膝半蹲，腰间横佩长刀或长剑；侧身人像数量众多，形体较小，多为双臂自胸前伸出上举，双腿前迈，面向一侧，做跳跃状。动物图像主要是狗，皆侧向，作小跑状。器物图像主要有刀、剑、铜鼓、铜羊角钮钟，刀、剑一般佩带在正身人腰部。铜鼓数量多，只画出鼓面，有的鼓面中心有芒，个别鼓面侧边有耳。整幅岩画风格古朴，笔调粗犷，场面十分壮观，令人震撼。闭目低头，仿佛听到岩画里传来两千多年前那鼓乐大作、群众喧腾的历史之声；抬头仰望，上万平方米的满壁赭红岩画赫然其上，使近距离下的我们自感不胜渺小，瞬间令我们对历史和先人肃然起敬。

花山岩画就像是一本还没有被破译的天书，至今还有许多令人无法解开的谜：花山岩画所传达的内容是什么？在两千多年前生产力水平不发达的情况下，在这高耸陡峭的岩壁上，这些图像是怎么画上去的？他们为什么要冒着生命危险去画？有何目的和意义？花山岩画已有两千多年的历史，为何色彩如今还能如此鲜艳？古人用的是什么颜料？等等，一系列的疑问直到现在还没有找到令人完全信服的答案。从20世纪50年代以来，几代研究人员提出了多种"假说"，各种观点说法不一，至今还没有定论。但可以肯定的是：以花山岩画为中心的左江流域岩画长廊，以其岩画地点分布之广，作画难度之大，画面之雄伟壮观，都是国内外所罕见，具有很强的艺术内涵和重要的考古科研价值。从岩画中，我们不仅看到古骆越人的绘画艺术成就，同时还感受到了古代骆越民族社会生活内容的丰富和勤劳、勇敢、奋斗的民族精神。

四

站在观望台放目远眺，正午的太阳闪耀着白色的光芒，两岸群山巍峨耸立、茂密竹林婆娑倒映江上、远处绿野无边，构成了一派雄伟的自然景观。

花山岩画带着厚重的历史从远古走来，在左江及其支流明江的崖壁上，以场面宏大、动感强烈、神秘十足、震撼人心的图案，讲述着此地在公元前5世纪至公元2世纪的繁盛内涵。历经上千年的岁月侵蚀，它至今仍顽强留存，向世人呈现这幅"自然与人的共同作品"的神奇伟大；它所承载的文化符号、民族精神也仍活态地传承于当地壮族的生活和民俗中。这是中华民族的历史奇迹和瑰宝，存储了古代文化诸多信息密码，是先祖留给这片土地的内在语言，后人可以按照自己的想象和聪明才智去诠释它。花山岩画作为中国和世界独特的物质与精神遗产，蕴含着丰富神奇的文化内涵，无论从文化人类学、民族历史学还是从文艺创作、艺术技巧与促进现实文化发展繁荣来看，花山岩画都有着丰富和深刻的价值。这种价值，不仅对中华民族，对全人类都是不可替代的。

下午回到县城，我们到宁明县文物所，采访了所长朱秋平。花山岩画文化景观申遗成功，除花山具备的独特性蕴含之外，朱秋平是有重要贡献的。他十多年如一日地研究花山岩画，成果丰硕，记了四十多本笔记近一百多万字，撰写的数十篇有关花山岩画的研究性文章分别刊登在《中国文化遗产》《岩画研究》《广西日报》等权威报刊上；还将资料制作成PPT，记载了从20世纪50年代以来花山岩画研究的所有文献和纪事，被中国文化遗产研究院专家誉为"花山岩画的百科全书"。2013年5月，朱秋平应邀出席在美国新墨西哥州召开的国际岩画年会，并在会上作了题为《岩壁上的千年天书——花山岩画》的精彩发言，引起轰动。2015年8月，朱秋平荣获中国岩画现代研究保护突出贡献十大人物奖。他深情地说："我们要进一步强化花山岩画的传承、保护和深化研究，有序推进相关工作，更好形成花山岩画保护的合力，守护好人类共有的文化财富。"

"千年骆越文化瑰宝""人类创造力的伟大杰作"，是这一亚洲东南部规模最大、图像数量最多、分布最密集的岩画的代名词，在奔流不息的历史长河中，花山岩画犹如一座时空之桥，贯通古今、连接中外，成为不同文化相互交流与融合发展的纽带。可以说，作为中华文明遗产乃至世界文化遗产的一个重要内容，在新时代，左江花山岩画在展现中华文化魅力、增强中华文化国际影响、促进不同文化交流融合方面仍然发挥着重要作用。

行走花山，我们感受到，中华古文明，永远是最迷人最神秘的。纵横于宁明的花山岩画这个古文明并未失落，它悬于崖壁，俯瞰苍生，在历史的长河中与山水共生，与天地共存。尽管历经浮沉跌宕，尽管经受风雨侵蚀，其高远的立意、深刻的内涵、丰富的气象，仍鲜亮如初、夺人眼目。在新时代阳光照耀下，愈加恢宏壮美，愈显壮丽迷人。

琼剧的乡村力量

叶海声

一

前些年，笔者在写作《琼剧的前世今生》时的视野是海南全省，着眼于市县以上的琼剧现象，未顾及乡镇的情况。该书即将出版时，笔者偶然通过新闻得知，琼海的塔洋镇有颇多琼剧故事，近日便特意前往探访。

海南县城以下的镇通常是一条直通的马路再搭配零散的房子，塔洋镇上的"回字"形和"井字"形的街道比比皆是，有的超市规模和装饰不输于县城。塔洋可以是三家茶店几乎挨在一起经营，人气还旺，喝茶的人们看上去有点儿闲，有点儿钱。

塔洋古邑小镇是几代县府衙门所在地，曾经是全县的政治、经济、文化中心。当年端山（今塔洋镇）城内，一直设有琼剧教馆。外地官员、文人、商贾的拥入，推动地方戏剧发展。

古塔文化和寺庙文化的加持，让笔者感受到塔洋镇曾经是老县城丰厚的人文底蕴。

琼剧最初兴起于滨海城市海口，却在农耕文化色彩浓郁的定安和琼海塔洋这样的地方安魂。

笔者在《琼剧的前世今生》一书中言及琼剧戏台的嬗变，没想到在琼海塔洋镇竟看到声光电可用的大戏台"珍寨剧场"。大戏台附近有树，让笔者联想起端山（原琼东县县城，塔洋镇前身）有关超级戏迷的往事：老革命肖焕辉像诸多端山人一样，也是"琼剧迷"，对出自故乡的琼剧泰斗郑长和更是迷得不行，是典型的"长和迷"。

20世纪30年代，琼崖国民党党部要逮捕中共骨干肖焕辉，出了一万大洋重赏要他脑袋。有一天，"长和班"戏班到肖焕辉的家乡端山演出，驻地国民党地方头目对肖焕辉的嗜好甚为了解，认定他宁死都会来看偶像郑长和的演出，便在戏场四周每隔五米布置一个便衣，退后十米还加了一层包围圈，要让肖焕辉插翅难逃。可一直到散场，未见肖焕辉影子，官对兵一顿臭骂："饭桶，就知道吃饭。"

这是咋回事呢？原来，肖焕辉腰揣双枪，优哉游哉地坐在戏场外的一棵大树上，浓密的树叶让他看不全郑长和的风采，也恰好让便衣们看不见自己，但欣赏郑长和演唱全无问题，可以听得如痴如醉。事后，肖焕辉津津乐道："看不见长和做戏，光听长和唱戏，就很过瘾！"

郑长和的演唱为何如此神奇？

笔者细听过郑长和的唱段：其演唱雄浑中偶有沧桑的沙哑，这种沙哑终究被宏阔雄壮而结实的音域兜住，能"高若巨钟，低若微波"，这就很容易让听众和观众共情，感叹人世间的悲欢离合与酸甜苦辣全在这富有魔性的唱腔里，在艰难困苦中也感受到人生的鼓舞与宽慰。

郑长和是塔洋籍作家李高兰的舅公，采访时她说：郑长和的音质之好，音域之广，吐字之清，并非像人们所说的那样具有先天条件，据其祖父和塔洋高朗村的长辈所言，郑长和家世代为农，无一人从艺。郑长和的声气（嗓音）全靠勤学苦练。从十三岁开始，他每天早上四五点起床，在晨风中练嗓，用一根粗棍子，一端顶着树干，一端顶着肚皮，苦练丹田发声的效果。

郑长和运用头腔、口腔、喉腔、胸腔、腹腔，练成洪亮的混声和立体声，在没有扩音器的当年，郑长和因其声音结实，其演唱声照样可传出戏场好远好远。

在琼海塔洋，乃至在海南岛和东南亚，郑长和在琼剧界是公认的"一代宗师"，是入选《中国百科全书·戏曲曲艺》的第一位琼戏艺术家。

为什么塔洋镇人偏爱琼剧？郑长和影响了塔洋镇的好几代人。

恰巧，海南的琼剧院前后三任业务副院长郑长和、陈华和符传杰都是塔洋人。

二

足球很轻，也很重，需要大笔资金的杠杆来撬动，并不富裕的琼中县鼓足勇气干起了足球，从琼中女足的培训抓起。琼剧的延绵最需要积淀和养育，塔洋镇曾尝试如何培育琼剧苗子。

说说有关塔洋镇如何培养琼剧新秀的故事。

20 世纪 90 年代初，文昌人林日健在文昌市文城开了一家音像商店谋生，经营内容以琼剧磁带、录像带为主，货源来自海南省琼剧院"琼花音像出版公司"，其间有幸拜见陈华、红梅、王英蓉几位琼剧大师，由衷地敬重，也对琼剧有了深入骨髓的痴迷。

2014 年下半年，琼海市琼剧研究会属下的"泰和琼剧少儿培训班"因主教老师陈天民年事已高，该培训班停办。已在琼海嘉积谋业的林日健将此事告知"老市茶店"的老板李秀春，建议在塔洋镇办少儿琼剧班，他可提供帮助。

李秀春是"第四代琼剧传人"。琼剧后继乏人，令李秀春寝食难安。林日健的提议让他兴奋，但他知道成事不易，就对林日健说："给我考虑的时间。"

半个月后，李秀春回音，说在塔洋找到一位琼剧热心人，一所幼儿园老板胡珏南女士。胡珏南对琼剧早有挚爱。少年时，就爱听琼戏，爱看琼戏，也爱唱琼戏。成为塔洋媳妇后，塔洋琼剧文化的深厚底蕴，令她着迷。出自塔洋的琼剧泰斗郑长和、琼剧著名表演艺术家陈华，以及李桂琴、符传杰等琼剧名伶二十六人的事迹，她耳熟能详。创办"陈华琼剧学园"的提议，她欣然答应。

　　起名"塔洋镇陈华琼剧学园"，是因陈华声名显赫，有沿着名家足迹走下去的意思。

　　办学之初，事情可谓千头万绪。筹措经费、租场地、请老师、寻生源、制定办学大纲等诸多细节问题，得一一解决。

　　那段时间里，林日健大多是上午在嘉积编辑部打理一些事务，下午就往塔洋跑。

　　他们三人分工，林日健负责学园的策划和宣传，李秀春、胡珏南负责前期经费、生源的招生及场地的落实。

　　琼剧学园的创办得与地方镇政府沟通以取得支持。三人找塔洋镇文化站黄诚站长，将办学计划和发展目标以书面方式递交。没几天，镇长秦蕾约他们在镇政府办公室座谈。

　　秦镇长是内地人，刚到塔洋镇上任，对塔洋琼剧文化了解不多。他们将塔洋琼剧历史背景和塔洋籍琼剧名家做了介绍，谈及如何传承塔洋琼剧文化、对少儿琼剧启蒙教育的设想。

　　秦镇长赞赏有加，还就怎么"引流"出了好点子，说今后镇委、镇政府的文艺活动多让学员们参加，可以多露脸，锻炼登台的胆识，积累舞台经验，打出知名度。

　　为扩大学园的影响，2014年末，林日健组稿并联系海南民生广播电台《琼苑大观》栏目。该电台向广大听众介绍"塔洋镇陈华琼剧学园"情况：凡入园学琼戏的少儿，免收学费。学园聘请原琼海剧团演员冯辉担任学园琼剧培训教师。参加学园学琼剧的少儿都是在校学生，只是每周的周六或周日进园学习。

2015年学园创办初期，李秀春装修出一间琼剧音乐演奏室，每有配合乐器演奏的演练，都到这个演奏室演练，他出资聘请琼海琼剧团退休的打击乐手王瑞等，每周六或周日到场，为少儿演练演奏。

入园学戏的少儿，不仅有塔洋本地的学生，还有博鳌、阳江等远地的学生。每逢周六、周日，那些远地的学生，家长都开车送来学园学戏。

慕名来学园报名学戏的学生有三十多位。每到周末，围观孩子们学戏的群众，将学园门口围得密不透风，成为塔洋镇独特的一道风景线。

塔洋镇莲塘街"老市茶点"二楼戏台上，六岁至十三岁年龄不一的小学员们或单独或一对一地轮流登台进行琼剧基本功训练。学员们一举手一投足，一个水袖，一个眼神，一句念白，一段唱腔，一笑一颦，一板一眼……显得稚嫩，却教得认真，学得虔诚。

办学做培训最关键的是资金支撑。胡钰南付费聘请琼剧演员冯辉、卢博然、陈瑜每周六或周日，定时给学戏小儿授课与辅导演技。楼房的二、三楼，则购置床具，作为参加学戏小儿及家长的临时歇息之所。租这栋楼房，每月五千元，一年六万元，从2015年至2019年就达三十万元。购置的桌、椅、床、戏服、音响、灯光等设备，也是庞大开支。小演员到省、市各地乃至全国参加比赛与演出，其费用皆由胡钰南承担。

2016年，海南省举办"琼剧经典唱段少年组大赛"，胡钰南带二十名学员，先在琼海参加初赛，选出十二人，代表琼海赴海口参加省赛，最后，全省选出十名入围强手，其中陈华琼剧学园占六强，并囊括第一、第二和第三名。这次参赛的来回费用，包括服装购买，胡钰南就得花去两万多元。

陈天民转送学员进园受训，让塔洋陈华琼剧学园如虎添翼。

陈天民是琼剧"瘾君子"，看到琼剧后继无人，本世纪初，与从湖南大学退休的老师王昱（也是琼剧瘾君子）一起在自己的画室中创办"少儿琼剧培训班"，培训班免收学费。陈天民自费聘请琼海剧团退休演员当老师，在每周六或周日对少儿进行培训。此事惊动了对琼剧文化颇有研究的琼海市个体协会主席、泰和酒店老板郭远杰。

陈天民办班经济拮据时，郭远杰把学戏的少儿接到泰和酒店，接手培训琼剧幼苗，设"泰和琼剧少年培训中心"。郭远杰还吸收陈天民为泰和酒店员工，按月发工资，让他全力投入办班培训琼剧少儿事宜。由于泰和酒店的投入，这个少年琼剧培训中心风生水起。那年，陈天民带琼剧小演员林小圆、魏坤、吴轩颖，到南京参加"中国少儿戏曲小梅花赛"，竟捧回三个"小梅花金奖"。无奈，世事难料，陈天民患了重症糖尿病，难以继续办学，闻知胡钰南在塔洋创办"陈华琼剧学园"，他喜出望外，立即带十二名少年学员到塔洋。陈天民转送的这批琼剧学员，已有琼剧唱演基础，进入这个学园便成为师兄、师姐，对刚入园的学员传帮带，学员们学戏的兴趣陡增。

多位名人的支持帮助，也是琼剧学园获得成功的因素。

2016年1月9日，受塔洋陈华琼剧学园邀请，著名琼剧作曲大师张拔山老师莅临该学园辅导授课，学园学员和慕名前来的二十多位学生聆听老师的面授。

课堂上，张老师从琼剧的起源、流派、唱腔、念白、发音、海南话绕口令等，用简单易懂且诙谐幽默的方式启发式辅导。

符传杰、李桂琴、黄庆萍、陈素珍这四位演员，是家喻户晓的琼剧名伶。这些在琼剧剧坛，已功成名就的琼剧名伶对琼剧后继乏人深感忧虑。得知有人创办陈华琼剧学园，甚喜。四位琼剧名家知晓学园推出琼剧小演员，参加全国"少儿戏曲小梅花赛"时，都欣然到场，为即将出征的琼剧小演员言传身教，力求"一言一唱、一招一式"的最高境界。这些名伶的苦心付出，助力小演员捧回"小梅花奖"金奖和银奖。

演琼剧也能改变命运，像"琼中女足"改变了好些队员的命运一样，比如李清存。

塔洋籍学子李清存，从塔洋陈华琼剧学园起步。

塔洋学子对琼剧的兴趣爱好往往与其前辈相关。2018 年出自塔洋的小梅花奖得主王茜，是琼戏迷奶奶激发其学琼剧的兴趣，李清存的爷爷奶奶也是琼戏迷，附近哪里有演琼剧，就带他去观赏。渐渐地，李清存对琼剧有了骨子里的喜爱。

2015 年，欣闻只有一里路的塔洋城开办琼剧学园。李清存坚持周末来上课，一直坚持了四年。

塔洋学园首批学员中，有五位（四男一女）学员考上海南文化艺术学校，全部学的是琼剧表演，李清存选择的行当是文武生，得特别训练腰功、腿功，那种要形成肌肉记忆的训练之苦让李清存很难忍受，大热天穿戏装更是难耐。在自己家里从不做重活儿的李清存经过好长时间才挺了过来。

2019 年，李清存脱颖而出，成为中国戏曲学院戏曲形体教育专业的学生（该专业 2019 年仅招八名学生，海南文化艺术学校仅他一人被录取）。

琼剧的表演能力也是天赋之才，同样有理由得到阳光雨露。

琼剧学园办学坚持下来，六年来，学园先后培训琼剧幼苗一百二十多人，涌现出不少出类拔萃的琼剧新人。

（1）获国家奖。2018 年、2019 年、2021 年，学园培训的陈春霞、王茜、王元诩、李萍萍、王师蕊等五位学员，通过层层选拔，代表海南省到浙江、上海等地参加"中国少儿戏曲小梅花荟萃"活动，连续斩获第二十二届、二十三届、二十四届"中国少儿戏曲小梅花奖"——四项"金花奖"、一项"银花奖"。一个小镇，涌现出五朵全国戏曲小梅花，格外难得。

（2）参加其他赛事及活动。2019 年和 2020 年，参加大致坡琼剧文化节比赛，均获第一名。该园学员连续四年被邀请参加海南省春节晚会表演，还被邀请到博鳌亚洲论坛，为国际政要、外宾表演琼剧节目，获高度评价。

（3）八年一共输送二十三位学员到海南省艺术学校。这些学员成绩优异，毕业后，有的在省琼剧院工作，有的到省内民营剧团担任主角，有的再考进中国戏曲学院和海南师范学院深造。他们通过琼剧，同样改变了命运。

"塔洋陈华琼剧学园"声名大振。

乡村民间的力量，可野蛮生长，也可自生自灭。民间力量一旦有了当地党政部门的支持，如沐春风。

"塔洋陈华琼剧学园"的事迹和办园成果，引起广泛关注与重视。为了充分发掘琼剧文化资源，打造"塔洋琼剧之乡"，塔洋镇主持成立了"塔洋镇琼剧协会"（李秀春任会长），是琼海市第一个乡镇民间琼剧组织机构。

为长远计，2019 年，塔洋镇政府还在塔洋墟的东北面珍寨村境，征地四亩，出资兴建了"塔洋琼剧文化展馆"，还在展馆前庭靠近展馆处构筑一个小舞台，供老师辅导小演员上台表演。

有了新平台，塔洋镇人热捧琼剧的氛围更浓了。

三

有了一种美好的存在，人们通常会追问：这种存在的可持续性如何？

有无出色的培训无疑是构成一个琼剧团队核心竞争力的重要因素，当时还是暂无内卷的竞争。塔洋镇最先重视琼剧新秀培训的情况下，琼剧会演比赛塔洋琼剧团队对其他团队构成"降维打击"，比如，在2016年，陈华琼剧学园六位学员，代表琼海市参加"海南省琼剧经典唱段少年组大赛"，全省入围决赛的十强选手，陈华琼剧学园占六强，而且囊括了一、二、三等奖。海南省委宣传部、海南省剧协给该园颁发了"组织奖"。

但后来海口、定安、屯昌等市县开始向琼海塔洋镇学习，相继开办了琼剧培训班，也开始重视琼剧新秀的培养。这种情况下，塔洋琼剧团队还能"一枝独秀"、继续获取梅花奖之类的奖项吗？另据笔者了解，塔洋琼剧团队是否取得成绩，与当地政府部门有无后续支持密切相关。

或许，海南全省都推广"塔洋经验"之后，琼剧的"满园春色"便指日可待。从这个意义上讲，"塔洋经验"对全省的琼剧传承将做出另一种贡献。

永远的三峡

徐 进

一、开往秋天的飞船

和重庆朝天门码头其他客轮比起来，长江快巴显得是那么娇小，低调安静，但又与众不同。她纤细的造型让李大地第一眼就喜欢上了她，他几乎相信这飞机流线型一样的设计能让她启动后，在长江上飞起来。事实也的确如此，她的时速高达每小时七十到九十公里，是当时世界内河航行最快的船只之一。

"大家再检查一下船票，我们准备登船了。"领头的袁东山走在码头堤坎的最前面，李大地扛着大包小包，紧紧地跟在身后。早起的人们挤满了码头的阶梯，人声鼎沸，我们几乎是手拉手地艰难挤上通往趸船的通道。在这里，有人上来，有人下去，有人拥抱，有人哭泣，大家都在搜寻着属于自己的方向。那是 1998 年 10 月 28 日的清晨，阳光洒在李大地年轻的脸庞上，他憨憨地对着朝阳回礼微笑，憧憬着一段新奇的旅程。

上了船，李大地才发现船舱里没有房间和铺位，只有火车一样一列列整齐划一的座位。当他稳稳当当地坐在厚实舒适的座位软垫上，当即开起了玩笑，说考古队算是开了洋荤，还坐上了这么高端的快艇。据说，这种从俄罗斯引进的"海燕—M"型水翼艇从重庆顺流而下到湖北宜昌只需要七个小时，而他们的目的地是中途的奉节县，意味着这趟旅行比以往乘坐客轮要节约一半的时间。

是的，他们再次开启了一段神奇的考古之旅，队伍是新组建的，队员来自之前完工的不同工地。考古这碗饭就是这样，有些时候你不会遇见同样的人，但是你们在一起战斗过，即使是短暂的时光，便不会忘记彼此。水翼艇终有败给高铁，退隐江湖的一天。但是，你的青春却不会败给岁月，年轻的回忆依旧在长江的波涛里活力四射地跳跃着。

船动了起来，李大地能很明显地感受到那强大的推背力。他是第一次乘坐快艇，很快被舷窗外船身破浪而行激起的厚厚浪花吸引，它们像长在快艇上的翅膀，带着年轻的考古学家飞翔在长江上。两岸的山色一晃而过，等李大地转过头时，它们已经被远远抛到脑后。有时，会有大船相对而过，此时的江面激起更为热烈的浪花，飞艇也随之上下颠簸、起伏前行，速度的快感让李大地一半兴奋，一半紧张。

约莫下午4点，飞艇的速度降了下来，窗外码头上矗立的"奉节港"三个大字映入眼帘。奉节，这个令人向往已久，充满着白帝传说、三国故事、诗圣情怀的历史之城终于到了。谁也说不清这片土地下还埋藏着多少的历史秘密。你认为空无一物的地方，其实从来不曾空无一物，更何况这里是奉节。李大地很庆幸自己身处在三峡考古的黄金岁月，亲身经历了这些传奇的出土。

所谓八仙过海，各显神通。在之后的考古发掘中，考古队人员分工明确，各自承担起了相应的工作。随着工作的推进，大家越来越默契，一个叫"上关七匹狼"的称号就在三峡考古的队伍圈子中流传开来，这"七匹狼"包括袁东山、刘继东、乔峡、李孝佩、李应东、邹伯乐和李大地。

"上关七匹狼"是朴素的考古学者群像描述。从外表看，他们和当地普通的年轻人看不出不同。长期的野外工作，使得他们看起来还有点儿灰头土脸，也许他们大部分人在人前不善于交际，不会侃侃而谈，但是一遇到考古的话题，大家又立刻变得光彩照人。这帮人少年时励志考古为一生追求的梦想和事业，从来没有想过干其他事情。当然，因此他们也为此付出许多，比如远离城市生活，远离爱情，比如多数人成家较晚，不能长时间陪伴家人，长期忍受孤独。

考古学，爱它，也恨过它，最终却离不开它。"上关七匹狼"就是最好的例子。

二、考古之前解决的事情

从迷迷糊糊中清醒过来的时候，李大地已经盘旋在山间的公路上了。奉节"控二川，限五溪，扼荆楚上游，为全蜀要郡"，城区位于长江与草堂河、梅溪河、朱衣河交汇的北岸，驱车前往位于三峡之首瞿塘峡口附近的白帝镇需要大约四十分钟时间。当年的盘山公路早就被如今笔直的滨江公路所代替，再去白帝镇已经没有了那时穿越云雾的感觉。车子一会儿缓慢爬升，一会儿急速下降，一会儿掉头兜圈，一会儿左右起伏，黑压压的山影压得李大地喘不过气来。随着车辆飞转，一道道阳光斜射入车窗，照得大家睁不开眼，似乎他们穿过了云层，来到了山巅。李大地静静望着窗外。此时车外景色一边是悬崖峭壁，一边是万丈深渊，天边远方的万里长江如巨龙般降临，气势恢宏奔向眼前，最后在车轮下的深谷里惊涛拍岸，肆意咆哮。在船上仰望长江两岸的大山，以长江为对称轴，只是觉得高山遮天蔽日，风光险绝，所谓"便是万千玲珑笔，难写瞿塘两岸山"。而现在真的身在此山中，才体会到三峡的宏大，感叹人的渺小。

最终，李大地来到了上关遗址。因为遗址位于赤岬山的半山腰，地势险要，车辆无法到达，李大地只能沿着一条羊肠小道向山上步行。第一次在坡度如此之大的山路上行走，大家都累得不行，不一会儿便气喘吁吁，抢着喝水。

"生活在这片大山里的人们真的很不容易啊!"李大地由衷地感叹道。

"对啊，他们肯定是非常坚韧、非常勤劳的人。"刘继东的家乡巫溪县离这里不远，地理条件也差不多，他了解这里的人们。

"所以他们更难谈判。"只有东山队长忧心忡忡地补了一句，算是给大家浇了盆凉水，终止了这个话题。

相比周边陡峭的山势，上关遗址的地势相对要平缓一些。远远望去地表上是一片片绿油油的脐橙树，那是奉节的名片。走近了才看到树枝上挂满了乒乓球般大小的果实，长势喜人，要不了多久它们就会变成香甜可口的佳果，畅销全国。再低头一看，脐橙树下的空地上还种植了不少红苕、土豆等农作物，高山"三大坨"红苕坨、土豆坨、苞谷坨是这里的主要粮食基础，也是大家引以为傲的地方特色。此时此刻，上关遗址正呈现出一片丰收的景象。

看着眼前的一切，大家在替农民兄弟真心高兴的同时，心里也纠结起来，为接下来考古队的工作开展捏了一把汗。我们都知道，接下来的青苗赔偿问题是个麻烦事。

下午，他们来到白帝村村委会，准备找村支书协商解决此事。老支书看了东山队长好一会儿才迟疑地问道："你是不是姓袁？白帝城袁所长是你父亲吗？"

"对! 对!"东山立马回答。

听到这肯定的答复后，老支书这才有所缓和。果然，人情世故就是时间土壤里长出的大树，走到哪里都绕不开这个话题。东山队长提出了解决方案："考古队会在按县里补偿标准执行的前提下，最大限度地保障村民的利益，并在考古工作的用工上，优先考虑占地户。"

老支书是赞成这个方案的，他说道："这样办，下午考古队与村里的同志，先到遗址核实一下情况，主要是明确发掘用地范围，弄清楚这些地到底涉及哪几家农户，然后通知相关村民到现场开会。"

不得不佩服老支书丰富的基层工作经验，"工作做在前""缩小范围、现场办公"，这种充满智慧的处理方式在基层往往最有效。在李大地今后漫长的考古生涯里，确实也跟着这些基层干部学到了不少群众工作的方法，受益匪浅。

第二天上午10点，考古队、文管所、村干部和相关村民陆陆续续来到上关遗址开了一个现场协调会。首先，东山队长发了言，他先给村民们讲政策，讲道理，解释在本次工作中，考古队是代表国家、政府抢救文物。考古发掘，是三峡工程建设工程的一部分，若不能按时完成将影响三峡正常蓄水。然后，他又讲到了大家最为关心的青苗、果树补偿问题。他给大家耐心解释县里已有相关补偿标准，考古队按照标准执行。

话音刚落，场面一下就热闹起来。"农作物的补偿标准我们没意见，就是脐橙树补偿太低了，划不来！"

"一年到头，我们一家的收入全靠这点儿脐橙，现在占了，今后怎么办？"

"三峡蓄水不是还有几年？脐橙树每年都要结果，年年都有进账，现在说没就没了，影响好几年，这该怎么算？"

村民们你一言，我一语，议论纷纷，情绪也随之激动起来。声音也越来越大，逐渐淹没了整个会场。

"静一静，静一静！大家吵吵闹闹能解决问题吗？"眼见场面要失控，这时老支书站了起来，拍着手说话，大家才逐渐安静了下来，"下面我来说两句，刚才考古队袁队长说的话，相信大家都听清楚了。考古发掘是政府行为，大家不能阻拦，也阻拦不了！脐橙树补偿标准县里既然有政策，还得按县里的文件来执行，没有规矩就不成方圆嘛。"

接着，他又话音一转，说道："当然，大家有想法也是正常的，考古队也理解一下我们的村民。我看这样，谁家的果树由谁家负责移栽，考古队算点儿误工费。同时，希望发掘用工也优先照顾一下占地户。大家看怎么样？"

"我也是奉节人，从小在这里长大，对奉节也有感情。既然老支书都开口了，在原则范围内，对占地户考古队能照顾尽量照顾。"东山所长接过话来，"在考古工地做工，就像女人织毛衣——慢工出细活儿，家中五六十岁的老汉和四五十岁的妇女都能够胜任，所以大家也不要有太多顾虑。"

"对呀，大家想一想，白天可以在工地上班挣工钱，早晚也不耽误照顾家里，两全其美的事情多好啊。"听完老支书和东山队长的这番话，大家刚刚强硬的态度开始松软。接下来，便是挨家挨户地做思想工作，达成共识之后，这就离考古发掘开工不远了。

很快，考古队就进行了土地丈量、果树清点、登记造册等工作。本来一切井井有条地进行着，突然一位三十几岁的妇女跳了出来，拦住大家，死活不让考古队丈量她家的地。

这下可难办了，问了半天，她家丈夫在外打工，现在就她一人在家管事，那天的协商会，这个大姐并没有参加。我们在慢慢积累群众工作的经验，可是妇女工作，谁也没有经验啊。大家七嘴八舌解释半天，几乎没有效果。

"怎么办？可不能因为她影响了工作呀。这都进行了大半的工作了。"李大地心里暗暗着急。

"大地，你看她皮肤白净、穿着得体，一看就不是经常做农活儿的。"突然，刘继东在一旁"好心"地提醒道。

李大地转过头，瞥了一眼他的坏笑，突然又觉得他说的有道理，于是灵机一动，鼓足了勇气走上前去，以羡慕的语气和她搭讪起来："这位大姐，你戴的耳环好漂亮，金灿灿的，是黄金的吧？"

"你说啥子哟，我可能戴假的吗？"这位大姐鄙视地看了李大地一眼，只见他全身上下沾满泥土，土里土气的，和当地农民没有什么区别。于是，她的自豪优越感一下就上来了。

李大地又故意上下仔细打量了她一番，惊讶道："对呀，我也是这样想。真羡慕你，人年轻漂亮、气质这么好，还这么有钱。"李大地着重强调了"有钱"这个概念，希望她往"套路"里面钻。

大姐一听，"扑哧"一下笑了起来，她说："年轻啥子哟，娃儿都两个了。"看来她会错了意，他们两个没在一个频道上。

于是李大地决定继续"挖坑"："姐，一看你家就不缺钱，你更不是斤斤计较的人，何必和我们为难呢？"

"对头！就是！她家是开煤窑的，可富裕了，不差这钱。"在一旁的村民们哄笑着，抢答道。

众人拾柴火焰高。这一起哄，顿时让大姐脸上有足了面子，态度也缓和了很多。

接着，大家趁热打铁，继续按照"套路"给大姐走下去，也给她讲清楚了政策和道理。不得不说，中国的妇女骨子里都是善良温和的，大姐最后笑呵呵地说道："算了！算了！说不过你们这些读书人。量，马上丈量，我不计较，行了吧。"

这样，青苗、果树补偿工作总算顺利进行下去。不过因为这个事情，李大地的付出就太大了。从此之后，考古队这帮"坏人"还经常拿这事调侃他，说他牺牲"色相"，施了"美男计"。

三、上关遗址

考古发掘是全面地、科学地提取遗址的历史信息。为了便于记录，首先按正方向（南北向），在遗址上布设一批边长为五米或边长为十米的探方（方格）。再以探方为单元，依据土质土色的不同划分地层，区分遗迹的相对年代，然后自上而下、从晚到早依次揭露，并将出土遗物归入相应的单位（地层、遗迹）。

上关遗址的土色较为接近，土质也较为紧密，土层内又含有较多料姜石颗粒，这为考古队划分地层和判断遗迹带来不少困扰。他们只能不停地蹲下身子，反复用手铲刮探方的平面、剖面，待现象判断清楚后才进行清理。长时间的下蹲和刮面，经常弄得他们腰酸背痛。更要命是经过几个月的发掘，已时值初冬。上关遗址正好位于风口上，寒冷的江风吹得大家"呼呼"直叫，这和北方平原地区的冷法不一样。山脚下有这么大一条江，空气里都弥漫着湿润寒冷的味道，直插你灵魂。他们的脸和手都无一例外地冻红了，腿脚也变得僵硬起来。他们不得不将双手放到嘴边，嘴里不断地哈气，不停地在探方边上跺着脚，让身体尽量暖和一些。

有句话说得好，那些年的考古"交通基本靠走、通信基本靠吼、安全基本靠狗、保暖基本靠抖"。

好在发掘工作进行一段时间后，考古队相继发现了一批战国和唐代时期墓葬，大家都兴奋不已。从 1998 年 12 月到 1999 年 2 月，他们对上关遗址进行了两个分区的发掘，共布探方二十六个，探沟三条，加上扩方，发掘面积超过一千平方米。共清理战国至明清时期墓葬五十二座，出土文物百余件。尤其是上关遗址十七座唐代墓群的发现非常重要，根据出土的器物和钱币进行断代，这批唐墓为盛唐到中晚唐时期的墓葬。上关遗址唐代墓群的发现改变了唐墓近乎空白的历史状况，为渝东地区唐墓的分期提供了珍贵资料。

因为在此之前重庆鲜有发现，为此学术界还存在一种观点，唐代重庆地区可能流行的是火葬或水葬。当然，上关遗址唐代墓群的发现有一些偶然性。发掘前遗址经过了全面的钻探，无论是土坑墓、砖室墓、石室墓，都难逃他们的"火眼金睛"。直到有一天，他们发现一具人骨、一件带唐代风格的盘口壶和几枚开元通宝，他们才意识到这是一座唐代墓葬（编号 1 号墓 M1）。

但是问题来了，这是咋回事？生土里怎么会出现墓葬？这解释不通啊！在现场，他们展开了激烈的讨论，并在探方平面、剖面不断地喷洒水，反复用手铲刮，细心寻找蛛丝马迹。功夫不负有心人，他们在人头骨正对的探方剖面发现了一条弧线，弧线内外的土质土色存在细微的差别。谜团终于揭开——原来这是一座长条形的土洞墓。这种墓葬是往生土里斜向掏掘而成，若不找到洞口，墓葬根本不可能发现。巧的是，1号墓的墓口正好位于发掘区外，所以只有将探方内的生土击穿后，才能发现此墓。

1 号墓的发现引起考古队的高度重视。接下来，考古队扩大发掘区范围，将有一定坡度的探方改为边长为十米。这招果然奏效，随后一大批唐代土洞墓墓口被发现。他们顺藤摸瓜，这批珍贵的唐代墓群就这样被清理发掘出来。

一般到了下午 5 点，冬天的天色渐渐暗了下来，一天的田野考古工作告一段落。考古队拖着疲惫的身躯下山，一般来说晚餐会丰富一些，添加一个小火锅、一盘凉拌猪头肉、一碟油酥花生米，偶尔会有一瓶太白酒。

晚饭后的一个小时，大家可以自由安排时间。李大地有雷打不动的一件事情要做。他必来到篮球场旁边的小卖部，拿起电话与远方的她说说，那才是他一天最幸福的时光，他也知道她每天这个时候也在守着电话。天晴时，他仰望浩瀚夜空对她诉说着想念；下雨时，他隔着万里山水叮嘱她添加衣物。李大地基本不会给她说工地上的事情，因为他们只有一个话题，那就是思念，这个话题仿佛永远讲不完，最后谁也舍不得挂掉电话。

李大地来的次数多了，小卖部的老板总会殷勤地为我准备一个凳子，再倒上一杯开水。那个时候打长途电话可不便宜，大家辛辛苦苦干这么久，也想攒点儿小钱回家过年。可李大地在那个时候，基本上就成了"月光"族。难怪大家都笑他每天的补助都贡献给了小卖部。考古的工作很枯燥，挖一个探方可能要几个月，甚至更长的时间。有时候耗费时间挖个空方也并不稀奇。但是，李大地忍受着千里奔波之苦，挚爱分离之苦，坚持了下来。李大地常常对她说，等我回来了，就好好补偿你。可每次回来，都会有下一个目的地等着他。久而久之，李大地就成了她嘴里的"骗子"，但是每次出门前，她总会默默地为李大地这个骗子收拾好行囊。

"我们也许永远无法百分百还原历史的真相，但是我们永远都怀着最大限度追求真相的执着。"李大地常常对着夜空这样告慰自己，这一切她都是理解的。

四、摸金校尉

20 世纪 90 年代初，随着三峡建设工程上马，国家文物局组织专业考古机构，对三峡库区地下文物开展了前期的专项调查勘探工作。在此基础上，编制了库区地下文物保护规划和实施方案。《方案》根据文物点价值、保存状况，制定了相应的抢救性保护措施，明确了每个文物点的发掘面积，并根据文物点所处的高程，安排了年度发掘计划。前期调查勘探，考古人在库区发现了大批有价值的古墓葬，同时，这批墓葬也让盗墓贼有所察觉，在库区进行了一些"掩耳盗铃""偷鸡摸狗"的盗掘活动。针对这种情况，奉节县专门成立了文物稽查大队，并与公安机关联动，负责打击盗墓行为。尽管如此，盗墓获取的高额利润，还是让个别盗墓贼铤而走险，并用金钱收买一些不知法、不懂法、不明真相的当地村民共同参与。

1998 年 12 月的一天，在阵阵浓雾中，奉节上关遗址的发掘工作照常进行。突然有一位在考古工地做工的女村民，匆匆忙忙跑过来，悄悄告诉东山队长："刚才去解手的时候，发现上面的山上有帮人像在挖墓。"东山队长立刻反应过来，迅速带领大家带着工具前往。当考古队赶到现场，发现地上一片狼藉，刚挖的一个土坑旁，锄头、铁锹、麻袋、绳子散落一地。我带着几个人翻过山头，远远看见几个人慌里慌张拼命往山下跑，作鸟兽散。从经验上来讲，盗墓的行为往往发生在夜间，夜色有利于他们的行动。而且，盗墓者人数往往不会太多，经常是以两个出现为主，多人合伙和单干的较少，一般来说一人挖掘，一个清理放风最不容易引起附近村民的注意。而且，他们常常以血缘关系和亲友关系出现为主，这样就会有效防止因分赃不均而痛下杀手的情况。但是，上关遗址这群盗墓贼也太猖狂，公然在大白天进行盗掘活动！

很快，县文物稽查大队、文管所一行来到盗墓现场进行勘查，找考古队、村民详细了解情况。然后判断这群盗墓贼返回的可能性很大，于是决定当晚设伏，打他们一个出其不意。李大地听后也意难平，热血沸腾，纷纷主动要求参与，保护文物。

晚上，李大地与县文物稽查大队、文管所同志会合，在仔细研究了巡查线路和设伏地点后，便赶往白天发现的盗墓现场，大家静静地埋伏在离现场不远的果树林中。这四面八方都有考古队的人，只要盗墓贼敢来，就保证他们再也跑不掉。大家怀着这样既紧张，又有点儿兴奋的想法，蜷缩在密林之中，静悄悄地不发出一点儿声音。

夜，静得让人感到害怕。

时间慢慢过去了，却没有一点儿动静。大约到了晚上 9 点的时候，江面起风了，风越刮越大，气温也急剧下降。李大地有点儿扛不住了，身子冻得有些发僵，嘴里也直打哆嗦。突然，山头上出现了时隐时现的几束亮光，只见几个黑影在晃动，越来越近。李大地心里"怦怦"直跳，也越跳越快，赶紧屏住呼吸，瞪大眼睛。准备按照事先计划，等待他们进了"伏击圈"以后，大家一拥而上，以迅雷不及掩耳之势结束战斗。

李大地在默默地数着亮光的靠近，五百米、四百米、三百米，越来越近，脚步踩踏落叶的声音越来越清晰，我已经握紧了拳头，铆足了力气，准备随时冲将出去。

然而，就在这最关键的时刻，一声"阿嚏"刺破了空旷的夜空，不知谁忍不住寒冷，打了个喷嚏。说时迟那时快，只见那逐渐靠近的灯光立马熄灭，那几个逐渐清晰的黑影一闪而过，迅疾就消失在了夜晚的雾气中。

"追！"李大地大叫了一声，十几个手电筒瞬间亮起，朝着那帮人消失的方向冲了过去。可是，哪里还看得到人影？这帮人跑得比兔子还快，已经冲出了包围圈。

"谁打的喷嚏？"李大地他们差点儿内讧了起来，马上开始追责，这源于内心深深的不甘和沮丧。

"天网恢恢，疏而不漏。"虽然当晚没有结果，但是这帮盗墓贼留下了很多足够公安机关追踪的痕迹。果然，没有多久，这批歹徒终于落网并受到了法律的惩罚。

五、多年后的提问

如今，我徜徉在重庆市文物考古研究院"三馆一院"的透明库房中，仔细观摩着二十五年前，李大地他们亲手发掘出的文物标本。谁曾想到二十五年就这么"嗖"一下就过去了，至今我都觉得时间这个东西不可思议，库房里的东西沉默无言，却依旧如同当年出土时候的模样。我转过头去，身边取下眼镜正在端详这些"宝贝"的奉节上关遗址发掘者李大地，早已青丝变白发。我仿佛能通过平行宇宙去亲历到，他给我诉说的当年往事，那些早已成为他生命中最珍视的一部分，却时时浮上我的心头。

我问了李大地一个问题："如今你已经功成名就，不仅经历了无数令人激动的考古发掘，还获得了全国文物系统先进工作者的称号，那么你的考古生涯中哪段经历最值得记忆？"

李大地毫不犹豫地回答我说："三峡考古的激情岁月。"是啊！这何尝不是我想得到的答案，和我想去追寻的岁月。多年前三峡让李大地与考古结缘，多年后三峡让我结识考古人，三峡让我也成为考古人，我是何其幸运，在最美好的时代，遇到了最志同道合的同志。但是，我又何其遗憾。在我的时代，三峡蓄水已经完成，我不能像李大地一样去经历三峡考古。这样的经历成为一段经典，成就了永恒。

考古学家的使命是要让干涸的清泉再次汩汩流淌，让被遗忘的事情再次被记起，让已故去的人复生，让环绕着我们的历史之河再次流动。

谨以此文献给所有我爱过和爱过我的人，也献给为了考古理想前进的自己。这是李大地的回忆，一个完结的故事，也是我们故事的开篇。

安龙招堤与书生的油灯

肖江虹

安龙一城，景在招堤。

堤在安龙县城东北，距城里许。景区由招堤、金星山诸亭阁、荷塘、魁星山、绿海等景点构成。

据资料记载，县城东北原是一片汪洋，水面延绵数十里，俗称"陂塘海子"。雨季来临，山水下泄，陂塘水涨，直涌城厢。清康熙三十三年，安笼镇游击招国遴为保护城垣，率工匠开山凿石，耗时一年多筑成一道长八十余丈、宽八尺的石堤。后人将此举誉为"仿白堤""肖苏堤"，再后来，为纪念建设者招国遴，取名"招堤"。

乾隆五年，南笼知府杨汇于堤两侧遍植垂柳，并在堤西端金星山上建三层高阁一座，题额"巍然紫府"。

上述种种，招堤还属待字闺中，直到一个人的到来。

这个人叫张锳，如果你对这个名字不熟悉的话，那他有个儿子，叫张之洞。

道光二十八年，时任兴义府知府的张锳将招堤加高了五尺，于堤东海子遍种荷花，在金星山上建"半山亭"。半山亭落成之时，张锳大宴宾客，仿滕王阁之阁公，嘱宾客以翰墨记其胜。时年十一岁的张之洞临席而作，也就是现场作文，得《半山亭记》七百余言，据说文惊四座。现摘录一段，以飨读者。

万山辐凑，一水环漾，雉堞云罗，鳞原星布者，兴郡也。城东北隅，云峰耸碧，烟柳迷青，秋水澄空，红桥倒影者，招堤也。缘是数里，蒹葭苍苍，有阁巍然，峙于岩畔者，魁阁也。穿绿荫，梯白石，禅房乍转，画槛微通，石壁一方，茅亭三面者，半山亭也。做亭者谁？吾家大人也。翠萝红蓼，罗列于轩前；竹榭茅檐，欹斜于矶畔。太守之意，得之半山，而志以亭也。

……至约把钓人来，一襄荷碧，采莲舟去，双桨摇红，渔唱绿杨，樵歌黄叶，往来不绝者，人之乐也。鹭眠荻屿，鱼戏莲房，或翔或集者，物之乐也。衣带轻缓，笑语喧哗者，太守游也。觥筹交错，肴核杂陈者，太守宴也。筋飞金谷，酒吸碧筒，宾客纷酬，杯盘狼藉者，太守欢也。题诗励士，把酒劝农，四境安恬，五谷垂颖者，则太守之真乐也。

俄而夕阳在山，人影散乱者，太守归而众宾从也。是则知其乐，而不知太守之乐者，禽鸟也。知太守之乐，而不知太守之乐民之乐者，众人也。乐民之乐，而能与人、物同知者，太守也。

辞藻华美，虽有前人痕迹，但出自一个十一岁孩童之手，还是让人震惊。

说实话，走过贵州不少地方，人文景致见过不少，但像招堤这样步步惊喜的地方着实不多。清代学者朱逢甲有句"水色涵山色，荷香杂稻香"，颇为传神道出了招堤的特点。

招堤三面环山，一面傍城，十里平畴之中，一堤横亘，绿柳如烟。堤西金星山上，草木扶疏，掩映着亭台楼阁，依次建有山门、尽幅石坊、一览亭、半山亭、禅房、涵虚阁，于方尺之间经营出深厚的文化内涵。"一览亭"为四楹石柱长廊，凭栏而立，绿柳长堤尽收眼底。"涵虚阁"高耸于小山之顶，三层三檐六角，凌空而出，雄伟壮观。登上阁楼，依稀城廓，隐约渔村，别有一番景致。亭阁石柱之上多有题咏，或描青山秀水之佳趣，或发思乡怀古之幽情。

魁星山上，松柏森森，石级蜿蜒，有烈士纪念碑耸于山巅。登上山顶，但见十里平畴上空雾岚飘浮，安龙城在淡蓝的烟霭之中若隐若现。

张锳留给安龙的，远不止招堤。

张锳自道光二十一年（1841年）到安龙担任兴义府知府，至咸丰五年（1855年）迁任贵东道道尹离开安龙，共在安龙执政和生活十四年。他到任兴义知府后，看到远在城外的旧试院破旧不堪，便召集府属各州县商议，就近择地另建新试院。他呼吁绅士、商人集资，率先捐出积蓄一千两白银，共集资三万零八百两白银，建成了新的规模宏大、可容纳千余人、布局精巧的兴义府试院。有了新试院，张锳仍不罢休，又扩建珠泉书院。看到书院藏书不多，便将自己的一千余册书捐出来。随后，又通过捐资、集资，派人到贵阳、成都等地购书。道光二十二年，张锳捐俸银一千两，筹银一千两，在府城东、西二门兴办两所义学，让穷人家的孩子也能走进学堂奋发读书。张锳还不时亲临书院、学堂，讲学和评阅课卷，与学子们谈学论艺。

拨开十四年的历史，最令人神往的，还是一些细节。

安龙人至今津津乐道的一个细节是：每天午夜交更时分，张锳会派出两个差役准时从府衙里出来。一个提着灯笼，一个挑着桐油篓，见哪户人家亮着灯光传出读书声，便停下脚步站在门前高唱一声："府台大人给相公添油啰！"读书人开门后，差役便舀出桐油，倒进读书人的灯盏里，说道："府台大人祝相公用功读书，获取功名。"

这油一添，就是整整十四年。

据说，此为"加油"一词的肇始。

想想，这该是读书人历史中最温暖的夜晚了。

十四年间，兴义府不仅秀才、举人、进士科甲隆盛，经学、史学、文学也硕果累累，呈现出群星闪耀的文化昌明景象。

所谓"十年树木，百年树人"，有张锳这样的爹，张之洞的名动天下也就不足为奇了。

还是一些小细节，也和张氏父子有关。

张锳曾将一方古砚送给张之洞，并告诉他："这方竹节砚，是你祖父在京城任四库全书馆誊录时，纪文达公纪晓岚赠送的，是宋代的旧物，上面有竹节一样的纹理，故而叫作竹节砚。砚上的铭文，是纪文达公亲手刻下，异常珍贵且不说，铭文还讲了做人的道理，你长大了就会懂得。你祖父传给了我，我再传给你，你将来再传给后代子孙！"砚铭写的是："介如石，直如竹。史氏笔，挠不曲。笋不两歧，竿无曲枝。孤直如斯，亦莫抑之。其断简欤？乃坚多节。略似此君，风规自别。"

张之洞曾在文章中表达过这段话对他一生的影响。

1849年中秋之后，十二岁的张之洞启程回原籍河北南皮县参加县试。经过三个多月的长途跋涉，历经湘、黔、豫三省，于第二年春节后第一次回到故乡。张锳告诉儿子：厅房之木没有自朽自烂的，松柏檀梁固好，如果子孙不争气，自恃家产挥霍浪费，再好的厅房也保不住。张之洞去世后，丧葬费都是由他的门生、同僚资助的。遗嘱中他写道："为官四十多年，勤奋做事，不谋私利，到死房不增一间、地不加一亩，可以无愧祖宗。"

这话该是说给张锳听的。

故乡、童年与母亲

——游三苏祠札记

向以鲜

北宋仁宗景祐三年（1036 年）十二月十九的早晨，大地看起来同往常一样辽阔而安静。中国西南部的眉山百姓，却发现了一件令他们惊讶的事情。眉山位于嘉州（乐山）以北的一处山水形胜之地，尤其是那条环绕小城的岷江支流玻璃江，清澈见底，宛如一湾明净的流动玻璃。眉山人家一早推开门窗，看见熟悉的彭老山突然变了样：本来苍苍翠翠的山峦，一夜之间草木全部枯死了。蜀中气候温暖，又有得天独厚的大自然屏障，虽说还是隆冬时节，举目望去，应该仍然是一种青山绿水的感觉。光秃秃的彭老山乍然出现在眼前，一些人露出惊恐的表情，心中犯着嘀咕，不知道这是一种什么样的兆头。

只有一个人的脸上露出了笑容，那个人也是县城中最有学问的人——天庆观老道士张易简。张道士拨开观望彭老山的人群，站在一块地势略高的地方，长臂一挥："乡亲们，咱们眉山有福了，你们看！"张道士右手指向西边，"你们看那儿，第一缕太阳升起的光芒，就把那儿照得透亮，那儿的云彩比东边的还要红，还要好看！"人们顺着张道士的手望过去，果然看见西边一片云蒸霞蔚的景象。张道士收回手臂，用拇指在掌中快速地掐算着，脸上绽开明亮的波纹，仿佛看见了梦中的神仙。张道士接着说："乡亲们，就在今天的卯时，一位注定要流芳百世的生命诞生了。请你们记住，整个神州，不，整个世界都要记住这个日子，这是平凡的一天，也是非凡的一天，一个了不起的灵魂已经降临。"

有人提出疑问："为什么这个孩子的到来，会引起草木枯死呢，会不会是一种……?"张道士急忙阻止："不不，请你不要说出任何不吉祥的词语，不要说出来，这个新生命刚刚出现，还太弱小，还经不起任何言语，哪怕是善意的言语质疑。彭老山的草木精华，山川的灵气，都全部给了这个孩子，所以，彭老山才一时变成了秃山。"张道士略微停顿了一下，"当然，它不会永远是这个样子，总有一天还会恢复原来的生气!"张道士再次将目光投向彭老山："中国的名山大川太多了，数都数不过来，而钟灵毓秀的人儿，却是凤毛麟角，因此，远比一片山川珍贵百倍啊!"

就在这一天的卯时，眉山苏家诞生了一位男婴，姓苏名轼字子瞻。苏家系出上古黄帝与嫘祖之孙高阳颛顼大帝。到了后汉，苏章的子孙一直居住于赵郡（河北邯郸）。唐朝诗人苏味道官眉州大都督府长史，迁益州大都督府长史，还没有来得及到任，即病死于眉山途中。苏味道的一子留在眉州，这是苏家在眉山生活最直接的远祖。苏家程夫人望着襁褓中的婴儿，这个苏家出生的第二个儿子，生得虎头虎脑的，心中有说不尽的欢喜。忽然想起刚刚怀上时，自己做的那个奇怪的异象之梦：一位瞎着一只眼睛的瘦高和尚来到苏家，希望在家中暂住一夜。

苏轼很早就知道母亲这个梦，也没有想清楚其中的缘由。梦的真相，直到几十年后，弟弟苏辙到高安做官的时候才算揭开。元丰二年（1079 年），苏辙因苏轼乌台诗案而受牵连，被贬监筠州（治所在江西高安）盐酒税。苏辙在高安一待就是五年，经常和当地高僧真净、文圣、寿聪等在一起参禅论道。元丰七年（1084 年）的一天晚上，三个僧人同时做了一个相同的梦，梦见迎接五祖寺的戒禅师。第二天下午，三僧正在和苏辙讲述这个共同的梦境时，苏轼刚好赶到了高安来看望弟弟，三僧又将这个梦告诉了苏轼。苏轼说，他在八九岁时也做过一个梦，梦见自己是一个和尚，在陕右一带行善布施。真净法师听了这话，若有所悟："戒禅师也是陕右人，晚年来到高安行禅，于五十年前圆寂于高安大愚寺。"苏轼猛拍了一下后脑门："原来，五祖戒和尚就是我的前身啊！"

异人有异象，苏轼确是不寻常的人。人们发现苏轼出生时故乡眉山出现的异象，实在是一个天大的吉象，便从苏轼一个人推演到了另外两个人，也就是他的父亲苏洵和弟弟苏辙身上。于是，在巴蜀一带，广泛流传着这样一句民谣："眉山生三苏，草木尽皆枯。"

传说，苏轼曾经问过父亲苏洵，为什么要给他们兄弟俩取个都带车旁的名字。苏洵说："你叫苏轼，这个轼，和车轮、车辐、车盖和车轸等相比，在车子的结构中并不算重要的，只是车前的一截搭手的横木，但也是必不可少的，如果车子没有轼，就不是一辆完整的车子了，是不是？"苏轼有点儿不高兴了，噘着小嘴儿问道："我就那么没有用处吗？"苏洵爱怜地抚摩着苏轼的脑袋说："你当然有用，正因为你太有用了，所以，才专门为你取了这个名字。我想告诉你的是：要像那段不起眼儿的木头一样，放低自己，不显山露水，不锋芒毕露。你呀，"苏洵屈起右手食指，轻轻敲了一下苏轼发亮的额头，"你呀，虽然年纪还小，我已看出很多苗头来。我给你取这个名字，希望你将来，在人生漫长的旅途中，忽略很多外饰的东西，做一个有内涵的低调的人，只有这样，才可能成为一个幸福的人，不受外力干扰的人。这并不是说我对你没有期望，有的，而且很大，所以才名轼字子瞻，你可凭轼而立，志存高远啊！"苏轼似懂非懂："那弟弟的名字，又有什么深意？"苏洵笑道："至于辙嘛，它压根儿就不是车子本身的任何结构，而它的重要性，却几乎超过了车子本身，为什么呢？"苏轼想了想："我知道了，天下的车子，都是沿着前车之辙而前行的，所谓前车之鉴嘛，看来，子由弟弟很厉害呀。"苏辙安静地坐在一旁，始终不发一言。多年以后，历经苦难的苏轼早已身为人父，才渐渐明白父亲当年的苦心，并写下了这样的诗句："人皆养子望聪明，我被聪明误一生。惟愿孩儿愚且鲁，无灾无难到公卿。"

张道人向西所指的那个地方，并不在现在的眉山县城纱縠行，而是在县城西面七十里地的一个名叫拨股祠的地方，那儿只有几间破败的茅草屋。苏轼出生之后，通过母亲程夫人等的不懈努力，苏家的经济状况得到了很大的改善，便从拨股祠搬到了城里的纱縠行，住宿条件也好了很多。更重要的是，苏轼和他的弟弟苏辙获得了受到良好教育的机会。

一转眼，苏轼就七岁了，在程夫人的引导下开始识字读书。孩子生性浪漫贪玩，苏轼也不例外，读一会儿书就闪人。夏天的一个黄昏，在纱縠行的附近不远处，苏轼正和弟弟子由、程之元还有陈太初几位小朋友一起玩爬树摘果子比赛的游戏。几个孩子像淘气的猴子一样将摘下的梨子和板栗直接从树下扔下来，一个两个三个地数着，看谁扔的最多。忽然听见有人叫道："小心，别砸着了路人。"正在这时，一个佝偻的身影走到树下来纳凉。几个孩子觉得有些扫兴，跑到别的地方玩去了。只有苏轼留下来，他认识这个九十岁的朱姓老人，就住在城边的一座尼姑庵中。苏轼坐到老尼身边问道："老人家，出来溜达啊，怎么不在庵中念佛呢？"老尼轻轻拍了拍苏轼的肩膀说："我呀，现在就在念佛，佛在我心中已经驻足多年，一刻也没有离开过呢！"苏轼想了想，也是啊，再说了，老待在庵中，多无聊啊。老尼说："来，天气真热，我给你讲个故事消消暑吧，听不听？"苏轼高兴地叫道："我最喜欢听故事了，母亲就经常给我讲故事呢。"老尼说："你知道成都吗？""知道，是一座很大的城市，大得望不到边走不到头，不过，离我们这儿好远呢，父亲去过很多次，等我长大了，也要带我去长长见识呢。对了，老人家，你去过吗？"老尼点点头，苏轼立马崇拜起来。老尼抬起头，一束从枝叶间漏进的光线正好落在她的脸上，那是一张沧桑又美丽的脸。老尼说："唉，七八十年前的旧事了，那时候啊，咱们这儿还不叫大宋呢，叫什么来着，对，叫孟蜀，咱们的皇帝叫孟昶。我还是少女的时候就出家了，曾跟着师父去蜀宫做些法事。"苏轼望着神采奕奕的老尼，突然觉得面前的老人像一个穿越时空的神灵一样。老尼接着说："也是在一夏天，比今天热多了，是黄昏吧，也可能刚刚入夜，我看见蜀国皇帝和他最喜欢的花蕊夫人一起，坐在皇家园林摩诃池边纳凉呢，那场景太梦幻了，令我终生难忘。皇帝和夫人一边赏月，一边吟咏着诗词。"苏轼好奇地问："老人家，你还记得他们吟的什么诗词吗？"老人不无自豪地说："我还记得其中一首：'冰肌玉骨，自清凉无汗。'"苏轼一边听着老尼的吟诵，一边想象着成都摩诃池的壮丽景色。说也奇怪，一种难以名状的清凉之美，迅速传遍苏轼的全身。这个故事让孩提时代的苏轼印象十分深刻，以至于四十年后，苏轼谪居黄州时，仍然对此念念不忘。可惜已经不记得老尼背下的全词，只有头两句记忆犹新。于是，在这两句的基础上，苏轼写出了《洞仙歌》。是啊，流年总是暗中偷换，而讲述蜀宫旧事的老尼，早已不在人间。

八岁时，苏轼正式入读小学。说来凑巧，苏轼就读的学校就在天庆观北极院中，负责教学的老师，正是当年的预言家张易简老道士。张道士十分喜欢这个叫苏轼的学生，从苏轼身上，他看见了神奇的未来景象。一天，有个从京师汴梁回来的读书人，带来了山东作家和诗人石介新近所作的《庆历圣德诗》，和张道士一起欣赏。苏轼从旁边经过，看见两人津津乐道的样子，有点儿好奇，想悄悄上前窥观一下，看看到底是什么不得了的东西。苏轼仅仅是从旁边瞟了几眼，居然就背诵出来。苏轼又问道："先生，请问诗中所歌颂的十一人，是些什么厉害的角色啊？"张道士说："小孩子问这些个干什么呢？"苏轼眉头一扬，不服气地反问道："他们是天人吗？如果是天人，那我就不敢知道了。如果不是天人，而是和我们一样的人，那我为什么就不可以知道呢？"张道士听完苏轼的话，觉得小小的苏轼句句在理，并且有一股倔劲儿和豪气，连连拍案叫奇。张道士还耐心地将石介所歌颂的十一人原委一一告诉给苏轼："子瞻，你要知道，这里面个个都是大人物，尤其是韩琦、范仲淹、富弼和欧阳修四人，堪称当世人杰啊！"从此，人杰的种子，就在苏轼幼小的心灵中落土生根了。四人之中，除范仲淹苏轼没有见过，其余三人后来苏轼均有交往，欧阳修还成了苏轼终生不忘的伯乐和恩师。

朱姓老尼讲的蜀宫故事，强烈地勾起了苏轼对历史风云的兴趣。白天，他跟着张道士一起学习各种经书，回到家中，就缠着母亲给他讲故事，尤其是各种历史故事。母亲程夫人，出身眉山名门，知书识礼，深明大义。这天晚上，苏轼又嚷着让母亲讲故事，母亲便从书架上取下南朝宋范晔所著的《后汉书》中的一函，翻开其中一卷："子瞻，我们今天就来一起学学《范滂传》如何？"苏轼拍手叫道："好好，我最喜欢听史书，比那些经书有趣多了。"程夫人说："经史子集都要好好学，不可偏废，尤其是经和史，它们之间是相辅相成的，经是史的魂，史是经的肉。"苏轼很听母亲的话，听见母亲这样一说，觉得很有道理："我记住了，母亲。"程夫人满意地点点头，轻轻将苏轼拉至身前，拍了拍他身上的尘土："自从你大哥景先走后，你现在就是苏家的长子，你要给子由带个好头才是。"

程夫人翻开《后汉书》第六十七卷《党锢列传》第五十七，一字一句地把《范滂传》念了一遍："范滂字孟博，汝南征羌（河南漯河）人。范滂从小就锻炼出高尚的操守，为人正直，孝顺善良。发生饥荒时，盗贼四起，朝廷起用范滂为清诏使，到灾区视察民情，督察官吏。范滂来到灾区境内，当地的官吏听说范滂来了，知道自己的贪污行为必将受到处罚，太守和县令们纷纷辞官而去。由于范滂办事得力，秉公执法，又升迁为光禄勋主事。后来，又被太尉黄琼征召。范滂不断举报和弹劾贪官污吏，遭到很多人的忌恨和怀疑，认为他有私心。范滂回答说：'我检举的都是祸害百姓的人，难道我会因为私心而使奏章受到玷污吗？除掉杂草，禾苗才会长得更好；除掉奸贼，朝廷才会变得清净。如果举报不实，我愿意以死明志。'就这样，范滂得罪的人越来越多，尤其是那些没有什么才能的人，个个恨死了范滂，诽谤他以自己的力量建立起危险的范党。"

程夫人读到这儿，看见苏轼紧紧握着小拳头，疼爱地搂着苏轼说："子瞻，这个世界上，还是有好人的，我们不能保证人人都做好人，但我们自己必须做一个好人，做一个像范滂这样的、有血有肉的好人，做一个富有爱心的人，我们要爱一切，爱万物，包括爱一只弱小的麻雀或卑微的蝼蚁。"苏轼坚定地点点头："母亲，范滂后来呢？"程夫人说："到了建宁二年（169 年），朝廷开始大肆诛杀朋党之人。由于范滂被污为范党，所以也在严惩之列。督邮吴导捧着缉拿范滂的诏书，不忍心前去抓捕，便将自己关在驿舍中伏床痛哭。范滂听说后，知道是因他而起，立即动身赶到县狱。县令郭揖看见范滂自行前来投案，十分感动，便走出官衙，扔掉官印，拉着范滂的手说：'我们一起逃吧，逃得越远越好，逃到他们找不到的地方，天下之大，总有我们的容身之处啊！'范滂说：'我死了，灾祸就平息了，怎么敢因为我的罪名而祸及于你呢，我更不敢以此而使我的老母亲流离失所！'"

程夫人望着苏轼："子瞻，你说，他们应不应该逃走？"苏轼说："决不，勇敢的人决不逃走！"程夫人接着说："这时，范滂的母亲知道儿子的事，前来和儿子做最后的诀别。范滂告诉母亲：'不要为我伤悲，还有弟弟仲博孝敬您，我也可以放心上路，那儿有先父陪伴，也不会感觉到孤独，算是死得其所。母亲，孩儿希望你能够割舍我们这份难以割舍的母子恩情，不要为此而悲伤。'范母擦干眼泪，坚强地说：'你现在能够与李膺、杜密等名士齐名，可以死而无憾了！我深知，世事难两全，好名声和长寿命之间，经常难以兼得啊！'范滂听后，跪下双膝，再拜辞别母亲。范母对儿子最后说的两句话是：'我想要你为恶，则恶不可为；我想要你为善，但我又无法为恶！'这是世上最动人的一场母子对白，经过的人听见这番话语，无不为之感动落泪。"

范滂就义后的八百七十多年，人们还听到了另一场动人心魄的母子对话。小小的苏轼仿佛陡然长大了一样，望着泪光闪烁的母亲，问道："母亲，如果我长大之后，想要做范滂那样的人，您舍不舍得？"程夫人认真地想了想："当然舍不得，天下哪有舍得儿子的母亲呢？"苏轼喃喃自语："那我就做不成范滂那样的人了。"程夫人接着说道："如果真有那么一天，那么黑暗的一天，你要做范滂，难道我就不能做一个像范母那样的母亲吗？"灯火之中，眉山越来越远，而苏轼与母亲的对话，一直回荡在人们的心中。据说，光秃秃的彭老山一直到了六十多年后，也就是宋徽宗建中靖国元年（1101 年）七月二十八日，才重新长出了第一片草木。

就在这一天，远在异乡常州孙氏馆（现在常州延陵西路藤花旧馆）中的苏东坡，向世人吐出了一生中最后的四个汉字：着力即差！

脱胎玉质独一品

胡性能

一

谈起云子，棋界有老云子和新云子之说。据史料称，云子的制作历史，可以追溯到唐代。晚唐傅梦求所写的《围棋赋》中，就有"枰设文楸之木，子出滇南之炉。"但那个时候云南生产的围棋子，还多是土陶烧结而成的，质地不会好到哪儿去。真正让云子闻名遐迩，是在明朝的正德七年，也就是公历的1512年。那一年，云南人李德章如获天启，以玛瑙等矿物为原料，经多次试验，确定了云子的独特配方。由这种配方通过高温熔炼，手工滴制而成云子，白子温润如玉，黑子乌黑透碧，犹如用天然玉石磨制而成。然而李德章多次试验并固定下来的云子配方，究竟是由一些什么样的矿物组成，每种矿物所占的比例，并没有用文字记载下来。中国古代艺人，对于一些在长期实践中摸索出来的"绝活"，往往采取口传身授的方式，缺乏用文字系统记录和整理的习惯，这导致它们很容易消失在动荡的社会和时间的大风中。

按李德章配方制作的云子是老云子，其质地、手感、色泽，都非以前的棋子可比。随着他滴制的云子销往四方，云子遂在中国大地声名鹊起，成为弈客们的最爱。到了清代，云子甚至还被地方政府当作贡品敬献给皇家。但到了清末和民初，随着国家持续动荡，大量的人流离失所，摆放围棋的安静之处很难找到，下围棋的人越来越稀少，哪怕是李德章传人按其配方生产出来的云子也很少再有人买。于是到民国年间，老云子的制作技艺，包括其配方、生产流程均已失传，只在世间留下一些残存的黑子白子，凭吊着云子曾有过的辉煌和荣光。

蛰伏于中国民间的云子，也许等待着一个凤凰涅槃的契机。1964年，云南省轻工厅和云南省围棋协会开始主持云子的试制工作，但因历史原因，棋子试制工作没两年就停止了，直至1974年，国家体委才又责成云南省体委要尽快完成云南围棋子的试制和生产。领衔接受这一任务的是昆明十二中的校办工厂。1974年，学校组织了以陈西伯、王启宇、刘振邦、罗桂元、徐继祖等人为主的科研小组，通过对几颗残存的老云子进行成分分析，在查阅大量历史典籍和反复试验的基础上，于次年成功恢复了云子的原料配方和制作工艺。1980年，这家以生产云子闻名的校办工厂，正式定名为云南围棋厂。

二

20世纪80年代的中国，曾掀起过一股持续十多年的围棋热，其推手，当数肇始于1984年的中日围棋擂台赛。在媒体的推波助澜下，关注这场围棋赛的人多了起来，许多人甚至将棋运与国运相连，连中央电视台也破例对决赛进行了实况转播。首届比赛，中国队主将聂卫平在局势不利的情况下力挽狂澜，连胜小林光一、加藤正夫和藤泽秀行三位超一流棋手，赢得了比赛胜利。在北京，欣喜若狂的人们走上天安门广场庆祝，人们由此记住了聂卫平，记住了中日围棋擂台赛。围棋，以一种特殊的方式，重新回到了中国人的日常生活中。

远离北京的云南昆明十二中的领导从天安门广场庆祝棋赛胜利的人群中，敏锐意识到一波席卷中国的围棋热即将到来。但当时的云南围棋厂，产量上不去，棋子的化学稳定性也不高，色泽不均匀，拍在木质棋盘上容易炸裂。为解决生产的瓶颈问题，第二年，昆明十二中的领导找到了位于滇池南岸的云南光学仪器厂，希望工厂能帮助生产一台云子成型机，同时帮助解决棋子容易炸裂等问题。就这样，何华封开启了他的"云子人生"。

1955年出生于重庆的何华封，十六岁时作为支边青年来到云南，在西双版纳黎明农场做技术员。他天资聪颖，善学，很快在同龄人中脱颖而出。几年以后，因表现突出，他被农场推荐到了湖北建筑工业学院，也就是今天的武汉理工大学读书，攻读玻璃专业。1977年毕业后，他分配到了云南光学仪器厂，负责光学玻璃的生产工艺。

带着从大学里学到的专业知识，何华封在光学仪器厂里如鱼得水。他是个领悟力和动手能力都极强的人，接连为工厂做了几项技术改造，效果很好，他也因此成了工厂里有名的技术骨干，还被评为新长征突击手，其先进事迹上了20世纪80年代初的《春城晚报》。

首届中日围棋擂台赛举行的时候，何华封就注意到围棋了。年少时，他接触过围棋，也好弈。在他看来，围棋就是一部哲学书，其黑白世界体现的平等，所包含的大与小、快与慢、急与缓以及向死而生充满着人生哲理。当时，他在工厂主攻的是玻璃镜头的研制，一些淘汰下来的光学玻璃镜头，个头与用于手谈的围棋子差不多，何华封买来黑白油漆，将那些淘汰下来的玻璃镜头，涂抹成了黑白子。

那是何华封"制作"的第一副围棋，也暗示着他后来的人生，将与黑白棋子结下不解之缘。

当年的云南光学仪器厂是一家军工企业，本来是不接外活的，可首届中日围棋擂台赛的胜利带来的民族荣耀与自豪，已让围棋成为人们交谈的中心话题，因而当围棋厂的同志来厂里求助，希望能够帮助他们进行技术改造时，厂里的领导同意了，他们让技术科负责云子成型机研制，而何华封负责改良云子配方及生产工艺。

尽管云南光学仪器厂技术雄厚，可云子成型机对他们来说，也是一个新课题，一测算，仅成型机的设计费用就高达几十万，这对一个校办工厂来说，根本无力承受。此路不通，只有另辟蹊径，学校方面想到了把何华封调入围棋厂的办法，并作了种种努力。就这样，大学毕业后在光学仪器厂工作了十年的何华封，终于在 1987 年，通过市长办公会，以人才引进的方式，调入了云南围棋厂，担任了技术副厂长。

三

毕业于武汉理工大学，又在国有大型军工企业工作了十年，当何华封调到一家中学的校办工厂后，面对落后而陈旧的设备，他内心也曾有过失落。但何华封没有气馁，而是从点滴做起，他知道要改良云子的配方和制作技艺，作为技术副厂长的他，必须熟悉云子生产的每一个环节。于是他下到车间，到生产一线，像学徒一样，坐在炉火旁"滴子"。窑炉里的温度高达一千三百摄氏度，热浪从里面涌出，何华封忍受着炽热，一坐几个小时，只为掌握滴子环节的奥妙，探索改进的可能。因为何华封知道，再好的配方，都需要后续的一道道工艺来完成。就拿滴子这一环节来说，棋子的大小、厚薄、形状这些关系到云子品质的工艺，全出在这一关上。标准的棋子，料液为六克，滴到直径为二十二点五毫米模具中，棋子的弧面便会自然流畅。料液的多和少，都会对云子的品质有影响。

在熟悉云子生产的流程后，何华封对云子配方进行了改良，同时，还以精益求精的大匠精神，对云南围棋厂的生产设备进行了颇具创新的技术改造。他先后开发了双面凸云子铸造模具、"硅碳棒电熔炉"设备；研发了压型机；设计了磨子机，改进了滴子头由凹形向球形的转变定型；改进了云子成型的操作器械，改进了电熔炉投料方式，推行了更为高效的围棋子分拣筛网；制定了云子的生产工艺和操作规程……使得云子的制作，从纯手工制作，变为机械生产与手工制作同时进行，大大提高了云子产品合格率。

何华封调入云南围棋厂的 1987 年，第二届中日围棋擂台赛又开赛了。这是比第一届擂台赛更为惨烈的黑白搏杀。此时的神州大地，围棋热已然掀起，每到休息时间，工厂房间、学校宿舍、机关办公室……到处都能够听见黑白子落在棋盘上的声音。有需求就有供给，到了 1989 年，云南竟然一下子冒出好几十家围棋厂，每个厂都声称自己研发了独特配方，生产的是正宗云子。

云南省轻工厅于是做了一个测试，他们征集各生产厂家的产品，将其厂名粘贴在棋子后面，混合以后，让各厂家派出的选手从一堆黑白棋子中盲找自己的产品。面对一堆外形相似的黑子白子，参赛选手大脑一片茫然，只有何华封，准确地从那堆黑白棋子里找出了自己的云子。谈起那次参赛，何华封很是自豪，就像一位母亲熟悉自己的孩子一样，他熟悉自己带领团队研制的每一批云子，这些云子形状虽然都差不多，但色泽、打磨后的亮度、触摸上去的手感完全不一样。

何华封研制的云子配方，因此成为企业的核心机密。这个自大学就与玻璃打交道的人，大脑中有太多的研究心得。他曾写过《论氧化铅在"云子"围棋成分中的结构形态》这样的论文，可因为涉及企业的机密，内容不能公开，他只好将论文锁在抽屉里。没有论文发表，也就无法评上高级职称。于是何华封从事云子研制几十年后，直到退休，他的职称仍然是当年在云南光学仪器厂的工程师职称。而市里为他上报的许多荣誉，都因职称过低，与他擦肩而过。

四

谈及人生这一"缺憾",何华封格外达观。"云子"人生三十余年,他没有争过任何荣誉。"人的这一生,不是你得了什么,而是你做了什么!"他说。也许正是本着这样的信念,何华封才会研发出一个又一个"云子"配方,解决了生产工艺上的一个个难题,因为所有的快乐,都来自发现和创造。到今天,何华封从事云子研制和生产已达三十八个年头,作为"云子"最重要的传承人,他带领的团队研发了包括"如玉围棋""云之蓝"在内的七大系列五十余个品种的云子,申请了包括"云子连续生产电熔炉""云子成型机"在内的十三项专利。这些专利均是从实践中来,最终又在实践中得到百分百的应用,极大地提高了云子的品质和产品合格率。目前,国内重大赛事使用的云子围棋、棋子均出自何华封之手,而同样出自云南的"永子"其配方也同样来自何华封。三十多年专注一事,天道酬勤,由何华封研制的云子获得广大棋手赞誉。其中由他研发的新型环保云子,还是国内目前唯一达到出口欧洲标准的围棋。

何华封中等个头,皮肤白净,脸上荡漾着笑意。尽管年近七十,但看得出来,他年轻时长相俊朗。与他交流,我还发现他是一个特别幽默和通透的人。前几年,因为要参加中央电视台《非遗里的中国》节目拍摄,他特地化了个妆,徒弟为他拍了一张照片,何华封甚是满意,拿着那张照片端详。他从那张照片中看见了自己的青春时光,也看到了历经岁月磨炼之后的从容与达观。他甚至以开玩笑的口吻对自己的徒弟说:"百年以后,就用这张照片作遗照,搞得成!"

当我称赞出自他手的围棋竟会变幻出如此多的色彩时,何华封淡淡一笑,说云子的精华不在黑子而在白子。黑子虽然因配方的不同,在光线照射下呈现缤纷的色彩，看上去炫目、美丽，但白棋更像是一位超凡脱俗的美女，纤尘不染，圣洁。秋水为神玉为骨。好的白子，有玉的神韵与品格。

云子的研制与生产，既是术，更是艺。何华封设在围棋厂的工作室里，有两个支撑板，上面挂着我完全看不懂的设计图纸；而在贴墙而立的架子上，则是数以百计的研制样品。也许是性格中有唯美主义倾向，何华封面对一桩事情，要么不做，要么做，就做到极致。架子上的那些样品，在我看来大同小异，但在何华封眼里却有天壤之别。的确，只要对着光线，那些棋子立即呈现出各自的色泽，有的是碧色，有的是蓝色，有的是紫色，还有的是红宝石色。每一种颜色，都需要用十多种矿物质进行调配，每一种矿物质所含的比例，都会影响到棋子最终的色泽。所以，那数以百计的样品棋子，意味着的是原料的一次次调配，是生产工艺的一次次改进。它们记录了一位云子大匠对生产艺术的无尽追求。

与传统的老云子相比，作为非遗云子围棋制作技艺配方传承人的何华封用自己数十年时光，繁衍出了一个庞大的新云子家族。他熟悉每一种云子的配方，了解它们各自的特点与个性，那些云子是他的亲人，是他的孩子。正是把云子的研制与生产当成了一门艺术，何华封才坚持在围棋厂实现机器全流程生产后，将传统的手工"滴子"工艺保留了下来。

"滴子"，只是围棋十二道生产工序中的一环。但它也是最难以掌握的一环。滴子师傅得在一千多摄氏度的熔炉前日复一日地练习，时间长达几年。熟练的滴子师傅在工作时，手拿滴棒、伸进炉中，蘸料、旋转滴棒、熔液滴落于模子……数以百万计甚至千万计重复同一动作，形成的肌肉记忆，才能让滴子师傅的动作行云流水，一气呵成。其蘸量的多少、滴棒旋转的力度与角度、时间的掌握……都影响着最终制作的云子。之所以说是艺术，是因为滴子师傅在无数的重复中获得了神性，才让出自他们之手的棋子是那样的均匀、圆润和饱满。从这个角度来说，云子乃是一种有生命的、会呼吸的，带着制作师傅体温与情感的一种艺术品。

所以何华封说："每一枚云子都是通人性的，它是做棋人性格、心情、态度甚至品质的缩影！"

择一业，爱一生。专注云子研制数十年，也让何华封如温润的云子那样，拥有了玉的品质与品格。

灼灼其华,清凉其韵

子　嫣

一

位于被称为"世界屋脊"的青藏高原上的西藏自治区,在人们的想象中,应该是个高寒缺氧、气候恶劣、戈壁荒漠连片的苦寒荒凉之地,非常考验人类的生存能力。事实上,作为约占陆地国土面积八分之一的这片广袤大地,因为地理地势多样而使得其境域内气候条件、自然环境也异常丰富多彩。放眼藏东藏西藏南藏北藏中,无不具备各自迥异的自然气候特色,雪山高峰、森林草原、江河湖泊、峡谷丘陵戈壁滩等各种样貌在这片大地上安然并存、各彰其彩。尤其被众山环绕的首府拉萨,除了高海拔连带的氧气含量不足,竟是夏可清凉避暑、冬有骄阳晒暖的宜居之地。虽然昼夜温差较大(常年四季日温差都在十摄氏度以上),但一年中鲜有超过二十八摄氏度的高温天气或零下十摄氏度以下的低温冷寒,可以说,高原古城拉萨基本没有严寒酷暑。于这温和相宜的古城中还藏着一座绿意盎然、清幽绮丽的清凉乐园,那里鸟语花香、古木林立、花草锦绣,那里宫殿巍峨、亭台廊榭、湖光山色,那里有个可爱的名字——"罗布林卡",意为"宝贝园林"。

罗布林卡园内古木品种繁多,长势格外苗壮茂盛,或冠如华盖,或高可参天;奇花异草琳琅满目,应时应季繁花似锦,茵茵绿草繁茂葱郁。造型各异的亭榭楼阁错落有致，更有一些别出心裁的湖泊小桥等景致掩映在葱郁的林木草地间，营造出了浓郁的幽园秘境氛围，曲径通幽处往往别有洞天。集草木花卉、亭台水榭、玉栏石桥、珍品文物、宫殿建筑等多种景致于一身，荟萃了 18 世纪以来西藏建筑、绘画、造像、雕刻等多个方面的艺术精华，可以说，罗布林卡将自然和人文历史等诸般元素和谐相融。这样的丰富性，使得其成为西藏规模最大、环境最美，兼具丰富文化内涵的大型宫廷式园林。

2023 年 7 月上旬，一个天蓝云白、艳阳高照的日子，我又一次来到罗布林卡。与以往的很多次漫步其间自由观赏游玩不同，这回我试图走进"宝贝园林"的前世今生，探寻现象背后的时空痕迹和历史脉络。

二

门前广场上百年古柳枝干虬曲盘旋、树影婆娑，穿越密林掩映之下曲折幽静的林荫道，站在了随时准备迎接八方宾朋的大门前。

罗布林卡在东南西北四个方向都有门，其中东大门是日常开通的主要出入口，与其他几道门相比，这道门显得更加繁复富丽、古朴庄严。门楣整高约八米、宽近五米，各种寓意吉祥的花卉图案精雕细刻，五颜六色的彩绘涂饰其上，让这些雕刻工艺愈加明艳精美，加之屋脊上金光闪闪的双鹿法轮，门前一对以明丽彩绘点缀的通体白色的石狮，看上去活泼又威严，门楼整体风格极具藏民族传统的建筑艺术特色。

进入园林，仿佛来到了一个葳蕤斑斓的植物王国，又似置身于华美幽秘的宫廷雅苑，蓬勃的生机、丰富的色彩和广博的信息扑面而来。"宝贝园林"的岁月足迹，以形、色、动、静等诸般形象、多种样貌立体地呈现于眼前，新颖丰盈的发现一波波涌来，直让人目不暇接。正值暑气燥热的盛夏时节，置身于此，却好像一脚迈入了别样的清凉世界，不仅温度比外面低了至少两三摄氏度，负氧离子含量也明显高出许多，清新舒爽的空气直往人鼻孔里钻，不知不觉间烦暑尽消，深感心旷神怡。

"宝贝园林"名称的由来在民间有两种传说：一为它地处拉萨河古道流域，自然环境有着天然优势，区域内草木灌丛长得郁郁葱葱，其间夹有山坡起伏，有水流淙淙，有瑞鸟飞禽歌鸣，有祥鹿野兽徜徉。流水日久在林间积聚成了诸多清澈的碧波水塘，尤其是掩映着的数眼泉水，不仅润泽得周边草木生灵格外生机盎然，而且这泉水兼具疗疾保健功能，人们常在此搭帐沐浴、消夏游玩，享受这份惬意旷达。总之，这片天然园林的整体气象明显优于高原大地其他各处，深得达官显贵和普通民众等社会各层的喜爱，人们愿意把最好的名字赐予它。渐渐地，这个地方由原先的万亩"拉瓦采"（即灌木丛）之名演绎成了"罗布林卡"；另一说法是，有一天，格鲁派（黄教）教主五世达赖阿旺罗桑嘉措站在布达拉宫顶上眺望，忽见西南方位的"拉瓦采"柳树林上空乌云密布、电闪雷鸣，不久风雨大作，其状竟像是无数珍宝从天而降，纷纷坠落那片美丽幽境之上，不禁脱口赞叹道："真是一片宝贝园林啊！"从此后，"罗布林卡"这个名字就流传开来，并沿用至今。

在罗布林卡工作了二三十年的金牌解说员贡桑则不无自豪地说："这里之所以叫宝贝园林，还有个重要因素，即园林里水好、土好、空气好，种什么长什么，高寒地带的植物在这里可以长得很好，譬如雪松等；热带的草木花卉也可以生长，比如绣球花、木瓜等。别的地方没有的，这里可以培育出来，别的地方有的，在这里长得高大苗壮，而且色彩格外鲜艳饱满……"随着脚步次第映入眼帘的绿植鲜花，很快就印证了她所言真实不虚。

园里处处花团锦簇、绿意葱郁，目之所及繁花似锦，苍松翠竹蔚然成林。迎面是一大片浓荫蔽日的树林，树下芳草萋萋，林间石板路两旁，各种花卉争奇斗艳，且花朵与枝叶无不硕大而肥壮茂盛，百簇千朵参差排列、错落有致，如同千万个绿色卫士阵列。其间一排排娴静娇艳的绣球花最为醒目，它是罗布林卡里珍贵花木的代表之一，因为在同样三千六百米左右的高海拔地区，绣球花只在此处长势良好。据说因其花形饱满圆润，看起来雍容华贵，有吉祥圆满的寓意，曾有多人试图把它移栽在其他地方，但被搬出园外的绣球花，无论多么精心侍弄，一段时间后总会莫名枯萎，几经尝试均告失败，只得作罢。青翠修竹也愿意择此良地而栖，不怕高寒缺氧，年复一年快乐地繁衍生息，兄弟姊妹们挤挤挨挨、成群结队，阵容不断壮大，长出了这一列绿色长廊，护持得"宝贝园林"分外清凉清新。

南边一道黄色围墙隔出了一个独立的小气候，墙内"园中园"里林木花草尤其品类繁多，且多为娇贵花卉，除了罗布林卡的标志性绣球花存量最多、开得最艳之外，其他乔木灌木等植物长势也格外茂盛。这个区域的建筑风格亦与别处不同，从整体布局到各个结构、局部工艺、细节都堪称精巧雅致，颇有江南园林的风韵。湖畔雕栏玉砌，碧波荡漾的湖面上，朵朵俏丽睡莲静静地绽放，与翘首飞檐的宫殿的美丽倒影互为映衬、动静相宜。徜徉其间，常会与三两只闲庭信步的孔雀不期而遇，看来这种祥瑞鸟儿也懂得择良地而居，并且颇会识人，方与人群这般友好睦邻，安闲自在。与这座"园中园"的大门并列于北围墙上的一道高大门洞，叫"大象门"，这里曾经长期饲养有大象、老虎、豹子、熊等珍稀动物，这道门是专供体形庞大的大象出入而特别开设的。

在一座座参差错落的宫殿建筑间穿行，园林里的景致可谓一步一移，步步新颖。转至东北角，远远地望见祈福殿外廊檐下一排夺人眼目的蓝紫色花朵，格外风姿绰约，一溜数十盆一簇簇齐整地盛放着俏丽姿颜，仿佛一个同频同律的合唱团，无形中又造就一种气势之美。这种花的颜色花形都很是新颖，除了上个月我在昌都芒康县海拔二千三百多米的曲孜卡乡见到过三株，第二次见竟是这么大阵势！惊叹之余，询问罗布林卡的工作人员贡桑，答曰叫"百子莲"。此花花形和茎叶都与荷花有相当差异，为何会归于莲呢？凝眸细观，但见清丽花朵稳稳地高擎于离地一米处，端端一副"亭亭净植"而清雅脱俗之状，这神态姿势分明与莲无异。

祈福殿再往东，来到园林的东围墙，视线被一片卓尔不群的花色牢牢吸引，一枝枝花穗状若宝塔，亦如箭镞，挺拔向上层层绽放，成排成列成片，浅粉深紫艳红淡黄，渲染出澎湃的生命姿态，竟是鲁冰花。与之比邻的是另一片花海———派天真烂漫的格桑花（确切应该叫"波斯菊"或"张大人花"），无论人们如何命名，花儿始终顾自快乐生长着，细而高的花茎擎举着粉的紫的白的花朵，朵朵张扬着八个花瓣顾盼生辉，平地无风也摇曳多姿，无意争芳菲，却难掩丽影风姿。

三

这片宝地由自然野生的万亩灌丛，变身为如今这般蕴含着丰富内涵的宫廷式精美园林，并非一蹴而就，而是历经了前后数代人的精心营造和两百多年的时光打磨，才逐步发展而成。宫殿建筑肇始于 18 世纪中叶，始兴建者并非功勋卓著且立有"无字碑"的五世达赖阿旺罗桑嘉措，而是七世达赖格桑嘉措。

时间大约是公元 1750 年，这天清晨，与往常无数个日子一样，格桑嘉措准时端坐法台诵经、早课，接着又不停歇地处理政务等事，到午间时，他那患有严重风湿性关节炎的双腿已经僵硬疼痛得难以动弹，不禁露出痛苦神情，近侍上前为他揉搓了一会儿，才小心地搀扶着他慢慢走下法台。这时有噶伦上前建议说："此疾患近期已经多方想办法治疗而均未见效，听说罗布林卡有几眼清泉，可以疗疾，莫如前去一试。"

格桑嘉措唯恐被指贪图安逸享乐违反僧戒而拒绝。几位噶伦继续力荐的同时，驻藏大臣也加入劝说行列，且所言合情合理。格桑嘉措遂带了少量随从前往，搭设帐篷驻扎下来，一行人照顾格桑嘉措每天于清泉水塘里泡浴，坚持一段时间后，困扰经久的腿疾竟有明显好转。驻藏大臣遂报请朝廷，根据清廷旨意，翌年于清泉近旁兴建殿堂"乌尧颇章"，专供格桑嘉措休憩之用。

于乌尧颇章休养了一段时间后，格桑嘉措越来越体会到这片宝地的清凉适意，便想长期居住。于是公元1755年，调动各方力量，紧挨乌尧颇章旁边建造了一座规模更大、功能更齐全的宫殿，融供奉三宝、修行、休息、阅览和办公等于一体，以自己的名字为其命名，就是如今的"格桑颇章"。四年前建成的第一座宫殿乌尧颇章成了格桑颇章建筑群的一部分。

之后，又相继在宫殿旁修建了供噶厦官员、译师、僧侣、侍卫人员等所用的附属建筑。并将周围环境进行了着意打造，或巧借旧有林木溪水来造景，或重新规划设计栽树种花、布水设亭，渐使得天然野林初具林苑雏形。格桑嘉措愈加喜欢了，自然而然将这里当成了夏季避暑和处理政务的地方，而这也为罗布林卡发展成为后世历代达赖休养和办公的夏宫奠定了基础。

接下来，第八世达赖强白嘉措时期，于完善格桑颇章黄墙内的景致设施的同时，对罗布林卡大力扩建，首先于格桑颇章西北方位约一百二十米处新建了意为"任运成就乐园"的"伦珠噶采"宫殿，旨在形容该殿"虽为人做，宛如天开"之精妙绝伦的布局设计和建造工艺。周围首度开挖修筑了人工小湖，围绕湖畔建造了鲁康夏、鲁康努和准增颇章等殿堂，形成了以伦珠噶采为主体的建筑群。同时在园内栽种培植了大量珍品花草树木，至此，罗布林卡始具园林规模。也是由此开始，每年藏历三月至九月期间，噶厦政府的办公地点就随着八世达赖，由布达拉宫迁移到了罗布林卡。

之后约七十年间，罗布林卡里面基本保持着既定的规模和布局不曾改变。直到十三世达赖土登嘉措时期，再次对罗布林卡进行了大规模扩建。

这次改扩建，首先对伦珠噶采宫殿做了整修，然后次第补充修建了休息室等建筑；同时对旧有水池进行了大幅开挖扩充，又从拉萨东郊的卓玛山脚下修渠引水，将拉萨河水引流注入人工湖中，使湖面变得愈加开阔而明净，伦珠噶采宫殿的秀丽影姿摇曳在水池中央，便又得了新名字——措吉颇章，意为"湖心宫"；从夺底沟调运来寒水石，围绕湖畔设计修筑了精美的雕花玉石栏杆和石桥；又令人加修了罗布林卡的外围墙和大门，大门修好后，觉得需要有威严神兽镇守，于是将拉萨扎基寺的两尊石狮子移至罗布林卡大门前；这一系列景致的营造，使得罗布林卡又向宫廷式园林迈进了一大步。

暂告一段时间之后，土登嘉措于知天命之年，一时起意，若能在格桑颇章西黄墙外再修一座同等规格的宫殿，让两殿遥相呼应、交相辉映，一定更加殊胜庄严、赏心悦目，这样想着，一座金碧辉煌、称心如意的新宫殿仿佛已在眼前。遂授意相关专业人员开始设计图纸，同步从四面八方筹备建筑材料，并命自己所赏识和宠信的近侍为工程总管，一场大型工程建设就此紧锣密鼓地展开。历时两年多，富丽堂皇的理想宫殿巍巍矗立，十三世达赖即以"宠爱"之意为宫殿命名，于是就有了如今看到的"金色颇章"。

恰在金色颇章竣工时，噶厦政府派往英国学习攻读机电专业的强俄巴·仁增多吉学成归来，拟在夺底沟兴建水力发电厂，解决照明问题。十三世达赖遂命令强俄巴在金色颇章东面建了一座小型水力发电站，专供宫殿照明，如此，金色颇章便成了第一座有电灯照明的宫殿。

过了一段时间，根据需要又在该宫殿附近先后修建了格桑德齐和曲敏确杰宫殿（后因十三世达赖圆寂于此，此宫又被称为"圆寂宫"）等附属建筑，其他配套设施如经堂、库房、净厨、犏牛棚、马厩、马夫住房、围墙等也陆续建成。不久又应时需在园林东北方向另辟一地，建造了一座独立的"祈福殿"，名为"夏典拉康"，作为举办禳灾、祈福、增寿仪轨等宗教法事活动的主要场所，每年僧人们都要在此咏诵《甘珠尔》《丹珠尔》等经典。殿内主供释迦牟尼和千尊长寿佛像。夏典拉康院内设有办公室、仓库、大净厨等，其西面还修建了小规模的噶厦办公区。

至此，罗布林卡的面积比过去有了进一步的扩大，其园林布局也基本定型，成为一座相对成熟的园林。

四

罗布林卡里如今最"年轻"的宫殿，叫"达旦明久颇章"。宫殿后面附有一排配套建筑设施，由当时的重臣室、大净厨等，共同组成了以达旦明久颇章为主体的一个建筑群，建成于20世纪50年代。达旦明久颇章建筑平顶黄瓦金饰，前有台阶抱厦，上层两层重檐相叠，金色或黄色是其主色调，屋顶饰有鎏金铜宝瓶、宝幢等，墙外侧镶嵌鎏金十六罗汉、七政宝、八瑞相等装饰。室内雕梁画栋，工艺繁复而华美。整体看起来富丽堂皇、气势恢宏，古朴厚重的藏族传统建筑艺术理念中，巧妙地融入了中原文化元素与现代气息，整体风格大气而包容。与它南边相对精巧的伦珠噶采宫殿形成一种奇妙的对比与呼应，使得各自风格愈加鲜明，二者既互为映衬、各美其美，又实现了美美与共的艺术效果。

建筑群外围有一圈高大的黄色围墙，使之成为一个相对独立的园中园。园里树木、花草、喷泉池等景致无不经过精心布排和打造，进门左右两排娇艳花儿夹道相迎，至大殿门前，无数盆五颜六色的鲜花成排成圈有序叠摞，摆成了鲜艳夺目的七彩大花坛，与描金绘彩泛着灿灿金光的达旦明久宫殿形成拱卫簇拥之势，赤橙黄绿青蓝紫所有色彩在这里交相辉映，明艳亮丽。

殿门前稍远处，左右两边各挺立着两株高耸入云的大乔松，也叫雪松，它们都是从喜马拉雅山上高海拔寒冷地带移植而来的，在这里长得这般高拔茁壮，说明此处水土具有极强的包容性和滋养性，与那些姹紫嫣红的明媚花朵一样，再次印证了"宝贝园林"这一美誉确乎名副其实；东墙外紧挨着的大柏树，长得苍翠朴茂，劲枝虬曲，冠影婆娑，巍然挺立的姿势，恰似一位铁骨铮铮、威风八面的老将。

宫殿前区的大片翠绿草坪上，用石板铺设有一道蜿蜒小径，石板路远远地延伸向一片树林，盛夏时节，林里浓荫蔽日，树下的天然草坪一派熙熙然葱翠，花草似与树木比着舒展身躯，成就了一派活泼盎然，格外地葳蕤蓊郁。秋天的时候，色彩分明的落叶似片片羽毛飘然降落，一层一层铺陈，大地之上渐成金黄色厚毯，蔚为壮观，俨然成景。寒冬时节，若无风霜，林木则裸露出本色，与威严的宫殿一起肃穆静立，用沉思向岁月表达敬意；若逢天降瑞雪，一时间"千树万树梨花开"，金碧辉煌的巍峨宫殿此时银装素裹，两下里似在竞美大赛，交融出一派安静的热闹，分外妖娆多娇。而到了春三月，麻雀、鹦鹉、喜鹊、戴胜鸟、斑鸠、画眉、红嘴乌鸦等多类鸟儿们早早地开始歌唱，有时还伴着舞蹈，一天天不厌其烦，直到唤醒一个个沉睡的种子和芽苞，把绿色生机重新铺满整个园林。

与达旦明久颇章差不多同期建成的还有一座黄色高墙相围的建筑，门口铜牌上书"康松司伦"，殿门楼阁金顶重彩，耀眼夺目。门前立有一对古香古色的蓝色描金大宝瓶，脚下有层层叠叠鲜花簇拥。再之外是一个青石板铺就的平展广场，这是表演藏戏的专用场地。而那栋堂皇高屋，是 20 世纪中期拆除原有简易看台重新修建起来的观戏台。观戏台发挥作用，主要在一年一度的雪顿节期间。

夏季里，当太阳洒下一波强似一波的似火热情，灼烤得人焦躁难耐时，久居拉萨的人们会不约而同地想起"宝贝园林"，纷纷拥入这片清凉舒爽的幽静世界来避暑。到了藏历7月初，拉萨夏天独有的节日——为期三至五天的雪顿节（意即"藏戏酸奶宴"）启动，作为与哲蚌寺的展佛同步拉开帷幕的藏戏展演主场地之一，罗布林卡也便迎来了它最热闹繁华的时候，届时，八大传统藏戏在"康松司伦"楼门前的台地上轮流上演。以此为中心，前后左右搭了帐篷，设了座椅卡垫，人们备足丰盛饮食，携家带口或呼朋唤友，男女老少围坐帐下，或专心看戏，或边听戏边游戏娱乐，间或走出帐外四处徜徉游玩。盛夏时分，兼园内歌舞升平、人声鼎沸，却没有丝毫燥热感，人们团团围坐看戏消夏，营造出一片清凉的欢乐海洋。

五

前后两个多世纪里，历经数次兴建、扩建，至20世纪五六十年代，罗布林卡才形成现有规模。

现今的罗布林卡占地约为三十六万平方米，建造有大小房间四百余套，主要有格桑颇章、金色颇章、准增颇章、夏典拉康、达旦明久颇章等几个建筑群。各个宫殿呈现出不同的建筑和装饰风格，其间融合了各个方面的艺术精华，在传承藏民族传统建筑艺术的同时，大量借鉴融汇了中原文化的诸多元素和建筑装饰理念，蕴含着丰富的社会历史人文信息。

各殿堂里的大面积壁画，无论色彩、形式还是内容，既在形象地言说着历史故事和人物，亦在具体表现着艺术本身的历史足迹。许多壁画为"宝贝园林"所独有，是一种标志性的存在。壁画这一艺术形式，以独有的鲜活形象的表现力和感染力，生动再现了久远的历史故事和丰富的人物形象，同时也让藏民族"据史作画，以画言史"的传统理念得以具体呈现。譬如堪称西藏最完整历史壁画的达旦明久颇章里的斯喜堆古殿壁画，是从古代西藏历史一直延伸至近代史的巨幅历史壁画，展示了藏族起源的传说故事、西藏地方政权的兴衰与变迁、佛教的传入和各派系的形成与发展，及其历代达赖喇嘛的传略，以及历代中央政府与西藏地方政府的关系，反映出汉藏之间源远流长的深厚情谊。这幅艺术品由西藏近代勉唐画派著名画师甘丹康桑·索朗仁钦为主的三十多名名家绘制而成，壁画构图谨严，设色活泼清雅，由二百四十六幅画面配以约三百段文字说明组成。从内容到形式，皆具有极其重要的历史、社会、文化、艺术等研究价值。

园内所存精品文物随处可见，譬如殿内精美绝伦的金银铜等各式各类造像，或柔美婉约，或庄严肃穆，不仅工艺精湛，更含义幽深、寓意深远；还有缂丝唐卡（现由中国丝绸博物馆修复中）、用绫罗绸缎金银丝线和繁复工艺精工细制而成的堆绣唐卡和堆绣梁帘、罗布林卡独家珍藏的藏医药唐卡……据了解，罗布林卡珍藏有三千余件珍贵文物，其中属于一级文物的有八十多件，包括元、明、清等历朝中央和新中国成立后党中央及多位国家领导人赐赠与西藏地方政府的名目繁多的礼物珍品。这些文物不仅是历史的见证，更是不同时期多民族文化艺术和谐融合的标志。

"越深入研究，越能发现文物的内涵之丰富，远远超出了一般人的想象，越是意识到保护文物的重要意义，越是觉得有太多的专业知识需要学习，有太多重要工作迫切需要去做。"文静内敛的罗布林卡文物科工作人员笃定地说。"怎样更科学地划分文物等级，陈设文物、库藏文物、可移动与不可移动文物等怎样更细微合理地区别保护，如何在抢救性保护的同时，寻求到更好的保护与发展共生的方向……"非文物保护专业毕业的年轻人经过一段时间的浸染，其神思作为显然已沉浸入专业工作中。

园林科的科研人员——高级工程师德央，说起园林里的植物情况如数家珍。罗布林卡现有二百多种植物，其中包括七个科目的树种，有古树名木三百多棵，像喜马拉雅巨柏、大果圆柏、变叶海棠、西藏木瓜、西藏箭竹、古藏杏等属于二级古树，还有桃树、核桃树、苹果树、梨树、葡萄等数百棵果树，有松树、桦树、榆树、槐树、藏青杨、柳树、合欢等数千株乔木类大树，有成片的竹林，有牡丹、芍药、格桑花、丁香花、海棠花、绣球花、夹竹桃、玫瑰花、菊花、羽扇豆、旱金莲等百十种观赏花卉。

从德央思路清晰的专业话语中得知，园林里的植物是在保护中发展着的，譬如睡莲、百子莲、鲁冰花等多种花卉就是近些年试种成功的，绣球花也曾历经不幸衰弱到再培育的过程。科研人员还尝试引进过银杏树、日本晚樱、丁香、垂丝海棠和观赏价值极高的云杉等，其间当然也有试种失败的，但全体工作人员思路明确，本着以维系现有花木、着力保护珍稀品类为前提，争取不断改良和发展的原则，谋求更好、更长远的前景。

整个罗布林卡就像一座活着的宝库。文化艺术方面，由内到外荟萃了18世纪以来西藏的建筑、绘画、雕刻、造像等藏民族传统文化各个方面的艺术精华精品；自然生态方面，这里汇聚了西藏高原上尽可能丰富的植物品类。从园区种种自然和人文形迹中，可以看出西藏高原的历史、政治、经济、文化、民俗等多个方面的发展脉络。而它仍是持续发展变化着的，是一部生长着的活历史书。

1988年，罗布林卡被国务院公布为全国重点文物保护单位。2001年，罗布林卡被联合国教科文组织列入世界文化遗产名录。

石峁：最近中国的城

朱 鸿

由衷感谢，我得以身临石峁遗址的考古工地，目击一个雄奇之城如何在手铲和刷子下，继续谨慎地浮出大地，且深长地呼吸了一口史前文明的空气。

仲夏之季，下午3点，榆林的天空无限开阔，黄土高原的天空和毛乌素沙漠的天空完全一样，都是白云。一旦有白云断裂，宇宙之蓝便倾泻而出。阳光强烈，田野的朽木、枯藤和沙砾，乃至整个大地，无不被烤得像炉火边的旧草帽或旧簸箕似的滋滋作响。

我走过石峁的外城，缓缓地走过石峁的内城，一步一步地登上皇城台，在骤然而起的旋风中，举趾南夹道的石雕之间，倏然一个转弯，穿西夹道，便到了考古工地。

考古队的韩倩女士欲站起来，我示意她照旧发掘，不必影响工作。她说："这是一个盗洞，需要清理出来。"她用手铲敏捷地削土，每次也就切下两厘米左右。铲身坚韧，铲口刚硬，遂能吃土锐利，褪土干脆。等土散开，大约有半箩，韩倩女士便停下，由一个民工用铁锹把土铲去，接着，她再削土。碰到石或陶，她就拿刷子拂一拂，以作判断。

如此循环往复，并克服住宿、用餐、极端气象及只能把手机挂在树上接收电话的重重困难，从2012年夏天起，逾十年之发掘，一座吊诡的塞上之城便有了自己越来越清晰的轮廓和容貌。

石峁的海拔在九百零一米至一千三百三十七米之间，远看与近瞧，它都是隆起于大地的，且呈浑圆之状。

　　距今大约四千三百年，先民开始在此造城。距今大约三千八百年，先民由此离开。先民于兹生活了大约五个世纪，石峁是这一切的见证。

　　尽管岁月不仁且无情，然而石峁的城墙仍有残存。其短者数米，长者近乎百米。城墙立于顶部，是随山势经营的，遂多有蜿蜒，少有正直。遇到沟壑，便堙谷为垣。在平旷之处，就挖掘基槽，垒砌为垣。造城的石头，皆经过了打磨，且以草和泥，使之凝固。累计，石峁的城墙足有十公里，这也构成了它的边界。

　　夏日之中，城墙冒着热气，并散发着一种史前原始味道。推倒城墙的，或是洪水，或是20世纪70年代洪水一般的修田种粮的肉体。阳光照耀着褐色的石头，我不禁要伸手摸一摸。我心里除了沧桑，还有寂寞和荒凉。

　　石峁的中心在皇城台，其巍峨且壮丽，峻迈且威严。这一带有广场，出土有石雕的神面、人面和兽面，凡此，透露了祭祀的信息。站在皇城台，天空很近，白云纷纭。环视大地，山川宁静，仿佛有神的眷顾。

　　怀抱皇城台的是内城，它的建筑也沿着山势，呈浑圆之状。这一带有屋舍，并带庭院。墓葬也在这一带发掘出来。生死同域，其中的究竟，想必也自有道理。这里出土有玉鸟、玉管，还有绿松石佩饰。它们是否为劫掠所余，也未可知。

　　环绕内城的是其外城，在此，防御功能加强了。外城的东门一带有瓮城，有墩台，有马面，这无不是防御观念的反映。外城的东南方向，有一个老村樊庄子，早就荒芜了。发掘显示，此乃哨所。其视野开阔，宜于发现敌情。它与外城的直线距离大约三百米，若有异动，也足以回旋。先民的设计，可谓高明矣！

疾风任性，不知它从哪里来，不知它什么时候来，然而它来了，阳光就悄然匿迹，天地也转晦暝。少焉，疾风遁形，阳光复亮，石峁仿佛被笤帚扫了一样干净。

徘徊石峁，想到先民出出进进，来来往往，偶尔竟生怵惕之感。旋见流光四射，云卷云舒，又有黄土坦然，草木茂盛，遂朗畅且自在。

石峁造城，是一个浩大的工程，更具复杂性和连续性。总体构想，包括门在哪里，道在哪里，事神在哪里，茔地在哪里，先砌高处还是先砌低处，以及石头的供给、运输和打磨，都需要系统思维。点的施工与面的施工，如何指挥，如何协调，也需要通盘考虑。劳力的征召、分配，他们在工地怎么吃饭，怎么寝息，都不是简单的问题。凡此，我以为石峁先民的社会，已经有了国家的性质，因为一个普通的聚落显然不能完成这样浩大的工程。

也许石峁先民仍为聚落状态，不过它是大型聚落。石峁周边有一些小型聚落，它们未必不是石峁的附庸。石峁，恰是这种大型聚落，才使一个原生的国家在东方孕育着。

我数至石峁，随着考古的深入，文物出土的累积，我还会再到石峁来。我对中国史前文明很感兴趣，我一直在探索中国人是怎么形成的，中国人的心理和性格如何。这座城上通新石器时代龙山文化晚期，下通夏朝早期，它的资讯无不是酝酿中国的资讯。

石峁的文物林林总总，它们对先民的生活状态，勾勒得也可大体，也可微妙。

石峁先民有农耕，种的是黍和粟。北京东胡林遗址出土的炭化黍和粟，距今大约一万年；内蒙古兴隆洼遗址出土的炭化黍和粟，距今大约八千年；到石峁先民，黍和粟的收成应该提高了吧！麦类植物也可能在此种植，因为斯坦福大学刘莉于斯发现了七百一十一个淀粉粒，或是小麦，或是大麦，或是野生小麦吧！

粮食产量低，遂有畜牧。石峁先民半种田，半放牧，这种日子在此区域也颇为相宜。石峁一带的动物逾三十种，凡猪、牛、羊、狗和鸡都能家养，肥了就宰。似乎吃羊成风，考古发现，这里出土的羊骨当以万计。鹿啊，熊啊，别的飞禽啊，是野生的，也可以猎而食之。也许他们还捕鱼吧，河宽水旺，何乐而不为呢？采摘树上的果实也是一种传统，且为举手之劳。

以兽皮为衣，也是世代的习惯，石峁先民不会丢掉。不过服装的材料也会更新，以麻布和丝绸为衣，已经可能。苎麻是草本植物，其茎之皮洁白发光，也很柔韧。先民用过苎麻一类的纤维纺织物，在石峁，我看到了它的遗存。骨锥和骨针极多，可以编，可以缝。

石峁先民之所居，有半地穴式、窑洞式和地面式。

穴居最易，也最早。山野之中，穴居处之，尚矣！从穴居到半地穴式是一种进步，湿气减少了，阳光增加了，是有利健康的。窑洞多在北方，广袤的黄土高原便于凿窑打洞，其遮风避雨，冬暖夏凉。石峁的窑洞式有继承，也有提高，因为建筑材料和建筑工具皆发生了变化。地面式，当然是屋舍了，先民用上了筒瓦和板瓦。瓦留下了切痕，并以蓝纹和绳纹为装饰。我收藏有西周的一块瓦当，总以为这是中国最早的瓦，很是得意。见到石峁的瓦，才明白先民所用之瓦比西周的瓦早了逾千年，然而这也不一定是最早的瓦。屋舍的地面式，大约只在皇城台一带才有，且以白灰涂了墙。这种屋舍到底是用来卧起还是用来祭祀，或是廷议，仍不明。天黑了，先民便各入其居，悄然睡觉。天明了，先民遂各出其室，熙攘劳动。

歌曰："日出而作，日入而息。"先民的节奏，大约就是这样的吧！

石峁先民的陶器各有其态，各有一用。凡盆、罐、瓮、豆，皆为盛器。黍和稷脱粒了，当贮存起来，慢慢吃，就要用盛器。猪肉或羊肉剩下了，当放到下顿，也要用盛器。凡鬲、斝、甗，皆为炊器，用什么蒸，用什么煮，自有区别。锅在现代多为金属所制，但其原型却是陶制的。锅是中国人的发明，其根本原因是中国人追求烹饪艺术。炊器显示，先民在饮食上已经不愿凑合了。

他们烧的应该是柴，也许从那时候起，天天拔草，岁岁伐木，生态便渐渐衰退了。

石峁先民的工具似乎不少。石器有斧、刀、铲、凿，骨器除了铲和凿之外，还有针和锥，玉器也有斧、刀、铲、凿，且有杵、棒。

先有石器，后有玉器，玉器是从石器之中产生的。一件石器是否有策划、有打磨，是旧石器时代与新石器时代的分野。旧石器时代的工具是在河滩和山麓捡起来就用的，新石器时代的工具是经过加工的。加工这种劳动，便把人类的意志投射在石器上了。

虽然玉器产生于石器，不过后来居上，并用来事神。

铜器也有发现，我不知道藏在皇城台一带的一把铜刀是工具还是武器。

铜镞一定属于兵器，骨镞当然也是兵器。骨镞甚多，铜镞甚少，是由于铜镞的技术含量高，铜的材料也难得。骨镞的技术含量低，材料常有，遂易得且甚多。石斧、石刀、石铲和石凿皆归工具，不过一旦开战，它们也是兵器。也许玉器的斧、刀、铲、凿的杀伤力还会大于石器的斧、刀、铲、凿的杀伤力，然而玉器基本上为礼器，是一种象征，一般不会持玉器打仗。

死很恐怖，也很重要，石峁先民不敢轻视。墓葬有的坑大，逾十平方米，有的坑小，仅一平方米；有的是木棺，有的是瓮棺；韩家圪旦的一处墓葬还有狗殉和人殉，并用玉器和铜器，其厚葬矣！可惜我之所见，只是墓葬在黄土之中演化数千年以后的结果，其入殓、出殡、入土和起坟的过程或仪式，统统消失了。

夕照璀璨，不过红日毕竟偏西，阳光遂软化且散淡起来。长风仍是出没难测，忽左忽右，忽上忽下，俄顷便不远万里，带着沙尘俯冲而下，给石峁一个惊扰。转瞬之间，长风消弭，白云飘移，宇宙之蓝也更邃密，更邈渺。

我在石峁先民的废墟上踱来踱去，不禁会自问：有人殉的墓主是谁呢？其会以麻布和丝绸作衣吧？这位墓主之所居，大约也是地面式的屋舍，且以筒瓦和板瓦为房顶吧？墓主是这座城的管理者吗？是祭祀者吗？墓主的权力是否有度？墓主是否有属于自己的财产？其地位到底如何？是否组建了一个集团？若有集团，它算是一个阶层吗？先民是否存在阶层的差别？若有阶层的差别，它是怎么形成的？是造城之前就形成了还是在造城以后形成的？这位管理者和祭祀者的权力如何获得，又如何传位？是否有过禅让制度？禅让又是如何结束的？其是这座城的王吗？其不是王吗？

长风忽在蓁莽之上，忽在树林之间，忽在沟壑摄土，忽在天空弄云。长风无始无终，不可捉摸。

看得出来，石峁先民对美大有热情。

在皇城台一带的堆积中出土了漆皮，那么漆皮是从什么器物上掉下并埋在了堆积中呢？在外城东门一带出土了壁画，是一种几何形的彩绘，那么壁画要表达何意？是怎样的画师所为？属于宫廷画师吗？属于专职画师吗？漆皮和壁画擦亮了我的眼睛，也擦亮了我的心，令我敬重先民在精神上的追求。

他们还创造了骨制的口簧和管哨，创造了陶制的球哨。虽然未见鼍鼓，不过一片鳄鱼骨板，会使人想到鼍鼓。这些乐器也许是用来事神的，然而它们像漆皮和壁画一样，悉为先民对美的崇尚。

先民以绿松石作佩饰，以蚌作佩饰，且戴指环，以笄束发，都是审美的需要。佩玉，当然也是审美的需要了。

这是一座充满信仰的城，神无所不在。天帝是神，祖先逝世以后也变成了神，都要祭祀吧！

在外城东门一带有人头骨坑六处，有两个坑分别埋人头骨二十四颗，其他四个坑各埋人头骨一颗至十六颗，不等。观察显示，人头骨上有灼烧的痕迹。鉴定显示，人头骨的性别是女多男少。分析显示，这些牺牲者是石峁先民的外敌。也许某个聚落对这座城构成了威胁，遂在造城之际，对外城东门予以特营，并在外城东门修了内瓮城和外瓮城，以防御外敌入侵。石峁的王仍有忧患，便举行了大型祭祀。王以俘虏，尤以年轻的女性俘虏为牺牲者。杀其头，灼烧之，接着埋在外城东门。王以如此惊心动魄的祭祀请求神的保佑，并向外敌宣示，我的神答应保佑了，何况我的神比你的神伟大，从而令外敌畏惧：你要来犯，在此的牺牲者就是你的下场。这是一次成功的奠基，它的保佑效能大约五百年。

也许石峁先民的外敌在黄河以东，在其中下游一带吧。

实际上皇城台不仅是石峁的中心，也是祭祀的中心。因为正是祭祀的中心，才成为这座城的中心吧。

先民观天久矣！上古天文学家认为，以北极星为标准，集合周围诸星，合为一区，曰紫微垣。紫微垣就是紫微宫，就是紫宫，就是天宫，天帝所居也，神所居也。对此司马迁有论，蔑里乞·脱脱也有论。皇城台之高亢，若拔地而起，在此仰望，北极星闪闪发光，最大，也最亮。祭祀天帝，皇城台合适之至。造城，且如何布局，都当向神报告。选择石峁，并筑皇城台，难道不是占卜的结果吗？

在皇城台的夹道一带，有几十件石雕，其体量之硕，令人惊叹，其图案及纹样之义，令人深思。这些石雕，凡神面、人面和兽面，皆是用来祭祀的。

神面石雕，都会夸张变形。其长发戴冠，眼睛瞪视，鼻子倒悬如蒜球，嘴左右扩张，尤为突出的是牙齿外露。夹道上的神面呈扁圆柱状，高大约一米，前一神面，后一神面，属于双面神。除了这个扁圆柱状的双神面以外，还有神面石雕镶嵌于皇城台一带的南护墙里，还有神面石雕埋在南护墙塌陷的堆积中。神面透出非凡之力，威风凛凛，涌着杀气，是天帝的象征。为了安全，为了丰衣足食，为了山川河流之利，或为了征伐之胜，皆要围绕神面石雕举行仪式，以赢得天帝的支持。

人面石雕是祖先的象征，因为祖先的逝世，并非一切归零，相反，祖先变成了神。意识是慢慢形成的，应该允许意识之河穿过峡谷、深林。既然是神，当然也有非凡之力。今王纪念先王，便可赢得先王的守望。

人面与神面的主要区别是，虽然人面也具生畏之感，不过并无杀气。神面嘴大，且牙大，有吞噬之凶。人面一般不张嘴，不露牙，虽然也很严肃。有一些人面石雕，属于即兴之作，可以欣赏，不具保佑的功能。

兽面石雕有牛头，反映了先民对牛的崇拜。还有一件兽面石雕，只有两只眼睛，其巧在专取三角形之棱为鼻，表现了一种警觉和猛戾。这样的兽面皆非等闲之物，相反，它也有一种非凡之力，若神一样可以避邪。

在皇城台一带出土的几十件陶鹰，到底是干什么的？陶器多为实用，陶鹰既非盛器，也非炊器。先民对飞鸟的景仰和羡慕，所从来远矣，并坚信它能通神。在先民的观念中，飞鸟能上能下，自由往，是神的使者，甚至太阳也是一只飞鸟。可以判断，陶鹰是对飞鸟的模仿，是用来祭祀的。不难想象，举行某种仪式，这些陶鹰的背部将置玉器或别的什么神喜之物，从而用来事神，恳愿神成全先民之所欲。考古专家孙周勇先生给我提供了新华遗址的一个考古发现：祭祀坑底有禽之骨骼，骨骼之上或骨骼之中有玉器，凡牙璋、璜、环和钺都有，然而不只这些玉器。我由此获得的启示是，石峁先民为了让飞鸟传达自己的期望，遂制作了用来祭祀的陶鹰。陶鹰腿部粗壮，背部结实。其昂首展翅，仿佛马上就要振翅冲天了。

随着发掘的扩大，石峁出土的玉器遂可列陈。外城东门一带外瓮城出土玉钺数件，还出土有玉璋、玉璜、玉刀、玉铲和玉铲。皇城台一带外瓮城出土玉钺数件，还出土有玉环、玉琮和玉刀。材质驳杂，不过形制全面，琢磨技术在粗犷之中有其细腻。这也是石峁玉器为世人所好的原因吧！

实际上至迟从 20 世纪 30 年代开始，石峁玉器便流失天下了。据说，1929 年，有榆林农民带玉器四十二件，在北京一条街上换钱。萨尔蒙尼，一个美国籍的德国人，是科隆远东美术馆的代表。他看见了，并懂玉器，便翻来覆去地选，终于购得四件，交由科隆美术馆收藏。这个榆林农民所持玉器，应该属于石峁玉器。当年还有外国人亲临榆林，以白布一匹交换一件玉刀的。海外的不列颠博物馆、伦敦大学亚非学院、哈佛大学赛克勒博物馆、明尼阿波利斯美术馆、波士顿美术馆、芝加哥美术馆、巴黎吉美博物馆和白鹤美术馆，都有收藏石峁玉器。境内的民间收藏，石峁玉器从来也是大有魅力的。统计显示，石峁玉器近乎四千件已经别石峁而去。考古发掘的玉器真是少之又少，这令人心痛。

石峁玉器甚多，但其玉器传统却是继承和学习来的。越燕山和阴山，在北方草原，玉器的历史更久。今之吉林白城双塔遗址，有距今约一万年的玉环出土；今之黑龙江饶河小南山遗址，有距今约九千年的玉器出土，且玉环、玉璧、玉玦、玉斧和玉匕形器，初具谱系；今之内蒙古敖汉旗兴隆洼遗址，有距今约八千年的玉器出土；今之西辽河流域，有距今六千五百年至五千年的红山文化玉器出土。玉文化如此强劲且持久，必能翻过燕山和阴山，传播于黄河流域。它也可以沿海而下，传播于长江流域。在北方草原，也许玉器是萨满的法器，到了黄河流域，玉器便演变为巫的法器。先民相信，奉神以玉器，神会赐福的。

石峁应该是这样一个城，其先民相信世界有神，神无所不能，遂以玉事神。在造城过程，一旦到了关键部位，先民就要举行仪式，并会把事神的玉器置于此，从而博得神之欣悦，以乞城的永固、子孙的兴旺。从墙里发掘的玉钺，都是事神以后留下的。

望着皇城台，定睛叠加的石头，我向前去，轻抚了一下安放玉钺的墙壁、墙缝和墙灰。夕晖所在，一片金黄，我的手也是一片金黄。不过旧物色黯，仿佛一切都在时间里溶解和消化，皇城台遂到处弥漫起了凄怆。先民的苦心孤诣，我也实实在在地体验到了。

脑海蓦地闪过一个问题：是谁主持事神的仪式？不同的仪式由不同的人主持，还是凡事神之仪式皆由一个人主持？主持事神仪式的人逝世了，是否有玉器陪葬？那些有玉器的墓主，是否就是主持仪式的人？主持的人是王吗？主持仪式的人不是王吗？

国之大事，在祀与戎……

此乃春秋之季刘康公的观点，然而这并非他的发明。新石器时代以来，凡大型聚落、具国家元素的聚落和国家，皆重视祀和戎。石峁先民正是这样，夏商周也是这样。刘康公总结了历史，才指出了祀和戎的重要。

石峁还有一种玉器，其刀形端刃，刃呈浅凹微弧之状，一尖高，一尖低，尤以束腰瘦长，扉棱在侧，展现了一种龙的神秘、奇异和变幻，这就是牙璋。

龙山文化源于大汶口文化，先有大汶口文化，再有龙山文化。不过龙山文化发展迅猛，遂成为距今约四千年的主流文化，且以黄河中下游为活跃区域。牙璋起于大汶口文化和龙山文化，这能够证实：山东沂南罗圈峪遗址出土牙璋四件，距今五千年至四千六百年，处大汶口文化晚期；山东临沂大范庄遗址出土牙璋两件，距今四千七百年至四千三百年，处大汶口文化晚期与龙山文化前期；山东五莲上万家沟北岭遗址出土牙璋一件，处龙山文化；山东海阳司马台遗址出土牙璋一件，处龙山文化。

容易理解，石峁的牙璋是受了龙山文化的启示，吸纳了龙山文化，或曰石峁的牙璋就是龙山文化的一个组成部分。然而石峁的牙璋有突出的特点，其形神兼备，灵气十足，且量大而集中。因为翘楚，石峁的牙璋也会启示其他区域，甚至成为典范。这在甘肃清水连珠遗址出土的牙璋上有所表现，在河南偃师二里头遗址出土的牙璋更有表现。

考古专家对石峁的牙璋与二里头牙璋的联系尤为重视，且显得兴奋。张长寿先生认为，二里头的刀形端刃玉器直接来自榆林的玉器传统。

非常清楚，牙璋的传布反映了一种文化的交流，然而不止于此。

石峁文化的底色是仰韶文化，不过它也受到龙山文化、齐家文化和红山文化的影响。龙山文化的影响是直接的，覆盖性的；齐家文化与石峁文化的影响是交叉性的、选择性的，彼此各有侧重；红山文化的影响应该是间接的，借鉴性的。

皇城台一带的石雕，形体宏巨，栩栩如生。有学者认为，石峁的人面石雕受到奥库涅夫文化的影响。奥库涅夫文化距今大约四千五百年，其出土的石器有斧、杵、臼和人面石雕。奥库涅夫遗址在今之俄罗斯南西伯利亚，除了石雕，这里出土的还有陶器、骨器和铜器。也有学者认为，石峁的人面石雕受到哥贝克力文化影响。哥贝克力文化距今大约一万二千年，其石器多呈柱形，表现羚羊、蛇、狐狸、蝎子和猪。哥贝克力遗址在今之土耳其东部哥贝克力山丘，以石雕之多，遂呼为石阵。内蒙古敖汉旗兴隆洼文化，距今八千二百年至七千四百年；内蒙古敖汉旗赵宝沟文化，距今七千三百五十年至六千四百二十年；红山文化广布，其中心在内蒙古及辽宁区域的西辽河支流西拉木伦河、老哈河和大凌河一带，距今六千五百年至五千年。这三种文化遗址，除了出土玉器、陶器和骨器之外，皆出土有石器，且出土有人面石雕，或全身，或只是脸部。我以为，石峁的人面石雕，受北方草原石雕的影响最大，也最便捷。

海贝有黑有褐，皆出土于皇城台。资料显示，海贝来自中国海南区域。这是装饰品，也是奢侈品。关键是，它也透露了石峁先民文化交流的广泛。

有的考古专家急切地想找到石峁遗址与二里头遗址在文化上的联系，包括从牙璋探索彼此的联系，这可以理解。不过是否发现石峁文化与殷商文化的联系呢？司马迁说："契兴于唐、虞、大禹之际，功业著于百姓，百姓以平。"很清楚，石峁先民与殷商有一度是共时的。在人殉上，石峁影响了殷商；在神面、人面和兽面上，石峁也影响了殷商。这在殷商的墓葬、青铜器和玉器上，都有充分表现。

皇城台的夹道，就是立有扁圆柱状神面石雕的地方，看起来像一个广场。它平旷，宽敞。我踟蹰着，沉吟着。斜阳所映，四方皆亮。不知什么时候长风敛其啸声，似乎要结束自己在天地之间的运动了。石峁先民的祭祀中心，一个极其重要的场所，我需要全心全意地感受。我踟蹰着，盼思想有力，以穿透一些问题。

我隐隐看到一个王，虽然他是主持祭祀的人，不过他也负责这座城的安全与治理。仰观其天文，俯察其地理，选择在石峁造城，王便行使权力了。王的权力，不仅在信仰，也在武装和行政。权力机构只能是塔形，王在塔尖。

在王的领导下，这座城渐渐产生了分工。当设有石坊、玉坊、陶坊和骨坊，以满足衣食住行及生老病死之所需，这些算是先民的物质生活。物质生活离不开技术创新，遂又出现了铜器。设有铜坊，才能冶炼铜镞、铜刀和铜环，并以石范铸之。审美也是一种需要，它甚至是人类进化的永恒动力。这座城出土的漆皮、壁画和佩饰，都能见证先民对美的渴望。还有祭祀及各时各处的事神活动，更是人类发展要走的必由之路。文化的输出和输入，也在进行。凡此，算是先民的精神生活。

这样一个社会，其组织，其运转，其秩序，无不荡漾着一种东方的史前文明，且具国家的品格。那时候，上古时候，东方星辰似的，出现了一批邦国。石峁这座城就是那时候的一个邦国，且是一个成熟的和完备的邦国。

然而细推物理，我一再自问：石峁的社会状态不像一个王国吗？

我在十年以前曾经论证，石峁是幽都，或是尧帝之陪都。此言有未尽之意，这便是：大禹治水，也能造城。尧帝以后，这座城也会落入大禹之手，并成为夏启之国都。

唯武王既克大邑商，则廷告于天，曰：余其宅兹中或，自兹乂民。

此铭文铸在西周青铜器何尊上，称为金文和钟鼎文。中或就是中国，它是中国之词的草创和初生。

先秦以来，智士以定都天下之中为中国，中国的外围是夷狄。天下之中，指中原和中土，定都于斯，遂为中国。这一带就是黄河中下游，定位准确一点儿，指今之洛阳盆地。西亳，商城，在今之洛阳。周武王之成周，周平王的洛邑，皆在今之洛阳。何尊上的中国，就在此区域。

特别重要的是，二里头遗址在此，其距今三千八百年至三千五百年。学术界普遍认为，二里头遗址意义非凡：夏朝中晚期定都于斯。

考古专家许宏的观点是：二里头有中国最早的布局严整的宫殿区与宫城，最早的中轴线布局的宫殿建筑群，最早的城市主干道网，最早的青铜礼乐器群，这里也有最早的移民集合体。不仅如此，二里头文化是最早中国的代表，是最早的中国。

证实夏朝的存在，将证实中国历史五千年的存在，且夏商周的贯通，将令世人信服。对二里头遗址的考古发掘，开始于 1959 年，不知其将终于何时。无论终于何时，也要坚持到底，因为这属于中华文明的探源。

夏朝的诞生，标志着中国的出现。夏朝的诞生，就是中国的诞生。

如果二里头遗址是最早的中国，那么石峁这座城就是最近中国。不仅是路近，乘桴浮于黄河，一个拐弯，便从石峁到二里头了。我的最近中国，是指石峁文化的性质更像一个国家，一个从邦国脱化而出的王国。请想一想石峁先民的王吧！

中国的进步是艰难的！有数千年，它逡巡于邦国时代。至公元前2070年，大禹之子夏启为王，世袭发轫，进入了王国。公元前221年，秦王嬴政兼并六国，自称始皇帝，进入帝国。计有二千一百三十二年，到1911年，帝国结束。中国一直在进步，它的每一寸或每一尺的进步，都需要推动，这是自新石器时代以来的历史所证明的。

我对中国史前文明很感兴趣，我一直在探索中国人是怎么形成的？中国人的心理和性格如何？

皇城台的结构、石雕和五个世纪的祭祀活动使我流连忘返，因为这里的方方面面，角角落落，皆隐有秘密。

落日驱烟，黄昏抵岭。我蓦地想遥望一下石峁的地理大势，遂离开广场，过外瓮城，再过内瓮城，再过一个庄严的门道，登上了皇城台的巅峰。

立于天地之间，环顾四野，我顿生渺小和孤独之感。

所有的风都平息了，仿佛长风、疾风和旋风通通回家，闭户，沉睡了。宇宙空明，白云变红，红若火烧。不只于红，稍离太阳，白云便以赤橙黄绿青蓝紫相染。太阳沉降，晚霞欲飞。太阳仿佛使了无穷无尽的力，吸附着无边无际的彩色之云，并令云随它而去。云渲迅速，其自西而东，像一张乱蹦锦鳞的渔网撒满了天空。云游徐缓，其自东而西，像在展览天帝的银器、铜器、金器和玉器。残阳如花，袅袅兮，缤缤兮，迟迟不愿逝去。

这样的气象，石峁先民一定见过，且震撼过他们的心。

石峁在秃尾河与永利河的相激之处，这座城不仅巍峨，并自成一体。虎踞龙盘，不怒而威。黄河绕着它，套着它。四方之地，无不沟壑杂错，丘陵纵横。黄土之外，多是石头。世有八风，北方是广莫风之源，常常会扬起毛乌素沙漠的粉尘，飘过起伏的高原，撒到秦岭之阴。北方的光线总是暗一些，遂为幽州，且有幽都。

尽管如此，石峁周边松在长，柏在长，榆在长，杨树、柳树和枣树都在长，只要有黄土，青蒿、碱蒿、白莲蒿、芨芨草、狗尾草、马鞭草和藜藜，都会长。极目大地，郁郁葱葱的，一定是这些草木和庄稼。

屋舍涌出，房顶泛红。山坡上，山谷里，隐约都有零星的屋舍。大雁鸣空，它飞往的地方，屋舍更多。

我对史前文明颇感兴趣，是因为史前文明并未止息，从未消亡，相反，它一直在运动，且作用于现代文明之中。山川寥廓，黄昏藏起了落日最后的金子，不过大地上仍有一些余晖。秃尾河的流光乍明乍灭，诡谲且绮丽。

"简"述中国，"牍"懂中国

马步升

　　2023 年 7 月 6 日一大早，我出门打车，由西向东，顺着黄河水流的方向，纵贯大半个兰州城，来到兰山之下。兰山不是在兰州城抬头南望，几乎要压在头顶的那座山。兰山只是皋兰山系的另一个山头，但仍然是一座高峻的山，悬在人们头顶的山。在甘肃省文物考古研究所的大门下车后，这种臆想中的感觉变为一种眼前的真实。兰山在这里几乎没有坡度，只是一道墙，摩天拿云，好似天之一柱。

　　走进考古研究所的大院，才可真正感受到什么是"高山安可仰，徒此揖清芬"了。踮起脚尖也望不到顶端的山崖，其本色是锈红色的，距离这里不远的另一面山崖，地名就叫作红山根，同在一座城市，地名不好意思重复，这里就不能再用这个本来很贴切的名字了。锈红色的底色，上面覆盖着一层绿植，绿植厚一些的地方，呈现的是绿色，绿植稀薄之处，红色从绿色中突围而出。阳光挂满崖壁，红绿相间，仅从美感的角度，此地还是很值得让人驻足凝视的。生活在兰州，我知道两面山上的草木是怎么来的，那都是一代代市民，从黄河里取水上山，一棵棵，一丛丛，手植而成的啊。栽植每一棵草木所流的汗水，未必比自己背上山的水少，在兰州上山植树的活儿我干过，我知道其中的滋味。

　　大院里，紧贴着兰山根有一栋楼，那就是我今天要拜访的甘肃简牍博物馆。

当中国作协"中国一日"活动启动，决定让我代表甘肃省作协参加这个活动之时，我正在外地出差。选择一个什么样的采访目标作为甘肃省的"中国一日"呢？我首先想到了甘肃简牍博物馆。我立即与朱建军馆长微信联系，而他那时候也在外地公干，7月5日晚上才可返回兰州。两个都在外地出差的人约定，7月6日见面。因为7月7日我又得出差，再回来已经超过该项活动的时间期限了，而建军馆长还有一个大型业务活动正在筹办。

建军馆长很忙，分身乏术地忙。按说一个博物馆的馆长，又是相对冷门小众的专题博物馆的馆长，能有多忙呢。以我浅见，考察一个博物馆办得好不好，一个重要的指标，要看这个博物馆是门可罗雀，还是门庭若市。

建军馆长在忙什么呢？甘肃简牍博物馆即将搬入新馆了。一个普通家庭搬家都要让人脱一层皮的，何况是一个博物馆。在这里，我们不妨简述一下甘肃简牍博物馆的前世今生吧。20世纪70年代，甘肃省博物馆设立的汉简整理研究室，可算作甘肃简牍博物馆的出生证。1986年，隶属省博的汉简整理研究室被分拨为甘肃省文物考古研究所汉简研究室。直到2007年，在甘肃省文物考古研究所加挂甘肃简牍保护研究中心的牌子。2012年12月，甘肃省委机构编制委员会批准成立甘肃简牍博物馆，同时撤销甘肃简牍保护研究中心的牌子，正式与甘肃省文物考古研究所分离。2017年，甘肃省立项建设甘肃简牍博物馆，馆址选定在兰州市七里河区马滩文化岛。

备受业内和市民关注的新馆，经过几年的建设，很快就要竣工交付使用了，那么，旧馆的搬迁就成为当下的头等大事。

对于甘肃简牍博物馆来说，建设新馆是一项重大工程，那么，旧馆搬迁同样是一项重大工程。文物搬迁不同于搬家，一件文物都不可丢弃，一件文物都不可损坏。而甘肃简牍博物馆现收藏有各类文物五万零一百二十九件（组），三级以上的珍贵文物共三万一千九百四十三件（组），根据国家文物局公布的 2018 年最新全国博物馆名录，甘肃简牍博物馆珍贵文物数量排名全国第二十位，其中一级文物一千六百七十九件（组），数量位居全国前列。甘肃省向来号称全国简牍大省，依藏品的数量和等级衡量，说是全国简牍第一省，也不为过。

甘肃简牍博物馆的馆藏文物以简牍为主，有天水放马滩秦简、居延新简、肩水金关汉简、地湾汉简、敦煌马圈湾汉简、悬泉汉简，以及魏晋简牍等，共有近四万枚。另外，还有与简牍相伴出土的纸张、纺织品、木器、漆器、铁器、骨器、陶土器等文物一万余件。

这么多的家当要搬迁了，这可不是一件容易的事情，何况还有新馆的筹建工作，以及日常的研究和展览工作。建军馆长已在办公室等我，和所有专家型领导一样，建军馆长的办公室就是他设在单位的书房，三面墙全是书，一张不大的办公桌占去一角，对面摆着两把接待来客的椅子。我们就这样，一边喝着茶，一边进入采访流程。不像专业记者采访时那样具有仪式感，我和建军馆长近似老朋友聊天，区别只是话题集中一些。我与建军馆长先前认识，建立微信联系后，他发表或转载的有关简牍或考古研究的文章，我基本都是每见必读，在我的朋友圈里转发，以期扩大影响。我对简牍谈不上什么研究，只是喜欢，简牍研究领域的顶级专家张德芳先生是我的朋友，他的夫人，简牍研究领域重量级专家的郝树声女士是我的同事，我们两个的办公室紧挨着。所谓近水楼台吧，我在这对伉俪那儿，得到过许多简牍学书籍。在简牍研究领域，建军馆长算是后起之秀，先前我只知道他是青海人，这次在散漫的聊天中，我知道他是青海师范大学中文系毕业后，直接考入新华社青海分社，后来调入新华社甘肃分社，并担任过省会城市的市委宣传部副部长。在这期间，那一腔从少年时得到启蒙的学术情怀愈来愈强烈，他考取了兰州大学的博士研究生，算是正式进入简牍研究的专业队伍了。正所谓厚积薄发，多年的记者生涯，让他对社会、人生有了广阔而深刻的体察，从大学毕业便没有停止过的专业自修和几年高水平的专业训练，很快让他成为一个成果丰饶的简牍研究专家。

与建军馆长聊了一会儿，了解了一些基本情况，他又为我搜罗了一些文字材料，然后，他带我去参观博物馆。当然，目前大部分的馆藏文物已打包封箱，等待搬到新馆后重新展出。不过，在外面还留下若干实物备用。这样就被我用上了。这都是馆藏实物中的名简名牍，一支支都被密封在一种新型材料制作的透明的条形盒子里，可以清晰地看到简牍上的内容，甚至可以直接拿在手里，但与实物是隔着保护层的。一位女性管理员拿给我看的简页，就是著名的居延新简中的"甲渠候官文书"中的一支：甲渠候官马驰行。书写在木片上的文字，时隔两千年，仍有墨色如新之感。

把旧馆留在外面的部分实物参观过后，建军馆长要带我去参观新馆。走出博物馆仓库，回望兰山，淡淡白云飘浮在山顶，炎炎红日与山崖上的红壤混合在一起，红光淋漓，火焰熊熊，在红光的映衬下，绿植也闪烁着生命之光。

从旧馆到新馆，对我而言，那是回家的方向，来时顺河水的流向而下，回时逆流而上，区别在于，我家在河之北，新馆在河之南，隔河相望，心驰神往。好几年了，我多次路过在建的甘肃简牍博物馆，这是我去高铁站的首选之路。眼看在打地基，眼看楼体有了雏形，眼看主体建筑封顶了，眼看搬迁之日要到了，而这个时候，我有幸以"中国一日"活动采访者的身份，先行一睹新馆的真容了。

还是先说说新馆的基本情况吧。甘肃简牍博物馆为甘肃省列重大项目，总建筑面积三万七千九百八十七点七五平方米，展厅面积约七千八百三十平方米，内设学术报告厅、行政办公区、文保研究区、文物库房等。这是一个承担甘肃省出土简牍的收藏保管、保护修复、整理研究和展览利用的多功能博物馆。

新馆主体建筑已经完工，技术人员正在搞内外装修辅助工程。建军馆长带着我，技术负责人一路讲解，逐层逐室参观。简牍专题博物馆当然简牍是主角，室外室内各个设施无不体现着简牍元素。取之简牍中"千年"两字的原字体，被放大许多倍后，镶嵌在博物馆的前厅墙壁上，犹如长枪大戟，铁画银钩洞穿千年岁月迷尘，使得古今浑然一体，血脉相连。

是的，简牍是当年边关将士的手写文书，以现场记录的方式，呈现着一个时代的边关生活，军事的、政治的、外交的，乃至个人感情的，全方位的、立体的，甚至琐屑的，承载着历史的方方面面。如果说，以典籍形式记录的国家历史着眼于宏大叙事，那么，简牍上所描述的历史，则偏重细节实录，正好可以让宏大叙事与微观实录相辅相成，交相解读印证，使得一段历史时期的国家面貌更加完备饱满。

甘肃简牍博物馆新馆启用在即，旧馆已经完成了自己的历史使命，新馆新气象，新使命。几十年来，甘肃简牍博物馆对于甘肃简牍的研究已经取得了丰硕成果，为海内外学术界所瞩目。完成的国家文物局边疆考古项目有：《肩水金关汉简》（五卷），《地湾汉简》和《悬泉汉简》（两卷）；甘肃省宣传文化系统高层次人才资助项目：《玉门关汉简》；国家古籍整理出版专题经费资助项目暨华夏文明传承创新区古（典）籍整理出版项目：《甘肃秦汉简牍集释》。

等等吧。

罗列这些成果名称，一是显得枯燥，二是难以达成直观共识，索性直白一点儿说吧。我手头有甘肃简牍博物馆整理出版的书籍近十种，将这些书籍摞在一起，体力好的男士要是一次就扛起来，估计是很困难的，而这只是他们众多成果中很小的一部分。我向朋友介绍这些书时，一般都不用"册"作为数量词，而是用"斤"。所谓分量，所谓厚重，实体的分量、文化上的分量，在这些书籍中尽显无遗。

这是一种基础性的整理研究工作，也是一种为人作嫁的服务性工作，它为相关的学科研究提供了最新的可靠的第一手资料，让丝绸之路的研究和中西文化交流互鉴的研究，多了一种实证材料，多了一种全新的视角。

在这里，我们不妨拿出几样实物，看看上面究竟写着什么内容。

第一例，居延新简的《死驹劾状》简册。居延新简是相对于20世纪30年代出土的居延汉简而言，主要包括1972年到1974年在甲渠候官遗址和甲渠塞第四隧两个地点出土的汉简，共八千二百零六枚，其内容极其丰富，几乎包罗万象。具有代表性的《死驹劾状》简册，共十六简，木质，可释读四百零九字，全篇章草，一气呵成，潇洒飘逸，既是一份重要的历史文献，又是一幅书法杰作。它是一件追查死驹责任的法律文书，把巡边士卒的日常生活描述得生动有趣，也可反映出汉代的马政情况。

第二例，《劳边使者过界中费》，1973年出土于肩水金关遗址，全册九简，编绳两道，完好无缺，共二百七十六字。此简册所记内容是肩水金关二十七名官吏均摊招待费之事，详细记录了朝廷派遣到边塞的使者，吃了什么，吃了多少，耗用粱米的数量，还宰羊两只，喝酒二石，还有盐豉等调味品的消费情况，共花费一千四百七十钱，肩水金关的二十七名官吏约均摊五十五钱。朝廷派遣的巡边使者算是出公差吧，守边官吏招待上边来人，算是公务接待吧，公事公办的事情，花费却要均摊在私人头上，由此简册记载可以窥见，基层官吏是多么不易。

够了，这种例子，在甘肃简牍博物馆中不胜枚举。无数的简牍，国家大事，个人私事，点点滴滴，零零碎碎，全方位地，极具广度、宽度和深度地，勾勒出了一个时代的总体风貌。

说了这么多关于简牍的话题，其实，简是简，牍是牍，同一种功能，不同的形制。从功能说，这是纸张发明以前，中国古人最主要的文字书写载体之一。一句话，都是书写载体。从形制而言，竹制的称为"简"，木制的称为"牍"。或者，细条儿的称为"简"（简札），方形的称为"牍"。"简"和"牍"合称"简牍"。人们因地制宜，南方地区多竹，故简牍多为竹质，在西北地区，人们多以松、胡杨和红柳等制作简牍。

无论材质和形制如何，简牍所承载的都是华夏文明特定历史时期的信息，不妨望文生义，并曲解一下文意：由于一枚简牍承载不了多少文字，行文必须简练，以少少文字，尽量记载多多事情，文虽"简"，却可从中"读"取很多信息。我之所以选取甘肃简牍博物馆，作为"中国一日"的采访对象，无非是为今天的人们，开展"简"述中国，并期望"牍"懂中国时，提供一个进入的路径。

上孙家寨埋藏着历史的远方

张　旻

两千年的长宁

　　大通县图书馆里珍藏了清末时期涵芬楼印刷的一套中国古典经史子集典籍，共有三千册，这是 1929 年青海著名的文化人士黎丹先生个人出资捐赠给青海教育图书馆的一套图书，目前已知是青藏高原地区保存最完好的中国古代汉文典籍。这套古代汉文典籍是中华主流文化对大通地区的一次反哺，之所以有这个结论，是因为大通县有一个上孙家寨古代墓葬遗址，里面的珍贵文物证明这块土地曾为古代中华文明做出它自己的文明贡献。

　　上孙家寨村在青藏高原和黄土高原的过渡地带，东面是日夜奔流不息的黄河二级支流北川河。上孙家寨村的人们每天往来离他们十多公里的西宁城，依靠城市辛勤地追求他们世世代代的梦想。西宁这座古城明确历史记载已经有二千一百多年了，汉武帝元鼎六年（前 111 年），汉武帝派李息、徐自为二人征服湟水流域的羌人，将此地纳入汉朝的金城郡，并在今天的西宁周边设立了三个边亭：东亭、西平亭、长宁亭。亭是秦汉时期的基层治安机构，汉朝拓疆开土后在边疆新领地都设有亭。汉朝之所以把亭看得很重要，是因为汉朝开国皇帝刘邦就是从泗水亭亭长起家的。曹操封关羽为汉寿亭侯，刘备封张飞为新亭侯。给威震华夏的关张二将封地为亭，不是曹操和刘备小气，而是汉朝自始至终把亭看得很重要。

本文关注的上孙家寨是长宁亭属地，长宁亭西晋时变为长宁县，隋朝时从行政地名变为山川地名叫长宁川，流经此地的北川河成为长宁水，是《水经注》中记载青海地区最精确的一条河，明朝设为长宁驿，清朝设长宁堡，中华人民共和国成立后设长宁乡，进入 21 世纪改为长宁镇，这是青海沿用最古老的行政地名，而且两千年来它的所辖范围几乎没有多大的变动。

千百年来，长宁其实也没有长久安宁。

晋朝统一后，朝廷内部因皇族之间争夺，出现了中国历史上规模最大的一次皇族内讧——八王之乱。西晋永嘉二年（308 年），凉州刺史、护羌校尉张轨趁八王之乱，派他的儿子张寔带兵攻打西平郡。西平郡太守曹袪派兵在长宁一带抗拒张轨的军队，双方陈兵几万人马，激战在长宁地区，最后曹袪阵亡。到了西魏大统十四年（548 年），西魏的王子直率兵进入长宁地区与吐谷浑发生激烈的战斗。隋大业五年（609 年），隋炀帝西巡进入长宁川，在此召集将领部署攻打吐谷浑的战事，长宁川也成为隋朝攻打吐谷浑的前线战地。唐开元二十九年（741 年），唐朝与吐蕃的战事又起，双方在长宁川陈兵四十万，争据青海，当时李白以此为背景创作了《关山月》："明月出天山，苍茫云海间……汉下白登道，胡窥青海湾。"其中天山就是环绕长宁地区的祁连山，长宁也是泛青海湖地区。杜甫也以当时青海地区战乱事件为背景写下："车辚辚，马萧萧，行人弓箭各在腰……君不见，青海头，古来白骨无人收。"宋景祐二年（1035 年），唃厮啰政权和党项西夏政权之间最激烈的战役发生在原长宁亭治所。西夏主帅苏奴儿率两万多人马攻打牦牛城（原长宁亭治所，唃厮啰治牦牛城），战败，苏奴儿被俘。第二年，西夏首领李元昊亲自攻打牦牛城，攻下牦牛城后将城内几万军民全部屠杀以泄其愤，这是宋辽夏金时期记载最惨烈的杀戮。

这些都是引起史家和诗家重笔浓墨书写的大战事。然而毕竟离长安、洛阳太远了，理性的史家和感性的诗家难免对这片土地的人事物出现盲区。能把这片大地完整的往事珍藏起来的就是这片大地本身，于长宁，确切地说就是上孙家寨。

在 1973 年之前，在上孙家寨周边的平坦的田野上有三十多座小山包，这些小山包像人皮肤上肿起的小疙瘩，这里的人们把它们叫作"肿疙瘩"，把单独的小山包叫作"独肿"，两座连在一起的叫"双肿"，还有"三肿""五肿"，众多小山包连在一起的叫作"乱肿"。上孙家寨的人们世世代代在这些小山包下耕田牧羊，村民劳作之余会爬到小山包上登高望远，站在小山包上他们能看见相对较远的空间上的远方，可谁曾料到这些小山包下面却埋藏着更邈远的历史远方。

考古大年的上孙家寨

1973 年，这个年份注定是中国考古的大年。浙江的河姆渡遗址，长沙马王堆遗址，江西吴城遗址，甘肃肩水金关遗址、合水黄河象化石，陕西李神通墓葬遗址，济南嬴城遗址等全国重点文物保护单位都是这年开始挖掘或取得重大发现。也恰在这一年，青海省物资局正在上孙家寨村附近修建物资储备库。施工队把一个小山包清理完开始挖地基，却发现了一座青砖堆砌的大墓葬。青海省文物考古队赶到现场考察，鉴定这是一座汉代的墓葬。青海考古部门将此事上报，申请对上孙家寨地区所有的小山包进行挖掘考古，那些小山包其实就是墓地的封土。参加发掘工作的单位有青海省文物考古队、中国社会科学院考古研究所甘青队、甘肃省博物馆以及青海部分州县的文物工作者，北京大学、西北大学、吉林大学的部分师生短期参加了实习发掘及整理工作。

从1973年到1981年长达八年的考古，让世人看到埋在这片土地下面五千年的历史，在这片农田上，共计发掘墓葬一千二百九十五座，其中包括马家窑类型墓葬二十一座，齐家文化墓葬两座，辛店文化墓葬十二座，卡约文化墓葬五百六十五座，唐汪类型墓葬五百一十二座，汉晋时期的墓葬一百八十二座，还有元代墓葬一座，出土了石器、彩陶、玉器、青铜、金银器、钱币、木简等生产工具、生活用具、装饰品、文献等文物三万余件。墓葬群里发现的文物从公元前3000年到公元1300年左右，跨度近四千多年。据笔者所知，这是我国跨度最长的墓葬遗址群，是青海地区出土文物类别最多的遗址，也是青海地区文物被中国国家博物馆收藏最多的遗址。出土于上孙家寨的舞蹈纹彩陶盆、"汉匈奴归义亲汉长"青铜印、安息国单耳银壶都收藏在中国国家博物馆。

舞蹈纹彩陶盆

当时在汉朝墓葬遗址挖掘中，工作人员偶然间从墓室旁边的夯土层中捡到一块带有图纹的陶片，考古人员敏感地发现这不是汉朝的彩陶，而是马家窑时期的物品，就把这边所有的碎片都捡拾出来。一拼接，发现还有很多缺口，工作人员就把这边的沙土用筛子筛了一遍，把石粒、碎片都收集齐全，送往中国社科院考古所修复鉴定。一件旷世奇宝就慢慢囫囵起来。这是一件开口型彩陶盆，盆内壁上有三组图案，每组由五个手拉手的舞者组成，那舞姿栩栩如生，盆壁上的先民仿佛要走下来给大家表演一般。在挖掘两千年的墓葬遗址时挖掘出五千年的精美彩陶，这是考古界的大意外。据鉴定，这件绘有舞蹈动作的彩陶盆是五千年前新石器时期的先民制作的。这是目前我国发现有最早舞蹈图纹的文物，关乎中华文明起源的重大课题。从发掘以来，上古历史研究专家、舞蹈艺术研究者、美术研究者、彩陶研究者的研究文章纷至沓来。

跳舞和唱歌是人类与生俱来的行为，彩陶是中国古代文明最重要的组成部分之一，舞蹈艺术和彩陶工艺五千年前在湟水流域已经完美结合。舞蹈纹彩陶盆的主人羌人是古代西北地区重要的族群，从商到周、秦、汉乃至魏晋，对中华民族的形成影响至深。中国历史上最早管辖青海的行政官员就是西汉设置的护羌校尉，这一官职就是管理河湟地区的羌人事务。汉朝将青海羌人地区纳入汉朝版图，李广、赵充国、邓训、马援都是处理青海的羌人事务而成名的历史人物。这个彩陶盆放在神话中它是三皇五帝时期的，放在文物归类中它是新石器时期马家窑的，放在中华民族成长期它是婴孩时期的，放在中华文明的源流中它是源头。在中国国家博物馆，它被放在了彩陶展品的主展位。舞蹈纹彩陶盆被定为国家一级文物，并列入《第三批禁止出境展览文物目录》。所谓国家一级文物就是具有重要历史、艺术、科学价值的代表性文物，不能出境展出则是对国宝级文物的最直接的界定。笔者到上孙家寨采访时，大通县文化馆已排练出舞蹈纹彩陶盆上绘制的舞蹈动作，向这片土地上的先民致敬。

"汉匈奴归义亲汉长"青铜印

匈奴在战国时期就已与中原地区产生纠葛，到了秦末汉初匈奴对中原政权构成重要威胁，汉高祖都被其围在白登山，不得不订立盟约，纳贡和亲，使汉朝得以休养生息。

到了汉武帝元光六年（前129年），大将军卫青北击匈奴，这标志着从东周开始对中原地区始终保持优势的匈奴走向了下风。元狩二年（前121年），骠骑将军霍去病深入河西地区二千余里击败匈奴，使匈奴内部发生分裂，这年秋天，匈奴浑邪王带着四万部众在河西地区归降汉朝。从此从河西、祁连地区拉开了民族大融合的序幕。到了元鼎六年

（前 111 年）汉武帝派李息、徐自为二人深入河湟，把湟水流域纳入汉朝版图，在这里设立东亭、西平亭、长宁亭，并大量移入内地的汉人。这里成为民族融合的大熔炉，那些归顺汉朝的匈奴人被委任为当地的官吏。

在我国北方发现了许多汉朝以前的匈奴历史遗址，但很少出土文字文物，上孙家寨的一号墓葬主人骨骸身边发现了一枚铜质驼钮印，考古人员将此枚印章送往北京鉴定，印文内容为"汉匈奴归义亲汉长"。这立刻引起史学家，尤其是研究匈奴史的专家学者的关注，此印证明了《汉书》中记载匈奴归顺汉朝的历史事实，有力证明了匈奴就是中国本土族群，且大部分融入中华民族中。

历史记载中，匈奴主体没有进入湟水地区，但匈奴不是由单一匈奴族群组成而是由以匈奴人为主体的多个族群组成的政治群体。其中居住在湟水流域、祁连山、敦煌地区的大小月氏、卢水胡都是匈奴别部，这些族群随南匈奴归顺汉王朝，有的族人成为地方的官吏。上孙家寨汉魏晋墓葬遗址都跟长宁亭有些千丝万缕的关系，其中"汉匈奴归义亲汉长"青铜印的主人，不管从墓葬的地理位置还是出土的陪葬物品看，他都是长宁亭的官吏。

上孙家寨的墓葬遗址群中有一百八十二座汉魏晋时期的墓葬，从墓主骨骸尺寸、墓葬习俗、陪葬物品、出土的文献分析，墓主人有汉人、羌人以及匈奴别部中的月氏、卢水胡人。汉魏晋以后的历史记载和大通地区出土文物证明，上孙家寨所在的大通县有唃厮啰留下的历史故事和城池遗址、西夏的族裔和文物、金国正隆五年六月造的通津堡巡检铜印、蒙古族裔等古代民族在这里留下的璀璨文物和活态文化，充分说明这里是中国古代民族融合地。如今成为各民族和睦相处的美丽家园。

安息国单耳银壶

在上孙家寨村采访时，年过七旬的老人田玉武正和同村的老人们打牌娱乐，我问田玉武老人打牌输赢情况，旁边的人说："我们怎么能打过人家，人家手是挖出过国宝的，手气不是一般好。"我这才得知老人正是从上孙家寨三号墓的淤泥中发现安息国单耳银壶的考古参与者。安息国单耳银壶通高十五点八厘米，口径七厘米，腹径十二厘米，底径五点四厘米。腹侧有一环形把手。口沿、腹部和底边有三组鎏金纹带。口沿勾连纹，腹部纹带由六朵不同形状的花朵组成。整体流溢出巧妙、精美的异域风格，这种风格的银壶在中国境内极少出现，当时考古界对此壶的来源有粟特、希腊、罗马、西亚等不同结论。

考古人员把单耳银壶送往中国考古研究所鉴定，中国考古研究所联合德国图宾根大学史前及中世纪考古研究所，得出这是出自安息帝国艺术品的结论。安息帝国在今天伊朗高原北部，与我国的秦朝和西汉同一时期，是《史记》《前汉书》《后汉书》中经常出现的一个国家。汉武帝时西域都护班超曾派甘英出使西域，甘英到达最远的国家就是波斯王国前朝的安息国。

有波斯元素的文物在青海地区不只安息国单耳银壶。1956 年，在西宁城隍庙街施工时挖出七十六枚波斯萨珊王朝卑路斯时期的银币，这是迄今为止中国出土波斯银币最多的一次考古事件。考古学家夏鼐教授得知这么多的波斯萨珊时期的银币在西宁出土后非常兴奋，专门写论文以波斯银币为切口，钩沉出历史上途经西宁、往来西方诸国与中原地区的历史人物，第一次从学术角度提出西宁是丝绸之路重要孔道的结论。而上孙家寨出土的安息国单耳银壶又是一印证。

古代的长宁亭地处湟水流域连接河西走廊的重要孔道上，是丝绸之路青海辅道的重要驿站。至今 227 国道、张汶高速公路、兰新高铁都过境长宁。

在上孙家寨墓葬遗址群中出土了羌人的彩陶，东方的汉朝木简、钱币，北方的匈奴印章、西方的安息国单耳银壶，可见这片土地在两千年前就通达东西南北。后人以"大通"命名这片土地自有其道理。

通往将来的桥梁

樊前锋

战争之端启于恨，和平之基建于平。

——题记

一

瞅着眼前一段高大的黄土断崖，肯特手扶下巴颏转动碧蓝的眼珠子。猛然，这位比利时传教士白皙的脸上浮现一丝笑意。"没有攀爬的梯子，非得您帮。"又扭头以商量的口吻对身旁一个中国青年说，"委屈您了!"还做出示范动作，先弯下腰，再装作吃力的样子缓缓直起身，"没有您帮，我无法爬上这高高的土堆。"

听肯特说话的中国青年，矮小清瘦，略有驼背，长了雀斑的脸上泛有病态的红晕。青年用一双细眼冷冷地打量肯特，从头到脚。略一迟疑，笑了笑，走到崖下，背靠土堆做出半蹲状，拍拍肩，示意肯特站上来。颀长的肯特，两脚踩上去，前额一绺白发跟着小腿肚同时在颤抖。青年从弯腰、起身到直立的过程，肯特在一寸一寸升高。清晨的柔光里，高矮两条身影投在黄土崖面上，被放大了，一闪一闪的。

两个男人，一刹那间，定格了考古史上精彩的一幕。

洋人肯特与青年张三，相遇在荒漠戈壁的一个车马店。车马店，是张三从父亲手上继承到的。环境极糟,很像电影《新龙门客栈》里的客栈,坐落戈壁滩,泥墙泥地泥土炕,有上房、配房和马棚,门前赫然挂出"张三小店"四字榜书当招牌。方圆几里没有村落人家,遗世而独立。但是,这个车马店靠近横城渡口,横城渡口自古是宁夏往来陕北、内蒙古的必经之地。1920年夏季的一天,比利时传教士肯特在从银川走去陕北的路上,投宿张三小店。

肯特浓长的睫毛点燃了眼窝里一种探索的热情,虽然已年逾五旬,但披肩的淡黄色卷发仍然茂密。万人住过的车马店,肯特是第一个外国人,张三热情招待。当晚,因天热而难眠的肯特,摇动蒲扇,坐在门前一棵树下乘凉。忽然,肯特眼前一亮,瞥见对面一块隆起的黄土断崖上跳跃着磷火,像是在撕破夜幕……次日清早,肯特请张三带自己去瞧一瞧。张三愉快地同意了,还让肯特踩着肩膀爬上断崖。

这次偶然的"托举",堪称壮举,揭开了中国旧石器文化研究的序幕,推翻了西方学者认为亚洲没有旧石器时代文化的论断。

二

在水洞沟遗址的门前,每天有十万辆汽车飞奔而过。高速公路宽阔平坦,车轮疾驰而过的沙沙声不绝于耳。跨过公路,迎面是连绵雄壮的钢铁森林——国内一个超大规模的能源化工基地。再远些,一架架穿云破雾的飞机隆隆起降。黑夜,工业区流光溢彩,隆重上演着无声的音乐会。分离塔、冷却塔、造粒塔、管廊、火炬以及各样的装置,或在凌空起舞,或在平地憩息,炽白的、殷红的、深绿的灯光,交相辉映,像是流淌的音符。嵌卧在黄土地上的水洞沟遗址,就是观众。

史前遗址与工业文明就这么静静地对视着。

几万年前,生活在水洞沟的人们岂能预料?

张三与比利时传教士肯特合力攀爬的黄土断崖，就是水洞沟。因为他们，今天的我们在这里得到了很多的启发。那天的事，实在蹊跷。当肯特爬上黄土断崖后，一具披毛犀头骨化石就立在面前，几乎从土里全裸露出来。极端的巧合，使这个发现毫不费力，具有古生物学背景的肯特强压心中的欢喜。

肯特当天便带上意外收获离开了，这一走，水洞沟的秘密也不胫而走。三年后的一个夏日，桑志华、德日进来到张三小店。这两位洋先生是法国著名的古生物学家，都曾见识过肯特手中那具披毛犀头骨化石。桑志华和德日进坚信，水洞沟遗址隐藏着惊人的秘密。他俩一来，张三一生中最快活的时光也来了。第一天见面，德日进把几块银圆塞到张三手上，桑志华则胡乱地打起手势，请求张三打制一把高大的木梯。张三承担了两位洋先生的后勤保障，每隔几天骑马走一趟银川，采购蔬菜、罐头之类的生活用品。

每天，法国来客踩着梯子在黄土断崖处爬上爬下。几个雇请的民工按照他俩的指点，认真从事发掘工作，现场不许旁人靠近。桑志华和德日进白天忙完，晚上把出土的石制品逐一摆上土炕，在一盏昏暗的煤油灯下分类、编号和登记。忙罢，休息时，他们用一根"蠕动的钢丝虫"开启一瓶从法国带来的葡萄酒。他们喝酒时，端起高脚杯沿顺时针或逆时针轻轻晃动，又迅速把鼻子触到杯沿使劲儿嗅，再小口品酌。他们请张三品酒，张三抿一小口，立即皱起眉，摆手放下高脚杯。干红葡萄酒，尝起来只觉得满嘴酸涩，不习惯还无法接受。两个月后，桑志华和德日进坐着"架窝子"离开了，随从用几头毛驴驮走六百多斤的石核、刮削器、尖状器等旧石器。

不久，两位洋先生的报告，震惊中外考古界。

三

揭开的秘密既温暖又多情。我们怀着肯特那样激动的心情，拜望水洞沟，却看不出个所以然。所谓遗址，是一段高高的黄土断崖，像一面巨大而厚重的土墙，似乎毫无观赏性可言。断崖下，被芦苇掩盖的一条叫边沟的河水如碗口般细，沿沟底蜿蜒而去，在几里外投入黄河。河水静流，我们却听见了远古的歌唱。

古人类从拥有第一把石刀开始，便拥有了关照自身的强烈意识。在水洞沟遗址博物馆，我们看见展柜里有一些骨片和鸵鸟壳制成的环形饰品，有的比纽扣还小，这让我们一下联想到项链和耳坠。还有骨针，这个用动物骨头制成的缝补衣裳的工具，十分接近当代人的细针。这些，堪称中国旧石器时代的精美杰作。

水洞沟的绝妙之处，不止于此。曾经的主人掌握同时代最先进最高超的生产水平，拥有领先世界的、精美的石制工具。他们是一群狩猎者，生活在酷似今天热带地区的环境中。他们追逐在波光粼粼的湖泊边，漫步鲜花与青草之间；时而骑野马、赶犀牛，时而看鸵鸟在灌木丛中嬉戏……遥远的往昔时光，一代代水洞沟人手握石器，传递文明薪火。

东方与西方的交流也曾汇聚水洞沟。桑志华和德日进宣布：水洞沟石器可以与欧洲、西亚以及北非已演变的莫斯特人类栖居地的材料相提并论。这里的石器工业具有中国风格，但有些也像处在很发达的莫斯特文化和正在成长的奥瑞纳文化之间的路上，或是这两种文化的混合体。意思是说，世界的东方与西方之间很早就存在着交往交流。水洞沟，不但见证了这种交往，还曾经受到过这种"大距离的迁移的同化影响"。之后，贾兰坡来到水洞沟。老照片上，这位朴素的中国学者穿着大腿面上打满补丁的裤子，戴着褪色的八角帽，两手撑腰站在车马店。此时距桑志华和德日进离开水洞沟已三十多年，暮年张三十分欢喜地接纳，甚至不顾老迈，蹒跚着为考古工作者烧火做饭。贾兰坡认为，水洞沟有些典型的尖状器与欧洲的典型莫斯特尖状器相比，工艺和器形别无二致。

再后来，惊人一幕再现：考古工作者在水洞沟清理出一具人类头骨。这，竟是一具三万年前的西方人头骨。

该如何去看待呢？

还原他们兽皮遮体，在绿水青山间欢笑、汲水、交游等生活场景，光靠我们的想象是不够的。显然，在旧石器时代晚期，水洞沟乃至黄河沿岸存在东方与西方的文化交流。水洞沟既有东方本土禀赋，又有欧洲特色，是东西方交流的一处伟大遗存。水洞沟文化诞生于智慧初开、生存不易的岁月，沉埋万年，最终引起中外专家的关注。东西方狩猎者之间的交往，埋骨于此的那个无名的西方人，中外科学家的联袂发掘，充分体现了古今中外不同人群跨越时空的意志交流。

四

在欧洲、西亚到中亚、东亚地区间，存在一条东西方人群交流的通道。这条通道远远早于丝绸之路。而水洞沟，正好处在这条伟大通道的重要节点。在我心里，远古和现代及将来，也许只需一座桥梁就能衔接贯通。

水洞沟这一区域，自古就是东西方文化交流的欢场，丰厚而传奇。几十年前，考古工作者在发掘北周柱国大将军李贤墓时，出土了一件罕见的舶来品——鎏金银壶。这件充满域外风格的文物一经出土，立即成为国家之宝。鎏金银壶通高三十七点五厘米，重三斤。通体高挑俊逸。在壶身腹部，有一周突起的三组六人男女图像。仔细去看，这些图案描绘的是《荷马史诗》记载的古希腊神话中金苹果和特洛伊战争的故事。那场旷日持久的战争与海伦的美丽，被镌刻在了鎏金银壶上。这件罕见的宝贝，是波斯萨珊王朝的工艺。身为北周柱国大将军的李贤，长期负责维护边塞的秩序。因而，考古工作者在李贤墓中发现这件奢侈品，不足为奇。

望不断的白云，走不完的长路，东去西来的驼铃声清脆悠长。丝绸路上跋涉了两千多年的旅人，领略了无数奇奇妙妙的故事，无不展现人类和平与交流。几万年前的水洞沟人早已宣布：开放是最宽广的胸怀！世界自古是开放的，早就处在互联互通的有机系统当中。

我看到了一条曲折而壮阔的人类文明进程的道路。

五

这处东西方交流的伟大遗存，留下了无数的足迹和向往。

我们沿一条碎石小道，由遗址现场走向水洞沟遗址博物馆时，留意到脚下有一种形似尖状器的石块。低头细看，这种石块随处可见，俯身可拾，忽然就想，它们是否与几万年前的人们有过交集呢？岁月流转，默无声息，好在石器记载了水洞沟时光。这里每一块石头，每一颗沙粒，每一缕清风，都在诉说人们和平交流的意志。人类历史早期时，东方和西方的古人类已经在此铺设起一座你来我往的桥。

这种辉煌为什么会出现在水洞沟？

黄河孕育了人类这一交往的欢场！

是啊！黄河，这世界闻名的万里巨川。百万年前，黄河流域只有许多湖盆，是一些并不相连的内陆水系。之后西部隆起，湖盆彼此接通。数万年前，黄河变成一条从河源到入海口全线贯通的长河。水洞沟，出现在大河行经处。

在原址重建的车马店的院子里，桑志华、德日进、裴文中、贾兰坡四位中外科学家的头部雕像静默地矗立着，若有所思地深情张望着，他们都是水洞沟的朋友。德日进，这位法国学者又是一位思想家。已故的中国科学院院士、考古学家贾兰坡九十岁时仍说，德日进先生是他最敬爱的老师之一。毫无疑问，几位先生对中国史前考古工作有过重大贡献。好遗憾，我们没看见肯特和张三的雕像。一问才知，工作人员根本没找见他俩的照片。桑志华和德日进来时，张三和祖上在当地经营车马店已有两百多年。这位家园守望者无儿无女，与妻子生存在戈壁滩，为旅客提供便捷。1965 年，七十岁的张三病逝车马店。弥留之际，他躺卧在病榻上喃喃自语，嘱托侄子就地埋葬自己，死后仍要守护水洞沟。此后，遗孀赵氏独自居住在车马店，直到十年后去世。改革开放初期，张三的妻弟拆除了已经破败不堪的车马店。

我们只知张三墓就在车马店附近，不见坟头，没人说清位置。他的隐遁，像水洞沟人的消失一样，那么神秘。

是中外学者联袂揭开了这支古人类的隐没谜团。有一天，灾难降临这片美丽绿洲。旷日持久的暴雨使湖水猛涨，他们扶老携幼，挥泪逃出家园。湖水和淤积的泥沙掩埋了居所，无数沉积物填满湖泊，什么都看不见了。再经洪水千万遍冲刷，这片隆起的台地被冲出一道高高的断崖。洪水没了，上游一个泉眼冒出的清水变成一条小河。河流淙淙，从台地断崖前淌过，张三的先辈为这里取名水洞沟。

六

在任何两极之间架桥的人，永远值得敬重和讴歌。不同时空、不同角色、不同皮肤、不同背景的人，在水洞沟接力铺就一条从远古通往现代及将来的路。漫漫历程，接上连下，贯通我国百万年人类史，一万年文化史，五千多年文明史。突出的包容性、突出的和平性，这伟大禀赋早已融进中华文明的底色。

张三喝过甜甜的葡萄酒，但极不习惯桑志华和德日进的干红葡萄酒。今天，中国人沿贺兰山东麓荒漠带，种出了极佳的酿酒葡萄。贺兰山东麓与波尔多谷地共同构成世界上最重要的葡萄酒产区。英国《每日电讯》说，中国葡萄酒正在挫败法国。法国《巴黎人报》说，世界上最好的波尔多式的美酒并不都来自法国。美国《纽约时报》说，唤醒贺兰山东麓这荒漠的，不仅是现代葡萄酒，还有生活在这片土地上勤劳而开放的人们……贺兰山东麓的葡萄美酒，劳动者缔造的杰出产业，变成了东西方交流的一种媒介，开辟出一条沟通中西方文化的捷径。恰如一诗人所说："蚕在吐丝的时候，没想到会吐出一条丝绸之路来。"

"人类生活在同一个地球村里，生活在历史和现实交汇的同一个时空里，越来越成为你中有我、我中有你的命运共同体。"人类社会创造的各种文明，无不闪烁璀璨光芒。在人类命运紧密相连的今天，不同文明包容共存、交流互鉴，才能推动人类社会的现代化进程。坚持文明平等、互鉴、对话、包容，以文明交流超越文明隔阂，以文明互鉴超越文明冲突，以文明包容超越文明优越——正是来自中国的倡议。

远古和现代及将来，开放包容，和平交流，是一座衔联的永恒的桥。

在水洞沟，我们仰望高大的黄土断崖时，瞧见一块大青石上用力镌刻了这样一行注解文字：中西文化交流的历史见证。刹那间，我们禁不住心头一热，连忙请人帮忙在这块大青石前给我们拍摄了一张合影。

大地上生长的画作

段蓉萍

一个伟大的艺术家，他的感情是属于时代的。

——胡一川

从空中俯瞰麦盖提县，是大地上生长出的一幅无法复制的画作。我在麦盖提地图沙盘前凝视良久，对刚从重庆大学毕业回到县里做了"刀郎农民画展厅"志愿讲解员的古丽巴哈尔说，沙漠中的画作是上天的恩赐，是热爱这片土地的人们智慧的结晶。

我望着古丽巴哈尔青春朝气的脸庞、闪动的目光、跃动的艾德莱斯绸裙摆，恍惚间她就是从画里走出的女孩儿。当她引导我们到了普通长廊下，调皮的风儿才把我从纷繁交错的思绪中拽回来。

坐下来，婴儿眼般纯净的天空，拉开幕布，为我们呈现出麦盖提县这片多元文化沃土上的一幅绚烂迷人的画卷。

一

一幅素面的画安静地挂在墙上。

站在独木舟上的人双膝微屈，右手握鱼叉捕鱼，神态轻松悠然。两条鱼儿似乎感到了鱼叉的威胁，奋力反向逃跑。四只鸟水面飞翔，扇动翅膀，等待渔人收获猎物，好分得一点儿食物。

生动简洁的画面蕴含着画者的希望、期待和真实朴素的向往。画者何人？我没有问。可以肯定地说，这是一位没有经过专业绘画训练的人，是一名普通的农人。我已经无法还原他画这幅画的时间、地点和状态，但有画面信息不难判断，用画记录生活，是他的日常，或者是传统。

时间始终在这里，按照约定俗成的计算方法，不过是六十分钟、二十四小时，一周、一月和一年。可谁也不能否认，它带走了许多东西：叶尔羌河上游冲来的枯树、泥沙以及淹没在时间里的那些人和事。

打捞为时不晚。

在这个阳光正好的时候，我翻开历史典籍中关于麦盖提的记录，可谓惊心动魄。麦盖提县三面被塔克拉玛干沙漠包围，一面临叶尔羌河，这就有意思了。常规的认识里，沙漠意味着死亡，正如一切文明的发源发展离不开水一样，麦盖提因叶尔羌河流经本地得以在历史的演绎中没有缺席。

叶尔羌河从喀喇昆仑山口发源，饱含激情，向塔克拉玛干沙漠滚滚奔腾一路而来，注入了浩瀚的塔里木河。叶尔羌河把麦盖提县西部沙漠一角撕开，勇敢无畏地冲积出一片狭长的绿洲，这条绿洲像块披肩，让干涸死寂的沙漠，有了孕育了古老文明的沃土。

载入历史典籍的人都是不同凡响的人。麦盖提让世人皆知，不能不提及瑞典探险家斯文·赫定。说起西域探险就无法绕开斯文·赫定这个名字。不知是他个人的决定，还是上天的安排，斯文·赫定先后三次深入塔克拉玛干大沙漠腹地，均选择从麦盖提启程。斯文·赫定在《新疆沙漠游记》中记载："1895 年 3 月 19 日，我迁移到叶尔羌河右岸的一个大村庄麦盖提去。""1895 年 4 月 10 日是麦盖提村一个可纪念的日子。"

纪念不是随便一说，当时的麦盖提还只是一个村子。斯文·赫定率领他的团队沿着北纬三十九度线向沙漠挺进，试图横穿塔克拉玛干沙漠。那时候硬件软件都薄弱得很，可仅凭高昂的热情是无法保证完成任务的。结果是，他和他的团队只行进三百公里，便因饮水和迷路几乎全军覆没，侥幸逃生的只有两人：他和向导。这颇具胆识的向导名叫艾买尔·司迪克，是出生在位于库木库萨尔乡托万塔瓦尔克斯克村的村民。由于艾买尔·司迪克不识字，就用图画方式记录下一路所见所闻。故事在坊间流传，随着时间的磨砺，这种通过绘画记事、抒情的方式，被不识字的农民作为日常交流而广泛流传。

一百二十多年过去了，在几代人的手手相传中，我手画我心，我心展我思的传统便在麦盖提的土地上一代代传承下来，跟随沙漠里的红柳、胡杨，村庄里的白杨树、桑树和葡萄树一样，春天绿了，秋天黄了。

所有的信息都在沙粒、土壤和植物的叶片里。

二

每次相遇都是最好的安排。

当我向麦盖提县相关部门的同志提出采访农民画家时，他们推荐的第一个人就是米娜瓦尔·木台力甫。

我见到米娜瓦尔·木台力甫是在第十三届"喀交会"上，她作为麦盖提县非遗项目传承人来参加"喀交会"，展示的作品就是农民画。最为醒目的画作正是她的作品《和谐》，主画面是一位头戴花帽、身着红色艾德莱斯绸、手持手鼓的年轻女子，五只鹅、九只鸽子围着这姑娘，鹅也好，鸽子也罢，都是一身彩色，巴旦木花纹跃动在红、黄、蓝、青不同的色彩中。

在一处蓝色凉棚下，我和米娜瓦尔·木台力甫面对面，坐在小板凳上，倾听她走上农民画创作道路的故事。

耳濡目染，用在米娜瓦尔·木台力甫身上再贴切不过了。米娜瓦尔的父母都喜欢文艺，家在县文化馆，她从小在歌声舞蹈中长大。馆里有农民画讲座，她有空就跑去看，回来在图画本上画。父亲发现她喜欢绘画很高兴，鼓励她大胆画。米娜瓦尔在维吾尔语中就是优秀的意思，父亲希望她将来成为一名优秀的艺术家。

那么，米娜瓦尔·木台力甫的父亲怎么会钟爱农民画呢？这还得从20世纪70年代说起。有一次，米娜瓦尔·木台力甫的父亲去陕西户县文化馆参观学习，被多彩生动的农民画所震撼。回来后，马上派两名画家去户县学习农民画，随后又举办了五十多名农民画爱好者参加的麦盖提县第一期农民画培训班。这次班里，既有老作者，也有年轻作者。此后的三十多年间，农民画跟刀郎音乐和麦西来普根植在百姓中。

2005年7月，米娜瓦尔从喀什师范学院美术教育专科班毕业，成为一名小学美术老师，另一个身份是农民画家。工作之余，她骑着自行车穿行在城乡大街小巷，寒暑假则到乡村去，体验生活，汲取创作素材。

当米娜瓦尔·木台力甫全身心投入农民画的创作中，并取得可喜的成绩时，米娜瓦尔·木台力甫的父亲却因病生命垂危。那段时间，米娜瓦尔·木台力甫心情极其悲痛，面对画架，一点儿创作欲望也没有，全身心照顾父亲。

父亲在临终时用微弱的声音对她说："女儿啊，一定要把刀郎农民画发扬光大。"米娜瓦尔握着父亲干枯的手，泣不成声。站在一旁的丈夫塞给她一张抽纸。她擦拭完眼泪，俯身对父亲说："爸爸，农民画是我生命的一部分。"

言为心声。米娜瓦尔·木台力甫没有辜负父亲的期望，把心思都用在了农民画的教学和创作上。如今她不仅是新疆维吾尔自治区文化馆特聘的"民间画师"，还兼任喀什地区美协农民画艺委员会副主任，麦盖提县青少年活动中心指导教师。从麦盖提县到喀什地区、从新疆维吾尔自治区到全国各地，她参加了许多农民画大展，获得过许多奖项。她不仅在农民画上孜孜不倦地探索，还大胆尝试漆画，漆画作品还代表中国赴日本展出。

如果说米娜瓦尔·木台力甫是因为家庭熏陶走上艺术之路，那么西尔艾力·艾买提的农民画之路则是受到麦盖提县资深农民画传承人热合曼·阿皮孜、吾斯曼·依明、艾尔肯·斯依提等人的影响。

西尔艾力·艾买提于1992年7月毕业于莎车师范学校美术专业，同年被分配到麦盖提县库木库萨尔乡中心小学，成为一名美术老师。他对自己的这份工作非常挚爱。

在一次培训活动中，西尔艾力·艾买提看到热合曼·阿皮孜的农民画，目光就被牢牢吸引住了。这些画作构图新颖，画面生动，人物诙谐鲜活；尤其是其大胆泼辣的用色，像炸弹一样具有威慑力。这是过去在学校所不曾见过的。他主动跟热合曼·阿皮孜请教，并不止一次登门拜访，观摩创作。后来又看到吐尔逊艾则孜·热合木力木，吾斯曼·依明等前辈农民画师的作品，激发起他对农民画浓厚的兴趣。

回来后，西尔艾力·艾买提开始尝试创作农民画。

画中的味道，是渗透出来的，不是堆砌出来的。这是西尔艾力·艾买提创作农民画后最深的体悟。

待在校园是创作不出让百姓喜欢的农民画的。西尔艾力·艾买提走出校园，到更广阔的天地去，把农民生活、刀郎文化、刀郎风景等作为个人创作的对象。他参与到农户的生产劳动中，割麦子、掰玉米、赶毛驴车、摘核桃等，亲身体验，近距离观察农民的生产生活，当他拿起画笔时，每一个动作和人物的神态都是准确的。

春种秋收。在农民画园地里一番精耕细作之后，西尔艾力·艾买提收获了一枚枚沉甸甸的果实。2013年在北京举行的美术展览会上，他的作品《秋天的思念》拍出了一点八万元。这意外的欣喜更加坚定了西尔艾力·艾买提画好农民画的信心。这条喜讯也在麦盖提县的农民画界掀起了热议，大家意识到，农民画只要画得好，就有市场。

2016年对西尔艾力·艾买提来说是个果实累累的年份。他先是加入了"中国农民画协会"。紧接着，这年的秋天，在第十一届中国艺术节"在希望的田野上——中国农民画精品展"中，他的《全家总动员》《热瓦普演奏》《悠扬的乐声》等四幅作品入选。当我在他的工作室看到这些作品的入选证书时，他脸上洋溢着自信的笑容。

在西尔艾力·艾买提的画室，我们开始聊他的创作。他说，虽然麦盖提自然条件艰苦，可自然风光多样，有叶尔羌河，有塔克拉玛干沙漠，有千年胡杨，有悠悠驼铃，把感知的一切都融入笔尖，不仅在巨幅的画作中，也在袖珍的手绘封里。

2019年12月，《中国集邮报》专门介绍了西尔艾力·艾买提的二十多幅手绘封。手绘封里呈现出独特的少数民族形象，大漠深处生命绿洲的自然景观，刀郎画乡的风土人情和生产劳作方式。集邮者发现，麦盖提农民画别具一格的风貌，散发出一种浓郁的异域乡土气息。

米娜瓦尔·木台力甫和西尔艾力·艾买提是有专业背景的农民画传承人，而木卡热甫江·艾海提则是原生态农民画的传承人。

1973年出生的木卡热甫江·艾海提是麦盖提县库木库萨尔乡哈迪勒克村的村民。他自幼喜欢文艺，是村里有名的刀郎麦西来普歌者和舞者，跟随麦盖提知名刀郎木卡姆传承人玉素因·亚亚等进行演出活动。走南闯北让他大开眼界，蕴藏在心里的绘画因子萌芽。

木卡热甫江·艾海提最开始并不是在卡纸或者画布上作画，他在田间劳动之余，顺手捡起树枝或者秸秆，在沙土地上画，看到什么画什么。一只羊、一轮太阳、一朵向日葵、一篮子红枣、几个奔跑的少年。一起劳动的村民都夸他画得好。他看一眼地上的画作，笑一笑。

大地上作画是练手，这么坚持了一段时间后，木卡热甫江·艾海提跑到县城文具店买来卡纸和颜料，开始画画。我问他怎么开始一幅画的创作时，他说："我从来不急于画出细节，首先注意一幅画的大体和特征，表达自己所想到的东西。"

作为土生土长的农民，木卡热甫江·艾海提谙熟农事和农民的心事。他创作的《一碗拉面》将麦子的播种、秋收到加工，再到餐桌的全过程通过巧妙的构思，呈现在画中，旨在让人们爱惜粮食。《白日梦》画面中，一个躺在地上的汉子，双手枕在脑后，十八只膘肥体壮的麦盖提大头羊围拢在汉子身边，目光聚焦在汉子身上，发出疑问："这么好的天气，不去干活儿，睡大觉，日子咋样好起来呢?"他说："好日子从来都是辛勤劳动换来的。"

木卡热甫江·艾海提一家三口人，有二十亩地，全部种棉花，农业每年收入差不多有两万元。农闲时他就在刀郎画乡一边画画，一边为游客表演。画画赚的钱是三万到四万元。女儿在江苏上高中，费用都是政府出资，家里的收入足以让一家人过上幸福的生活。

当我问到他的画获得过哪些荣誉时，木卡热甫江·艾海提笑着说："世界上没有比能从事自己喜爱的事情更令人快乐的事情了。荣誉嘛，过去的不说。"

一个农民画家，如此通透地认识自己和从事的农民画创作，是何等智慧。我递给他一瓶矿泉水时，也向他投去充满敬意的目光。

三

发掘生活的美就是农民画师最大的乐趣。这是我采访麦盖提县农民画师时最深的感受。

车子行驶在麦盖提县库木库萨尔乡的路上，这个意为"沙土侵蚀的地方"多次被文化部命名为"中国民间文化艺术之乡"，有知名画师三百余人，绘画爱好者八百多人，带动全县三千多人就业。每年五千多幅画作，成为他们增收的新途径。

一条条干净整洁的街道两旁，是统一规划的安居富民房，房前是葡萄架，院子里种了蔬菜和花。每户人家的外墙上均画着反映农民现代生活的农民画。这些鲜艳的农民画在土黄色背景下显得格外醒目。每一幅都是一段热气腾腾的生活，是一个令人回味的故事。

过了红绿灯，转弯进入了刀郎画乡景区。2013 年，这里被打造成集刀郎农民画创作、培训、展销和刀郎民间体育活动于一体的国家 4A 级旅游景区。

刀郎画展厅是景区的重头戏。用手机不停拍摄农民画，每一幅都不肯遗漏。耳边不时传来游客的赞美声。我没有回头张望，生怕错过了讲解员的解说。

出了展厅，是葡萄长廊，有七八个农民画师在作画，有几个八九岁的孩子在旁边观看，有游客咨询价格，有游客跟画师合影。作画的都是进驻景区的画师，木卡热甫江·艾海提就是其中的一位。

越来越多的游客集中到哈迪广场时，音乐响起来，木卡热甫江·艾海提拿起手鼓，又成了一名鼓手和歌者。一个一岁的女童坐在他的前面，小手里也拿着手鼓。木卡热甫江·艾海提边打手鼓，边跟着主唱一起唱起来。所唱的是刀郎木卡姆。另外几个画师则融入伴舞的队伍中，有喜欢跳舞的游客也加入其中，欢乐地跳起来。

不动就没有舞蹈。不动就没有音乐。不动也就没有画。正因为刀郎画乡的人把音乐舞蹈都融入画中，才更显得别具一格。

奔波了一天，我站在叶尔羌河的堤坝上远眺。太阳累了，正落进宽阔无声的叶尔羌河中，河面那么辽阔，容得下太阳，以及随后赶到的月亮和星星们。

塔克拉玛干沙漠看似柔软，却吞噬了无数文明，当年的丝绸之路，也只能小心翼翼地从它的边缘经过。

培根曾说，艺术，就是自然与人。生活在这片土地上的人们，坚毅、勤劳、勇敢地在大漠边缘生生不息，在与艰苦环境的抗衡中坚守对刀郎文化的传承发展，不仅把刀郎麦西来普跳到了全国，赢得喝彩和掌声，还让久负盛名的刀郎农民画走向世界，被法国、日本、韩国等美术馆收藏。这一幅幅饱含激情、热情和乡情的画作就是一个个使者，向远方的人们展现刀郎画乡人的所思所想所获所盼所愿。这一幅幅质朴生动诙谐的画作就是一张张明信片，向热爱生活的人们发出的邀请。热情好客的麦盖提期待你们来这里，感受自然之美，感受歌舞之美，感受大地上生长出来的刀郎农民画之美。

梦圆可克达拉

鲜章平

待到草原上吹来春风，可克达拉改变了模样，姑娘就会来伴你的琴声……

——《草原之夜》

一条路，连接历史走向未来

当我走向可克达拉——这座诞生于新时代的新疆生产建设兵团的第八座城市，入城口的一座雕塑和七一七大道的路标引起了我的好奇，同行的军垦老战士、九十四岁的闫欣秋娓娓道来，解开了我心中的谜团。

原来，追溯第四师可克达拉市的历史，其下辖的七十二团是一支彪炳史册的部队，它的前身是 1927 年诞生于湘赣苏区的农民自卫队，后发展为中国工农红军第六军团，抗日战争时期是赫赫有名的八路军一二〇师三五九旅七一七团。1949 年奉命进军新疆解放大西北，驻扎在南疆阿克苏一带，1951 年又奉命挥师北上，徒步翻越天山，进驻伊犁河谷剿匪。1952 年在亘古荒原上点燃了垦荒的篝火，这些在解放战争年代屡立奇功的英雄战士又成为屯垦戍边的先驱者。

作为一座新建城市，可克达拉博物馆尚在建设中，城市规划展示馆便暂时多了个功能：展示历史的足迹。在这里，一百二十九位将军向人们诉说着曾经的苦难和辉煌。随着解说员的讲述，一个个英魂，像电影中的蒙太奇，在我的心头闪现。祁连山上屹立向前的身影，和长津湖战役中冰雕连战士一样悲壮。还有更多的战士，没有在枪林弹雨中倒下，却倒在屯垦戍边的路上，长眠于亘古荒原。我不禁感叹，在大自然面前，人的力量显得多么渺小，可是我们的战士，硬是凭着一腔忠诚，在荒凉的西部边陲开创了一片新天地！

1952年2月，进疆部队历经艰险终于完成了解放新疆和剿匪的任务，却突然接到了上级发布的关于部队整编的命令："你们现在可以把战斗的武器保存起来，拿起生产建设的武器。当祖国有事需要召唤你们的时候，我将命令你们重新拿起战斗的武器，捍卫祖国。"十万大军就地转业，为了贯彻上级"不与民争利"的精神，等待他们的，是一片盐碱地和芦苇丛生的无人区——三五九旅七一七团驻地被哈萨克族牧民称作"肖尔布拉克"（碱水泉）。

据史料记载，1952年的冬天，是肖尔布拉克有史以来最寒冷的冬天，农历"三九、四九"期间平均气温在零下四十摄氏度以下，最低时达到了零下四十七摄氏度。可就是在这种极寒天气下，红军团吹响了向荒原宣战的号角，同时进行修渠和翻地的任务。土冻得像石头一样硬，十字镐挖下去只能见到一道白印子。战士们握十字镐、坎土曼的手被震得满手血口子，手套和着血水跟手掌冻在了一起。可是，冻土再硬硬不过战士们的意志，大家的干劲丝毫不减，劳动竞赛的号子惊飞了野鸭，惊跑了野猪和狐狸。

在野外劳累了一天的战士回到四面透风的地窝子，却发觉自己用牛皮缝制的简易皮筒子冻在脚上脱不下来了。大家只好用木棒敲着，互相帮助拉扯下来。就是这个冬天，正在热火朝天展开劳动竞赛的战士们受到了一场寒流的突然袭击，全团三百七十名战士被冻伤，很多人因此终身残疾。

为了解决取暖和生活用煤问题，战士们拉上小爬犁，到八十公里外的尼勒克县拉煤，一次往返需要三四天时间，一人只能拉回一百多公斤煤。煤炭供应不上的时候，实在冻得睡不着觉，战士们就起来跑步，以此来减轻寒意。

即使条件如此恶劣，广大的红军团战士仍然创造了每人每天挖土十多立方的好成绩。有一个小组甚至创造了日均挖土二十多立方的奇迹！第二年春天，看着像巨龙一样蜿蜒十多公里的排碱渠，当地的哈萨克族牧民高兴地说："解放军治住了碱水沟，加克斯（非常棒）！"

这仅仅是我记住的几个细节，还有很多很多为了屯垦事业流血流汗令人崇敬的英雄事迹，在这里我就不一一赘述了。我只想说，在历史的长河中，有人名垂青史，但是还有更多的无名英雄默默牺牲、默默奉献着，他们是历史的创造者，是我们这个国家的血肉。

随后的三年，整编后的农四师十团在广袤的伊犁大地上打响了全面垦荒的战役，生产区域横跨新源、巩留、特克斯、尼勒克、昭苏、霍城、伊宁七个县，耕地面积扩大到九万多亩，不仅解决了自给自足的问题，而且逐年向国家上缴公粮，实现了屯垦戍边的初级目标。

在屯垦戍边、开发建设的过程中，我不仅读到了无私奉献和牺牲精神，我还看到了红军团无与伦比的创新精神和创造力。

接到西干大渠修建任务已是入冬时节，时间紧，技术人员奇缺，战士们就一边学一边干。没有测量仪器，重机枪上安装一个盛水的玻璃瓶子当瞄准镜，三支枪架在一起就是三脚架……

在夏季麦收劳动竞赛中，排长张树清创造了日捆麦子一千二百九十三捆的最高纪录；大车班长张喜明反复琢磨，在大车后加装柳条挡板，使装载量成倍增加。随着农业机械的增加，团成立了修配厂，铁工组组长涂大旺土法上马，自制了木质电动、马拉两用扬场机、抽水机、水稻加工机、平地机、剥料机、木质车床等农机具，获得"技术革新标兵"

和"军垦土专家"称号。

正因为有着如此光荣而辉煌的历史，在第四师规划可克达拉市的过程中，大家不约而同地想到用红军团曾经的番号来命名一条主干道。于是，"七一七"便从历史走入现实，成为一座军垦新城的大动脉。

当我站在七一七大道旁，看着呼啸而过的车流。恍若进入时间隧道，从第四师可克达拉市的昨天走入今天，走向明天。

一棵草，几经风雨香飘世界

当我接受"中国一日·走近中华文明"文学主题实践活动任务时，我的脑海里立即浮现出家乡大片大片的紫色花海，还有这片花海的缔造者——被誉为"中国薰衣草之父"的徐春棠。恰逢薰衣草花盛开的季节，在前往伊犁的火车上，和我一路同行的乘客，叽叽喳喳地憧憬着这片象征爱情的花海。

说起薰衣草，过去世人只知道日本的北海道、法国的普罗旺斯和俄罗斯的高加索地区，如今在中国西部，新疆伊犁成为当之无愧的世界四大薰衣草产地之一。可是有谁知道，当初它是经历了怎样的艰难，才铸就了今天的辉煌。

1963年8月，年仅十九岁的徐春棠刚刚从上海轻工业学校毕业，就报名参加边疆建设，来到了新疆生产建设兵团第四师清水河农场工作。

这一来，注定了他和薰衣草事业一生的情缘。

薰衣草原本生长在地中海地区，是世界重要的香精原料，被称为"香草王后"，还有"芳香药草"的美誉，自古就广泛使用于医疗，可以治疗七十多种疾病，被称为"蓝色金子"，可是这"蓝色金子"当时仅有外国可以出产。

1956 年后，中国科学院和当时的国家轻工业部香料研究所从国外引进薰衣草种子，先后在北京、上海、西安、重庆、河南等地试种都未成功。1964 年，试种薰衣草的任务下达到兵团，由于伊犁河谷与法国普罗旺斯同处一个纬度，气候和土壤条件也非常相似，兵团确定第四师清水河农场（先后更名为六十五团、六十六团清水河社政办）和谊群农场（现七十团）作为试验基地。

徐春棠作为技术员，承担起了这一重任，同时接受原国家轻工业部《薰衣草区试栽培技术研究》的课题。在当时特殊的国际环境和政治环境下，这被当成一项保密工作悄悄进行。

从法国引进的十克薰衣草种子送到六十五团后，徐春棠视若珍宝，小心翼翼地试种了一小块，仅有几平方米，每天守护、观察、记录、研究……怕晚上温度低冻坏幼苗，徐春棠就用芦苇和麦草编织草帘，晚上盖，早上揭，天天如此。

薰衣草种子小、皮厚，不易发芽，最初出苗率只有百分之一点四，这可愁坏了徐春棠。经过一次次尝试，他从冬小麦种植中受到启发，试验冬播，使出苗率提高到百分之九十。后来，他又借鉴葡萄埋土越冬、开春取土掀"被"的办法，使成活率提高到百分之九十五以上。

寒来暑往，历经无数次的失败，徐春棠终于使薰衣草在伊犁渡过了出苗、成活、繁育、越冬几大难关，1966 年至 1969 年培育种苗十点四亩，为扩大生产提供了条件。

1967 年 4 月，原国家轻工业部在北京香山召开薰衣草工作会议，初步决定六十五团、七十团为全国薰衣草生产基地。1971 年，六十五团种植薰衣草七十六亩、产精油十五公斤。当年六十五团被原国家轻工业部确定为国家薰衣草精油生产基地。

1980 年，六十五团薰衣草种植面积发展到二千零七十一亩，精油产量一千五百零二点二公斤，1984 年精油产量为 1980 年的两倍还多。

1984 年徐春棠被新疆生产建设兵团授予劳动模范称号，同年成为全国青联会员和新疆青联常委。这时候，第四师党委提出了任命徐春棠为六十五团副团长的议案，没想到徐春棠知道后，第一时间找到了师主要领导，委婉地谢绝了这一好意。因为，他心里明白，一旦当了行政领导，就意味着自己将要与心爱的薰衣草事业告别。

直到 1986 年春，完成了薰衣草从栽培到加工的全部课题，师党委再次下达将他调到第四师农业局的任命，徐春棠才带着自己撰写的《薰衣草的栽培和加工》等技术资料离开了他生活和奋斗了二十多年的六十五团，把理想的种子撒向更广阔的田野，开始在第四师大面积推广种植薰衣草。

随着薰衣草种植面积的不断扩大，生产加工精油成为当务之急。20 世纪 60 年代末，徐春棠自行设计制造了一套一次可加工五十公斤薰衣草的蒸馏锅，到 20 世纪 70 年代末改进到一次性可加工三百公斤。迄今为止，伊犁加工薰衣草精油所用蒸馏锅都是在徐春棠设计的基础上不断改进而来的。

在第四师可克达拉市档案馆，我见到了十几盒关于薰衣草种植、管理、加工的档案。虽然随着岁月的流逝，这些纸张已经变得发黄，但却装订成册、整整齐齐。我从中发现了徐春棠亲手设计制作的薰衣草精油加工机械图纸，参与制定《中国薰衣草精油国家标准》《中国椒样薄荷油国家标准》、撰写《中国香料香精发展史》和《中国香料工业发展史》所参考的相关资料。可以毫不夸张地说，正是这些标准的制定，使中国薰衣草生产加工与国际接轨。

作为一名科研人员，徐春棠一辈子都在做一件事，那就是薰衣草的育种、栽培、加工，并且圆满完成了从实践到理论的全过程，这种工匠精神，正是中国的薰衣草产业走向世界的根基所在。他也因此当之无愧地被誉为"中国薰衣草之父"。

2004 年春，徐春棠到了退休年龄，此时，兵团组织省级劳模赴深圳、广州、上海等地参观，病情逐渐加重的徐春棠没有给自己留点儿时间看病，而是借此机会一头扎进了薰衣草产品销售市场。回到伊犁，他仍然奔波在各团场的薰衣草地里。2005 年，退休后的徐春棠病逝于他的故乡上海。可是他创建的薰衣草王国，却越来越繁茂地灿烂于伊犁大地，像是为了告慰英雄的灵魂。

由于生产规模和工艺的领先，20 世纪 90 年代，六十五团被国家农业部命名为"中国薰衣草之乡"，六十九团被命名为"中国香料之乡""薄荷之都"，如今的第四师可克达拉市成了名副其实的香料王国。我想，伊犁薰衣草之所以今天能香飘万里，正是和那些为了芳香事业奉献一生的科技人员的品质一样，历久而弥新，给人们带来美好和希望。

为了使伊犁的薰衣草产业实现可持续发展，2004 年第四师又将一百克精心培育的薰衣草种子搭乘我国返回式科学与技术实验卫星进行太空育种，经过十八天的太空旅行，获得了四十二克优良的种子，最终实现了对品种的改良与优化。

如今，行走在伊犁大地上，无论是一闪而过的国道旁，还是熙熙攘攘的城市里，矗立最多的广告牌，就是薰衣草。还有鳞次栉比的薰衣草产品专卖店，伊帕尔汗、紫苏丽人、解忧公主、西域香源……一串串具有浓郁民族特色的名字，像一张张亮丽名片展示着迷人的魅力。

更让我感动的是，此行找到了 2014 年我曾经采访过的徐春棠的学生、曾经获得"全国科普惠农兴村带头人"称号的戴玖勤，那时的他还是满头黑发，如今已被岁月染白了两鬓，唯一不变的，是他的激情和豁达。说到自己曾经承担的薰衣草太空育种项目，他依旧自豪不已："我们不叫法国蓝，也不叫北海道蓝，我们叫太空蓝，这是中国自己培育的新品种！"

在戴玖勤的试验田里，他充满豪情地告诉我："你别看我这一分地不到，却有二百多簇薰衣草，每一簇都不相同，这就是我的财富。我已经退休五年了，之所以要坚持，就是要让大家知道，兵团的薰衣草事业还有人在研究，老师的梦想还有人在继续！"

而在第四师七十团二连，职工霍喜龙正在自己的种植基地里查看"太空蓝"新品系的长势。作为"太空蓝"新品最大的受益者之一，他通过网络把生意做到了全国各地，每年除了卖精油和干花，薰衣草种苗成了他独辟蹊径的一大收入。浪漫的爱情之花，也有了越来越多的幸福花园。

一首歌，见证爱情歌唱生活

在可克达拉市《草原之夜》雕塑前，一个小伙推着轮椅，轮椅上的老人迟疑地问道："这就是咱们的可克达拉？"

"是的，你看那座大桥，就是可克达拉大桥，桥上的字是原来的文化部长王蒙写的！"顺着儿子的手势望去，老人开心地笑了。

这笑声，把我带进了六十五年前的可克达拉。

"可克"是哈萨克语，意为"绿色"；"达拉"是蒙古语，意为"原野"。"可克达拉"是糅合哈萨克语和蒙古语后产生的地名，是"绿色原野"的意思。历史上这里曾经是察合台汗国和准噶尔汗国的游牧草场，水草丰茂，盛极一时。我想，从这个地名是不是也可以看出历史上各族人民在这里休戚与共的幸福场景呢？

1958 年，八一电影制片厂导演张加毅受上级指派，来到可克达拉拍摄大型彩色纪录片，向国庆十周年献礼。

来到新疆伊犁后，张加毅和新疆军区文工团的作曲家田歌，同军垦战士们一起住地窝子，一起劳动体验生活，被战士们那种建设伟大祖国的顽强精神和豪迈情怀深深地感动了。但是即使如此，两人一时半会儿也没有找到创作的灵感。

一天傍晚，夕阳西下。张加毅导演约了田歌，沿着伊犁河信马由缰缓缓而行。忽然，一幅如诗如歌的"立体画"呈现在他们眼前——在一抹晚霞的映衬下，丛丛芦苇在夕阳下闪烁着耀眼的光亮，缕缕青烟从芦苇丛中袅袅升起，一群年轻人把打来的猎物挂在木架上，一个维吾尔族小伙子弹奏着都塔尔在轻声歌唱……

"小伙子，你唱的是什么歌啊？"张加毅和田歌被眼前的情景迷住了。"我在歌唱劳动，歌唱爱情，歌唱幸福的今天和明天……"小伙子开心地大声回答。

大家正说得高兴时，突然，一位三十多岁的战士捂住脸哭出了声，张导见他哭得很伤心，就拉住他的手来安慰，小伙子向张导倾诉了原委。原来这位山东籍的战士去年冬天去乌鲁木齐参加劳模表彰大会，认识了一位来自石河子垦区的女劳模。两人一见钟情，互相表达了爱慕之心，约好回团场后互相写信联系，再定下结婚时间。可小伙子回到可克达拉，写的信一封也没法寄出去，也无法收到姑娘的来信，他只有拿起姑娘的照片看了又看，再放进贴身的衬衣口袋里。由于无法通信，焦虑万分，他朝思暮想，竟然得了病。他也经常跑到二十多公里外的大路上去询问来往车辆的行人，但都联系不上他的心上人，因此，他刚才情不自禁地哭了起来。

看着伤心的兵团战士，张加毅的心灵被触动了，他情不自禁地说道："小田，我想写一首歌，一首关于爱情的歌，我要写出来，你敢谱吗？"

"张导，你敢写，我就敢谱！"田歌当即拍着胸脯回应。

张加毅立即从荷包里掏出一个纸烟盒子，提笔写了起来：美丽的夜色多沉静……不到一刻钟，就写出了一首通俗易懂、优美抒情的歌词，转身把纸盒交给田歌。

大概过了四十分钟后，田歌跑到张加毅跟前："张导，您来听听吧!"一脸兴奋的田歌，打开随身背着的琴盒，边弹边唱了起来。张加毅让他唱了四五遍，却始终沉默不语。田歌的心中忐忑不已。

正在这时，忽然听到兵团的少数民族战士们在窗外喊："亚克西，亚克西!"原来他们一直在窗外听着，这时候都鼓起掌来，喊着叫好。

"太好了，既然人民都认可了，就是它了!"张加毅当场拍板。就这样，《草原之夜》成为《绿色的原野》这部纪录片的主题歌，受到了赞扬，很快在世界上广为传唱。

1990 年，《草原之夜》被联合国教科文组织命名为世界著名"东方小夜曲"，而且是我国第一首被列入世界名曲的艺术经典。

经过半个多世纪的开发建设，老一代军垦人在这里"献了青春献终身，献了终身献子孙"，几代兵团人接力奋斗，默默奉献，不仅收获了事业，也收获了爱情。

正是缘于这种情结，当要在第四师建市时，经过多方征集，"可克达拉"在众多的候选名中脱颖而出，最终成为兵团第八座"师市合一"的城市。

"可克达拉改变了模样，姑娘就会来伴我的琴声……"随着公园里的音乐声响起，一群充满活力的年轻人雀跃而来。原来，这是附近的维吾尔族村民来到可克达拉举办婚礼，成立八年来，可克达拉已经成为一颗璀璨的明珠，在中国西部冉冉升起。

一瓶酒，充满传奇历久弥香

在国家 4A 级旅游景区伊力特酒文化产业园的酒文化博物馆里，一瓶"新疆第一酒"的展品吸引了我，这瓶具有收藏价值的浓香型白酒标价一万九千八百元，可谓是天价了。可是想起为了这瓶酒的诞生，曾经流血流汗的一代又一代军垦酿酒人，我想说它是无价之宝一点儿也不过分。因为，这是一瓶出自红军团的酒，它的液体里蕴含着红色基因。

1955 年，为了解决战士们冬天的御寒问题，时任十团（七十二团的前身）团长的冯祖武提出了组建烧酒班的想法。于是，在一无设备、二无技术、三无资金的情况下，一个由红军团战士组成的酿酒组就这样成立了。

红军团的战士们打仗是英雄，生产建设同样不含糊。他们发挥自己的聪明才智，硬是解决了一个又一个难题。首先从二百多公里外的伊宁市找到了一个一米多深、七百多公斤重的大铁锅。为了拉回这口锅，三名战士赶着套有三匹大马的槽子车就出发了。由于锅大车身短，锅装上车就没有可坐的位置了，三位战士只好徒步跟车。一路上，饿了啃几口干馕，渴了喝几口河水。夜晚，一人放哨喂马，二人钻到车底下睡一会儿。成群的蚊子像轰炸机一样轮番进攻，一巴掌打下去，满手是血。秋天的夜晚，寒气袭来，实在睡不成，就卷起莫合烟一边熏蚊子，一边侃大山。三天三夜，近二百公里的路程。当三匹马打着响鼻拖着马车驶进厂区时，战士们像迎接新娘子一样隆重热烈。可是，当大家围着大锅抚摩着、兴奋地谈笑时，三位战士早已躺在铺上打起了呼噜。

修窖池时遇到了麻烦，没有砖，怎么办？一等功臣、烧酒组长程依富提出了用木板代替的办法，很快十六个用松木板砌边、能装八百公斤粮食的大窖池就建成了。

巩乃斯草原特有的芨芨草这时也派上了用场。原来，为了防止磨碎的粮食漏下锅底，又不影响蒸汽的上升，装锅前要先铺上一层柳条编的算子，在算子上面加铺一层芨芨草帘子。编帘子前先把几根芨芨草绑在一起，再编起来，这样打成的帘子比一般的芨芨草门帘要厚实得多，效果自然也要好得多。

1955 年 11 月 20 日 7 点整，随着哗哗的水声，一股晶莹剔透的液体从木桶中缓缓流出，"成功了！成功了！"人们欢呼起来。

很快，十团的烧酒不仅自给自足，而且给兄弟单位"友情"供应。

随着时间的发酵，红军团战士酿出的白酒成为 20 世纪新疆最紧俏的商品之一，亲朋聚会、红白喜事，能拿出几瓶伊犁大曲，主人的脸上总洋溢着骄傲的笑容。

记得 20 世纪 80 年代，刚从部队复员回来的哥哥看着伊犁大曲这么火爆，也想分一杯羹，大老远倒了几趟班车，去了七十二团。回来却从大班车顶上搬下几件我们没见过的酒。"去了才知道，根本买不上伊犁大曲。"没办法，总不能白来一趟啊？只好买了几件肖尔布拉克大曲回来，据说是原来的伊犁大曲酒厂的一个分厂，交给了地方政府，打出了自己的牌子。好在，借着和伊犁大曲"沾亲带故"的光，这几件酒也很快卖了个精光，总算把哥哥的路费挣回来了。

既然能火遍天山南北，为什么就不能去大江大海闯闯呢？20 世纪90 年代，伊犁大曲的传人走出星星峡，沿着当年父辈走过的路一路向东攻城拔寨，迅速打通陇海线，先后在兰州、西安、郑州热卖，最后在号称"一年喝倒一个品牌"的西子湖畔扎下根来，至今在江浙拥有一席之地。这个时期，中央电视台黄金时间播出的广告语"英雄本色，伊力特曲"令我们这些兵团子弟骄傲不已。

当时伊力特系列白酒在内地火到什么程度？当年时任董事长的徐勇辉在酒桌上讲了一个故事：一次前往郑州考察，刚下飞机，就见机场外彩旗飘飘，鼓乐齐鸣，心里正纳闷，不经意却瞅见"热烈欢迎徐勇辉先生！"这一行字。原来是伊力特的经销商想给徐董一个惊喜。"人家凭啥对你这么隆重？""凭啥？就凭河南人民认我们伊力特酒呗！"

如今的"伊力特"，作为新疆唯一一家白酒上市公司，落子军垦新城可克达拉，建起了国家 4A 级旅游景区——伊力特酒文化产业园，成为可克达拉市的一张新名片。

"钢与铁的信仰,历经了岁月沧桑。天和地的守望,孕育出美酒之乡。"这是我为"伊力特"写的一首歌词,也是我对伊力特人发自内心的敬仰。

一座城,接力奋斗梦圆丝路

"如果没有丁憬,就没有可克达拉的今天!"出租车司机王志辉一路上不止一次这样对我说。在可克达拉市,我听到最多的,也是这个名字。

这不仅仅是对丁憬个人的肯定,更是对援疆干部的认可。

"您遥遥走来让这里变模样,绿色的原野上春风送吉祥。您的忠诚铭刻在万仞天山上,动人的琴声长流淌您的荣光……"这是新疆生产建设兵团献礼建党一百周年原创剧目、兵团猛进秦剧团以丁憬为原型创排的大型秦腔现代戏《在绿色原野上》。

2011年底,时任江苏省镇江市副市长的丁憬积极响应党中央对口援疆的号召,义无反顾来到新疆。第四师和镇江联合成立了镇江市对口支援第四师前方指挥组,由丁憬任组长,同时兼任第四师副师长、霍尔果斯经济开发区兵团分区党工委副书记、管委会主任。他带来了新的发展理念——大跑道才能起落大飞机,大平台才能承载大企业。很快他用行动兑现了承诺:兵团分区实现了"五年任务,两年完成",建成了基础设施完备的国家级园区,沿海企业纷纷落地,2018年实现税收十七亿元。第一期援疆任务结束,丁憬没走。第二期结束,他干脆申请由援疆改为任职。2016年,他正式出任第四师师长、可克达拉市市长。按他的话说,不为别的,只想"为咱兵团干点儿事"。

任师长、市长后,丁憬把全部精力投入可克达拉的城市建设中。作为参与了国家低碳试点城市建设的丁憬深知环境对一个城市的重要性。

他提出了"以绿荫城、以水润城、以文化城、以产兴城"的建城理念。城市怎么规划,园区怎么建设,树怎么种,甚至小到每个公园,每一处景怎么设计,他都会和具体的执行者沟通交流。可以毫不夸张地说,每一个可克达拉市的建设者说起丁憬,都能讲出一两个和自己相关的细节,因为他干起工作来什么都不顾,随时随地都会出现在第一现场。记得刚任师长不久,他发现了可克达拉市一个致命的缺陷:整个城市竟然没有设计规划雨水收集工程。这时候城市基础建设进行了两年多,大部分地下管网已经铺设完成,他气得直拍桌子:"难道你们觉得北方城市就不会出现洪涝?伊犁号称'中亚湿岛',难道雨水会小得了?这个错误一定要纠正,我们不能做历史的罪人!"项目部迅速采取补救措施。

为了实现"以绿荫城",2015 年城市挂牌后,可克达拉开展了持续不断的绿化攻坚战。这时兵团人集中力量办大事的优势体现出来了:老军垦把自家门前长了几十年的大柳树捐了出来,团场职工把更新的果树捐了出来,各团场连队把最好的树捐了出来,招商引资企业捐款去内地买来了珍稀树种……这才有了今天二十九个主题公园组成的城市绿肺和百分之五十的绿化率,徜徉在这个城市里,随处可见的野生动物,甚至让人很难分清,究竟是可克达拉走近了山水,还是山水本身就蕴藏在可克达拉之中。

如何实现"以水润城"?可克达拉居民即将入住,饮用水却还在依靠临时打的几口井。这怎么行!能不能把八十多公里外的霍尔果斯河水引过来?丁憬又提出了一个常人看来无异于天方夜谭的想法。经过论证,此法可行。那就干!很快,惠远大道一路西去,直达国门,霍尔果斯河水随之东进,跋涉而来,成为可克达拉的生命之源。伊犁河水环绕其间,把她装扮得明眸善睐。

漫步可克达拉,我惊喜地发现,无论是整体规划,还是一街一景,都蕴含着卓尔不凡的气质,甚至每一盏路灯上,都烙着可克达拉独特的印记，显示着中华文脉的薪火相传。在这里，所有南北走向的道路都是用祖国的山脉来命名，所有东西走向的道路都是用祖国的江河来命名，这不正是胸怀祖国山河，不忘稳疆固边使命的无声誓言吗？在这里，处处充满了艺术气息：著名作家王蒙、当代雕塑第一人吴为山、篆刻大家韩天衡、书法家言恭达、书法家尉天池……一个个当代文学艺术名家慕名而来，留下了永久的足迹，使这座军垦新城更加耐人寻味。

"塞外江南"一直是伊犁人引以为豪的美称，而镇江援疆人，则真正让"塞外"和"江南"融合在可克达拉，使她成为一个地标性的城市。

2020年的春天，积劳成疾的丁憬走了，可是在他的影响下，更多的援疆人来了。

陪同我采风的过程中，闫欣秋老人说起自己从地窝子搬到土坯房又搬到楼房，再到今天可克达拉市的别墅，满眼说不尽的自豪和幸福："这要感谢党的政策好，也要感谢镇江人民对边疆的情谊！"

是啊，这是一座承载着红色基因、绿色交响、紫色浪漫、七彩梦想的城市，随着国家援疆战略的落地，几代兵团人正在这里开枝散叶，生生不息。

穿 越 千 年

杨 树

沿着富尔河的流向，很快就可以到达大蒲柴河满族传统村落。

富尔河是大蒲柴河村的母亲河。富尔，满语为"杨树"之意，因发源地及沿河两岸多有密集的杨树而得名，沿袭至今。富尔河源出富尔岭，是松花江水系古洞河二级支流，此河流穿越崇山峻岭，九曲回旋，滋养着祖祖辈辈生活在这里的长白山人。

大蒲柴河村依山临水，东侧紧邻东头山，西面与西头山相望，背倚巍峨起伏的寒葱岭，南临奔流不息的富尔河，其藏风聚气之势充分体现了前人于数百年前在村落选址中经久延续的传统思想和民俗特点。大蒲柴河村原名"下湖村"，是唐朝和渤海时期的古村落。"大蒲柴河"在当地满语中另称"尼马哈"，"尼马哈"是一种独特的鱼种，当地民间称为"鳊花"，是古代东北民间向历代朝廷进奉的重要贡品。

大蒲柴河满族村落，就像是系在富尔河上的一颗纽扣，千百年来从未松动。走进满族传统村落，仿佛穿越千年，走回到渤海时期的靺鞨民族生活的村落。

这些泥墙茅草屋在这里静坐了多少年，很多人已经不记得了，虽然经过风雨侵蚀，但岁月的痕迹被人们抹平了一茬又一茬，现在又经过统一修缮，房屋的情况看起来还不错。每个房屋前面都有一个用木杖子围起来的菜园，一垄垄嫩嫩的蔬菜绿得耀眼，绿得张扬，让人感到充满活力与生机。有些人家的烟囱是用一棵空心的大树做成的，矗在那里，显得卓尔不群。木格窗子上贴着用麻布做成的窗户纸，隔绝了里外的一切影像。

村民金屹是这个村的老户，有脉络可寻的先祖一年前就在这村生活。金屹老大爷家里是一铺北炕，炕上有窗户，靠西墙是炕琴，里面放的被褥。地下是四节曲柳面的黄箱子，黄澄澄的线条连在一起，好像奔腾不息的富尔河。地下一张八仙桌，黑乎乎的有些年份。东墙上挂满了各种木制小饰物，会让人想到玩具店的货架。炕上有一个炕桌，吃饭用的，在炕上还有一个用纸糊成的烟笸箩，还有一杆约六十厘米的大烟袋，黄铜的烟袋锅擦得锃亮。我不禁想起来形容东北的几句俗语："东北三大怪，窗户纸糊在外，姑娘叼着个大烟袋，养活孩子吊起来。"把孩子吊起来，说的是满族摇车。飘飘荡荡的小摇车，里面睡过满族人的童年和梦想……

满族的摇车具有与其他民族不同的特点，形成于原始渔猎生活时期，但在安定生活进行农业生产以后，成为每个家庭必不可少的育婴工具。使用摇车主要是因为满族女人和男人一样，常年活动在深山，或狩猎，或开荒，不能总在家里看护孩子。山里野兽多，婴儿随时都有被野兽侵害的危险。为了避免孩子遭受侵害，他们就用桦树皮编成摇车，用藤条编成网，将孩子吊在树枝上，这就是最早的摇车。

关于摇车，还流传着这样一个故事：有一位母亲，前后生了九个孩子，第一个放在石板上，被野兽给吃掉了；第二个放在土堆上，被蛇给咬死了；第三个放在高山上，被大风给刮走了；第四个背在身上去狩猎，被颠簸折磨死了……经过八个孩子的教训，才想到这样一个安全的方法。

最著名的摇篮曲很多人都熟悉："月儿明，风儿静，树影儿遮窗棂啊。蛐蛐儿，叫铮铮，好像那琴弦儿声。琴声儿轻，调儿动听，摇篮轻摆动啊。娘的宝宝，闭上眼睛，睡了那个睡在梦中……"其中包含着朴素浓郁的情感。

金屹是个很健谈的人，他经常给外来人讲这里的村民在生活中保留的满族渔猎文化和民间习俗。他家历代就是捕鱼世家，至今传承着织渔网、编鱼篓、做鱼捂拉（一种类似筐篓的捕鱼工具）等独特手艺。金屹还会讲好多神话，有珍珠仙女斗妖龙的故事，灵芝姑娘给穷苦人治病的故事，人参姑娘帮助穷小子的故事等。那些故事，都是一些美丽的姑娘帮助穷人的，没有一个是帮助富人的，看起来以前的美丽姑娘都不喜欢钱啊！

他还讲了傻狍子的故事：其实傻狍子并不傻，它只是爱琢磨事。当猎人打猎时，如果放了空枪，会把傻狍子吓走，但它过一会儿一定还会回来，它一定要弄清怎么一回事，当然，再回来时，便当了猎人的猎物。

满族传统部落里还有一个传统村落展示馆，里面有很多满族生产工具和生活用具等。望着这些带有民族标记的器物，思绪会在介绍的文字间穿梭，越过一个个历史门槛，来到最初有人类居住的时代。

远在商朝时期，大蒲柴河一带就有东北古老的肃慎民族在此繁衍生息。汉代，肃慎称成挹娄，南北朝时期称勿吉，隋唐时期称成靺鞨，后发展为女真，现在叫满族。在各个历史阶段中，渤海时期是繁荣发展期。

渤海国的兴亡仿佛是一夜之间的事，一夜之间就成了海东盛国，而其灭亡也是出人意料的迅速，令人不可思议。渤海国（698—926）是由粟末靺鞨首领大祚荣建立的地方政权，号震国。敦化敖东城是渤海国最早的都城，被称作旧国。唐朝"遣郎将崔忻往册拜柞荣为左骁卫员外大将军、渤海郡主，仍以其所统为忽汗州，加授忽汗州都督"。自此，渤海国作为唐朝的藩国开始出现在历史的视线之内。

透过历史的硝烟，感受到了这一民族的倔强与不甘，正因为这一点，他们才在中国历史的舞台上以各种不同的姿势出现，来弥补构造中国的历史：靺鞨、女真……上天注定他们是历史的主角。

悠悠岁月，渤海国历经二百二十九年，陪着辉煌的唐朝走过了二百多年的历史，几乎就是唐朝的影子。渤海国虽然是一个藩属，但它的后人却闯进了关内，统一了中国，建立了清朝。

温庭筠有一首诗《送渤海王子归本国》，说的就是渤海国："疆理虽重海，车书本一家。盛勋归旧国，佳句在中华。定界分秋涨，开帆到曙霞。九门风月好，回首是天涯。"

渤海国时期，敦化作为渤海国的开国奠基之地，政治、经济、军事、文化得到空前的发展，留下了很多历史文化遗存，其中最具代表性的就是大蒲柴河村传统村落。

大蒲柴河村地处长白山腹地，周边多是连绵起伏的山脉和森林，平缓地带多为针阔叶混交林植被，深厚腐殖土覆盖的黑土地非常肥沃，被各族先民当作扎根生存的宝地。主要树木品种有红松、白松、鱼鳞松、落叶松、臭松、紫椴、水曲柳、黄檗、胡桃楸、裂叶榆、柞树、白桦树、混交枫桦树等珍贵乔、灌木树种四十余种。

光绪四年（1878 年），清王朝招垦民众开荒种地。1892 年前后，先有李、林、陆、包四大姓家族人马，沿着明清时期的古驿路，来到大蒲柴河一带落脚定居，开始"跑马占荒，手指画界，拉绳圈地"，大蒲柴河地域随即拉开农耕垦殖的沉重序幕，辽阔的黑土地再次被开发。

岁月有序，万物生长。黑土地是农耕民族赖以生存的家园，农耕历史犹如一曲厚重磅礴的歌谣，从远古吟咏而来，唱出了民族的情怀与自信。大蒲柴河村人始终传承沿袭着最为传统的农耕习俗，春种，夏长，秋收，冬藏，遵循着日出而作、日落而息的田园生活。

村里有碾坊、豆腐坊，每家还有煎饼鏊子。拉碾子用的是毛驴，没有毛驴就用人拉，石头碾子不停地转着，转出了一年四季，春夏秋冬。豆腐坊也是天不亮就起来碾豆子、过包、点卤水、压大豆腐、泼干豆腐……东北的大煎饼源出山东，但改良后的东北大煎饼薄如蝉翼，清香爽口，能吃出妈妈的味道，非常适合长期存放。

大蒲柴河的野生动物也特别多，包括国家级保护动物东北虎、黑熊等五十多种，有久负盛名的长白山林蛙、东北黑鳌虾、富尔河蛤蜊、编花鱼等多种水产野生动物。近年由于生态的改善，还有中国珍稀物种中华秋沙鸭，也重返富尔河流域繁衍生息。

据金屹讲，富尔河古产东珠，北侧的寒葱岭产的寒葱，都是每年上缴的贡品。金屹还着重讲了古人训练海东青打鱼的故事。

海东青，给人的印象永远是像流星一般义无反顾地俯冲，是那样决绝；在白云之上翱翔，是那样悠闲自在。它与所有的候鸟一样，从不改变自己的航线，心中期盼的是它永远的栖息之地。它是蓝天的精灵，是羽毛编造的皇冠，是满族不变的图腾。

正因为对老鹰的陌生，人才感到它很神秘。人们往往把天上飞的一律称为老鹰或雕，根本不知道那里面就有海东青。《本草纲目·禽部》记载："雕出辽东，最俊者谓之海东青。"古人狩猎以鹰、犬为伴，他们把猎鹰叫作海东青。

满族是以射猎著称的民族，其先祖很早就懂得捕鹰，驯化后，用来帮助猎户捕获猎物，俗称放鹰。早在唐代，海东青就已是满族朝奉中原王朝的名贵贡品。唐代大诗人李白曾有诗："翩翩舞广袖，似鸟海东来。"富育光老师写的《七彩神火》故事中写道："天雕来自亨衮河以东"，满族话叫它松昆罗，意思是天雕从亨衮河飞来的，汉语把它译成海东青。有人说海东青可能是矛隼，它虽然大小如鹊，但天性凶猛，可捕杀天鹅、小兽及狐狸。《清朝野史大观》中这样描写了放鹰的方法："鹰以绣花锦帽蒙其面，擎者挽绦于手，见禽乃去帽放之。"海东青都是野生野长，由人捕来驯化后再以供助猎之用，由于海东青不易捕捉和驯化，在金元时期甚至有这样的规定："凡触犯刑律而被放逐到辽东的罪犯，谁能捕捉到海东青呈献上来，即可赎罪，传驿而释。"因此，当时的可汗贝勒、王公贵戚，为得名雕不惜重金购买，成为当时的一种时尚。

海东青有很多种类，其颜色不一，以纯白色、天蓝色、纯黑色为上品。康熙赞美海东青："羽虫三百有六十，神俊最数海东青。性秉金灵含火德，异材上映瑶光星。"诗仙李白有诗写白鹰："八月边风高，胡鹰白锦毛。孤飞一片雪，百里见秋毫。"

海东青是蓝天中的王者，在食物链的顶端。在如今海东青越来越少的天空，有些鸟类濒于灭绝的边缘。仰望寂静的天空，渴望出现那种迅疾孤傲的身影，想在它华美的羽毛上，梳理古肃慎人到渤海靺鞨人、到女真和满族人发展的纹路，从满族人奋勇抗争的血脉中寻找民族精神的力量。跟随海东青飞越历史，走进肃慎人的最高图腾。

金屹讲起了木帮、放山的故事，而这正是外来人非常感兴趣的话题，接着他就讲起了以前他亲自参加开山的故事。

开山时，首先选定一棵神树，他们要在这棵树下完成庄严的开山仪式。他们找到的老松树有两人合抱粗细，大概有二十米高，面向南方，身后是今年将要开采的大山。树干部分一块一块的树皮翘开着，像是被风吹裂的，斑斑驳驳当中藏着千年的风雨，满身都是岁月的痕迹。十多米之上斜斜向上的枝叶展开了，树枝如有力的手臂，像针一样的叶子更是力量的图标。

老把头拿起一把新斧子，斧把上系着红布条，他在老松树离地三尺的地方砍下去，随着斧子的不断砍击，鱼鳞一般的松树皮掉了下来，露出一块高二十厘米、宽二十厘米、高三十厘米白白的肚皮。这时你会感到老松树的疼痛，它在颤抖中撒下一把把松针。

老把头仅仅砍下一层树皮，然后用一块方形的红布蒙上露出的树干，用几枚铜钱的立面把红布砸进树干，红布就固定住了，这样就做成了老爷府。为什么用铜钱固定？金屹说："钉和定同音，定是固定、不动、没有发展的意思，所以跟铜钱相比差很多了，铜钱不只是钱，本身还是铜，金银铜铁，排在铁的前面，比铁值钱。"

树根处供一张用烧纸叠的龛状牌，上写草神、山神、树神、五殿、老把头之位。接下来是摆供。老把头在树下铺了一层烧纸，然后摆上猪头和猪蹄，有头有尾，不仅是全猪的意思，也是完整的喻义，人要完整去，也要完整归，不缺谁少谁。除了猪头猪蹄之外，还要摆六样供品，叫六六大顺。六样供品分两类，面食和水果，面食一般就是包子、馒头、月饼之类，但忌讳摆鸡蛋，鸡蛋有滚蛋的意味，水果也不能用桃和梨，桃是逃跑，梨是离世，又滚又逃的，还怎么伐木？

开山仪式，就是告诉山神爷，我们要进山了，要和山神土地打打招呼，黑牛白马祭苍天。祭祀用猪是有讲究的，必须用黑猪，选黑毛猪是对山林的尊重。黑，指厚重、实惠，是表示人对大山的诚意。

点香倒酒之后，老把头用拴着红布的斧头向神树敲打三下，一边敲打一边说："山神爷，老把头，你醒醒吧，你该醒了，我们要上山了，要采伐了，告知您老一声，我们要动山动树了，请您开开山门，俺们要进来了……"

老把头跪下，整理下供品，大声宣布：开山仪式正式开始——

这时，旁边所有的人都整齐跪下磕头，跟着老把头喊：

山神爷、树神、老把头，

我们要开锯了，

请您老人家开开山门，

我们进去伐木，

请您保佑放的树都是顺山倒，

顺顺当当，平平安安，

等歇斧歇锯时，

再来祭祀您山神老把头。

…………

　　老把头姓张，应该是地道的东北人，他的祖先是生活在长白山脉的
女真部落，后赐张姓。他的祖先为躲避战乱逃到深山中，清朝后期才从
山里走出来，所以并没有被编在八旗之内，被当时的人称为"巴拉
人"，意思是"不服天朝管的人"或"行为轻狂之人"。他们不受约束，
自我封闭，以狩猎、捕鱼为生。在长期的密林生活中，逐渐形成了独特
的生活方式和文化，也就是巴拉文化。

　　金屹讲了他参加的一次开山，接着又讲了一个故事，说的是老把头
神的来历：

　　据说从前山东莱阳有一个姓孙的人家，老两口儿就一个儿子，取名
孙良。这一年，莱阳一带大旱，人们连草根和树皮都吃光了。孙良听说
关东山出人参，就和家人商量要去闯关东。可到了长白山后准备返家
时，同行兄弟不见了。在找人的路上，孙良连累带饿，昏倒在一块卧牛
石下。他醒来后咬破手指在大石头上写道：

家住莱阳本姓孙，

漂洋过海来挖参。

路上丢了好兄弟，

找不到兄弟不甘心。

三天吃了个蝲蝲蛄，

你说伤心不伤心。

家中有人来找我，

顺着蛄河往上寻。

写完，孙良就死在这块卧牛石旁边了。后来孙良就成了长白山里的"老把头神"，专门保护山里那些放山、狩猎、伐木、放排的人。

我看着村边的富尔河，那缓缓流淌的河水，仿佛是古老的肃慎民族起起伏伏一脉相承的血脉延续，正是富尔河的滋养，才能让两岸土地风吹稻浪，粮米飘香，它承载着两岸的人们遥远的希望和海阔天空的梦想。

沿富尔河岸溯源而上，就会穿越千年，翻开一部肃慎民族的篇章。

何以草堂？

李咏瑾

诗歌是世界上至轻的篇章，而诗人在其上书写下至厚至重的情感，他一生多病羸弱的身体里，傲岸不屈着一个伟大而充满暖意的灵魂。

这可以说是中国文博界乃至世界文博界最渺小的一处遗迹。

759 年冬天，面色焦黑而清癯的诗人在漫天战火中踉跄而出，携家带口由陇右（今甘肃省南部）入蜀，辗转来到成都。在时名"浣花"的小溪一侧，从一把稻草开始，他修筑了一间小小的茅屋，仿佛在历史长河中提笔点上了一处微不足道的墨迹，那时的他，远远未曾想到这处小小的居所将在中国乃至世界文化史上拥有怎样的意义。

居所的起源：万里桥西一草堂

就在这处历史的小小转折里，我们与身抱茅草的伟大诗人杜甫狭路相逢，我真希望自己能够伸出双手，帮彼时困苦的诗人多找来几捆茅草、将他那屋顶铺得厚实一些，再煮上一锅热气腾腾的黄黍饭，来安慰诗人那一生动荡不安、早已饱经忧患的心灵。

而隔着千载时光，我现在所能做的，只是在今日窗梁明净的杜甫草堂，仰头回想起公元 761 年的凛凛寒风。那时此地，茅屋梁似瘦笔，草枯似乱发，但这已是诗人遍求亲友后、如燕子垒窝般给自己筑就的一处小小的刚够栖身的喘息之所。

不管怎样，草堂终于筑好了，屋外植起了四棵新松，满手泥痕的诗人刚刚在屋边开辟了一块小小的药圃，而远处的浣花溪"纤秀长曲，所见如连环、如玦、如带、如规、如钩，色如鉴、如琅玕、如绿沉瓜，窈然深碧，潆回城下"，后世的诗人于是表扬他审美高卓，胸臆安详，在穷愁中仍能择胜境而处。

杜甫告诉我，他上午送走了前来探望的挚友高适，而稍晚时，在此地为官的另一好友严武又会来坐坐，对此他深感欣慰，能在此处落脚，多得朋友们看顾。言谈间，炉上的粗茶刚刚烹开，忽然听到柴扉呜咽，原来是秋风怒号而起，俄而又看到头上屋顶开始震动，几起几伏间天光一闪，"不好!"我随着杜甫匆匆奔出屋外，只见屋顶上长长短短的茅草随着狂风腾空而起，高的挂到了树梢，而近的则铺满了塘坳。还来不及弯腰捡拾茅草，我们又听到远处传来一阵嬉笑，原来是村里的顽童公然争抢着茅草。

而晚间风云墨压，残破的茅屋淅淅沥沥地经历了一夜的漏雨，诗人此刻的生活如同他颠沛流离的一生，没有一处干燥温暖的地方，包括他面前洇湿的诗稿，而他却在这稿纸上就着斑斑泪迹写下："安得广厦千万间，大庇天下寒士俱欢颜! 风雨不动安如山……吾庐独破受冻死亦足!"

千载而下，每一个知识分子读到这里，都忍不住泪湿胸襟! 诗歌是世界上至轻的篇章，而诗人在其上书写下至厚至重的情感，他一生多病羸弱的身体里，傲岸不屈着一个伟大而充满暖意的灵魂。正如鲁迅曾言："我总觉得陶潜站得稍稍远一点儿，李白站得稍稍高一点儿……杜甫似乎不是古人，就好像今天还活在我们堆里似的。"《茅屋为秋风所破歌》一出，温暖着一代又一代知识分子的心灵，让大家总觉得当你于寒冷中瑟缩靠近杜甫时，他会肩并肩和你坐下分享一碗热粥，或者给你披上一件他自己的褴褛旧衣。他少于关注自身的伤痛，却会为素不相识的老妪流下唏嘘的热泪，好像乱世中全天下的苦难都会在他的心上刻下重重的痕迹，他这一生仿佛就是为了感知和记叙这些苦难而来。苦痛让他的脊背越来越弯，而骨头却越来越硬，他把自己的所有心血淬炼成墨，凝涩但片刻不停地涂抹于生命的迤逦长卷，直到有一天，笔秃了，墨尽了，诗人也就明白，自己是时候离开了。

胸怀天下而心无此身者，人恒忆之。

事实上，在公元 765 年杜甫离开成都后，草堂便倾毁不存。然而在一千二百多年的历史里，从没有人忘记这处和旧主一样羸弱的草堂。它一次又一次地在岁月中损毁，又一次又一次地在春风吹又生中重生，作为中国诗歌的精神圣殿之一，其顽强的生命力罕有其匹。当我们侧身天地、回首世尘时，发现这里不灭的是诗歌的风骨，长存的是诗人的精神。

重建者的意识：盖欲思其人而成其处

902 年，倾毁百余年的草堂迎来了第一个重建者。著名诗人韦庄入五代前蜀为官，仿佛宿命般，这位诗人同样一生于战火中颠沛流离、满怀忧国忧民之思，与杜甫有着相似的清苦底色。他在浣花溪边的凄凄荒草间找到了已经败落的草堂残基，重新修缮之后自己住了进去，史载"因命芟夷结茅为一屋，盖欲思其人而成其处"。

那时，他已为前蜀宰相，深得蜀主王建信任，当朝开国制度多出其手，算是完成了自己"有心重筑太平基"的愿望。本可以就此安享荣华，他却从庙堂之高退步而下，将自己的精神与残生寄托在了这处草堂。

在草堂里，他自辑了《浣花集》十卷流传于世，并仿拟杜甫"少陵野老"的称号，自称"杜陵归客"。就连这两个称号，都饱含着一种深具画面感的意蕴：花径缘客而扫，蓬门为君而开，"野老"从草堂中起身，向着来人拱手作揖，而"归客"疾步迎上，两人携手大笑而归。

韦庄在草堂，一定时时想起杜甫所经历过的百年风霜，在《秦妇吟》里，他的身心和杜甫一样遭受着丧乱的凌迟，古往今来的作家如何成其伟大？其中最接近现实的一种答案，就是敢于以笔蘸取自己的血泪来书写满腔胸臆。后来，韦庄以《菩萨蛮》五首闻名，为百代宋词之宗，他穿越种种由诗至词的迷霭，勘破了"满楼红袖招""醉入花丛宿"，和其他人一样采取了"遇酒且呵呵，人生能几何"的态度，然后在城里春光好、才子他乡老中痛彻心扉，"未老莫还乡，还乡须断肠"。而在暮年，他的审美趣味大改，去世前，他一直吟咏着杜甫的《南邻》一诗："白沙翠竹江村暮，相对柴门月色新。"

在杜诗的整个谱系里，《南邻》并不亮眼，从表面上看，似乎很难理解为何韦庄至死还对其念念不忘？最大的可能，也许是世间能够消解沉重天问的，唯有来自俗世的烟火温情，是如"南邻"一般"惯看宾客儿童喜，得食阶除鸟雀驯"，晚年的韦庄，终于在草堂中找到并且沉浸于这份自在，一篇吟罢，诗人了无踪迹，想来是没入了杜诗中的白沙畔、翠竹边，江村夜色下，暌违百年的精神上的至交故友终于在柴门下重逢。

传承千年的倾慕：犹劳车马驻江干

而今，我亦站在草堂的柴门前，千年荏苒，此地早已换了人间，原本是杜甫推开柴扉笑迎亲朋的院门，现在成为整个草堂博物馆中轴线上的第四重建筑，也是这里最小、最简朴的建筑。门上匾额"柴门"二字，乃是著名画家潘天寿所手书。

站在柴门下回望，整整一千二百多年来的时光历历在目，有清风携着竹声正穿堂而来。草堂中轴线上的前三重建筑，分别是第一重的正门、第二重的大廨以及第三重的诗史堂，在柴门之后，就是祭祀杜甫的工部祠，它们与景区中其他重要景点诸如大雅堂、少陵碑亭、书法木刻廊等一起，共同构成了草堂今日之盛况。

几乎所有的文化遗迹流传至今，都存在一个如何做好"加法"的难题：既要保持原始遗迹充沛的精气神，又要随着时代的发展不断增加其愈加深厚的文化内涵，少一分则显单薄，多一分又流于恶俗。近年来多处文化景点因不当翻新而引发的频频翻车，就成为一个尤为值得我们警惕的问题。而草堂千百年来所做的"加法"，凝练着人们心中对于诗圣的朴素感情，游览今日之草堂，可以说是步步生华章，其间几无一处闲笔。

韦庄结庐之后，此地几经兴毁，宋元明清各有修葺扩建。哪怕到了民国后期遭遇军阀混战，严重损毁的工部祠遭到风吹雨淋，附近同样困顿的僧人也要给杜甫的雕像戴上一顶斗笠。人们热爱杜甫，哪怕暂时没有能力为草堂添上一块砖、垒上一片瓦，宁可自己忍饥受冻，也要给杜甫送上一顶斗笠遮风挡雨，这些乱世中微小的温情令人无法不动容。

1954 年，著名作家、时任成都市副市长的李劼人负责主持筹备杜甫纪念馆。面临草堂厚重的千载长卷，同为诗书大家的他却不敢贸然"下笔"，为此，他专门组建了一个筹委会，遍请了文化名流、博学鸿儒，多方讨论后，确定了修缮主旨为"注重杜甫的人民性，不能将草堂修得富丽堂皇、雕梁画栋，要突出建筑的古朴和园林的幽静之美"。在参考清乾隆、嘉庆石刻的《少陵草堂图》的基础上，他决定保存"草堂"影壁、正门、大廨、诗史堂、工部祠等中轴建筑，以及祠堂左右的恰受航轩、晨光阁等建筑体系，果断拆除某些不伦不类的附庸，将大廨与诗史堂两侧及拆除后的东边空地以回廊相绕（据石刻草堂图），形成互相衔接的四方游廊。

整饬园林，不仅是以成其形，还要涵养草堂的精神。彼时，李劼人派出相关人员，沿着当年杜甫的行踪路线四处寻访、收集文物。历时半年，果然收效显著，征集到不同时期版本的杜甫诗集三百余部，以及有关杜甫的文物资料，如唐代的铜鱼符、杜甫家谱、杜甫行踪遗迹拓片、照片等共千余件。今天的杜甫草堂馆藏文物中极为重要的一部分，都是这次"登门拜访"所得，这对草堂博物馆之后的整体研究、展陈，特别是今后的发展奠定了重要的基础。

而今漫步在杜甫草堂，穿过当年的四方游廊，有兰香细细，有翠竹生姿，李劼人将自己高卓的审美与草堂的千载风流融为了一体，他的才思因草堂而不朽，而草堂因他心底里的一片滚烫，在历史的长河中再一次迎来焕然一新。

今日之草堂：千诗碑成增华章

哪怕我没有五花马、千金裘，还是想如那位潇洒的本家李白一样，请杜甫大醉一场，在陶陶然的"饮中八仙"中加上你我的姓名。

眼看酒酣耳热中宴席走向了终章，在反复询问杜甫"吃饱没有"并得到肯定的答复后，我打了个车，将喝得醉醺醺的他带到今天的成都市青羊区青华路三十七号。

我们一起过照壁、踏正门、绕大廨、走花径，穿越诗与歌的历史碎片，一路上，建筑古雅，流水萦回，小桥勾连，竹树掩映，这一切令杜甫赞不绝口："好个所在，这是哪里？"

我快忍俊不禁："这是你的草堂，你回家了啊。"

"啊?!"他大吃一惊,三步两步穿过少陵碑亭,直到依据杜诗描写、于 1997 年复原的茅屋赫然出现在我们的面前,杜甫的吃惊到达了顶峰,"果然是我的草堂。"他抚摩着廊柱,感慨万千,"可又比我那寒酸的草堂好了太多太多。"

"这里为何发生了这样大的变化?"

"想知道答案?走!带你去看千诗碑。"

千诗碑不是一座碑,而是一个蕴含于草堂物理空间之中的"精神空间"。它以诗歌、书法、篆刻、园林、古建、雕塑"六艺"合一,以杜诗为"眼",以书法石刻碑廊为"首",以春夜喜雨园、杜甫诗作摘句造景等为"翼",多角度展示了历代名家怀念杜甫所创作的杜诗书法作品;在浣花溪片区,以"诗圣广场"作为起点和标志,以杜甫平生为线索,重点展示其游学壮歌、长安沉吟、流寓秦州、夔门抒怀、草堂岁月、洞庭余响六大人生阶段,以摩崖石刻、书法碑廊等形式展示当代书法名家和文化名人书写的杜甫诗篇。

我们穿行于草堂的廊榭之间,我一一向杜甫讲解着千诗碑所蕴含的"草堂密码":总长约三百一十米的石刻碑廊,以宋代苏东坡所书的《堂成》为始,绵延着宋、元、明、清及近现代四十位书家名家的五十八件传世杜诗书法精品,黄庭坚、赵孟頫、祝允明、徐渭、董其昌,一直延续到近现代著名书家于右任、谢无量、丰子恺、张大千等,这些不同时代的璀璨姓名齐聚于此,熠熠生辉;在当代杜诗书法篆刻作品征集过程中,草堂与《中国书法》杂志社合作,以 2014 年人民文学出版社《杜甫全集校注》所收录的一千四百五十五首杜诗为标准,经过历时一年的艰辛筹集,累计征集到各界书法名家作品一千四百八十三件、杜诗篆刻作品二百三十三方。

千诗碑项目主持者之一、草堂博物馆馆长刘洪介绍道,这是草堂建馆以来规模最大的一次征集活动,时间跨度之长,涉及名家之多,几乎涵盖了宋代至 21 世纪以来的书法史，所征集作品艺术价值极高，文化意义殊为重大。

"自你离别后，这里的竹枝与柳树绿了又枯、枯了又绿了一千二百多年，可人们从未忘记你。"注视着碑上那些熟悉得不能再熟悉的诗句，杜甫的热泪几度沾衣。

"就连碑刻所用的石材，都来自号称'中国青石之乡'的山东济宁，也就是你曾写下'齐鲁青未了'的地方。"

在千诗碑的刻石环节中，一听是为草堂刻字留碑，全国各地的高超工匠们云集而来，在"刻石大比武"的擂台上几番打擂后，经过篆刻家、书法家的严格评审，最终近百名技艺精湛的刻工成功夺魁，运刀起，风云落，正式成为"杜甫千诗碑"项目的工程建设人员。

在此期间，被金石篆刻领域尊为"江南第一刀"的戈春男老先生，不远千里赶到草堂，实地勘察指导刻工的刻石工作，并亲自镌刻下"千秋诗圣"四个大字。此外，中国美术馆馆长、中国城市雕塑家协会主席吴为山先生应邀而来，专程设计了"诗圣广场"并亲自雕刻了杜甫六个重要人生阶段的标志性雕塑。

我搀扶着杜甫迤逦登上了浣花溪公园中的万树山顶，这里巍然屹立着"杜甫千诗碑"总碑，高约三点六米，宽约两米，此碑仰之弥高，正面是由中国作家协会副主席李敬泽撰文、著名书法家洪厚甜书写、篆刻泰斗戈春男所刻的《杜甫千诗碑记》，背面则镌刻着著名画家、美术教育家蒋兆和的代表作《杜甫像》。我们一起仰头望去，只见碑上如此娓娓道来杜甫与草堂对于中国人的意义：

"这栋茅屋，经不住一夜秋风，却经住了一千二百余年时光的磨洗，成为中国诗歌的圣殿。杜甫的声音永久回荡在中国人的情感和梦想中，中华民族的精神家园里，浣花草堂光辉永在。"

…………

"千诗碑立，诗教永垂。这是民族精神的化育涵养之地，是成都人民对美好生活的追求和梦想在新时代之盛大展现。盛世而有此盛举，特立此碑，永为铭记。"

　　看完总碑，胸中涌动起难以言喻的感动，最后汇聚为无言的浩然长叹。而当我们回望大地苍茫，此刻正笼罩在一片巨大的属于诗歌的静谧之中。眼前的诗圣深情地注视着整个草堂以及更阔大辽远处的吾国吾民，然后，深深地、深深地拱手作揖。

乘坐银西高铁，一日穿越丝绸之路

钟　琪

丝绸之路是古代亚欧大陆的商贸往来和文明交往之路，将中原与西域连接在一起，不仅通过物品的交换带来商业繁荣，也促进了多种文明的融合。

其中古长安是丝路起点，宁夏则是丝路国内段的大驿站。银西高铁从关中平原，涉水穿隧，经陇东高原，过戈壁沙滩，直到塞上江南，在很短的路径，穿越古人用慢悠悠的骆驼开通的这条商业和文明之路。银西高铁沿线的萧关古道、古豳州、庆州古城、引黄古灌渠、贺兰山岩画、水洞沟古人类文化遗址等丰富的历史文化遗产，令人思绪联翩。游客似乎走进了一条时光隧道，驼铃声声，斜阳古道，农耕文明和游牧文明在碰撞中交融在一起。

走进十三朝古都西安

西安，古称长安、镐京。长安自古帝王都，拥有五千多年文明史、三千多年建城史，西周、秦、西汉、隋、唐等十三个王朝曾在此建都，建都史长达千年，是中华文明和中华民族重要发祥地之一，也是丝绸之路的起点。

作为世界四大古都之一，西安历史厚重，众多历史遗迹保留完好。

无论是走在城墙下，还是漫步在街市小巷，触摸多是秦砖汉瓦，极目尽是汉唐气息，时刻都能感受到这座古城几千年的历史传承。所谓"千年的中国看西安"，此言不虚。

现在西安的交通十分便捷，仅以铁路为例，西安北站、西安站有开往全国各地的动车和普铁。作为现代人，可以非常方便地去自己想去的地方。时光倒移，在冷兵器时代，去远方却非易事。故而，丝绸之路的开通，对民族的发展影响深远。

西汉时期，汉武帝先后两次派张骞出使西域，跋山涉水，克服重重困难，终于使陆上丝绸之路全线贯通。随后，中原和西域开展商贸文化交流。我们不仅可以在陕西历史博物馆中看到异域文明的光彩，就是走在大街小巷，也能看到到处的外来文明遗留的痕迹。

西安是一座慢节奏的城市，"晨钟暮鼓"，城市随着清晨的钟声慢慢喧哗起来。作为古都的"印章"，钟楼是来西安的必经打卡地。

钟楼始建于明太祖朱元璋洪武十七年（1384 年），因楼上悬挂铁钟一口而得名，最初建在今广济街口，与鼓楼对峙，后搬迁至今址。曾挂于唐朝钟楼报时的"景云钟"，为唐朝景云年间铸造，现存西安碑林博物馆。我们在钟楼看到的，是可以和原钟相媲美的一件仿制品。

关于钟楼的传说有许多，其中流传最广的，是讲先前关中是一望无边的海水，而海水并非河流汇聚而成，是从钟楼这个位置的海眼中涌出的。海里有一只巨型乌龟，经常闹腾。沧海桑田，白衣苍狗，到了后来建长安城时，城内地下不断涌出汹涌之水，淹没房屋，冲毁道路，长安城大有变为泽国之势。后来大家挖掘寻找，终于在钟楼这儿找到了巨大的海眼，故而在此处修了座钟楼盖住了海眼，并将乌龟镇于楼座之下，终保住了一方平安。传说很神奇，据说夜深人静时，钟楼附近能听到海水涌动的响声。

作为西安地标式建筑，钟楼呈典型明代建筑艺术风格，重檐斗拱，攒顶高耸，屋檐微翘，华丽庄严，整座建筑为砖木结构，重楼三层檐，四角攒顶的形式，总高三十六米，每边长三十五点五米，占地面积约一千三百七十七平方米，是中国古代遗留下来众多钟楼中形制最大、保存最完整的一座。钟楼内有楼梯可盘旋而上，在檐上覆盖有深绿色琉璃瓦，楼内贴金彩绘，画栋雕梁，顶部有鎏金宝顶，金碧辉煌，无论规模还是细节，无不体现出高超的建筑技艺。

在钟楼一层大厅的西墙上，我们看到一方由明朝万历年间陕西监察御史龚懋贤撰写的《钟楼东迁歌》碑：

> 西安钟楼，故在城西隅。徙而东，自予始。楼维筑基处，一无改创，故不废县官而工易就。无何，予告去，不及观其成。漫歌手书，付咸、长二令。备撰记者采焉。歌曰："羌此楼兮谁厥诒？来东方兮应昌期。挹终南兮云为低，凭清渭兮衔朝曦。鸣景阳兮万籁齐，彰木德兮莫四隅。千百亿祀兮钟虚不移。"

移步二楼，可以看到东西南北四条大街上的车水马龙，不同于其他城市随地形蜿蜒，四条主街道以钟楼为中心，向东西南北延伸，皆为正东、正西、正南、正北，极好辨认方向。钟楼远眺亦能看到现在仍然保存完好的古城墙。过去城墙四围以内是主城区，这也是西安被称为"四方城"的由来。当然，这也体现了关中农耕文明的印痕，"日出而作，日落而息"，在关中许多农村，依然能看到规模大小不一的四方城墙的遗迹。

钟楼四门门柱，各书有一副楹联，这也是关中文化的特色。每逢春节，不说显贵门庭，哪怕是僻壤小户，也要书写对联贴于门上。其中钟楼北门书有楹联"八百里秦川文武胜地，五千年历史古今名城"，充分体现了古城的历史内涵；西门楹联"十代京畿六合一统，九州奥域八水分流"，则突出了古都政治中心的地位和地形的特点。

古长安外有东函谷关、西大散关、南武关、北萧关四关险隘，内有护城河和坚实的城墙护卫，甚是安全。城外还有八支不同的河流，不但起到防御作用，更重要的是可以防洪分水，此即为"八水绕长安"。长安建城以来，也确实"长久平安"。古人早早发现了这块风水宝地，早在一百万年前，蓝田古人类就在这里建造了聚落；七千年前仰韶文化时期，这里已经出现了城垣的雏形。

"长安大道沙为堤，早风无尘雨无泥。"清晨，站在钟楼上，远望城中那些遗址，似乎从古道上传来了嗒嗒的马蹄声和清脆的驼铃声，皇家的仪仗、上朝的官员、传教的僧侣、牵着骆驼穿行的商贾，还有各地的遣唐使、留学生，风流云集，宫阙万重，好一幅"九天阊阖开宫殿，万国衣冠拜冕旒"的盛世华章。

城墙边跑火车亦是古城一景。随着动车的开通，朝阳中，土灰色的城墙边，银白色的动车组似箭一般穿梭而过，古朴与灵动相映成趣。

西安最有厚重沧桑感的地方，莫过于黄昏时分这座古城的城墙根。夕阳的余晖倾斜在青灰石砖上，浸润了岁月风霜的墙面，时明时暗的青苔一片斑驳，暗藏着无数刀光剑影的故事；护城河水清澈宽阔，城楼巍峨的倒影在水中随微风荡漾，似乎在讲述着历史的风云。敦厚凝重的城墙上，那些随风摇曳的红灯笼，醒目而活泼。

西安城墙建于明朝，故又称为明城墙，距今已有六百多年历史，是我国现存最完整的一座古代城垣建筑。城墙厚重结实，宽可走马过车。城墙之上修有角楼、墩楼，主要用于在高处观察敌情、防御四面入侵之敌。

从垛口处眺望，街道宽敞齐整，车流人流交错如织，远处高楼林立，处处显露出繁华都市现代化的气息；护城河一侧，环城公园的绿荫下，有人在散步，有人对着城墙根吼着爽快的秦腔，酣畅淋漓的腔调，又充满历史的沧桑。

站在城墙上，脚下厚实的砖块，传递着历史的厚重，像是一部无字的史书，墙檐、垛口处，处处能看到岁月的痕迹，刀兵车马、攻城略地、朝代更迭，似乎就在眼前，不由得引人进入深沉的遐思。只是身边不时有在城墙上骑自行车的游客的嬉闹声，一下又把人从千年前拉回到现实中。

秦汉文化重要发祥地：咸阳

"咸阳宫阙郁嵯峨，六国楼台艳绮罗。"咸阳曾是秦帝国的国都，凤阁龙楼，上林苑囿，连绵八百里，"渭水贯都，以象天汉，横桥南渡，以法牵牛"。咸阳宫曾写满大秦帝国的奢华。秦自西犬丘、雍城八迁东进而至此地，不仅是逐鹿中原的军事谋略，也浓缩着秦从游牧小族渐变为农耕定居、终一统天下的轨迹，咸阳至今仍保留着农耕文明的许多习俗，街市小巷的一砖一瓦都承载着历史的记忆。在这里，能触摸到传统文化的根茎。

咸阳交通便捷，陇海铁路干线穿城而过，与徐兰高铁共设高普混合的咸阳西站；银西高铁亦设有咸阳北站，出站便是繁华的市区，或漫步街头感受秦汉古脉，或选择公交寻迹访胜，都十分方便。

作为中原王朝通往大西北的要冲，这里不仅是"车辚辚，马萧萧，行人弓箭各在腰"的军事重镇，也是商贸兴盛、商贾云集之地。

历史上这里名流辈出、典故遗今，既有约法三章、秦镜高悬、一字千金的信义之诺，又有老当益壮、马革裹尸、完璧归赵的豪杰英气，更有图穷匕见、壮士血溅大殿的悲壮传奇。立木为信，影响历史进程的商鞅变法即始于此地，同样发生在这里的"指鹿为马"则演绎着历史的荒诞。秦始皇雄心欲创万世之业，没有败于兵锋，却毁于近臣弄权，其典亦为后世留下讽喻之鉴。

从"执敲扑而鞭笞天下"的威震四海到灰飞烟灭，秦仅历二世存十四年，其亡何其速焉。贾谊留有名篇《过秦论》，洞察甚切，历代阅史至此，每多慨叹。

千秋兴亡亦烟云，秦虽匆匆，车同轨、书同文、行同轮、币同一；设三公九卿、置三十六郡等，开创的一系列秦制却穿越历史时空，影响深远；关中之固，金城千里，作为立国根基，咸阳多为后世王朝所青睐。"渭城朝雨浥轻尘"，古老的渭水穿过厚实的土塬，使这座千年古都既粗犷敦厚又温润厚重。

"渭水黄花古渡头，山河表里几千秋。"作为历史上著名的"关中八景"之一，咸阳古渡浓缩着千年变迁，已出土的西域诸多珍品、佛像文物重现了昔日古丝绸之路商贸的繁荣。乘着高铁倏忽而至，伴着秋风踏上宏伟的大桥，望着流淌而过的河水，耳边似乎能听到沧桑的摇橹号子声，驼铃叮当，战马嘶鸣，袅袅的水雾中，弥漫不散的，还有那"飞渡秦川一叶舟，乡心感触白乌头"的感怀。

咸阳位于关中平原腹地，土地肥沃，位置险要，北有关中通往河西走廊的泾河谷地，南扼渭水漕挽天下，西通陇西，东处泾渭交汇地带，因"渭水穿南，峻山亘北，山水俱阳"而得名咸阳。自公元前350年秦孝公迁都于此，历经五代励精图治，至公元前221年秦始皇统一中国立都于此，咸阳见证了大秦帝国的巅峰时刻。作为八百里秦川的腹地，咸阳还是西汉、西晋、隋、唐等王朝的京畿之地，已有两千多年悠久历史，素有"秦都""帝陵"之称。

"渭水桥边不见人，摩挲高冢卧麒麟。千秋万古功名骨，化作咸阳原上尘。"秋风斜阳，高天厚土，在北边的咸阳原上，是昔日帝王们的陵阙。瓦蓝的天空下，绵延百里，举目土丘，透过苍凉幽古的陵冢，是否能听到历史的回声？

中华民族早期农耕文明的发祥地：庆阳

庆阳位处甘肃东部、陕甘宁三省区的交界处，是黄河中下游黄土高原沟壑区，素有"陇东粮仓"之称，也是陕甘宁革命根据地的重要组成部分，被誉为"永远的红区"。

庆阳有着悠久的历史。早在七千多年前，庆阳就有了早期农耕，四千多年前就开启了农耕文明的先河。庆阳也是中国中医药文化的发祥地，古老的中医名著《黄帝内经》便问世于此。

这里还隐藏着一个亿万年前远古时代的秘密，原先此地河湖密布、水草丰美，是远古环江翼龙和黄河古象的故乡，环江翼龙其翅展开两米有余，既能上天，又能下水；黄河古象体长八米、高过四米，其化石一出土便震惊考古界。

随着银西高铁的建成通车，便捷的交通使得更多的人来探究寻访这方水土历史文明的踪迹。

动车涉水过河，穿隧过山，一出关中大地，车窗外山峦接着平川，沟壑梁峁相连，高天白云下能看到一大片绿色的田野，这里便是有"天下黄土第一塬"之称的董志塬。

银西高铁庆城站修建很气派，站台、旅客出入站的流线设计合理，从车站到城内接驳约有十几分钟的路程。我们在庆城时，下着雨，空气清润，也切实感受到了"陇东粮仓"的名不虚传。

庆州古城历史悠久，古为禹贡雍州之域，其史可上溯到二十万年以前。20世纪20年代在庆城辛家沟出土的打制石器，可以证明那时就有人类在这块土地上刀耕火种，繁衍生息。据史载："宁、原、庆三州，秦北地郡，为义渠戎地，周不窋、公刘居之。"庆州是周祖发祥之地。

在庆城县博物馆，我们看到了古城的全貌，其形远观似展翅凤凰，故又称"凤城"。古城依地势分南城、北城和教场，三城防御既独立又相互依附，城原设五门，东为"安定"，西为"嘉会"，北为"德胜"，南为"平定"，东为"永春"。

古城东南临环江，西面临柔远河，城址位于两河汇流之台地上，唯有北面与陆地相连。古城沿河流冲刷台地边沿，因势削建，修筑城墙，使古城呈不规则带状分布，南北长、东西窄，西北高、东南低，依山傍水，越往南走越收窄，处三川当口。城周群山环绕，城下二水汇流，确为易守难攻的天然城堡。

过嘉会门，穿陡坡，上城门楼，不时能看到纪念范仲淹知庆州时的遗迹，登高一览，历史的厚重风烟扑面而来。

"引黄灌溉古渠博物馆"：吴忠

与许多人一样，我一直有个疑惑，大漠边陲的戈壁古塞吴忠，怎么就成了"塞外米粮川"了呢？

穿过黄土沟壑，动车窗外，蓝天缀白云，湖水映倒影，稻米金黄，绿荫成片，格外养眼。来到吴忠，看到一条条古渠沟如脉络一样遍布阡陌纵横的田野，滋润着这方厚土，当即心下释然。同为黄河流经之地，是这一道道引黄的河渠，造就千里沃野。水润河套之地因此方有江南胜景，故也有"天下黄河富宁夏"之说。

吴忠地处黄河之滨，自秦时设眴衍、富平县始，汉置灵州，明筑吴忠堡，清设宁灵厅，至今已有两千多年建城史，历史文化悠久，自古就是丝绸之路的重要通道，被誉为"水旱码头、天下大集"。这里不但有着灿烂的河套文化，遍布的秦汉古渠、青铜峡一百零八塔等丰富的古遗迹，也见证着北方游牧民族与汉族文化的互通交融。

"黄河百害，唯富一套。"黄河从巴颜喀拉山蜿蜒而下，在此为山所阻，拐了一个"几"字形的大弯，故称"河套"。吴忠便居河套平原灌溉区的精华之地，这里河面稍低于地面，泥沙含量还不大，水质比较清澈，既无决口泛滥之患，又有引水灌溉之利，山舒水缓，自古便为天下争夺之宝地，亦有"河套安，天下安"之说。

　　"浊水秦渠通渭急，黄埃京洛上原斜。"开凿于秦朝的秦渠是这里古渠最早的记录。时秦大将蒙恬北逐匈奴，建城筑墙，屯垦凿渠，因渠居黄河以东，又名北地东渠，渠首在青铜峡。汉更注重经略西北，在河套之地设置边郡，移民实边，亦开凿有汉伯渠、汉延渠、光禄渠等古汉渠。位居古渠之首、现依然流淌的唐徕渠在汉已凿有雏形，至唐整修扩展始成主干渠，其渠口亦在青铜峡，全长三百多公里，沿途分设大小渠道五百多条，一路向北灌溉良田近百万亩，的确蔚为大观。

　　城墙断垣成遗旧，古渠流淌泽后世。凿沟开渠始于秦，盛于汉唐，随后历代皆承续筑堤引水，建闸设堰，疏浚修治，引水利民。在宁夏平原上流过两千多年岁月的秦汉古渠，纵横交错，密如织网，如遍布的血管润泽着这方厚土，像一块块无字的石碑，镌刻着农牧交融的历史，又像地面上的"古渠博物馆"，承载着膏腴沃野的记忆。

　　"天堑分流引作渠，一方擅利溉膏腴。"引黄灌溉古渠沟的引水口多在青铜峡，这里的天堑，便是素有"九渠之首"之称的青铜峡。据称，宁夏引黄古灌区有秦渠、汉渠、汉延渠、唐徕渠、七星渠等十四条古渠，青铜峡便分布有十二条古渠，青铜峡因此也被称为"宁夏粮仓之源"。

　　青铜峡黄河大峡谷距吴忠市区约二十公里。九曲黄河自金沙湾进入上游最后一个峡谷，峡谷山高水深，两岸悬崖峭壁，一拨沙海倾泻而下，其势甚为壮观。相传很早很早以前，黄河水因山而堵，给当地人民带来水患之灾，大禹来此治水，劈山成峡，两岸山壁，颜如青铜，故称

"青铜峡"，自此贺兰、牛首两山隔河相望。黄河水北流进入宁夏腹地银川平原，山舒水缓，一顷碧波经河渠引流，进入千里沃野，造福当地人民，"鱼游浅碧东风细，花涨残红幕雨余。千顷良田凭富足，万家编户获安居"。稻香千里，其源在此。

黄河如带，穿过肥沃的宁夏平原，一条条河渠从险峻的青铜峡延伸而出，一顷顷碧波通过纵横交错、遍布如网的支渠、毛渠流进田间地埂。这里的每一条渠，都带着历史的温度；这里的每一个人，都能讲出黄河的故事。

南有都江堰，北有青铜峡。青铜峡已有两千多年的引黄灌溉历史，无坝引水、激河浚渠，积淀形成浓厚而独特的黄河灌溉文化，融进日常，保留许多独特的习俗，"宁夏引黄古灌区"作为民族文化符号，也被列入了世界灌溉工程遗产。

中国史前考古的发祥地：灵武

"朔方天下劲兵，灵武用兵之地。"对灵武的印象，最早来自边塞诗人的记录，后来知道，在这方土地上发现了人类三万年前生活的痕迹，传说中的恐龙，其化石也在此处现身。灵武历史久远，文明灿烂，神奇魅力令人神往。

灵武，初名灵洲，"水中可居者，曰洲，此地在河之洲，随水高下，未尝沦没，故号灵洲"。西汉置灵洲县，县制历史已达两千多年，因其有着河套平原的肥沃土地，背倚贺兰山，东临黄河，北控河朔，南引庆原，西连河西走廊，位处农牧交织之要冲，历来为中原王朝经略西北的前沿重镇。

"山横旧秦塞，河绕古灵州。"关于灵州的记载，史不绝书。自秦蒙恬在此筑城屯驻、凿渠垦殖始，历代相承，延续不绝。铁血边塞、水田稻香构筑了灵州的底蕴。安史之乱后，唐肃宗曾在灵州登基，开启了唐王朝中兴之路，杜甫曾留下"肃宗昔在灵武城，指挥猛将收咸京"的名句。康熙平定噶尔丹叛乱时途经灵武，在灵武黄河横城渡口远眺，被塞外江南的景色所感染，写了"汤汤南去劳疏筑，唯此分渠利赖多"的名篇，赞美引河浇灌给当地人民带来的福祉。

"回乐烽前沙似雪，受降城外月如霜。"灵州被称为"受降城"，缘于唐太宗李世民在灵州接受突厥一部归服，并勒石酬百王，一举解决了边患，史称"灵州会盟"。在灵州的这次会盟使百姓免遭战乱，开启和平，历来为人们所称颂。

地图上西安距灵武很近，但实际隔着黄土高原，行路并不那么容易。随着银西高铁的开通，昔日关山阻隔不复存在，桥隧连沟壑，梁峁变坦途，才别关中道，忽已至漠边。探访丝绸之路著名的"灵萧古道"，从藏兵洞、长城边防倾听历史的脉搏，都变得轻松起来！

丝绸之路重要节点：塞上湖城银川

银西高铁缩短时空，拉近了关中平原和塞上江南的距离。我们在西安吃完午饭上车，到银川太阳还老高，离吃晚饭还早呢！银西高铁接驳在原银川站，同时到发高铁和普速列车，出入非常便捷。

一出银川车站，在站前广场上，便看到那座有名的凤凰雕塑，日光下欲展翅冲天，耀目而美丽，也寓意着正在腾飞发展的银川。相传，很久之前，从南方长江边飞来一只凤凰，为了给这里的人民带来江南的绿水青山，化身成这座美丽的城市。

东门外高台寺是凤凰的头，头挨在黄河滨；高台寺中间有两眼井，那是凤凰的眼睛；城中心的鼓楼是凤凰的心脏；西塔和北塔是凤凰的两只爪子；西马营里花花草草，树木成荫，那是凤凰的尾巴。凤凰的尾巴特别长，一直延续到贺兰山，所以，银川也有凤凰城之美称。

历史上的银川，作为遥远的边塞之城，历来是中原王朝和游牧民族军事交锋、文化交融之地。"伊吾之右，波斯以东，商旅相继，职贡不绝"描写的便是唐代边地和平繁荣之景。

公元前 2 世纪，汉代张骞出使西域，开辟丝绸之路，穿过平原与草原，打开东西方的交流通道。驼铃声声，造福不同地域人民的丝路不断改道，时断时通。这条文明之路，涉水过滩，大漠漫漫，关隘重重，历史上也是一条险途。

随着银西高铁的开通，关山不再遥远，从秦砖汉瓦的关中平原，过沟壑峁梁、茫茫戈壁，不到半日的工夫，眼前出现渠水盈盈、绿荫成片，稻田翠黄相间，塞上江南格外养眼。

银川地处富饶的宁夏平原中部，东临奔腾的黄河水，西屏雄伟的贺兰山。作为古丝绸之路的商贸重镇，众多文物古迹，都见证着丝路文化的交融和传播。

"贺兰岿然，长河不息。"银川历史悠久，自古以来都是农耕、河套、边塞、西夏等多种文明交融的历史名城，积淀孕育出极具特色的历史文化。"贺兰山下阵如云，羽檄交驰日夕闻。节使三河募年少，诏书五道出将军。"烽烟消去，马蹄声远；黄沙古渡，羊皮筏急。西塔北塔遥遥相望，似乎在默默诉说着雄浑贺兰山下的悠悠过往。

从北京向北

胥德义

历史总会在大地上留痕。如果在北京看明朝活着的历史，故宫虽说可以成为最具发言权的建筑，但其只是明朝建筑史上的辉煌，呈一个集中的点式存在。而要想更多地了解明朝，还要一路向北寻找和探寻。

用时不多，从北京出发，仅用一天时间就可走出一条几近完美的路线。从巩华城开始，过朝宗桥，观十三陵之门面石牌坊。十三陵中最具说服力的"始陵"，再向北一点儿，就是明长城。明朝的各式建筑都云集在了这条线路上，有城、有桥、有坊、有路、有陵、有墙，千秋各异，足可以细品。

巩 华 城

北京城北位于沙河地界的那座古城叫巩华城。虽然眼下看到的巩华城早已残缺不全了，但历经近五百年风雨，雄伟的城门依然挺立，厚厚的夯土清晰可见。轻轻叩响每一块方砖，似乎都听到时光的脚步和历史的回声。

明朝永乐十九年也就是 1421 年，明成祖朱棣迁都北京之后，下令在沙河一带修建行宫，行宫的名字就叫"沙河店"。一来为了方便狩猎出行，二来有着重要的军事意义。当时的明朝，还时常受到北方少数民族的威胁。而明朝军队出兵往北一天的行程，正好走到沙河地界。这沙河店，就相当于现在的高速公路服务区，只不过是专门为皇家和朝廷军队提供多功能服务。沙河店是巩华城的前身，也是当时的军事重镇。明成祖朱棣在位期间，曾五次率兵亲征，沙河店一次次成为大军车马粮草的集散地。

车马喧嚣，你来我往，转眼十五年过去了，沙河店越来越发挥着重要作用。但是，就在正统元年也就是1436年，沙河店在一场迅雷不及掩耳的洪水中土崩瓦解，从此基本废弃了。

一百年后，到了明朝嘉靖十六年也就是1537年。这期间，明世宗常去沙河一带，同时天寿山皇陵不断增多，皇族大臣祭陵拜祖更加频繁，再建一座行宫就成了刚需。于是，礼部尚书也就是大奸臣严嵩，奏请在沙河一带修建行宫和城池。

新建的行宫，皇上赐名"巩华城"，取"巩固华夏、永世太平"之意。东西南北四座城门，镇辽门、威漠门、扶京门、展思门，分别寄寓着"镇据辽东""西威大漠""拱扶京师"和"展怀思宗"。然而，美好的寓意终究难以抵挡残酷的现实。巩华城建成并投入使用一百多年后，清军入关取代明朝，这里成为清朝的皇家行宫；清朝末年，八国联军攻陷北京一路北上，把巩华城洗劫一空；民国时期，这里部分建筑被拆除变卖；抗战期间，巩华城又遭到日军炮轰，成为一片废墟。

历经繁荣，也见证了衰落；有过荣耀，也受尽了屈辱。经过明、清两朝近四百年建设拓展，曾经集巡游、狩猎、谒陵、驻防、漕运和经贸于一体的巩华城，悄然退出历史的舞台。

"远芳侵古道，晴翠接荒城。"历尽沧桑的一座城池，如今又迎来光明的前景，据说"大明行宫旅游景区"正在筹备建设中。不远的将来，我们或许就能在这里穿越时光，走进当年的故事，感受历史的盛况。

朝 宗 桥

世上的道路千万条，每条路都在引领人生到达一个目标。我们都知道，路在以无数种状态存在着，其中，桥也是路的一种。早些年有首《北京的桥》的歌甚是流行，歌中唱到"北京的桥千姿百态"。确实，北京各式各样的桥集中在这一方大地之上，发挥着各自的功能，尤其是有一些古桥历经了百年的沧桑见证了北京的发展与变化。

北京市中心通往昌平的必经之路上，有着一座赫赫有名的古桥，这座桥叫作"朝宗桥"。这座桥从建成以来，用它坚挺的身躯支撑起了昌平到北京的通途。数百年来走过，这座桥身上依然车水马龙，一点儿也没有退休的状态，它也成了北京唯一还在使用的明代古桥。

明成祖朱棣自从选定在昌平修建自己陵墓后，其以后的一些皇帝陆陆续续在长陵附近修建自己的皇陵。在以孝治天下的传统文化传承中，事死如事生也就成为传统习惯。上至帝王下至百姓，对自己祖宗的祭祀是不可或缺的。在北京城到昌平天寿山祭祖的路上，总是要经过沙河。沙河南北各有一条水道，分别是南沙河和北沙河。早期祭祖时主要是搭木桥。木桥用完就拆，用时再搭。这年年搭桥年年拆桥，加上木料保护，加重了昌平人民的负担。

明正统十二年，昌平知县刘思义向朝廷提出修石桥的建议。朝廷也看到搭建的木桥极不方便，就向皇帝上奏，陈述搭木桥的弊及建石桥的利。于是在正统十三年（1448年），朝廷下旨，决定跨南沙河和北沙河各修建一座石桥，两座桥分别叫作"安济桥"和"朝宗桥"。经过数百年，安济桥已经损毁严重，于是原址被拆，易址在原桥西数百米处另建成钢筋混凝土桥梁，仍称安济桥，俗称南大桥。而北大桥朝宗桥经过明朝万历时期维修，如今依然发挥着重要交通作用。在北京，如今能看到的大石桥有三座，丰台的卢沟桥和通州的永通桥都停止了车辆的运行，成为参观的文物，而只有昌平的朝宗桥经历了五百多年历史沧桑仍然傲然地挺着身躯发挥着重要交通作用。如果真的论起辈分，说它是北京现代使用的桥的祖辈一点儿也不为过。

明万历年间竖立的朝宗桥石碑仍屹立在大桥的北端，向过往的人们诉说着朝宗桥四五百年的沧桑岁月。四五百年悄然走过，朝宗桥见证了几个朝代的变迁，而它看得最清的是道路到底是什么。哪怕路是多变的，是弯曲的，而道永远是直的。

石　牌　坊

牌坊是中国特色建筑文化之一，老百姓俗称为牌楼。它的历史悠久，早在周朝时期就已存在。《诗·陈风·衡门》上说："衡门之下，可以栖迟。"这里说的衡门就是牌坊的最初样式。随着中华文明的不断发展，牌坊渐渐成为表彰功勋、科第、德政以及忠孝节义的一种承载物，比如有刻记功德的功德牌坊，有表彰贞洁烈妇的道德牌坊，有光宗耀祖的家族牌坊，等等。

十三陵的石牌坊，几种功能兼而有之，既是宣扬朱家皇帝所谓"圣德"的象征，又是风物景致的点缀。它位于十三陵神道最南端，是十三陵正门入口。但它不是永乐年间修长陵时所建，而是明朝的第十一位皇帝明世宗朱厚熜于公元1540年建造，迄今已有四百多年的历史。

提起朱厚熜，可能很多人不熟悉，但提到嘉靖，大家会恍然大悟：原本是他！朱厚熜在执政初期，轻徭薄赋，国家渐有中兴之态，史称"嘉靖新政"；但到了中后期，他沉迷丹药方术，性格也变得喜怒无常，搞出了差点儿被宫女勒死的千古奇闻，成了历史上的一大笑话。正是这两种极端，造成了嘉靖朝既有像海瑞这样空前少有的清官，却也不乏严嵩这样臭名昭著大贪官的奇葩景象。

嘉靖帝在位期间改礼制建坛庙，给北京留下了不少辉煌至今的建筑，石牌坊正是他主持下的著名古建之一。牌坊通阔二十八点八六米，最高的明间主楼的正脊顶部离地面约十二米。看上去十分震撼，昭示着昔日的皇家威严。

皇家建筑中，自然少不了精雕细琢的石刻，但这座石牌坊最让人瞩目的恰恰不是这些，反而是那凌空而起的巨型横夹柱石。距离地面十几米，很难想象在没有任何现代起重设备的情况下，把这种动辄几吨几十吨的巨石架上去有多么艰难。

据说，当时的民工面对这个难题的时候也束手无策。大家甚至烧香磕头，祈求鲁班爷指点。后来，一个拾粪的老头儿用戏谑的语气，对民工们进行了点化。

这个办法叫"土没脖子"。通俗来说，就是用土囤的办法，把土填高夯实，再架条石。有了这奇思妙想，石牌坊建设难题迎刃而解。

现在看来似乎这种办法也没那么玄乎，但如果在一片空旷之地，没有任何机器设备，要凭空建造这样的牌坊，可能也会急得抓耳挠腮。

千古兴亡多少事，悠悠，不尽长江滚滚来。几百年过去，朱家王朝早已作古，气势恢宏的石牌坊在凄风苦雨中也日渐沧桑。封建王朝的统治者们最为盼望的江山永固早已成为昔日余晖一去不返，只剩时间在无情地流淌。

我们这个民族从来不缺能工巧匠，也不乏大智大慧。历史上不光有帝王将相、才子佳人，更有这些散落尘世的智慧灵光。这些智慧一代代传承，不断丰富着中华文明的底蕴，撑起我们的文化自信。

当人们站在石牌坊前，再浮躁的人也会静下心来。

它仿佛告诉人们要淡薄功名与利禄，在喧嚣的世事烦扰中沉静下来，不断丰富和发展自己，这样的人生才更有价值和意义。

神　道

　　中国古代很多陵墓前都有一条大道——神路，也称为神道。十三陵的"神道"全长约七点三公里，两侧排列着十二个石人和二十四个石兽，整整齐齐，甚是壮观，是一组极为珍贵的雕刻群。这些帝王陵墓前的石人石兽，都有一个统称，叫作石像生。数百年间，十三陵神道上的石像生历经风雨，仍古朴浑厚、形象逼真，数量之多，形体之大，雕刻之精，保存之完好，在我国古代帝王陵园中首屈一指。

　　在十三陵神功圣德碑亭至龙凤门，也就是棂星门的神道两侧，有石兽二十四座，分别是狮、獬豸、骆驼、象、麒麟、马各四座，两卧两立；石人十二座，分别是武臣、文臣、勋臣各四座。

　　可以看出，古人的智慧与思维一直绵延至现代。大家都看过石狮子，这是我们心中威严的代名词。因为狮子凶猛、吼声宏大，可威服百兽。所以石兽中狮子为排头。

　　獬豸是传说中的神兽，形似牛，头生一角，它如遇二人相争，必以其角触不正主人。因此古代法官曾戴獬豸冠，以示能辨明是非邪正，把它放在陵前起"辟邪"的作用。骆驼和象是沙漠和热带地区的运输工具，将它们放在陵前，是为了表示皇帝统治疆域的广阔。麒麟则是神话中的吉祥之兽。龙、凤、龟、麟，古代称为"四灵"。马善走，是皇帝的坐骑，自然更不能缺少。

　　十三陵放置的这些石人代表文、武、勋三臣，象征着朝中的文武百官。可见，皇帝的想法是死后也要权力在握，指挥群臣。

　　置身神道，走进这历史的画卷，看看狮子、骆驼、大象，是否觉得这景象与历史融合的那一刻，沧桑风云，尽在眼前呢？从这些石像中，可以看到勋臣的骁勇，皇室的威仪，江山的广袤，物质的丰饶。更可以看到民族的智慧和勤奋，也有历史长河中王朝更迭说不尽的故事。

石像生，石像生，到底哪一个石像是活的，又到底哪一个皇帝像石像一样活着呢？这生生死死之间，时光就走过了百年。而我们正呼吸着中国大地上的新鲜空气，看着那绿水青山，停下脚步，认真来听，这些石像正在召唤着您从远方而来，听历史曾经的声音。

长　陵

昌平区天寿山主峰南麓，有明成祖朱棣和皇后徐氏的合葬墓长陵。它在十三陵中建筑规模最大，营建时间也最早，是明成祖朱棣在营建皇宫同时选择的陵址，施工精细，工程浩繁，营建时日旷久，仅地下宫殿的建造就历时四年。

朱棣虽然好大喜功，但毕竟也有许多文治武功。这样的一个皇帝，大修陵墓"不问苍生问鬼神"，是因为皇帝修陵在过去被认为是关乎朝代命运的大事。当然，说这个事重要，并不是说一定要把陵修得多大，而是看把陵修到什么地方。所以，选陵址才是最重要的。长陵选址，在昌平民间也有故事流传，不过，故事里，朱棣也还是很愚蠢的。

传说长陵的陵址是明朝的开国功臣刘伯温选的。刘伯温在民间影响很大，是能掐会算的神人，能准确预言未来之事。

刘伯温选好陵址后，朱棣决定亲自到现场去看看风水究竟怎么样，两个人就便装出行来到昌平。

我们每个人都曾听过无数的传说。传说最大的特点就是感觉真真假假，让人将信将疑。许多故事，都需要听者自我判断。

话说朱棣出行的当天是五鬼闹洞房的日子，最不宜于婚事，却在路上碰到有人在办喜事，朱棣这个皇上还很好事，就借口讨水喝，跟家主搭话，问是谁给选的日子。主人说是村里的教书先生姚广孝给选的。朱棣又说想见姚广孝。不一会儿，姚广孝来了，他刚一来，就扑通跪下来，高呼"吾皇万岁"。

朱棣没有怀疑有宫中的人泄露了自己出行的消息，却认为姚广孝能认出自己是微服私访的皇帝，一定非同寻常，就问他为什么要给人家选这么个日子办喜事。姚广孝说："草民知道今天的日子是个大凶的日子，但是草民又算定，皇上您带领大臣过来，龙虎相冲，大吉大利。"

朱棣欣然收下姚广孝拍的马屁，还带他一起去看陵。姚广孝一路上不断地夸陵址选得好，夸得朱棣心花怒放，问："此地能够埋葬我朱家多少子孙？"刘伯温说道："万子重孙。"姚广孝说："山西河南。"

朱棣从两位大师的字面上理解，觉得自己的江山可传万代子孙，能埋到山西河南那么远；可刘伯温、姚广孝却是在做文字游戏，万子重孙，说的是万历皇帝的孙子，也就是末代崇祯皇帝朱由检。

所谓的山西河南，到后来，也就是天寿山的西边，一条小河的南岸，并非朱棣想象的太行山的西边、黄河的南岸。

历史比故事枯燥，故事比历史的指向性强。所以，听了这个故事，再看到这莽莽群山，这苍苍林木，这巍峨的殿宇都保佑荫庇不了所谓的大明江山，我们就知道，风景虽好，建筑虽雄，但皇陵不过是皇帝自己骗自己的把戏。朱棣的后代大多不理朝政。真是花那么大的工夫把自己埋得好，不如抽点儿工夫好好培养子孙怎么做个好皇帝。所以说，千秋万代靠家风，不能靠家产，子孙不行，多少陵园也保佑不了，多大的帝国也都会被祸害干净。

长陵，长陵，这个陵能够长久在这里，只是说我们国家对历史文物保护得好，而和这陵墓起的名字是没有任何关系的。

大运河时间

张　艳

公元前486年，自吴王夫差在扬州掘起开挖邗沟的第一锹土始，便注定了中国大运河的不平凡。这是一条震惊世界的人类工程，它从南到北贯穿五条天然河流，并用两千多年的时间绘制出一幅壮观的中国河流图。

博物馆运河时间

2023年7月7日。

我带着使命开启"中国一日·走近中华文明"之中国大运河河北沧州段的行走。

走进沧州市博物馆，讲解员马元洲，从沧州历史文化陈列展厅讲起。谈沧州的历史沿革、铁狮铸造工艺以及珍贵展品绿釉陶猪、蹲狮、老城砖等，我们随着他的解说移步换景。在河北大运河文化展厅，应我们要求讲解员刻意放慢速度，从多角度介绍大运河的自然风貌与文化积淀。大运河在他的讲解下一帧一帧闪现。"从吴桥县第六屯村南开始，止于青县李又屯村北，绵延二百一十六公里。从这里开始，大运河属于了沧州，名字成了南运河。"站在一幅京杭大运河纵剖面图前，他用诗意的语言形容大运河的流水走势，"从山东南旺的会通河段起，水流是三分朝天子，七分下江南。"我们把目光聚焦在这片浩瀚的水域，以南旺为顶点，两边对称展开去，似一藤葫芦瓜，蔓上结着你、我、他。这话语很熟，在哪儿听过，等一查，原来是夏坚勇著作的《大运河传》的第四章空间篇中，这样陈述：

> 以南旺为对称轴，那么，与太湖平原对应的自然是河北平原，与钱塘江对应的则是海河。而南北两个端点上的杭州和北京，都是香车宝马型的古都，在历史上也差不多是等量级的，只不过在时间上有些错位罢了，从端点过来一点，同属于暴发户的那种，散发着近代商业气息和殖民气息的，是上海和天津。再过来一点，色调变得古朴了，有点斑驳的意味，在南端的是苏州，在北端的则是沧州。

纵观这条具有多重价值和历史贡献的汤汤大河，挂在博物馆的、讲解员口中的、现实的、心中的沧浪之水，滋润了华夏民族的生命情调。

捷地闸时间

从沧州市博物馆出发向东南，沿着大运河弯弯曲曲的走势，河与路，或有短暂的分离，行车，或有短暂的方向迷失，但看一眼河水，向东或向西的稍稍偏离，还是能找回到大河的主心骨。顺着走，继续向南，约三十分钟后，在一醒目的二层小红楼处，全国重点文物保护单位——河北省南运河河务中心捷地闸便位于此地。

车停在小广场上，沧县人大常委会董主任、沙旭和沧县捷地乡代乡长早在门口迎候。四十摄氏度的高温让他们等候多时，心有不安。

董主任未语先笑，代乡长热情伸出来的手让温度更加高涨。有女孩儿端出两筐黄澄澄的蜜桃来："大热天的，解解渴。"我一眼认出这是捷地乡傅家圈村的蜜桃——大运河边有名的水果，个头大，品相好，而且色泽黄艳，甜脆味美多汁，桃子味儿十足。我们每人拿起一个大桃子，不顾形象地啃了起来，边啃边说，好吃好吃，好甜好甜。

傅家圈村在运河东岸边，近千亩桃园依偎在运河臂弯，若一枚翡翠玉镯。运河水甜，千亩的桃花芳菲过后，便结出了不平凡的味道。从五月到十月，黄油王、早黄金、黄金蟠桃、珍珠蜜桃……各品种的桃子你方唱罢我登场，"弥天香气藏不住，满园尽带黄金甲"。此时吃的桃子名叫"早黄金"，色泽、味道早超出了其名字的含义。

吃完蜜桃，跟随本地主人进入闸所。分洪闸是捷地分洪设施之一，为捷地减河的河首工程，是南运河段现存最早的分洪闸，连接南运河和捷地减河的重要水利设施。

为我们此次做讲解的姑娘买树菲，是本地人，可谓自家人讲自家事情。当走近悬于河上的一排屋舍时，她停下来说："这是 1933 年的德国西门子启闭机，天儿太热了，机器散发出的机油味很重，大家远远地看一下就可以了。"

我们理解导游的好意，还是执意登上了架在河上的启闭机房，机器为齿条式电动手摇两用，多半外漆脱落。手抚厚实的大铁器，赞叹这才是真家伙啊。买树菲指着中间的一台说："现在仍然在使用，这些设备为研究运河水利设施的发展及技术变迁提供了实物资料，具有较高的历史研究价值。一会儿下去后从侧面可以看出闸板是抬起一截的，仍然发挥着闸门的作用。"我们纷纷走下来，站旁边侧头找那块厚重的闸板。

立于乾隆御石碑、清代宪示碑前，御碑上的一粒一粒汉字，浅淡而浑圆，字迹棱角虽有风化，仍然清晰可辨。层层光环漫过，呈现出时间的真实，传达着书者和刻者的力度、情感和气息。史载，乾隆三十六年，皇帝出巡山东，沿运河南行一路视察河务。直隶总督杨廷璋曾奏请在天津芥园开设减水坝泄洪，皇帝认为不妥，要在上游选址建坝。他仔细研究捷地的地形地势，做出将捷地闸改为减水坝的决策，御笔题写了《坝工纪事》七言律诗。时隔十九年后，乾隆皇帝再次来此视察，又题写《阅捷地减水坝》。当地官员将两首御诗手迹刻石立碑，立于此地。

日出东海，日落归山。山海藏真意，此地生文韵。乾隆两次亲临之地，乃福祉吉祥之所。夕阳下，村民正赶着鸭鹅回家，恰在此时，闸门开启，奔腾的运河水欢畅着向东奔流。有人把渔网伸下去，很快，扑棱棱的鱼儿被兜起，溅出清凉凉的水花。

"一船明月" 时间

大运河最初的构想是标记在军用地图上的，这就寓意着有战争，有强权征服。可是，很快，大运河有了角色转换，开始进入了饮食男女的生活，踢腾出有声有色的浪花来。与大运河有关的物什，都承载着生命的质感，比如堤坝，比如航船。船是河流的插图。2022 年 4 月，京杭大运河实现百年来首次全线通水。2022 年 9 月 1 日上午 9 点，京杭大运河沧州中心城区段实现旅游通航。

与沧州大运河发展（集团）有限责任公司副总经理张书霞电话联系，说明此行的目的："中心城区通航马上一周年，我想了解旅游通航给沧州人带来的乘船体验。"书霞女士没有解答我的问题，她给我们精心安排了晚上的游船："你们在市区转上一遭，亲自感受一船明月过沧州的诗情画意。"

"公司的游船以仿古游船与现代式游船为主。游船行驶有四条线路：园博园航线、百狮园码头和大化码头单线、百狮园码头北线、南线。咱们晚上走一走精品线路百狮园码头北线。运河看景，不能不看'三楼'，咱的船正从三楼中穿行，相信你们会对大运河、对大运河边的夜沧州有不一样的感觉。"

月悬中天，于繁华的市井声中，在闪烁的灯影里，我们向北，走一段人间胜景，找寻明月下沧州城不一样的感觉。

摇摇荡荡前行，著名的南川楼、朗吟楼与清风楼遥相呼应，闪烁出璀璨的光芒。

穿越数百年光阴，三座楼相会于斯，算得是一段佳话。至于三座楼诞生的准确年月已难追述。历史风云滚滚，三座楼命运相连，曾毁于兵，毁于火，毁于风剥雨蚀。这是沧州城莫大的憾事，复建便成为沧州人的翘首盼望的一事，也成为城市文化与形象建设中提神的一笔。

清风楼紧傍运河西岸，复建较早，后重新进行修缮彩绘。楼五层架构，累累而上，外观似宝塔，底层为四面四角，二三四层飞檐转折出十二角，五层仍为四面四角，与底层呼应，上面加斗拱起脊宝顶。墙体朱红，层脊、重檐均采用黄色琉璃瓦，正门上方书"清风楼"三个大字，门两侧挂着楹联"京杭古运长千里，津沧渤海第一楼"。

单株不成林，清风楼少了两楼的相伴，便有些孤零落寞之态。大运河再通水，沧州大运河文化带建设拉开序幕，南川楼、朗吟楼破土而生。

南川楼、朗吟楼位于运河东岸，南北相隔不过二百米。南川楼在南，为明清建筑风格，地下一层，地上三层，石砌高阶，廊通八面，首层四出抱厦，折转八角，二层探出歇山平座，三层环廊用重檐四角攒尖，上为鎏金宝顶。楼体高约三十一点八米。沧州历史上有名的沧酒，就出于此地，古籍载："南川地通暗泉，泉甘而水深，昔郡人岁取用以造酒，酒佳甚，所称沧酒，即此水所造也。"

朗吟楼在南川楼北面，楼名跟仙家吕洞宾有关。传说吕洞宾曾在江淮斩蛟，岳阳跨鹤，并乘黄鹤飞过洞庭湖来到沧州，为此，留下"三入岳阳人不识，朗吟飞过洞庭湖"的诗句。复建的朗吟楼为仿明代制式楼阁，形如城楼，攒尖三重檐风格，灰瓦覆顶，红墙红柱，旁有岳阳阁配伍，高矮相映，更有一番厚重大气韵味。两座楼皆是梁枋绘彩，翘角出脊，绿蓝颜色精描，间或旋子西番莲宋锦枋心墨线小点金，或旋子西番莲宋锦枋心墨线大点金，檐下阴影掩映部分，青蓝碧绿，略加金色点缀。

一条运河穿城过，三座古楼诉春秋。月朗云清，河岸两侧繁华的市集鼎沸声正酣。画舫歌榭，桨声灯影不输秦淮风韵，被月光被灯影关怀的运河水变成了金色，晃动着，有微热润身，这也是千年运河生生不息的生命温度。

晚上行船有"众里寻他千百度"的迷幻，我想，其实运河两岸无须建更多的景观带公园什么的，那样就生生把原始活泼的景致弄局促了。"长河日暮乱烟浮，红叶萧萧两岸秋。夜半不知行远近，一船明月过沧州。"这是清代诗人孙谔在京杭大运河乘船写下的《夜过沧州》，此诗深沉却又不失灵动的意境，几乎成为沧州大运河段的一张"诗歌名片"。

谢家坝时间

本来此次"中国一日"的行程中，没有计划再走谢家坝。来来回回，我走了多次的谢家坝，再走，能有什么新的体验吗？

一走上堤坝，如见老朋友般熟悉与亲切。

手机导航里输入关键词"河北，连镇，谢家坝"，便可精确地定位出位置——河北省连镇镇运河五街、六街交界处，南运河东岸，北纬三十七度四十七分，东经一百一十六度二十八分。谢家坝第一次被世人瞩目是 2014 年 6 月 22 日，在卡塔尔多哈召开的第三十八届世界遗产大会上，中国大运河被正式列入《世界遗产名录》，成为我国第四十六个世界遗产项目。中国大运河（沧州段）东光连镇谢家坝遗产点被列入世界文化遗产。

瞩目的原因是坝体为黄土、白灰土加糯米浆的三合土逐层夯筑，是南运河河北段仅存的两处夯土坝之一，夯土以下为毛石垫层，基础为原土打入柏木桩筑成。坝体长二百一十八米，厚三点六米，高五米。历史上洪水在此处曾多次决口，为险段之一。清朝年间，连镇谢氏乡绅捐资从南方购进万余斤糯米，组织人力用糯米熬粥，滤出的糯米浆与白灰、黄土按相应比例混合筑堤。我多次走进图书馆，查阅有关资料，始终没有从史料里找到这位古道热肠的乡绅确切的名字。他触手可及，与坝体一同被后人抚摩，又似风，隐于尘埃。

2012 年，当地政府用同样的方法本着修旧如旧的原则，对谢家坝进行修葺，用了一万公斤糯米，使用电钻才保证楔木工序的完成，修葺后的谢家坝，尽量保持了原有风貌。

顺着斜坡下到河沿，蒿苇盈天，河里水清，轻触坝堤，与之接触的一瞬间，透过竹楔、贝壳、沙砾，岁月的包浆涌来。几只小蜗牛安然趴于堤上。轻轻拈起一粒，它们在沉睡，似乎已沉睡了百年。我把脚步刻意放轻，感受脚下的力量，我知道这片土地力敌千钧，将万千承重，稳稳托住。有个少年在对岸放羊，背影晃动，我看到了少年的我的影子。

感谢这片保留原始风貌的河坝、苇草以及鸭们羊们。目光投向远处，在心里默默念着两个令人自豪且充满阳光的词：伟大、奉献。多年后，此方水土的灵气，鲜活的一切，以及孕育出的民风和精神，让后人会生发怎样的感慨呢？

年 画 寻 味

姜铁军

　　世界上一座城市如果能给人留下深刻的印象，大多是因为这个城市有独特的发展轨迹，或者有独特的记忆。潍坊就是这样的城市。潍坊的风筝自不用说，经过千百年的发展声名远播，加上这些年举办世界风筝节，影响越来越大。除风筝之外，潍坊杨家埠木版年画作为国家级非物质文化遗产也具有很大的影响力。中国有三大木版年画，天津杨柳青年画、苏州桃花坞年画和潍坊杨家埠年画。潍坊杨家埠年画能跻身中国三大木版年画，一定有其独到之处。

　　中华民族的优秀文化得以传承，印刷术的发现和使用功不可没。其中雕版印刷在其中做出的贡献厥功至伟。年画作为老百姓喜闻乐见的民间艺术形式因雕版印刷传播的范围更广，接受的人更多。杨家埠不仅诞生了民间年画的艺术创作人才，也培养了木板雕刻印刷人才。杨家埠木版年画具有独特的韵味，推动中国民间年画艺术发展，在中国民间艺术史上占有重要地位。

　　历史上，民间对年画有着多种称呼。宋朝叫"纸画"，明朝叫"画贴"，清朝叫"画片"。直到清朝道光年间，文人李光庭在文章中写道"扫舍之后，便贴年画"，"年画"由此定名并推广开来。年画起源于古代的门神画，而门神画早在尧舜时期已经出现。文献记载，汉代民间已有门上贴"神荼""郁垒"现象。现存最早的年画是宋版的《随朝窈窕呈倾国之芳容》，画的是王昭君、赵飞燕、班姬、绿珠，民间俗称"四美图"。民间年画、门神，又称"喜画"，过去盛行在室内贴年画，门上贴门神，以祝愿新年吉庆，驱凶迎祥。每值岁末，民间都有张贴年画、门神以及对联的习俗。年画因每年更换，或张贴后可供一年欣赏，称"年画"名副其实。

年画种类分为版画、刻纸、纸绘三种。版画是以木刻图案，再按图上色而成，杨家埠木版年画属于这一类。杨家埠木版年画形式新颖多样，从大门的武门神、影壁墙上的福字灯、房门上的门神、金童子到中堂、炕头、窗户两旁、牛棚、禽圈、粮囤都有专用张贴的年画。造型夸张、粗壮朴实、线条简练、色彩艳丽，充分体现了山东农民粗犷奔放、豪爽勤劳、爱憎分明的质朴本色。

史籍记载，杨家埠木版年画已有六百多年的历史，自明朝开始，这里的杨姓艺人就开始创作木版年画。至清朝，杨家埠已有百家画铺，年画千种，画版数万块。木版年画的发展与中国雕版印刷密切相关，雕版印刷始于唐代，宋、元两代进一步发展，至明代盛极一时。正是在这样的大背景下，杨家埠木版年画兴盛起来。对于木版年画的雕版，现代人已很陌生。只有在古旧书店和博物馆里才能看到利用这种技艺印刷出来的书籍和年画。

杨家埠木版年画从明代发展到清代，达到空前繁荣，杨家埠出现"家家印年画，户户扎风筝"的盛况。明代时杨家埠木版年画题材比较狭窄，以刻印神像年画为主，迎合民间传统习俗的需求，主要绘制《灶王》《门神》《菩萨》《玉皇》等年画。尤其以灶王题材最受欢迎，这是因为在潍坊地区灶王的传说在民间非常流行，因此，这方面的年画很受老百姓欢迎。

在潍坊民间传说中，灶王叫张万仓，娶妻郭丁香。张万仓经商外出期间，爱上了少女海棠，并将海棠带回家，休了贤妻郭丁香。海棠好吃懒做，不久将家财败光，她也一走了之。张万仓家又遭大火，他双眼被熏瞎，沦为乞丐四处讨饭。一日，张万仓讨饭来到一大户人家，讨到一碗热汤面，吃后感觉味道很像前妻丁香所做，一问果然如此，张万仓羞愧万分，一头钻进灶膛内，死了。玉皇大帝念其有悔意，封他为灶王。因为这个传说，灶王年画在潍坊地区很是流行。老百姓无非怀着一个美好的愿望——做人不要忘本，不要忘恩负义。看似一张普通的灶王年画寄托着朴素的善恶理念，表达淳朴的情怀。从这个意义上说，杨家埠木版年画也是"载道"的。

杨家埠年画的制作工艺别具特色。艺人首先用柳枝木炭条、香灰作画，名为"朽稿"，在朽稿基础上再完成正稿，描出线稿，反贴在木版上进行雕刻，分别雕出线版和色版。再经过调色、夹纸、兑版、处理着色等，手工印刷，年画自然生动。年画生产分绘画、雕刻、印刷、装裱等几道工序，每道工序都极为精细准确。

木版年画最见功夫的一道工序就是刻板，这是关键环节，这方面只有雕刻艺人最有发言权。杨家埠木版年画老艺人杨洛书在我国年画界赫赫有名，七岁时跟父亲学艺，熟练掌握画稿、刻版、印刷等全部年画生产技术。他对雕刻技艺颇有心得，独树一帜。雕刻要用几十种刻刀。他的很多雕刻木版年画的刀具都是自制的：刻刀、裁刀、平刀、离刀、大挖刀、中挖刀、小挖刀……对待这些刀具像对自己的孩子一样，每种刀具的使用都得心应手，雕刻了自己都记不清数目的年画雕版。雕刻木版年画时手、肘、腕、指均要协调配合，一把雕刻刀握在手里像握着一支笔，要把年画的韵味通过手里的雕刻刀体现出来，是一件很不容易的事，所以才有"三分画、七分刻"的说法。

许多雕刻艺人都是家传的手艺，是长期耳濡目染的结果。很多时候，雕刻技艺是靠"熏"出来的，是长期潜移默化得来的。有的雕刻艺人三四岁的时候就被抱到父辈跟前，看着他们在雕版上一笔一画地精雕细刻，对雕版的爱好是深入雕刻艺人的骨髓里去了。每道工序都有操作规范和技术要求，都有技艺诀窍和要领。

历经多年磨炼和潜心研究，杨洛书的木版年画刻版技艺独树一帜，被誉为"中国年画大王"。为更好地保护杨家埠木版年画雕版，他将自己珍藏的明代年画雕版和清代年画雕版无偿捐献给中国历史博物馆。专家考证，那块刻于明弘治二年的年画雕版是我国现存最早的木质年画雕版之一，可谓无价之宝。鉴于杨洛书在民间文化保护、传承和创作方面的突出贡献，联合国教科文组织授予他"民间工艺美术大师"称号。杨洛书成为我国第一位获此殊荣的年画艺术家，为中国民间艺术争光，为山东、潍坊赢得荣誉。

如果仅仅是杨洛书一枝独秀，杨家埠木版年画不会有如今这样大的影响，取得如此大的成绩。杨家埠还有其他技艺精湛的木版年画大师和后起之秀，既有杨洛书儿子杨付涛，也有杨乃东、张运祥等人，大家共同辛勤耕耘，让杨家埠木版年画春色满园。

杨乃东从小跟随父亲学习木版年画雕刻制作，创作、刻制木版年画七百多套，总共三千五百多块雕版。在他的工作室里，挂着《年年有余》《双喜临门》等木版年画作品，寓意吉祥、喜气洋洋。杨乃东创作的木版年画线条柔和流畅，构图严谨，色泽饱满。线条与颜色结合紧密，很长时间都不会出现晕染情况。构图、雕刻技艺精湛，用纸、着色保证质量。他的木版年画成为抢手货，还有木版年画爱好者收藏他的作品。作为木版年画传承人，杨乃东坚持保留传统技艺。一张普通木版年画刻版要二十多天，画面复杂的需要两三个月。坚持传统技艺，保证货真价实。绝不因为自己的木版年画畅销而"萝卜快了不洗泥"。杨乃东说："传承杨家埠木版年画，必须严格要求，从自己做起！"

2023年6月14日，在中华人民共和国驻日本国大使馆文化处支持下，由潍坊市文化和旅游局、东京中国文化中心、中国中央广播电视总台亚太总站主办的"齐鲁古风地、最忆是潍坊"中国潍坊非物质文化遗产展在东京开幕，旨在以"文化为媒，增进了解，增进友谊，促进中日友好"。精选潍坊非物质文化遗产中部分典型代表作品，通过风筝、年画、剪纸、泥塑、核雕等传统民间非物质文化遗产作品，展示非遗中的文化历史和民俗风情。杨乃东作为代表团成员，在展会上向日本观众展示了杨家埠木版年画画稿、雕版、印制过程。现场被围得里三层外三层，引起日本观众，特别是青年观众的极大兴趣，他们第一次零距离接触中国木版年画制作。

一个日本年轻观众跃跃欲试，在杨乃东的指导下，他在木版年画雕版上刷油墨、铺纸、用墩刷施印……把印好的年画轻轻从雕版上取下，向现场观众展示自己的成果，引起一片热烈掌声。大家共同感受杨家埠木版年画的艺术魅力，赞叹中国民间艺术的丰厚底蕴。杨乃东在现场制作的木版年画被抢购一空，一起带去的木版年画也销售火爆。杨乃东被观众的热情深深感染，想不到杨家埠木版年画会受到如此热烈追捧。中国传统民间艺术通过各种形式不断推广，一定会在域外受到广泛关注和欢迎。日本最大的中国资讯网站、谷歌新闻、微软新闻、乐天新闻等媒体，以及《东方新报》《日中商报》《中文导报》等日本主要中文媒体都对这次活动做了报道。

中国潍坊非物质文化遗产展取得丰富成果，杨乃东满载而归，对发展杨家埠木版年画更是充满了信心。在有关部门的大力支持下，杨家埠木版年画一定会不断发展，绽放绚丽的花朵。

杨家埠木版年画传承人张运祥，近几年不断寻求木版年画新突破，他创作的《二十四节气》木版年画为人们津津乐道。木版年画多数是横版的，张运祥创作的这套《二十四节气》木版年画，构图为竖版。与传统构图不同，画面有大量留白，创作的每个细节都有张运祥独特的想法。"竖式构图寓意顺，字与图呈一字形，加中间圆形印章，寓意一〇一，即百尺竿头更进一步……"《二十四节气》木版年画从创意到画稿，花费三个多月，雕版用了四个多月。印出来后的木版年画引起热烈反响，达到了张运祥的创意初衷。它给人一种清新脱俗之感，更符合年轻人的审美理念。它运用传统木版年画图文结合的方式表现主题，按照传统木版年画手工雕版、手工刷印，在构图与用色上，大胆突破了传统年画的风格，借鉴水墨画用色方法，使颜色有浓淡深浅不同变化，是木版年画一种创新尝试。之所以这样做，是因为张运祥想让木版年画能引起年轻人的兴趣。木版年画不能抱残守缺，停滞不前意味着消亡。有的非物质文化遗产因不能与时俱进渐被遗忘，要好好总结教训，防止重蹈覆辙。

潍坊市民间艺人为发展杨家埠木版年画，不故步自封作茧自缚，在传统木版年画中融入创新理念，创作令人耳目一新的木版年画。一幅名为《中国梦》的木版年画大胆突破传统，表现全新的内容。画面上是众人迈着坚定步伐奋勇前进。象征友谊的和平鸽围绕着长城，蛟龙号载人潜水器，国产航母代表性产品一一展示。年画下部分辅以诗词配合，提升木版年画的艺术感染力。作品画面丰富、构图协调、色彩鲜艳，线、形、色带来的视觉冲击，是传统木版年画不可比的。令人高兴的是，这幅《中国梦》木版年画的作者是个年轻人，作者把人们认为不适宜木版年画表现的题材完美地进行展现，令人称道。年轻人的"初生牛犊不怕虎"，不仅仅丰富了木版年画的题材，也创新了形式，弘扬了中华文明。这种精神才是最可贵的，让人们看到了中国青年的力量，看到了杨家埠木版年画的美好前景。

2021年，为庆祝中国共产党成立一百周年，潍坊杨家埠木版年画传承人集体与专业设计团体合作，完成建党百年系列木版年画作品，在山东甚至全国业界引起不小的轰动。木版年画如何与时代结合，如何表现新时代，他们交了一份圆满的答卷。这份答卷让杨家埠木版年画再次走进人们的视野，令人刮目相看。它表明传统的非物质文化遗产也能注入时尚元素，成为大众喜爱的文化产品；也能改变老面孔，具有新品位，让人赞赏。

杨家埠木版年画多次作为国礼被赠送外国友人。木版年画走向国外，传播中华文明，赢得交口赞誉。土生土长的杨家埠木版年画赴美洲、欧洲、亚洲、非洲多个国家巡回展览。一批批杨家埠木版年画艺人先后前往日本、新加坡、马来西亚、巴西等国现场表演，受到热烈欢迎。当地观众可以零距离观看木版年画制作过程，感受木版年画的魅力……杨家埠木版年画走上高雅的艺术殿堂，成为一张亮丽的名片。它让世界知道了潍坊，知道了杨家埠，知道了一个充满民间艺术魅力的地方。

杨家埠木版年画在潍坊扎根发芽成长，六百多年前的民间艺人不会想到，这门当时只是养家糊口的技艺，登不了大雅之堂的年画，几百年后会成为潍坊的一张亮丽名片，作为中华优秀传统文化的代表之一，为齐鲁大地赢得荣耀。中华优秀传统文化是中华文明的智慧结晶和精华，蕴藏着中国社会赖以生存发展的价值观和中华民族优良的文化基因，是构筑中国精神、中国价值、中国力量，振兴中华的宝贵财富。

废墟上的乐章

白　杨

2023 年 7 月 2 日，骄阳蒸腾。中原地区的桑拿天不能阻止我们探访的脚步。

殷墟大门前，一群孩子在晨读。从《三字经》《百家姓》《弟子规》一路读过来，现在，他们开始读《易经》。我加入其中，在汉字源头感受汉字魅力，浑然似有天外精光穿越遥远时空，击中我的天灵盖。领读老师告诉我，他们最初读的《三字经》是甲骨文和现代汉字对照版本。《易经》有对照版本就好啦。

身后殷墟宗庙宫殿遗址大门，古朴、端庄、大气，明亮的朱红色尽显帝王气象。中国古建筑专家杨鸿勋先生根据甲骨文"门"字仿建设计。整扇大门由三个"门"字组成，中间略高。由门而入，三千年前的殷商近在眼前，而又遥不可及。

很久以前，我曾在一首诗里写道："人到中年，才相信/边城，是最好的居所/其美其魅不可言说。"安阳，河南最北部的城市，北距河北邯郸（战国赵的都城）路面距离不过几十公里，向西远眺，可以看到太行余脉在地平线上滚动，犬牙交错。而向东，则与孔府遥遥相望。

殷墟位于边城安阳市西北，主要由位于洹水南岸的殷墟宫殿宗庙遗址、洹水北岸的殷墟王陵遗址、洹北商城遗址组成，有宫殿区、王陵区、一般墓葬区、手工业作坊区、平民居住区和奴隶居住区，分布在小屯村附近的洹水两岸，是我国历史上第一个有文献可考，并为甲骨文和考古发掘所证实的商代晚期都城遗址。小屯村因此闻名遐迩。安阳本土诗人、市文联副主席艾敏的诗歌脍炙人口，其中有句"小屯很小/小得在中国版图上/不见踪影/小屯很大/站在历史长河的源头/让全世界瞩目"，写得很好。

我们首先来到的宫殿宗庙建筑遗址，是商王处理政务和居住的场所。

进入大门，沿青石小路向纵深走。路两旁是大面积的碎青石子，不长草，廓大、沉寂、荒凉，活脱脱一片废墟。

古人灭国不灭宗祠。周灭商后仍封纣王之子武庚于商朝旧地，延续殷商香火，并派武王之弟管叔、蔡叔、霍叔协助治理，史称"三监"。管蔡作乱，周公平定叛乱后将商的遗民悉数迁往宋，即今商丘，殷即荒废。竹林七贤之一的向秀在《思旧赋》写道："叹黍离之愍周兮，悲麦秀于殷墟。"《诗经·王风·黍离》写西周覆亡，东周洛邑官员行经镐京，目睹昔日宗庙宫室长满黍稷，再不见当年都市繁盛荣华，禁不住悲从中来，痛苦惆怅。相较而言，殷商更加废墟化。殷墟，殷墟，殷之废墟。再也没有朝代光顾，以致湮灭于历史风尘……时值公元前1042年前后。西方文明的源头古希腊，要到几百年后方始建立。

提及殷墟，第一个想到的是什么？甲骨文。这是刻在龟甲兽骨上的文字，中国最古老的文字，世界仅存四大古文字之唯一，把中国信史向前推进了约一千年。

横亘眼前的就是百米甲骨文长廊，东西百米，东边尽头直角向北，又是百米。甲骨文，有今文对照，有解说。从头看到尾，一天肯定不够。如果你有兴趣全部读下来，胸次甲骨，必沛然勃发。游客尚少，长廊清幽，烈日照不到这里，时间，在这里放慢脚步。我亦驻足品读。那些象形字，日月牛羊，人衣车弓，颇具形象感。会意字"本""刃"，用一个小点，指代其意，令人莞尔；"奇"字，上面一个人，下面一匹马，是"骑"的本字；"令"，上面像屋顶，下面是坐在屋里发号施令的人，引申为命令、时令、驱使和官名。指事、形声字尚好理解；转注、假借字颇费思量，细思亦能会心。许慎《说文解字》提出的汉字造字"六书"，甲骨文里都有了。从甲骨文中共发现几千个单字看，甲骨文是一种成熟的文字。对甲骨文运用自如的殷商以前，这种文字不知流传演进了多少年。上溯源头，无可测度。

甲骨文是如何被发现的呢？

时间回到20世纪的尾巴尖上。千疮百孔的清王朝风雨飘摇。国子监祭酒王懿荣发现从中药铺抓回的一味唤作"龙骨"的药材上面有规则刻痕，乃多方搜集，辨认出这些刻痕是一种很古老的文字。遗憾的是，八国联军侵占北京，王懿荣以身殉国，没来得及深入研究。然而，他的发现引起学术界关注，实在是天佑中华。在此之前，作为止血药，甲骨上的文字售卖前均被刮去，或直接研成粉末。得知其珍贵，盗卖贩子一方面隐瞒甲骨片之来源，一方面疯狂盗挖，破坏性极大。大规模有组织的挖掘始于近三十年后的1928年，由"甲骨四堂"之一的董作宾（彦棠）主持，采用当时最先进的考古技术。殷墟成为中国考古学的摇篮。最早，著有《老残游记》的刘鹗将王懿荣收藏甲骨的过程编印出版成第一部甲骨文著录《铁云藏龟》，并第一个提出这些龟甲兽骨上的文字是"殷人刀笔文字"，一时间震惊学术界。随后，罗振玉（雪堂）、王国维（观堂）、郭沫若（鼎堂）考释能搜集到的甲骨，出版专著多部。

从1928年至1936年，共进行了十五次大规模的挖掘，发现宫殿宗庙建筑基址、王陵大墓、祭祀坑等遗迹，出土了大量甲骨文、青铜器、玉器等。1936年，一次出土刻辞甲骨一点六万余片，极大丰富了甲骨文研究。殷墟甲骨文与敦煌藏经洞敦煌遗书、居延烽燧遗址汉简、清内阁大库档案并称中国近现代史料四大发现，分别呈现出不同历史时期的珍贵原始材料，尤以殷墟甲骨文的发现价值最高、影响最大、意义最深远。真如郭老所说："一片甲骨惊天下。"

令人扼腕的是，1937年卢沟桥一声枪响，中断了殷墟考古发掘，直到中华人民共和国成立才得以继续。日寇的铁蹄不仅阻断了中国现代化进程，侵略的魔爪甚至要扼杀中华文化。举世瞩目的后母戊大方鼎也险遭毒手。

1939年，与小屯一河之隔的武官村吴姓村民在修建祖坟时意外发现这个大方鼎。日本人得到消息后，多次派兵进村搜寻。第一次，一百多个日本兵荷枪实弹，把村民家院子翻了个底朝天，也没有找到大鼎下落。第二次，日军来了三辆大卡车，将村子团团包围。乡邻们施以巧计，将大鼎埋入日军搜寻时所挖大坑的底部，才躲过一劫。1946年，日本投降一年后，背井离乡的吴姓村民回来，挖出大鼎，献给国家。劫后余生的后母戊大方鼎乃国之重器，现为中国国家博物馆镇馆之宝。

穿过长廊，折而向东，不远处就是甲骨窖穴。

站在荒芜空旷的甲骨窖穴前，时间被抽取一空，令人窒息的空。

在青海藏区，几乎每一块石头都被刻上经文，成为玛尼石，或堆积成山成墙，或孤独站在路边，护佑过往生灵。甚至水边崖上，也要刻上六字真言。我的前世可能是一个刻经僧，我恍惚了。如今，穿越厚重岁月风尘，我依然难以想象，什么样的人？拿了什么样的刀？以一种什么样的心情？在甲骨文上刻下这些神秘的笔画。

时间是记忆的杀手。记忆是时间的刻刀。保有记忆最好的方式就是刻痕。

占卜，起源于原始宗教，是人与鬼神意识沟通的产物。殷商晚期，占卜成风，几乎无日不占，无事不卜。举凡田猎、战争、灾异、婚丧、祭祀、出行，都要算上一卦。《史记》列传七十篇，为历史人物立传，却有一篇《龟策列传》，为事务立传。《龟策列传》开篇，太史公曰："飞燕之卜顺故殷兴。"说的是玄鸟生商。又说："王者决定诸疑，参以卜筮，断以蓍龟。不易之道也。"足见占卜之风之古久。

占卜之后，把卜问的内容和占卜结果刻录在甲骨上，就是"卜辞"。占卜过去一段时间以后，还要刻上验辞，记录占卜是否灵验。积攒的甲骨会被存入特制的窖穴里。因为有了这样一种好的制度，我们发掘的甲骨片才大多是集中在一起的。因此，那些大窖穴甲骨片堆积坑遂成为我国乃至世界最早的图书馆和档案库。

进门时有一块石碑，上书"甲骨文发现地"。导游说这是著名书法家沈鹏先生题写的。我没有在意。回头，我要在那里留一张影。

再往东，北折不到一百米，是甲骨碑林。

这个碑林有三个特点：其一，它不是颜柳欧赵，也不是真草隶篆，而是由我国著名甲骨文学者王宇信、扬升南先生精选甲骨片上文字，放大刻成石碑的，共三十通；其二，石碑背面是今文翻译，对照来看，便于辨识；其三，即使弄懂字义，不一定能通解句意。这些"卜辞"有固定逻辑，先是叙辞，交代占卜时间和贞人（即后来的巫师）名字；接下来是命辞，说明占卜内容；紧接着是占辞，就是根据裂纹判断的吉凶。如"辛酉卜贞王其田"，意为"辛酉日占卜，贞人问卦：商王田猎有没有灾祸？"

古人珍惜字纸，看到写有文字的纸张，奉若神明，不肯轻弃，甚至供奉在神龛中。这是我们这个民族对文化天然的崇拜和喜爱。如今，印刷术空前发达，古人的行为也许令人哂笑。远在造纸术发明之前的殷商时期，刻在龟甲兽骨上的文字，历三千年不朽而能重见天日，实在神奇。

烈日照在石碑上。不多的石碑，胸怀上苍密码，有着不为人知的使命，寂寥，而又神圣。

每想起那么多活生生的人在这里耕种、狩猎、冶铜、占卜、祭祀、欢庆、饮食、战斗，内心满是温情；每想到他们都已离去，再也不会回来，他们的音容笑貌，举手投足，再也不复得见，内心满是怅然。来到这个世界的人，必将成为过往。但我们依然活色生香，踏实笃定，为自己所爱，工作、读书、生活、写作。

我经常告诫自己，这个世界充满神奇。每个人都有属于自己的甲骨。辨识那上面刻录的文字，解读上苍赋予我们的生命密码，问问我们的心——任何外力也不能染污我们的初心。

想起瑞典作家雷德里克·巴克曼的《熊镇》中译本封面的一句话："你即你所守护的"。

往回走，是殷墟博物馆。我之所以选择这样一种几乎逆行的游览方式，是因为我对甲骨文情有独钟吗？

博物馆于 2005 年 9 月建成。当时，我曾满怀新鲜感，向下环绕，走过三千年时光隧道，依次数着民国、清、明……战国、春秋、东周、西周，走进殷商。对，你看出来了，博物馆建在地下，由中国建筑研究设计院崔恺先生设计。用无人机俯瞰，博物馆酷似甲骨文的"洹"字，象征洹水孕育了殷商文明。博物馆中心高出地面三米的青铜结构，象征商代青铜制作已臻鼎盛。馆内集中展示殷墟发掘的陶器、青铜器、玉器、甲骨文等五百多件，都是真品实物。

入口处象形字"子"，是博物馆的馆标，就像孕育中的孩子，生机勃发。它也是商王族的姓氏。顺着"子"字指引，青石板拼成的时间走廊，让我激动不已。

走廊尽头，入馆门口，主体水院。青铜板内壁图案，以青铜器为蓝本仿刻。水池中央用青石板拼成的龟腹甲，上书董作宾先生甲骨文诗句："日在林中初入暮，风来水上自成文。""文"的本义就是风吹水面而成的波纹。凝视那张龟腹甲，我好像看到一只老龟，嘶吼道，还我甲来。我答，三千年来，龟与甲俱灭。唯刻录文字之龟甲，藏于窖穴，历千年而得见天日，且将永世珍藏。人们珍视龟甲，尤重其上文字。甲因字得天地灵气，珠联璧合，成中国乃至世界现存最古老之文字——甲骨文。得此殊遇，又何不舍？老龟颔首，退隐水中。

博物馆分设五个展厅：大邑商厅，青铜厅，玉器厅，文字厅，后母戊鼎展厅。

通往大邑商展厅的走廊右侧有盘庚迁殷图，画面中，盘庚带领臣民浩浩荡荡从山东曲阜长途跋涉迁都于殷。导游说他们的生活用品，兵器，动物，马车都是有证可考的。

《史记·殷本纪》记载盘庚迁殷，"帝盘庚之时，殷已都河北，盘庚渡河南，复居成汤之故居"，只有短短二十二个字。但说得很清楚，其实盘庚已经在黄河以北，并非由曲阜长途跋涉而来。他可能是从曲阜先迁到黄河以北，复渡河而南。

太史公距盘庚迁殷一千多年。我们现在回望一千多年前的晚唐，史料丰富，其史可详知。太史公没有这份福气。他虽然"上会稽，探禹穴，窥九疑……讲业齐鲁之都"时可能经过殷墟，但甲骨文被发现还待两千年之后，太史公无由知晓殷商更多史料。而我们又焉知千百年间，未有一个像殷墟一样震惊世界的发现呢！

古人逐水草迁徙。遥想帝盘庚迁殷，一定相中黄河以南这一片水系丰沛的土地。安阳，古殷地，自北向南，漳河、洹水、汤河、卫河、淇河，五线谱的五条横线，自公元前 1300 年盘庚率领臣民来到这里，到公元前 1046 年牧野一战商朝灭亡，二百五十五年，洹水南北两岸，分布宫殿、王陵，朝歌则建在淇河南岸，殷的子民在这里繁衍生息，狩猎劳作，冶铜祭祀，歌舞庆贺，演奏了一曲人类早期的宏大乐章。

青铜厅、玉器厅、文字厅、后母戊鼎展厅，你们的老朋友来了。这些年，我患腿疾，来的少。当我接到"中国一日"采访任务，欢欣鼓舞来，看到那些青铜器、玉器、甲骨，那些展柜、展柜中温馨的灯光，满怀久违的喜悦。这些通灵之物，余光所及几千年之后怀揣朝拜之心而来的我们，依然不肯说出隐藏的秘密。它们不是不愿意说出。语言和文字不能完全揭示。在另一个维度，它们已向我们昭示了千万遍，奈何我们依旧懵懂，晓不得自己的过去与未来。

出得地宫，万里无云的响晴天，金乌西沉，带着余威，显出依依不舍的样子。一天顺利，收获满满，这是一个松弛的时刻。

迎面走来一个中年汉子，本地人装束，开口也是本地话。"我是殷墟巡护员，"他自我介绍，"写写我们吧。包括村、社区干部在内，一共三百六十多人，像看护自己的孩子一样，不分昼夜守候着二十九点四七平方公里的殷墟遗址保护区。我们有二千六百五十个高清摄像头，有可以随时升空的无人机，有智慧殷墟巡更系统管理平台，有国内一流的遗址智慧安防工程，我们构建起'空地一体'的智慧防控体系，有我们在，殷墟保护，万无一失。"他挥挥手臂，脸上满是自豪。

"世上哪有什么岁月静好，分明有人在默默付出。"这句被叫成鸡汤的话，我从中品出分量。

走到安置后母戊大方鼎的仿殷大殿前，我停下脚步。来时，直奔甲骨文长廊，我与它遥遥相望，心里说，等我回来，专门拜望。这个鼎是仿原鼎放大两倍制作，位于宫殿宗庙遗址公园中轴线上，是其地标性建筑。原鼎重八百多公斤，是迄今为止世界上所发掘的最大的一件青铜器。

由此西眺，望见妇好汉白玉雕像，在夕阳余晖中神采飞扬。妇好，中国第一位女将军，深藏谜一样众多故事。妇好墓保存完好，出土文物数量种类之多，之精美，之珍贵，许多要到国博才能看到。殷墟宗庙宫殿遗址大门浮雕图案所仿龙形玉玦，就是在这里出土的。

妇好，下次再来访你。我一直稀罕你的名字——妇好。

还有王陵遗址公园，今天，恕我不过河啦。

回望来路，回想一天行踪，我忽然悟到，这哪里是什么废墟，这片古老的土地，分明是一个王朝的故土，是中华，也是世界文化的圣土。

海德格尔说："一朵花的美丽在于它曾经凋谢过。"

想起采访殷墟博物馆副馆长郭卫兵。问及殷墟今后发展规划，他饱含深情地说："目前我们正在强力推进殷墟考古遗址公园建设，其中投资十点六亿元、全面展示和研究商文明的殷墟遗址博物馆项目正在如火如荼地建设中，预计于2023年10月份开馆，届时欢迎四海宾朋前来做客，共享文化盛宴！"

殷墟考古遗址公园，殷墟博物馆，与新近发现的规模更大的洹北商城，是写在五线谱上的新音符，未来必将有更多更加美妙动听的音符被书写、演奏。一个更加华美的乐章正在酝酿中……

长江闻见记

徐春林

说到中华文明，长江是一块厚实的肥地。

长江从高原的溪谷中冲出来，像是这大地上摄魂夺魄的刺绣，镶嵌在浓绿覆盖的山冈间。无论是辋川，还是桃源，长江的精神真是不可预测的跌宕。

在某个乌桕燃烧的秋日，我来到三星堆博物馆。

三星堆博物馆位于四川德阳市广汉市。这是一个文化相当发达的地方，发现三星堆就是明证。

此刻，我立于博物馆的阶前，举目四望，在多少年前，长江的水正在此处肆意流淌。

一直以来学术界以金属工具、文字和城市的出现作为步入文明门槛的标志。

我在博物馆内，目测着那方形面部、镂空大眼、三角鼻梁、宽大耳朵、硕大夺目的黄金面具残片；或整体雄浑大气，肩部饰兽首、鸟首的大口尊；或保存完好，纹饰精美，形制稀罕的方尊；还有玉质细腻、磨制光滑、质地坚硬，却没有纹饰的玉琮……

感觉有一种光辉从时光的深处沐浴而来。

漫长的时光，让中华文明的星空充满了饱和力。

那些从灰烬堆积之中发掘的，三千多年前的"麻花状"纺织品痕迹，由此见证了古代人们的生活场景和价值追求。不光是如此，还充分呈现出阶级制度。

文献记载及出土文物分析，中国最早的服饰制度初步建立于夏商时期，到了周代逐步完善，春秋战国之交被纳入礼治。西周的社会生产力比商代有了长足的进步，等级制度逐步确立，产生了与此相适应的冠服制度，表现在贵贱有等、衣服有别。

人类在文明的征途中，各种东西的出现，在丰富着生活的同时，可能也在约束着人类。"等级"也可视为一种高约束的存在。

"中华文明实际是在黄河、长江和西辽河流域等地理范围内展开并结成的一个巨大丛体。"北京大学考古文博学院教授赵辉说，"这个丛体内部，各地方文明都在各自发展。在彼此竞争、相对独立的发展过程中，又相互交流、借鉴，逐渐显现出'一体化'趋势，并于中原地区出现了一个兼收并蓄的核心，我们将之概括为'中华文明的多元一体'。"

河流是文明的发源地。在那悠悠的漫长岁月里，河流从未在文明的跑道上停歇过。河姆渡、良渚等新石器文化，阳刚之巴蜀、浪漫之荆楚、婉约之吴，儒释道三教等，从岁月的河流中流淌而来。千年的中华文脉，呈现出丰盈多姿的万千气象。

三千年前左右，中国的气候发生变化，平均气温降低，长江流域温暖湿润、降水适宜，吸引了更多的人去开发。西汉晚期，人口开始自发向南迁移；东汉时期，长江中下游的人口增长率已高于全国平均水平。自两汉开始，每每中原动荡、天灾交织，中原人口都会大规模向南迁移。

人口迁移，亦是文化的迁移。从南北朝的"莫春三月，江南草长"，到唐朝"江南好，风景旧曾谙"，再到北宋"苏常熟，天下足"和南宋"上有天堂，下有苏杭"，至于明清已是"湖广熟，天下足"

"松江衣被天下"，文化和经济中心已经逐渐延伸至长江流域。

作为中国人的母亲河，长江常常比作巨龙，而长江源头就是那高昂的龙头。长江源头文化在中华民族的精神图谱中自然也扮演着重要的角色。

考古学家认为，地球北纬三十度附近，是一个奇特而神秘的地带、一道人类文明之谜。

尼罗河、幼发拉底河、底格里斯河、恒河、密西西比河、雅鲁藏布江和长江等大江大河都横跨这一地带。

古埃及文明、古巴比伦文明、古印度文明、玛雅文明、长江文明都聚集在这一带。

同纬度的三星堆遗址，珠穆朗玛峰等世界高峰，以及至今无人登顶的梅里雪山在这一带列阵，神秘的百慕大群岛等在附近隐现，最深的马里亚纳海沟在不远处潜伏。

长江像一条彩线，串联起无数的文明珍珠；又像是一根脐带，一头深深地扎进中华腹地，汲取能量后奔向浩荡东海。

一切文明的形成都有各自独具的历史，其成因由多种元素汇聚而得。各地劳动人民的创造汇成了灿烂的文明，在如今的熙熙攘攘的市集中不也让人充分感觉到这一点！

长江诞生了自己的文化，上中游地区的巫山大溪文化、枝城城背溪文化、京山屈家岭文化，下游地区的河姆渡文化、马家浜文化、良渚文化像花儿朵朵，次第盛开在新石器时代的晨光里。

这些文化遗址中，有着大量的稻壳遗迹。素有"鱼米之乡"的长江流域，从这些遗迹表明，早在七千到一万年前，人们就已经开始种植水稻。水稻，伴随着中华民族文明史，亘古流长。

上古，神农尝百草，驯化了野生稻种，为古代先民们培育了水稻，繁育和壮大了华夏民族。中国最早的文字甲骨文中，就有"稻"字，由簸箕、扬糠、舂米三个动作组成。

关于水稻的起源，争论很多。西方学者始终认为，水稻的两个亚种——细而长的籼稻和短而圆的粳稻，分别来源于印度和日本。20世纪初，中国科学院院士丁颖根据古籍记载，以考古发现一万年前的栽培稻为依据，以稻壳中稳定存在的植硅体为解码，从社会学和生物遗传学两个角度，论证了稻作文化在中国的系统演变，验证了种源关系，从学术上确立了水稻起源于中国野生稻。经过驯化的中国稻种，向东传入日本，向南传入东南亚，转到印度，最终传遍全世界。

在良渚文化时期，社会生产力有了长足的进步，稻作农业支撑起规模巨大的早期中心城市建设，催生了日益增多的手工业门类，让玉器的制作也更加专业。良渚玉器不仅种类繁多、制作精美，而且已经超出了原始宗教信仰的范畴，与政权建设和大型礼制活动紧密联系在一起，出现组成的玉礼器，标识着拥有者的身份、等级和地位，彰显了聚落的等级和规模。

良渚文化的玉器种类繁多，有玉釜、钺、纺轮、璧、琮、璜、瑗、环、玦、珠、管、锥、笄、坠、带钩、镯及玉鸟、蝉、蛙、鱼等生器，类别多达二三十种。其中，琮、冠形器、杖首饰等为渚良文化最具代表性的玉器，镯、锥形器、冠形器和三叉形器这四种玉器的数量较多。另外，璜、管、锥形坠、玦及各种串饰、端饰等较为常见。

2006年发现的良渚古城，是目前国内发现的同时代最大的城址。证实良渚古城是宫殿区、城墙、外郭三重同心的完整都城结构，这是中国历史时期都城的宫城、王城、外郭三重结构的滥觞。2019年7月6日，中国良渚古城遗址在阿塞拜疆巴库举行的世界遗产大会上获准列入《世界遗产名录》。这一刻，全世界的目光都投向良渚。五千年前，中华文明的璀璨，正是从这里开始的。

漫步良渚古城，一草一木，一石一瓦，都隐藏着先人的语言。浙江省文物考古研究所所长刘斌，这个儒雅的西北汉子，他通过一大片石头找到了良渚文化对话的纽带。刘斌和他的考古团队，不仅发现和确认了良渚古城外郭城，证实了良渚古城由内而外具有宫城、内城、外郭的完整结构，还发现和确认了良渚外围水利系统，它比都江堰还要早两千多年，是世界上最早的水坝系统；发现了广阔的古城，有四个故宫大小功能复杂的水利系统，等级严明的墓地，具有信仰与制度象征的玉器，还从河道里发现了大量陶器、植物和动物骨头。五千年前的先民，从那时便已开始养猪，种水稻、菱角，吃芡实、杨梅、桃子和杏……这些"石破天惊"的发现，无不展现着中国新石器时代晚期良渚先民高超的智慧与诗意。

五千年前，良渚君王俯瞰着自己的城池。五千年后的今天，刘斌与他的考古团队穿过宋代酒肆的残垣断壁，望见了那片熊熊燃烧的篝火。"很高兴能够申遗成功，能够发挥遗产价值，能够让更多的人了解我们五千年前也不落后，也会觉得是我们考古人的一种贡献。但对工作还是没有改变，我们还是会根据学术研究目标去做。"

"从 1994 年起，国家文物局首次将良渚遗址群推荐列入《世界遗产名录》预备清单，到 2018 年正式递交材料，中国四代考古人近百年的坚守都浓缩在了五千三百多页的申遗文本中。"良渚申遗总顾问陈同滨说，"申遗成功的这一刻，一切都是值得的。良渚古城遗址考古界、史学界，八十三年、四代人，非常不容易，我们中华文明起源已经坐实了五千年，填补了长江文明的大河文明的空白。"

三星堆，作为"长江文明之源"，揭示出灿烂的古蜀文明。

三星堆博物馆的镇馆之宝是青铜纵目人面像、青铜立人像，与金沙文化象征太阳神鸟的金饰。面对着祖先留下的依然活着的远古之谜。我想着无论是酷烈太阳、肆虐的风雨、狂暴的江河、冷漠的崇山峻岭，还是凶残的猛兽、无情的烈火、骤然而至的疾病以及想象中的种种厉鬼，都对他们构成伤害，使得他们恐惧、担忧和日夜不宁，他们依然试图通过人神交往，请求无所不在的神灵的同情、宽恕、息怒、悲悯、关爱、庇护和恩赐。

一位民俗学者对我说，铸造这些人面像、人像、金饰，一样需要非凡的功力。有些属于独门绝技，决不外传。应该说，这属于民间文化的一部分。

我在商代晚期的戴金面罩青铜人头像前伫立很久，这是一个国家一级文物。它的大小形状面部特征跟普通的青铜人头像没有什么差别，但是因为脸上多了一层金光闪闪的金面罩，就显得格外珍贵。像这种戴着黄金面罩的青铜人头像，在整个三星堆遗址一共出土了四件，不同于战国后常见的鎏金工艺，这种金面罩是用黏合剂粘到人头像上的。

在它们被发现前，一般认为早期的黄金面具体现的地区是中亚，还有是西方文明的一个特点，比如在古埃及和古希腊的墓葬里，就曾经发现过覆盖在死者面部的黄金面罩。三星堆这几件戴黄金面罩青铜人头像的出土，则说明了这种现象在早期文明中的广泛性。也有学者认为，这些青铜人头像面部的黄金表现的并不是戴在脸上的面罩，应该是一种类似于彩绘的装饰，是对特殊身份人物肤色的一种修饰。

商代晚期的铜太阳形器，也是国家一级文物。1986年三星堆出土的太阳形器全部被砸碎并经火焚烧，从残件中能识别出六个个体，经修复复原的有两件太阳形器。关于该器物的用途，学界争论不断，主流观点认为，这是一种祭祀用的太阳图腾；而也有研究者认为，它是车轮或是军事作战的盾牌上的盾饰。

在三星堆博物馆的二楼，有一个气度与格局令人神清气爽的板块。这里立着一排排的树，便是来自东汉的青铜铸造的树，是一件神物。

青铜器、玉器、金器，数量之多，体形之大，它们充满了异域情调，它们刚健、自信、雄奇、精湛、神秘，隐隐有一种理性与思辨的光芒，一种强大的逻辑，一种对世界整体的诠释。

回望古史，长江流域多元共生、和而不同的文化特征，正是中华文明博大包容力的写照，也是中华文化面对全球化挑战的策略抉择，不同文化之间的相互交流、整合、吸纳，不断为中华文化的发展注入新的活力。

千山同根，万水归江，长江因此而壮阔。长江各地，一时站立多少风流人物。无数的仁人志士、英雄豪杰从这里走向历史舞台，书写中华民族的史诗，数不清的政治事件、军事战争、文化现象发生在长江；无数的先哲巨匠、文人墨客从这里登上文化讲台，颂长江之天时，慨胸中之豪情；读不尽的雄文翰墨、诗词歌赋如长联披挂在长江两岸；有军事家韬略传世，用长江之地利，奏战场之凯歌；有政治家国策传世，以长江之人和，治国家之盛世。数不清的文化经典、文化遗存、文化标识、文化星宿从长江升空辉映神州大地。

长江塑成了伟岸峭壁、险隘雄关，分娩了烟柳江南、水墨雨巷，涂抹了湖光山色、水村山郭，那一帆一浪一石一矶、一草一木一楼一台，是长江的符号、文化的标点。长江不歇脚，文化不停滞。

岁月抹不去历史的创痕，江河洗不尽积年的风尘。不要忘却自然的惩罚之鞭，不能亏待长江的哺育之恩。北宋晚期到南宋早期是长江的阵痛期。北魏郦道元笔下的三峡是"素湍绿潭"，唐代李白的笔下是"碧水东流至此回"，唐代白居易的笔下是"蜀江水碧蜀山青"。但到了南宋，诗人范成大从岷江一路直下，漂泊到汉口岸边才见到清澈的汉水，与他几乎同时期的诗人袁说友更是记录道："荆江水涨，浊波涌急。"南宋进士陈造还留下"汉江水黄浊"的日记。及至宋末元初，长江流域植被大量被采伐，水土流失更甚。从此，研读南宋以降写长江的诗文，已很难再见到"清流""碧波"之类的描述。

亿万年的长江，千百年的沧桑，一路风尘仆仆、满心伤痕酸楚，需要休养生息。长江穿越时光隧道，像一道历史性答题横亘在我们面前。我在想，今天，该怎样对待长江？母亲需要保护，长江需要呵护。人类的灯火在大地上是最弱的，保护生态等于拯救自己，珍视长江就是善待人类。长江之伤是人类之痛，保卫长江当举法治之剑。

气候温暖、雨量充沛、天然食物丰富的长江流域，无疑是人类的一个重要起源地。

胜 利 丰 碑

姜化明

　　黄河入海口，中华人民共和国最年轻的土地。中国石化胜利油田在此起步，从无到有，从小到大。

　　夏日的风火辣辣。行走在胜利油田油区，信步华八井景区，徜徉营二井身畔，投入坨 11 井景区怀抱，看着一片片钢筋铁骨的采油树，瞩目一座座巍然屹立的纪念碑，聆听我国石油石化工业故事，心绪随之飞扬起来，一种民族文化自信荡涤心灵，促动产业转型升级的使命感油然而生，仿佛一下子回到在荒原上雕刻的激情岁月。

　　虽说早就熟知中国石化胜利油田功勋井，可带着使命走近它们还属第一次。功勋井由华八井、营二井和坨 11 井三口井组成，2020 年入选第四批国家工业遗产名录，是黄河三角洲工业旅游的重要景点。徜徉其间，既有历史岁月的厚重，又有着现代工业的文明，来自地心的力量激情澎湃，挺立起胜利的丰碑！

一

　　追寻石油工业的足迹，不能不到胜利油田，因为这里书写了我国石油工业的一次次伟大胜利，澎湃着石油精神、石化传统的精神力量。

　　到胜利油田，就不能不到华八井、营二井和坨 11 井，因为它们已成为胜利油田历史印记的重要标注，成为一种昂扬向上的精神图腾，成为一座城市烫金的旅游名片。

岁月更迭，历史变迁。三口功勋井旁都矗立起标志性纪念碑，在夏日的阳光下闪耀着希望的光芒，在石油的芳香里流淌着特有的石油风格、石油气派。功勋井之间的距离并不算远，但时空的跨度又仿佛很远。

20世纪60年代，这里还是一片荒凉贫瘠的盐碱地。新中国工业正艰难起步，因为缺油，有的飞机停飞、坦克停止训练、拖拉机闲置，首都北京的公交车只能背上煤气包。

一些外国专家断言：华北平原没有中生代和新生代的海相沉积，不可能有石油。然而中国人不靠天，不信邪，靠自己的双脚踏遍青山荒漠，寻遍森林沼泽，打量着祖国的山山水水，每一个沟渠山褶。

地质部和石油工业部联手，迈出华北找油的脚步……部署的第一口基准井——华一井未见到石油。随后，在山东、河南相继部署华二至华六井，相继给人以失望。

艰难徘徊时，渤海湾发现了漂浮的油苗，随着潮起潮落时隐时现。油苗就像火苗，让人们燃起了希望之光。

1958年秋天，油苗调查组从大连出发，行程一千多公里，沿着海滩查找油苗：荣成海岸线有油花，潍坊白银河有油踪，沾化沿海有黏稠状物体……最终证实油苗来源于地下断层。渤海湾有油！

老一辈石油人带着祖国的重托和期盼，秉承"我为祖国献石油"的初心，从北打到南、再从南打到北，从华一井到华七井，筚路蓝缕，苦苦寻觅，"恨不得两手扒出油来"。

独臂将军、石油工业部余部长在狭窄的土坯房里走来走去，突然停下了脚步，"咚——"一记重拳砸在简易的木桌上……他批准了钻探华七井的32120钻井队移师一个叫东营的小村庄，打下了编号为"华八井"的勘探井。

从华八井起步，相继打出处营二井、坨 11 井，形成三足鼎立之势，稳定厚重，遥遥相望，犹如嵌入黄河三角洲的"定海神针"，为新中国最年轻的土地注入了灵魂，让贫瘠的土地有了胆魄、气魄和精魄，让曾经的荒原有了格局、浩气和精髓，让一座城市有了灵性、精神和气度。

二

历史长河奔腾不息，有风平浪静，也有波涛汹涌，有些日子平平淡淡毫无波澜，有些日子必定被铭刻在历史长册。

时间在这一日定格。1961 年 4 月 16 日，是注定载入中国石油石化工业发展史册的日子。

这一天，位于我国东部的山东省东营市东营村附近的华八井，喜获日产八点一吨工业油流。黑色的液体从大地深处喷涌而出，仿佛带着史前时期的记忆和芳香。

华八井是胜利的根，是胜利梦开始的地方。中国地图上开始有了胜利油田的方位和坐标，同时也拉开了中国渤海湾地区勘探开发的序幕。

轻抚华八井纪念碑浮雕，耳畔响起"石油工人一声吼，地球也要抖三抖""宁可少活二十年，拼命也要拿下大油田""有条件要上，没有条件创造条件也要上"的铮铮誓言！热血沸腾间，思绪穿越时空和岁月的长河，华八井上的一幕幕仿佛就在眼前。

我看见，没有地方住，老一辈石油人就在牛棚羊圈里，月光从秫秸墙的缝隙里照进来，牛棚里屎尿味直窜鼻子，呼啸的寒风把被褥吹得像黑铁一样生硬冰冷，可累了一天的石油人倒头就睡；每月的粮食不够吃的，他们就吃地瓜干、棉籽饼，一个个都脸色发青，浑身浮肿，"屎都拉不出来了"。

我看见，老一辈石油人饿着肚子、住着窝棚、吃着野菜，在零下十几摄氏度的冰天雪地里，在前不着村、后不着店的荒原上，手拉肩扛，硬生生地把上百吨重的钢铁设备运到井场，矗立在大地上，把钢铁钻头插进大地的胸膛……

我看见，钻机的轰鸣声第一次响彻在沉睡万年的渤海荒原。猎猎的红旗迎风招展，高高竖起的井架挺立成这个古老民族不屈的脊梁。

我看见，华八井打到一千一百多米时，取出了褐黑色泛着光的油砂，装进瓶子、系上红绸子，送到了北京。余部长拿着放大镜不停地端详着这块油砂，还风趣地说："这个小宝贝，可是比金子还要珍贵得多喽！"

我看见，当钻机抵达一千七百五十五点八八米处时，井管内喷涌出一股冲天的褐色油柱。华北醒过来了，历史在这一刻改变了走向，带领着中华民族开启了工业化的加速度。

华八井，宣告了"华北无油论"的破产，开辟了华北平原找油的新时代，胜利油田横空出世。1974 年 9 月 29 日，新华社以《我国建成又一个大油田——胜利油田》为题，第一次向全世界报道了胜利油田。9 月 30 日，《人民日报》头版头条予以刊登。一时举国欢腾，世界惊叹。

三

从高空俯瞰营二井景区，八千余块太阳能板，犹如整装待发的军队，任凭风吹雨打，不管烈日炎炎，演绎着跨越时空的能量传递，诠释出历史与现代的经典对接。

驻足营二井景区，自然而然会把人引向悠远的时空，指向流淌的历史岁月。穿行在光伏板的丛林里，感受着能量转换的颤动，很快便与营二井翻书型的雕塑相遇。灰白的颜色，古朴而敦厚，雕刻着营二井简史，一下子被带入岁月的时空里。

其实，胜利油田何尝不是一本厚重的大书。在一甲子多的时光里，流淌着许多鲜为人知的故事。

1962年3月23日，营二井开钻。

当时，没有公路，老一辈胜利人硬是在这里走出了一条胜利之路。

没有吊车和运输工具，老一辈石油人硬是把钻机安装上去。他们发出了胜利的呐喊，挺起了胜利的脊梁。

没有饮用水，人们自己挖井积雨水，喝着坑洼中的咸水，谱写出"艰苦奋斗、自力更生"的壮丽诗篇。

没有现成的房子，就搭帐篷、挖地窝子住，住出了"工农一家亲"，住出了一座现代化石油城。

没有足够的口粮，老一辈石油人到野地里摘黄须菜、草籽做棉籽饼吃，信念如磐，执着找油，找到了胜利的希望，找到了令世人刮目的大油田。

1962年9月23日，营二井用十五毫米油嘴测试获得日产五百五十五吨高产油流，刷新全国日产原油最高纪录。

一位"老石油"来到这里，他走走停停，低缓的声音哽咽了，深邃的眼睛湿润了……他动情地说："想不到啊，现在的营二井太壮观了，一点儿不亚于当年的放喷，这是油田的大手笔啊！我们有理由相信，胜利的明天一定会更有希望，更加美好！"

一位国内知名教授意味深长地说："从历史中走来，营二井澎湃着激情和力量；从现实中眺望，营二井昭示出中华民族的未来和希望，大国担当的新能源事业方兴未艾……"

一位基层管理者理性地分析，以营二井为起点，持续推进和优化新能源布局，对胜利油田能源消耗结构调整优化具有重要意义，对传统石油企业推进"碳达峰、碳中和"意义深远。

景区的采油工自豪地说，看着日新月异的变化，打心眼儿里高兴，他们看到了"碳中和"的希望，看到了油田的美好未来！

景区解说员自信满满，营二井是历史的，也是现代的，更是未来的，每一场解说都是一场精神的洗礼，每一次传播都是心灵的净化，置身其中感受到了精神的力量、阳光的力量！

漫步营二井景区，迎着投射而来的光束，历史与现代在这里完美交织，它们共同见证着新的石油篇章，带给我们更加美好的期待。

四

踏进坨11景区，首先映入眼帘的便是纪念碑。纪念碑造型由字母"T"与数字"11"组合而成。"T"酷似雄鹰展翅，寓意着胜利人像雄鹰一样搏击风浪、拼搏进取、展翅翱翔；挺拔的"11"两根立柱，象征着石油工人坚韧不拔的"硬骨头"，打出了我国第一口千吨油井。

"国家急需石油搞建设，坨11井很重要、很关键，我们一定要安全、准时完成任务！"坨11井开钻前，指导员陶洪给大家鼓劲儿，大家争着抢着表决心、写请战书，表示不怕苦、不怕难，无论如何也要胜利完成任务、为国争光！

1964年11月14日，坨11井开钻，功勋钻井队32120队一鼓作气，不负众望，十八天钻到二千四百八十米时，遇到了八十五米厚的油层，创出了钻井、固井、测井等七个领域二十二项先进指标。

1965年1月31日上午，天空飘着的雪花像斜射的文字，在大地上铺出圣洁的诗篇。雪花挂在眉毛上，喜上眉梢；雪花扑在满面春风的笑脸上，一起咯咯笑出声来。天也笑，地也笑。笑中吐出的白沫，堆满了天地之间。

"试油!"命令一下,只听轰隆一声巨响,如巨龙腾空,直冲云霄,摇头摆尾;如猛虎下山,震耳欲聋,飞出了江山气势,吼出石油人的威武!

石油芳香,随风飘扬,随雪而舞。用三十毫米油嘴放喷求产,二十四小时喷出油一千一百三十四吨。于是,这天大的喜讯带着"鸡毛"迅速传到北京。

"什么?一千一百三十四吨?"余部长很是不相信,一连问了好几遍。确认准确无误后,他哈哈大笑:"真过瘾!又一个大油田诞生了!"

2月2日大年初一,彩旗展歌笑语,锣鼓声声,鞭炮齐鸣。石油工业部在坨11井现场举行盛大的祝捷大会。一排排、一列列整齐的队伍列队在千吨井旁,一个个屏住呼吸,等待那一刻的到来。

"开阀放油!"坨11井闸门一开,油龙呼啸而出,"共产党万岁!""毛主席万岁!"掌声、口号声、锣鼓声震天动地、此起彼伏。人们高兴地跳着、欢呼着,现场的声音震耳欲聋,大家紧紧拥抱在一起,热泪盈眶。

呼呼的油流喷出的声音,通过现场电话的听筒传到石油工业部机关大楼。整个大楼内的机关干部一阵欢呼——我国打出了一口日产千吨的高产油井。

祝捷大会现场,石油工业部张副部长声音洪亮:"我们在胜利村打出了我国第一口千吨油井,在渤海湾盆地站稳了脚跟,大长了中国人民的志气!为了纪念油气勘探的这一重大成果,经部党组织研究决定,这里就叫胜利油田!"

从此,黄河口发现的大油田终于有了名字,永载共和国史册。

五

三口功勋井,一个大油田,一座石油城,一种精气神。

春雷一声震天响。胜利油田的发现，一举击破了"中国华北无油论"，开辟了华北石油勘探的新纪元，宣告了渤海湾油区的诞生。

如今，三口功勋井已成为胜利发展的丰碑和基石，被赋予了神圣的光芒，引领胜利续写新时代的辉煌。

从胜利油田功勋井走来，一代代胜利人一路艰苦创业，一路拼搏奉献，一路创新创效，彰显出以国为重、以苦为荣、我为祖国献石油的精神力量。截至2022年底，胜利油田累计生产原油十二点九三亿吨，约占全国同期陆上原油产量的五分之一。

从功勋井走来，一代代胜利人立足本土，开拓海上，探索海外，征战西部，披荆斩棘，为国找油，为保障国家能源安全和国民经济社会发展履行胜利责任。

从功勋井走来，一代代胜利人紧跟国企改革步伐，企业机制逐步向市场化经营转变，现代企业管理体系架构基本形成，推动了老油田转型升级、持续发展，油田发展越来越美好。

从功勋井走来，一代代胜利人坚持理论创新、技术进步，创新形成复式油气聚集区和隐蔽油气藏两大勘探理论体系，丰富并发展了中国陆相石油地质理论，创造出一系列行业前沿和世界领先的理论和技术，让创新驱动的旗帜始终高高飘扬。

从功勋井走来，一代代胜利人融入区域发展，油地联手把一片荒芜的盐碱滩变成美丽的绿色石油城，辐射带动了黄河三角洲的开发建设，创造了安居乐业的环境。

从功勋井走来，一代代胜利人弘扬石油精神、石化传统和"爱国、创业、创新、开放"新时期胜利价值观，闻油则喜，为油奉献，越是困难越向前，敢于斗争，甘于奉献，锤炼了一支过硬的人才队伍。

对历史最好的继承，就是创造新的历史。胜利油田功勋井的红色基因正从岁月深处涌来，汇入中华民族的精神之河，浩浩荡荡、奔向未来。

胜利人怀揣着"我为祖国献石油"的豪迈气概，在这个曾经荒凉得"鸟无树做窝"的艰苦环境中，共发现油气田八十一个，探明石油地质储量五十五点八七亿吨，用激情用汗水用热血和生命，为我国工业化起步，乃至成长为制造业大国贡献了澎湃的动力源泉。

胜利油田功勋井纪念碑巍巍屹立，它们见证了胜利油田的诞生、发展和辉煌，屹立成一种胜利符号、胜利价值和胜利信仰，在我国石油工业史上铸就了胜利丰碑！

站在新起点，胜利再出发，他们高擎"能源的饭碗必须端在自己手里"旗帜，正向着"建设领先企业、打造百年胜利"的愿景目标阔步前行。

丝绸路上钟山在

郝随穗

历史尘埃不能湮没的丝绸古道，在黄土高原的群山之中蜿蜒地舒展着自己持久的意义。这里是黄河北岸华夏文明的发祥地，在丝绸之路北线上的安定古堡的钟山石窟，灿烂的历史留存从未被时光所遮蔽。

7月6日早晨，当我踏上这条古道，来到秀延河畔的钟山石窟，朝霞如同一袭袈裟，给石窟披上了金色的"庄严自身，令极殊绝"的衣襟，安详于晨光中的悠扬钟声，在丝绸古道上回响着。

今日的钟山石窟，是"中国一日·走近中华文明"大型文学主题实践活动现场。这里没有喧哗，每一片树叶的绿色里泛起的微光，吸收着飘浮的尘埃，那些被留却在历史记忆中的云烟，落在石窟的院落的青砖绿瓦上。我以文学的视角看过这里的一切，让文字回归到文明之地，抵达这座被誉为"全世界罕见的石窟""独一无二的历史存在""中国最早的石窟群之一"的钟山石窟。

丝绸古道上，一个传说带来的春秋往事

斑驳的石碑上生长着宋朝的青苔，时光被深深地刻勒在碑文之中。此刻，沧海桑田之上的苍狗白云，在这个正午中唤醒那些太多的往事，从隔河相望的这条丝绸古道上——走来。

回到宋朝，坐标落在陕西安定堡，一座犹如倒扣的钟的大山被称作"钟山"。钟山稳固，山体雄浑，整座山外披三尺黄土，黄土下是坚硬的岩石，相对于其他山体几乎都是黄土结构而言，这样质地的山在陕北少有。这座山从一千年前开始，收纳了钟山石窟的前世今生。

　　钟山石窟的故事，便从宋朝的一片月色中开始讲述……

　　一个初秋的傍晚，一支浩浩荡荡的石雕队伍，在沾着露水的月光中抵达安定堡的钟山脚下。为了迎接他们的到来和庆祝钟山石窟开工，官府拨银子在钟山前的一块平整的地上搭台唱道情、吹唢呐，设坛敬佛三天三夜。十里八乡的人们闻讯赶了过来，在黄尘升腾弥漫，远远看上去犹如仙境的戏场子里，人影和各种声音交织在一起，给这座孤寂的钟山带来了从未有过的人间烟火气。

　　常年遭遇塞外侵扰的安定堡一带，给当地的黎民百姓带来极大的战乱之苦，为除患宁乱，朝廷在全国挑选一百名石雕技艺高超的石匠前往陕北安定堡，在钟山内打洞雕刻万佛洞，以求佛祖保佑这方水土。当时设计整个石窟群以钟山正南为主窟，左右各两窟，共十八个石窟，雕刻十万尊佛像。拿到设计图纸的石匠们全部被带到距钟山十五里外的红石峁沟，入沟二里路靠左的山崖上，有一洞口，此洞直通钟山，所有的石匠和他们所需的物资，都要通过这个洞口运送。

　　不知过了多少年，洞外已是花开花落几度春秋，洞内的石匠们终年不见天日，渴了喝口洞内石缝间流出的泉水，冷了燃堆挖掘出的煤，有的已病死在洞内，谁也不知道洞外的天地变成了啥样子。不敢违背朝廷之令的石匠们，虽已雕刻成大小数万佛像，但离皇上要求的十万佛像仍差距甚大，他们深感绝望，一个个弯腰驼背地、愁眉苦脸地在叮叮当当的石凿声中苦熬着日子。

　　时令已是又一个寒冬腊月，石匠们跪在已雕成的释迦牟尼佛像前烧煤为香，燃衣为纸，一番心绪苦诉，祈盼佛光佑照，帮他们解除苦难。

诉罢，便蒙眬入睡，眼中现出释迦牟尼佛像，告知他们每天到红石峁沟洞口处向河滩一拦羊娃喊问：马兰花开否？拦羊娃回应马兰花开了之时，便是你们归乡之日。大伙兴奋至极，每天派人到洞口喊问马兰花开了没有。

红石峁沟有一村，名叫道阳树坪，此村有一姓郝的员外，他一向行善乡里，威望很高。村里有一孤儿名叫海娃，全凭郝员外收养。海娃年小勤快，每天到村前的沟滩给郝员外放羊。这年冬日，年关将近，海娃如常赶着羊群来到河滩。只听见石崖里传来叮叮当当的凿石声，一会儿又听见崖内有人喊问："拦羊娃娃，马兰花开了没？"现在是冬天，这里连一棵青草都不见，哪有马兰花会开，深感奇异的海娃回家后将此事告诉郝员外，郝员外说："明天去，如还有人问，你就说马兰花开了。"

第二天，果然又听见石崖内有人问："拦羊娃娃马兰花开了没？"海娃高声回答说："马兰花开了！"话音刚落，只见晴天霹雳雷声轰响，顿时地动山摇，石崖中间飞起一块巨石，掘开一个洞口，洞口里飘出一团白云，飞出一群白鸽。这时，海娃又发现洞口之上果然有一株马兰花在严寒中绽放。听到雷声的人们都跑到河滩里看个究竟，郝员外率众乡亲手执火炬，拾梯登洞，摸索前行，只见洞内精雕细刻了数万尊大小佛像。他们边走边看，不觉又到另一个洞口，原来已经来到安定堡的钟山之下，看见洞口石崖上刻四个摩天大字"洞天福地"。郝员外与众人齐跪佛像，烧香拜佛后，奔走相告这一奇迹。

钟山石窟在这个美丽的传说中建成后，香火旺盛、僧侣五百，信徒香客遍及西北地区。从此，钟山石窟的传说故事，被这条古道从宋朝带到今天，从塞上带到四海。

香火梵音中，文明的另一种表达

安定堡自古以来商贾云集，乃陕北要塞重镇。石宫寺建成后，各地香客纷至沓来，经商者络绎不绝，安定一川车水马龙一派繁荣，钟山一带祥云灵气长年弥漫，安定古堡气象万千。

与安定八景相映生辉的钟山石窟，并没有沉睡在史册中，当其他景色在漫长的时光中渐渐成为安定县志的记忆时，钟山石窟以其更加迷人的魅力，千百年来始终发出耀眼的光泽，从各个历史时期的不同境遇中，得以完整地保存下来，生动地呈现在历朝历代的时光现场。

距今已有近千年历史的三号窟，因石窟外墙分别雕刻有元代的千手观音像，和道教老子和关帝及孔子的造像，历史上称为"三教圣人"，体现了中国历史上的儒、释、道三教合一特有的文化现象。钟山石窟因此而成为多重诉求的道场，满足了人们的精神需求和心灵慰藉。

主窟内四壁万佛、雕工精巧，特别是彩绘保留上千年，依旧色泽鲜明。主坛基上有三组十四尊大型立体圆雕造像，主佛像为释迦牟尼和大弟子迦叶、小弟子阿难修行的不同状态，体现了佛祖在修炼过程中的不同境界。三尊主佛像与八根石柱接地连顶，都就地雕刻而成，与石窟浑然一体。整个石窟造像以简练概括与丰富细腻的手法相结合，达到了宋代石窟的最高境界和艺术水平。

石柱四周和石窟四壁一样，均密无间隙地刻满数层万余尊浮雕小佛像，这些浮雕均以佛教故事为主。两边的造像龛里，雕有太子出行图和僧人启门图。尤其是东壁的造像龛里的太子涅槃图，更是刻画得惟妙惟肖，把太子升天成佛的经过表现得十分生动。

令人叫绝的是佛像的颈部和手臂上，用放大镜可以清晰地看到血管和经脉，如果注目一分钟，似乎能看到经脉的搏动。一千多年的生命在这里从未消失过，栩栩如生地在石窟内看惯世间万物、人情冷暖。能在石佛像上雕刻出血管和经脉的，全世界只有钟山石窟才有。

窟内左壁有一组石雕，是孙悟空原型石磐陀取经的造像，相传吴承恩在钟山石窟礼佛时，看到这组雕塑受到启发，创作了旷世奇作《西游记》。而窟内的十殿阎罗像，据考证，目前在全国只有上海的一座庙宇和钟山石窟有，这充分说明了南北两地在文化的认同上，均起到了南北呼应的作用，分别代表了这种庙宇文化在南方和北方的一致认同。

窟内最具有代表性的一尊佛像是左胁侍菩萨，菩萨头戴花蔓冠，身披落宝串，脚踩莲花台，体态婀娜，亭亭玉立，被称为全国最美的佛像和"东方维纳斯"。

一组被风化的佛像，目前只剩下筋骨，看不清他们的面孔，但是轮廓清晰可见。这组佛像经过一千年的时间雕刻，为我们保存着太多的秘密。石匠们手执凿子敲出的月光之音，佛像们心念众生发出的慈悲之声，黄河水穿越群山而来的波涛声，大漠孤烟直时带走的乡愁，等等，在这组佛像被风化的砂粒中得以保存。

钟山石窟内还保留完好的数十通碑、碣题记，既是书法佳作，也为研究考证钟山提供了佐证。同时，钟山石窟现存的山门、牌坊、萧寺宫、七级密檐式砖塔、惠善法师浮屠塔、松岩法师浮屠塔，以及塔林、地宫、石崖墓群、禅室、禅院等，也都有很高的艺术和科学考察价值。可以说，钟山石窟是人们研究千余年来历朝历代宗教史、民俗风情、彩绘工艺、衣着装饰与雕刻艺术和建筑艺术的重要史料。

钟山石窟三号窟石刻佛像数量之多、密度之大、种类之全、内容之丰富在全国石窟中绝无仅有，并在中国佛教建筑史上具有划时代的意义，成为中国雕塑史和石窟建造史独一无二的标本。

石窟内缤纷绚烂的精雕细琢，呈现出一个辽阔的石雕艺术世界。每一尊佛像都淋漓地体现了东西方文化在边塞地带交融时，植入了更多的陕北元素后独特的神秘主义的美感。

而作为北宋时期乃至更长时期的佛都，这方水土一直在香火梵音中广纳万物，庇佑众生。这里既是宗教场所，也是文化集结地，更是文明传播地。这里所表达的另一种意义，已经超越世俗之中对功名利禄的追逐。

石刻的寂静中，盛开着时光的花朵

丝绸路上的马蹄声留声于钟山石窟，这条古道在庞大的时光现场，从未停下过自己所要承载的文明传承。生生息息而绵延不绝的人们，千余年来，一直来来往往于这文明的光泽之中。钟山石窟自诞生以来，就是一个传统文化的大本营，这里不仅储存着道与佛、人与教的流年往事，更实现着天人合一、世界大同的社会理想。

我触摸今日山河，岿然屹立的钟山滚烫着这个夏季的炎热，手温不可消除的余热，在这座山所处的维度的独特性中，不由得搂紧石窟内端坐的一尊尊佛像。我用一句方言的重叠，向钟山石窟发出询问，你可否看到红格当当的山丹丹花，在你的山坡上开得满洼洼的红？

是的，这是山丹丹花开的季节。钟山之花常开不败，钟山气象弥久历新。我没有采摘，我用目光守住花瓣上的鲜艳，如同有很多人用行动守住钟山石窟的瑰丽。钟山石窟文物管理所所长郝艳接受采访时讲道，他们利用高校研究团队开展石窟防风化课题研究和石窟病害分析，通过日常微环境监测、落沙监测，为下一步石窟保护收集数据，开展了钟山石窟数字化保护项目，建立钟山石窟数字模块和网上博物馆。

子长市文化和旅游局局长杨向红介绍时，如数家珍地说，钟山石窟不但继承了唐朝雕刻丰满圆润的写实风格，而且还有宋朝更加本土化的特点以及以形传神、刻画内心世界的雕刻手法，是我国雕刻艺术的一大飞跃，成为北宋石雕艺术的代表之作、经典之作。同时，石窟集建筑、雕塑、壁画、书法、彩釉等艺术于一体，以独特的历史、艺术、文化价值在我国文化遗产中占有重要地位。中外学者认为，其历史价值和艺术价值不在云冈石窟、龙门石窟、敦煌莫高窟之下。

跟我一起采访的中国化工作协副主席崔完生认为，这个活动选在钟山石窟非常合适，他说中国化工作家协会的"中国一日·走近中华文明"大型文学主题实践活动安排在钟山石窟，这里是儒释道三教合一的历史遗迹，这里是优秀传统文化的精华聚集，我们要把传统的美学精神和当代的审美追求有效地结合起来，传承好、守护好文明的火种，使之成为新时代文学创作的重要源泉，我们要在创新发展中，用手中的笔，来完成一个作家的社会担当与文学使命。

如此而言，钟山石窟与文明和文学相互建立起的关系甚为密切。我必须把自己的笔触从"汾川胜地"的牌楼刻联"自汉自唐几千载相传胜境，为神为佛亿万年永固皇图"中解读这座石窟永存的意义。《总昭方丈之图》是立在山门右侧的一通石碑，距今已有八百多年的历史，记载了祖师龙泉禅师门人惠赞门徒的世系图。龙泉禅师在元朝至元年间应安定县官刘珍邀请，为普济禅院住持。担任住持历时十年使寺院成为陕西名刹。

神奇无处不在的钟山石窟，二十多年前竟然在石缝里长出几棵菩提树和杜仲树，作为热带植物的树种不可思议地在这里长得生机勃勃令人费解。有人这样解释，这里曾是佛都，生长出菩提和杜仲，寓意为普度众生。如今好多游客来到这里，会跟这几棵树合影留念，求个好运。

钟山石窟河对岸的安定古镇，是目前全国保存的唯一的窑洞古镇，至今保留的明清时的窑洞院落，依然荡漾着浓浓的烟火气。钟山石窟与安定古镇的共有的人文属性始终没有改变，显然是源自这里的人们崇尚文明的实践和体现。

"世居陕西安定堡"百世先贤胡瑗，是北宋著名的思想家和教育家等，首创"分斋教学"，开分科教学之历史先河。"先儒胡子之神位"至今仍与韩愈、诸葛亮、朱熹等先贤的牌位并列在一起。"青琐名臣"

薛文周，为官清廉，"政多宜民，一介不取"，被明神宗誉为"天下廉吏第一"。

号称"西北第一县衙"的安定县衙，是一座独特的窑洞县衙，县衙四面凌空独立的是砖拱窑，为十字形拱圈形式。坐标中心为四边形莲花瓣十字拱筒，又等距离地朝四个方向辐射，打成四个筒拱，一砖封顶。其特点为特大型或特殊型的空间聚落，窑洞建筑艺术达到顶峰。历代都城、皇宫以及州县官府衙署均南向，已经成为普遍的建筑规制，但安定县衙却坐西面东，寓意紫气东来，为安定百姓吉祥美好。

而分布在钟山周围和安定堡内的文山书院、笔锋书院，以及谏垣坊、平政坊、儒林坊、敕旌孝行坊、敕旌节孝妇坊等十九座牌坊，和二十多处明清民居建筑，芝兰居、贾家大院、清史家楼院、郭家大院等，无不成为文明的印记。

而此刻的时间点是下午 5 点，安定古镇的每条巷子里的古朴成为时光的底色，我在一个人的寂寥中聆听到石刻的声音，声音里的芬芳在古镇的沧桑中找到自己的花朵，那些被闲置的日子瞬间开满花儿，河水两岸时光的空白，被刻下钟山石窟的铁凿声。

走近中华文明精神标识，追寻中华文明灿烂踪迹。2023 年 7 月 6 日，我在陕西钟山石窟结束了一天的深入采访，在返程的路上，路是那条丝绸古道，车轮声中隐隐约约传来久远的马蹄声，在晚霞中敲响时间的钟声。

当我在书房里翻阅手机，从中国作家网上看到铁凝的这段文字：中华文明具有突出的连续性，从根本上决定了中华民族必然走自己的路。新时代的广大文学家艺术家要牢固树立大历史观，在连续性中理解古代中国、现代中国、未来中国，在万古江河的中华文脉中体认自身的使命和方向。

中华文明在历史进程中形成了风华独具和底蕴悠远的不可枯竭的生

命力与传世价值。植入博大的中华文明现场，钟山石窟在历史变革中一次次地唤醒文明基因，在黄河北岸的崇山峻岭中传播着文明的基因，以石雕的人文气度，放任于时空之中，给不朽的中华文明增添着至高的石雕光焰。

大河畔的阡陌之舞

苏雨景

  山中有城、城中有山是泉城济南的独特之处，而地处西北隅的商河县却把山挡在了门外。当我开车行驶在黄河北岸这片辽阔大平原的时候，七月的暑气正裹挟着植物的清气、泥土的腥气不时透窗而来。没有了山的阻隔，视域变得格外开阔。远处，白云正缓缓飞升在道路的尽头，近处，旺季的作物们正青葱一片。路边的果园里，桃子将熟，隔着田垄似乎都可以闻得到丝丝香甜。三三两两的农人正不顾暑热汗津津地劳作着，太阳在他们的手上、脸上涂满了古铜的釉彩。这一切都是我熟悉和喜爱的，自十几岁走出故乡的怀抱，原野与乡村就成了我内心特别想亲近的地方。

  其实，此行并非一时兴起。几年前，作为签约作家，我曾跟随省作协创作采风团到访商河，并目睹了一场规模不大的秧歌表演。之所以说规模不大，是相比较当地动辄百人的秧歌演出规模而言的。我们到访时，恰逢农忙，农民出身的秧歌队员们都在忙着抢收抢种，能聚起来的人数不多。然而，就是这场规模不大的演出，却令我们感叹不已。从当时队员们脸上的汗水、身上的汗渍不难看出，他们也都是刚刚从田间地头赶来，刚刚放下手里的农具，换上秧歌的行头。可锣鼓点一响，他们眼里的疲惫顿时消散，取而代之的是一种无法言说的光。他们势若蛟龙，奔腾起舞，将北方汉民族男性的粗犷豪放、勇敢刚直展现得淋漓尽致，令人禁不住浮想，在商河鼓子秧歌两千多年的历史长卷中，一代一代的商河儿女，在战胜洪水时，就是这样兴高采烈的吧？在岁稔年丰时，就是这样天人合一的吧？在击退外敌时，就是这样欢呼雀跃的吧？这秧歌里，有风雨交加的岁月，更有中华儿女的百折不挠的元气和精神。

那次的商河之行，在我心底埋下了一粒种子。前不久，当中国作家协会"中国一日·走近中华文明"大型文学主题实践活动的通知甫一发出，埋在我心中的这粒种子就萌芽了。在商河县委宣传部和文化部门的协助下，我走进了商河大地，开启了此次圆梦之旅。

我驱车来到了位于商中河畔的殷巷镇"三帽"村。"三帽"村由帽杨、帽张、帽石三个自然村组成，相传第一个在这里落户的先人姓杨，而且是做帽子生意的，三个村的名字中也因此都有了一个"帽"字。这里是鼓子秧歌的发源地之一，拥有最原生态的秧歌文化。在村委会办公室，从与殷巷镇文化站李主任、三位村支部书记及几位村民的交流中，我了解到，商河鼓子秧歌孕育于春秋战国的齐鲁文化，始于秦汉，成于唐宋，兴于明清，但民间艺术大都有典籍不载、正史不论的特点，待有据可考之时，实则已流传了相当长的一段时间。关于秧歌的缘起，大致有三种说法，即"抗洪"说、"战争"说、"祭祀"说。近几年，随着研究的深入，越来越多的人更倾向于"抗洪"说。

黄河素有"四渎之宗""百水之首"之称，自古善淤、善决，决口和改道极为频繁。清代傅泽洪主编的《行水金鉴》中有载，历史上黄河流经商河县境断续长达一千五百年，在黄河腰穿县境的岁月里，百姓屡受洪灾，颗粒无收的饥馑之年常有。而且，商河县整体地势较低，境内有"七十二洼"，也就是七十二处大面积的洼地村庄，小洼更是不胜其数。这些地方"遇丰倍收，遇涝则一苗不遗"，古谚有"十年九不收，一收胜十秋"之说，可见，没有洪涝灾害的丰收年景，对于古商河这片贫瘠之地来说是多么弥足珍贵。而面对来之不易的丰年，人们激动的情绪无以宣泄，随即抄起身边的农具击节相庆，舞之蹈之，又是多么合情合理。唐初薛大鼎有诗"洪流入海地无波，万姓欢呼麦丘坡"，描写的就是老百姓在战胜洪水之后，于麦丘坡前欢呼欢庆的情景，这更进一步增加了"抗洪"说的可信度。

漫长的旧时光里，日子虽然多艰，而劳动人民乐观向上的精神却坚韧如原上草，春风一吹，便生机一片。年年岁岁，人们在秧歌中安放自己，在秧歌中找回自己，在秧歌中点燃自己，秧歌成了镌刻在商河人骨血中的永恒旋律。生生不息的传承下，古老的鼓子秧歌非但没有被历史的河流湮灭，反而在中华人民共和国成立后日臻昌盛、完美，并焕发出越来越动人的神采。1955 年、1980 年商河农民鼓子秧歌队两次赴京参加全国民间艺术调演。1992 年，全国首届商河鼓子秧歌研讨会隆重举行，来自各地的近百名音乐舞蹈专家齐聚商河，专家们一致认为，鼓子秧歌强悍遒劲，磅礴恢宏，是"我国北方汉民族男性舞蹈的代表"。这次会议使在民间盛行但在专业舞蹈界却寂寂无闻的鼓子秧歌，带着泥土的芳香，踩着铿锵的鼓点儿，走进了更多人的视野。1996 年，商河县被文化部命名为"中国民间艺术之乡"。2006 年，商河鼓子秧歌入选首批国家级非物质文化遗产名录。商河鼓子秧歌一步步迈向了更高更大的舞台，先后参加了中华人民共和国成立六十周年大庆、中国非遗春晚、中国民间艺术节、上海世博会等国内各类大型活动的演出，并到访韩国、日本、瑞典、澳大利亚、新西兰和印尼等十余个国家，在国内外掀起了商河鼓子秧歌的"文化潮"。

在谈到 1980 年的那次调演时，年过花甲的村民孙念俊拿出一张泛黄的合影，让大家辨认哪个是他，哪个是同村的孙忠奎，哪个是三里庄村的王承华，还骄傲地说，这张合影中，不仅有来自全国各地的参演人员，还有三位副总理。一晃四十多年过去了，照片上的风华正茂的孙念俊已是满头风霜，我问他，还扭秧歌吗？他立马非常认真地更正我，咱们商河叫"跑"秧歌，不是"扭"，"扭"太斯文，只有这个"跑"字才配得上鼓子秧歌的野劲儿、疯劲儿。他还说，自己会跑下去的，老祖宗留下来的宝贝不能轻易放下。

石立军是几位村民中比较健谈的一位，他说商河鼓子秧歌流派很多，几乎是一村一风格。但总体上分为"插伞""举伞""扛伞"三大流派，有伞、鼓、棒、花、丑五大角色，伞的大气、鼓的浑厚、棒的灵巧、花的优美与丑的诙谐相互映衬，相得益彰，亦刚亦柔，亦庄亦谐，内涵丰富。鼓子秧歌还有很多阵图，类似于队形，因为在古代，商河人曾饱受兵燹之苦，血与火洗礼下的商河人民骁勇尚武，这种尚武之风与民间舞蹈相蕴相融，渐渐锤炼出商河鼓子秧歌军事化的组织形式，变化莫测的舞蹈阵势，无往不胜的英雄气势。同时，商河人作为齐国的臣民，长期受孔子、孙子文武二圣的文化浸润，特殊的历史文化背景，也赋予了商河鼓子秧歌尚礼重矩的鲜明特征。

村民田吉山说，商河县九百六十多个村庄，除了在田间做农活儿，村民们的休闲时间大多用在跑秧歌上，上到九十九，下到刚会走，没有不会跑秧歌的。只要鼓子一敲，秧歌随时随地可以舞动起来。聊到这里，田吉山向我展示了一段视频。视频中，锣鼓喧天，几十位村民聚在一起，有手举伞盖的，有腰系彩绸的，有老人，有妇孺，他们一起沉浸于秧歌之中，怡然自得，好不快活。田吉山说，现如今，乡村振兴让老百姓的日子越来越滋润了，秧歌已经成了村民们主要的文化娱乐方式，这样的场景几乎天天见、村村有。秧歌对于商河人来说，不仅是重大活动上的"特色大餐"，更是寻常烟火下的"家常便饭"。外地人喜欢跳广场舞，商河人喜欢舞秧歌，外地的孩子们做课间操，商河的孩子们舞秧歌。这是商河的特别之处，也是商河人骄傲的资本。

谈及校园里的孩子舞秧歌这个话题，帽石村的石书记显得有些兴奋。他说，这些年，我们积极响应县里的号召，推动"非遗"进校园，为了做好这件事，肩负村上"非遗"传承任务的石立军、田吉山可没少费心思，不论家里的农活儿多忙，他们都坚持每周三走进校园，教孩子们舞秧歌，他们手把手地教，脚踩脚地教，直到孩子们弄通学会。在学秧歌、舞秧歌的过程中，孩子们不仅增强了体质，还体验到了非遗文化的魅力，同时，也加深了对家乡的热爱。

帽杨村王书记兴致勃勃地补充道，我们这里的学校，从校长到老师，也都非常重视秧歌文化的传承，学校不仅自编了校本教材《商河鼓子秧歌》，让鼓子秧歌以课程的形式走进了课堂，还时常组织校园鼓子秧歌表演，没有专门的鼓子秧歌乐队，校长、教导主任、后勤主任、教研组长就齐上阵，也能把那些鼓、锣、钹、镲玩得像模像样。对了，我们帽杨小学的孩子们表演的鼓子秧歌，还登上过央视的舞台呢。

两位书记的话，打消了我的一些顾虑，虽然当下经济快速发展，个体个性张扬，但作为群体性民间艺术的鼓子秧歌，却因为传承、传播的及时跟进，从未出现过"断档"。

在商河，像石立军、田吉山这样的肩负"非遗"传承重任的人还有很多，三里庄村的王宗来就是其中的一位。然而，对王宗来的采访并不顺利，我到商河时，他正在济南的一处工地进行吊顶施工，我回济南时，他却已风尘仆仆返回了商河。时间上的完美错过，并不影响我们电话里的"一见如故"。交流中，我了解到，王宗来的父亲就是王承华，是1980年进京参加民间艺术调演的十二位商河农民秧歌队队员之一。父亲王承华以及现为国家级非遗传承人的杨克胜老师，都是王宗来童年时的偶像。在他们的耳濡目染下，王宗来也渐渐成长为商河鼓子秧歌的中坚力量，并被授予"市级非遗传承人"称号，演出的足迹遍布全国各地。有一年，王宗来应邀前往已将商河鼓子秧歌列入教材的北京舞蹈学院传经送宝，他经典的"棒"艺，让北舞的师生们充分领略到了鼓子秧歌的艺术魅力。王宗来说："能站在中国顶尖的专业舞蹈院校的讲台上，是我鼓子秧歌生涯中的荣耀。"2017 年，王宗来等人赴瑞典参加华人庆典，从中华大地走来的阡陌之舞在当地引发了极大轰动，这让王宗来更深地体会到"民族的就是世界的"这句话的内涵。带着这样的文化自信，他一次次走进大学校园传授鼓子秧歌技艺，他负责编排的作品在全国大学生文艺汇演中多次获奖，他还利用假期办起了暑假班、寒假班，慕名而来的学员中有小学生、中学生，也有大学生。他正在把从父亲手中接过的接力棒，努力地传下去。

如果说，拥有两千多年悠久历史的商河鼓子秧歌是一条逶迤绵延的大河，"努力地传下去"，就是这条大河源远流长的主因。

采访的过程中，商河县文化馆的负责人徐静老师多次发来微信语音。她说，多年来，商河县委、县政府一直致力于以特色"非遗"讲述中国故事，展现文化自信。从 1980 年到 2023 年，共举办了四十届全县鼓子秧歌会演。每年的会演，数百支秧歌队伍、数万名秧歌队员齐聚一堂，场面宏大，气势浩荡，到处锣鼓喧天，流光溢彩，上至九旬老翁，下至五六岁的孩子，一家三代同演出，兄弟姐妹齐上阵的佳话不胜枚举。如果哪个村没有组队参加会演，整个村庄就会感觉颜面扫地，如果哪个家庭没有成员披挂上场，整个家庭会都觉得脸上无光。可以说，是商河人民赋予了鼓子秧歌生机与活力，是鼓子秧歌赋予了商河人民希望和力量，这是一种双向的给予，与奔赴。

她还说，为了全方位记录和掌握商河鼓子秧歌的多元现状与发展走向，县文化部门还组织了大型的乡镇采风活动。令她印象深刻的是，有一年，他们采风来到了陈坛村，一位八十多岁的老艺人，拿起伞，一拉架，韵味十足，现场的人立刻被那种原汁原味的美吸引了、震撼了。为了留住这种美，我们的"非遗"进校园队伍在组建的时候，没有选择专业院团的演员，而是全部选择了土生土长的乡村秧歌骨干，这样做，就是为了守护好老祖宗留给我们的文化瑰宝，就是为了守护好这种原汁原味的美。徐静老师的语音留言，让我听到并看到了当地在保护"非遗"方面所做的努力，一方面是大张旗鼓地推动，一方面是小心翼翼地守护。

一天的采访紧张而充实。开车返程的途中，我的耳边依然回响着一声声铿锵有力的锣鼓声，眼前依然浮现着一张张黝黑质朴的面庞。高天之下，厚土之上，大河之畔，稼穑之间，一群可歌可敬的农人，正身披风雨的丝缕，胸怀命运的跌宕，且歌且舞，从历史的烟尘里走来，又大踏步向着未来走去。他们既是民族根脉的守护人，又是时代风采的书写者。

而作为一名作家，此次采风，因为吸纳了太多来自土地的元气，我的心正丰盈如灌浆的稻谷。

心绘中轴线

朱　晔

一

　　"喜怒哀乐之未发，谓之中；发而皆中节，谓之和。中也者，天下之大本也；和也者，天下之达道也。致中和，天地位焉，万物育焉。"这是国学典籍《中庸》中的名句。

　　七百多年前，为忽必烈效力的总设计师刘秉忠一定深谙中庸之道。一个汉人能在忽必烈的幕府里担任幕僚，并跟随忽必烈南征北战，且官至太保、参领中书省事、同知枢密院事等职，他为忽必烈设计制度，设计开平城等，他引用《易经》中的"大哉乾元"，建议将"蒙古"改为"大元"，他还向忽必烈建议"以马上取天下，不可以马上治天下"的主张，忽必烈对他予以高度信任。

　　至元三年（1266 年），刘秉忠受命在燕京城的东北建造一座新城，这就是北京城前身元大都城。都城样式采用了传统的方正形制，城内地势平坦，有水穿城而过，形成了内外交融、气韵流畅的生机。城设计了，忽必烈最关心的大内方向还等着刘秉忠一锤定音，刘秉忠胸有成竹地说："以丽正门外第三桥南一树为基点，向北延伸为轴线。"元大都城便有了一条中心线。

二

　　时光过去了一百年，历史上又出现了一位跟刘秉忠经历比较相似的人，他也是一名僧人，他也辅佐一位皇帝得到了江山。但是他与刘秉忠不同的是，他一身反骨，在他的规劝下，燕王发动了政变最终登上皇位，他就是大名鼎鼎的道衍和尚，俗家姓名叫姚广孝。

　　明朝推翻元朝统治后，元大都遭到了破坏。为了迁都北京，明成祖朱棣请道衍和尚设计北京城。从永乐四年到永乐十八年，道衍和尚在元大都城轮廓的基础上，充分借鉴了刘秉忠建大都城的经验，几乎在原址基础上，保持皇城的中心线不变，将皇城的北墙往南移了五里，南城墙南移了近二里，这就是我们现在能感知到的北京四九城。

　　时光又过去了一百年，明嘉靖皇帝继位后，他对北京城做了很多改造。其实，早在嘉靖之前的历代皇帝，就有了改造北京城的想法。不过，在嘉靖朝取得了实质性的进展，北京城在嘉靖时期建造了地坛、日坛、月坛等建筑，此外，他还想在北京城的外面再建造一座外城。主持这项工程建设的是大奸臣严嵩。顺便说明一句，严嵩也是精通《中庸》的高手，不然，他不可能在重心机、玩权术的嘉靖皇帝手下"专权"二十年。

　　由于明政府财力所限，最终于嘉靖三十二年（1553 年）在内城的南边修了近四分之一座外城，以便将皇帝例行去的天坛和先农坛包含在城内。北京城整体地往南进行了延展，与正阳门正对的那座门取名"永定门"，意为"永远安定"。由此，北京城便有了一条从永定门到北边钟楼的一条直线，这就是北京的中轴线。

三

用脚丈量大地，用心记录行程。

在北京生活几十年，我的足迹遍布了北京的大街小巷。细看每一次旅程的足迹，它应该是散乱的没有规则的，假如将无数次不规则的足迹叠加在一起，从空中俯瞰，那一定是个大大的"中"字。"中"字的外框是四九城，其间的一竖就是北京城的中轴线。

四

父亲兄弟五人，三叔正好处于中间。抗美援朝时征兵，奶奶几乎未加思考地将三叔派去朝鲜。不可否认，奶奶安排三叔去，还是有特别的考虑的。叔叔几年后立功回国，组织上安排他在北京城工作。

叔叔的工作地点在前门大街，小时候我们从报纸和新闻里听到的都是天安门和长安街，一直不知道前门大街在哪个位置。在外地孩子的心中，天安门等于北京，北京就是天安门。叔叔在前门工作，北京好像跟叔叔都没有关系。后来见过"大前门"牌的香烟，感觉"大前门"的地位非同小可。

叔叔的家先住在西单，这是家乡人从未听过的地名，然后搬到珠市口，再后来是方庄。读初中的时候，我看过北京市地图，知道叔叔的家在北京城的南边，靠中间的位置。叔叔的名字叫"守南"，似乎命中注定，他就应该住在北京城的南方。现在想起来，叔叔最初给我在北京城映射了一条中轴线的影子，影子靠南，好像线条不是很重。

我读大学期间得益于叔叔的接济，为报答叔叔的恩情，大学毕业后，我决定到北京读研究生。就在我拿到通知书后不久，获悉叔叔的噩耗，我甚至都没来得及收拾行囊，就匆匆地赶到北京。在天坛医院跟叔叔最后告别。

叔叔故去后，我来到北京。

特别有意思的是，我的户口落在大栅栏。那时候对北京也没有概念，从名字上听起来，感觉自己来到北京乡下了。也许是受电影的影响，名称即是画面，我仿佛置身于城外的一条街巷，路上人来人往，挑着担子吆喝的，牵着牛马赶路的，甚至还有骑着骆驼的异域人士，他们在街道上悠闲地行进着，不时地还有快马从身边闪过，他们不是带着六百里加急，就是替人干着紧急的营生。画面中，我唯一不知道把自己安放在一个舒心的位置，在道边的茶棚里喝茶，还是在客栈里住店打尖，抑或是像所有人一样风尘仆仆。多年以后，我知道，大栅栏在旧社会，可能就是我想象的那个样子，尽管它毗邻皇城。

在元朝之前，城市建设都依照"前朝后市"的格局，明朝完全反过来，设计的是前市后朝。这个其实不是建筑学上的颠覆，其实是地理上的一种必然。元朝时期，能到大都做生意的可能是北方人，他们从北方来到大都，因此，市场建在都城的北边是合适的。可到明朝以后，到京城的主要是南方人，且朝廷不允许生意在皇城里面进行，于是，在皇城的南边，南来的商贾就云集在这里。这是与前朝完全不同的贸易格局，这是朝代的特点所决定的。

记得到派出所办身份证的时候，才意外发现，大栅栏不是北京的城乡接合部，而是在北京城的接近中心位置，大栅栏属于前门地区。在大栅栏，我见到了红星二锅头的总部，还有很多经常在电影电视里见到的老牌子，什么全聚德、都一处、内联升、瑞蚨祥等，让我印象最深的还是六必居酱菜厂，大学期间，叔叔没少给我带这个牌子的酱菜。那一瞬间，突然感觉特别暖心，可很快，心里便凭空多了一层伤感。叔叔生活过的地方成了我的伤心地，我刻意地在脑子里想抹掉那些不好的记忆。

后来很长一段时间，我以南二环画了一条中间线，没有再去过长安街的南边，我也是怕触景生情，思念的种子一旦触碰，瞬间就会情不自禁。我一直经过中轴线，尤其读书那三年，每周我都要从钟楼、鼓楼，经地安门往南到景山往东，然后再原路返回。

那些年，钟鼓楼几乎被城市遗忘，要不是刘心武先生的《钟鼓楼》唤醒了沉睡的记忆，在岁月的长河里，那两座建筑只能寂寥地矗立着。去地安门的人，目的地大多设定在地安门商场，那是一个非常有口碑的国营百货商场，货物足且价格公道，住在城北的人，地安门是进城的第一站。站在地安门大街上，远远望去，后海就是重叠的树林掩映的一片水域。火神庙被居民占用，那一片是非常沉寂的。即便是忽必烈曾经策马站立的万宁桥，在冬天的时候，也是一个尴尬的存在，很多车子因为打滑，被卡在桥下上不去。由此引发一连串喇叭催促声，可打滑的车，依然原地挣扎。

史上的万宁桥其实也是非常热闹的。北京人称它为后门桥，这是中轴线上非常重要的一个存在。它最初建于大元至元年间，科学家郭守敬引西山和昌平白浮泉水入城，建通惠河连大运河，让大运河的漕船过后门桥到达积水潭码头。当年，后门桥下，千帆竞发，中轴线上人头攒动，后海周边商贾云集，呈现一派繁华的天朝景象。

对于一个新北京人来说，北京的热闹区域在后海以南，来了亲戚或者亲朋好友，我们差不多都是从前门，经天安门广场，穿故宫，爬景山，游北海，这也算是皇城里的"深度游"了，一天下来，累个半死。耳朵里听到的沿途导游讲述的天上一脚、地上一脚的所谓皇家奇闻，或者是京城逸事，心里其实什么都没有留下。其时，北京中轴线的"中"字，我已经走完了上半部分，可它在我心里依然是个影子一样的存在。所有的变化在我成为作家之后悄然地发生着。

有段时间，我在南城集中办公，由于离家比较远，我便每天住在那边。办公地挨着天坛公园，每天早晚我都会在公园里走走。集中结束后，我写了一篇《天坛游记》。

天坛于我是不一样的存在，因为在北京"见"到叔叔的地方是天坛医院的太平间，天坛几乎是我最早记住的地名之一，我写天坛公园的感情是饱满的。因为，我在天坛见到了天堂里面的叔叔。

文章发出后，有位北京籍的同事跟我说，文章写得非常好。原本以为他会恭维我一番，没想到，他跟我说，我写的是作家的文字，不是老北京人心目中的文字。他还问我是否明白他的意思。同事的意思我很快就明白了，他虽然不是作家，可他用了最朴素且最简明的表达，我知道自己欠了哪儿。由是，我去了很多次天坛公园，我欣赏了天坛公园一年四季的景色。

有一次，我在天坛公园圜丘的东侧看古树。迎面走过来一个四十岁左右的女人，她推着一个轮椅，轮椅里坐了一位老者，看样子她们是一对母女。她们慢慢地走，慢慢地说着事。在跟我错身的时候，我看见那个女人指着一棵树说："妈妈，您还记得枝丫伸出来的那棵树吗？我曾经抱着在那上面滑，当时天很晚了，您一个劲儿地催促我回家，可那天我怎么玩都玩不够，最后还是您强行给我抱走的，我走了很远，眼睛还盯着那棵树。"母亲笑着说："当然记得，我小时候也跟着你姥姥在那棵树上玩滑梯。怎么玩都觉得玩不够。"

听到母女的对话，我突然明白了，我写的天坛公园与老北京心目中的天坛的差距。我也知道了，为什么北京在我心里留下的只是影子。也就在这个时候，我参加了北京籍老作家李林栋先生组织的"新北京·新京味"主题散文征文。为了写出新北京人眼中北京的样子，我开启了北京之旅。从天坛到先农坛，从地坛到日坛和月坛，从建国门到复兴门，从鼓楼到永定门，最后，我向大赛组委会提交了《景山远眺》一文，入选了"新北京·新京味"散文集，接着又提交了《长安街有座于谦祠》入选了"最美长安街"散文集。

在行走北京的过程中，我在月坛公园遇到了一位老者，他退休前是国家外派到海外工作多年的专家。老者已经步入耄耋之年，他因为听力衰退，耳朵上戴着助听器。他看到我的时候，我正在因不得见月坛真容而沮丧，老者似乎洞穿了我的心思。他先是宽慰我说，月坛早在60年代就已经被隔离了，月坛其实也没什么好看的，相对于天坛的圜丘和地坛的祭坛，月坛的祭坛非常小，也没有太多的特色。

老者告诉我，欣赏这些文化古迹，最重要的是要怀着敬畏之心对待历史和古人，老人让我伸出手，抚摩一下月坛外面的坛墙，他说："六百年前的匠人在砌好这道墙之后，我可能是第一个抚摩这条墙线的人，通过抚摩，我瞬间实现了与先人的对话。那是一种非常神奇的体验，这样的体验只有在北京这样的历史文化名城里才能触摸到，就为这跨越时空的一次触摸，我们就该怀着对历史的崇敬之心。"那天风特别大且刺骨，但是，老人跟我说话时特别认真和专注。以至于，不知不觉间泪流满面，不知道是风吹的，还是自己没有抑制住激动的心情。

也就在那一瞬间，我对身处的北京城有了更深的理解。

我查阅了元朝刘秉忠和明朝姚广孝的很多资料，通过他们运筹帷幄、匠心独具的智慧，我大致了解北京城的构思。我开始在心里树立一个目标，要好好地感受一下北京城的每一个角落，让每一处遗迹不再沉沦，让每一个故事都重放光彩。突然发现，"中"字在我们的历史和现实中具有特别的意义，我们自古就称处在世界的中心，因此，我们称呼自己为中国人。即便就单个的"中"字，它的地位和分量也是由其中的一"竖"所主宰，这一"竖"好像不再是一个简单的笔画，而是一种乾纲独断的决策，是一锤定音的千钧之力。

北京不愧是一座历史文化之城，它的历史和文化充塞在城市的每一个角落，文化以多样化的表现形式，或明或暗、或掩或现地示现着，是否被发现还是要看每一个生活在其中的人是否用心。在我游历完北京城，从心里开始俯瞰这座六百年皇城结构的时候，脑子里不断地冒出新知识、新发现，其中，最让我感到兴奋的发现是，我洞悉了明朝嘉靖皇帝在天坛和先农坛的基础上，先后建设地坛、日坛、月坛的深刻含义。他一定不仅仅为了祭祀的便利，他要从时空设计上，将这座城，或者说，将自己家的江山与天下始终捆绑在一起。当嘉靖皇帝端坐在朝堂上，面对苍天（天坛），背靠大地（地坛），左手擎日（日坛），右手托月（月坛），在天地日月的护佑下的大明江山，那是何等的威武，何等的自豪呢！他是中轴线上的王者，他更是这个王朝的王者，是这个世界的王者！

当我鼓起勇气穿过前门继续迈出往南的脚步，当我在永定门城楼下回首北望的时候，我知道我已经跟这座城市和解了，并融入这座城市之中。我经年累月的足迹已经镌刻了一个结实的"中"字。中轴线在我的心里是实实在在的一条线，这条线是我用心绘制出来的。

首钢园：从工业遗产到科幻文化策源地

凌　晨

　　北京的七月，晴空万里，驱车沿长安街西行，长路笔直，进入石景山区，经过古城地铁站不久，前方出现两座高大的白色倒 U 形钢塔，犹如两扇巨门，这便是新首钢大桥的东西两座桥塔。桥塔释放出百根粗壮的钢索，牢牢锁住桥面，构成了世界上第一座双塔斜拉钢构组合体系桥，横跨在永定河上。桥下碧波荡漾，桥西的天际线青山连绵，桥北绿荫之中黑色高炉矗立，灰白色冷却塔成群，各种黄黑金属管道纵横交错成网，自然风景的秀丽与工业建筑群的刚硬组成一幅独特的画卷。

　　这绵延数里的工业建筑，便是首钢园——始建于 1919 年的首钢，是华北地区最早的近现代钢铁企业之一，也是 1949 年后发展起来的大型钢铁制造基地。到 2010 年时，更是成为以钢铁业为主，兼营采矿、机械、电子、建筑等多种行业，跨地区、跨所有制、跨国经营的特大型企业集团，俨然是北京西部的钢铁巨人。然而，为了服从国家整体战略部署，也为了北京的环境可持续发展，首钢毅然将生产部分搬迁外地。

　　2010 年年底，随着三高炉最后一炉钢水流出，首钢园停产，昔日的各种生产车间和配套设施，变成了工业遗址：高炉、转炉、冷却塔、煤气罐、焦炉、料仓；运输廊道、管线，铁路专用线，机车、专用运输车，都静寂无声，劳作了近百年的钢铁巨人，如进入沉睡期。2018 年 1 月，首钢园入选第一批中国工业遗产保护名录。

作为工业遗产，首钢园记录着华北地区的百年钢铁发展史，承载着一代又一代钢铁工人扎根钢铁工业、无私奉献的优秀品德，是"敢闯敢坚持　敢于苦干硬干"首钢精神的体现。它不能仅仅被保护，成为被人们怀念的历史，而应在开发利用中重新获得生机。按照以往的工业遗产开发模式，人们猜想首钢园中将建立钢铁主题博物馆，钢铁工业景观公园，供市民休闲娱乐，或者打造成为与钢铁相关的创意产业园、现代艺术区。

2020 年 11 月，首钢园中旗帜招展，一年一度的中国科幻大会在此召开。这既出乎人们意料，却又顺理成章，科幻本就是诞生于工业时代的文化产物，与首钢园的重工业风格一脉相承。中国科幻大会是由中国科学技术协会主办，聚焦于推动科普科幻产业发展，为科普科幻全产业链提供相互交流、融合发展的平台。首钢园秉承"敢担当、敢创新、敢为天下先"的新首钢精神，不仅办科幻大会，更是将首钢园中的一部分园区划出，打造全国首个科幻产业集聚区，建设中国科幻文化的重要策源地。

在 2020 年中国科幻大会上，中国科协和北京市政府签订《促进北京科幻产业发展战略合作协议》，确定围绕石景山首钢园打造全国首个科幻产业集聚区，以首钢园工业遗址公园为主要承载区，包括金安科幻广场和工业遗址公园绿轴南部区域，占地面积七十一点七公顷，建筑面积近十六万平方米。其中，金安科幻广场为启动区，这里的中关村科幻产业创新中心是国内唯一一家以科幻产业为特色的标杆型硬科技孵化器和创新服务平台。

自此起，首钢园不仅每年都有几天属于科幻的世界，更是有了中关村科幻产业创新中心，源源不断汇聚着科幻相关技术从业者、科幻核心内容创造者、科幻活动组织者和研究者。

中关村科幻产业创新中心（下文简称中心）的外表简洁明快，入门处几组未来感立体雕塑泄露了它的远大抱负。笔者来访的这天，一楼展示厅正举办科幻系列图书《火星学校·喵老师》的科幻图书发布活动，这也是2023年科幻大会举办的第一场科幻图书宣传活动。一组星球和宇航员的装置给活动做了最好的背景。活动吸引了参观者——他们中有参加党建活动的企业员工，也有来京招商引资的地方干部。他们来中心之前，对科幻和科幻产业知之甚少，现在，他们耳闻目睹，科幻将不再是一个抽象的概念，而是有了文字、图像、声音乃至体感的具体的事业。

中心二楼集中了三家从事科幻创作与研究的单位。其一的中国科幻研究中心（以下简称研究中心），依托于中国科普研究所和中国科普作家协会的支持，是一个集聚资源、汇聚人才、交流创意、催生创想的综合性科幻平台。研究中心旨在针对科幻发展的热点、难点、痛点问题，从科幻创作、科幻教育、产业转化等方面开展深度研究，打造科幻文化，建立起科幻产业的思想库、信息库和人才库，是中国科幻研究的核心力量。研究中心出版一本杂志《世界科幻动态》，旨在跟踪世界各国科幻行业发展动态，关注英语世界以及非英语世界特别是拉美地区的科幻历史和发展现状，研判科幻行业发展的全球趋势，为中国科幻行业发展提供参照和借鉴。研究中心跟踪年度中国科幻产业发展，撰写行业细分报告，按年度出版《中国科幻发展年鉴》，并与南方科技大学科学与人类想象力研究中心合作《中国科幻产业报告》，每年在中国科幻大会上宣布。2023年，研究中心开设"中国科幻讲坛"，开展"青年储备人才"计划等多种项目，深入科幻产业研究领域、培养科幻产业研究能力和后备力量。

其二是北京元宇科幻未来技术研究院（以下简称研究院），这家在2023年中国科幻大会上才正式亮相的研究院，院长由著名科幻作家刘慈欣担任，著名科幻作家王晋康任名誉院长。科学普及出版社科幻分社社长王卫英担任研究院理事长，负责日常工作。研究院下属科普科幻传播研究所、科幻影视产业研究所、未来科学技术研究所，已经策划及制作完成四十五堂科学影像与科幻教育课程。该项目邀请了近二十位科幻领域的学者、作家，建立了国内首次跨界科幻课程体系。课程涉及科幻概论、科幻经典作品文本赏析与影视语言转换、经典影像科幻创意与科学原理、科幻电影赏析、科幻短视频/微电影拍摄及科幻写作与科技创意实践等五大主题。研究院还开发了《三体》立体书IP，参与开发制作《哪吒》微电影，该剧改编自知名科幻作家江波的同名科幻作品。微电影《哪吒》让"传统题材＋科幻"与影视碰撞出了新的火花，并斩获多项荣誉。

谈到首钢园正在打造的科幻文化，研究院副院长，也是科幻作家的超侠这样认为：文化是一个形成过程，研究院正在推动这个形成。研究院要成为科幻作家之家，科幻导演之家，最终是科幻人之家。如果有好的科幻IP产生，研究院就可能把这个IP和科技结合成产品，可持续性和可复制性的发展，逐渐孵化，使科幻文化得以实现。

研究院下设的科普科幻传播研究所所长徐杨科说，首钢搬走后，这块工业遗址并没有让人去缅怀，而是重新被赋予了新的使命，拓展了它的用途，它变成一个科幻文化的策源地。他的工作就是搞科普和科幻的传播，把中国科幻和科普作家的大量优秀作品通过现代化的新的技术手段，向市场社会广泛传播，推动科幻产业发展。

其三是北京正负极文化传媒有限公司，是由国内科幻科普领域内作家联合创办的科学文化公司，面向科幻、科普等领域进行专业级的产业服务。公司负责人之一的翟雪连告诉笔者，公司是最早入驻中心的企业之一，同时也是北京市科幻产业联合体发起单位之一，主要致力于科幻文化的传播和科幻产业的开拓，专注于科幻、科普、元宇宙等场景产业服务。她与公司创始人郑军、付国丰都有超过二十年的科幻事业从业经历与大型项目管理经验，所以公司业务集中在与科幻作者、科幻图书出版机构、科幻影视从业者、新兴科幻产业机构进行科幻各行业的产业拓展服务上。目前公司拥有千万字级别自有版权，也获得了元宇宙、科幻相关软件著作权，同时运营着科学文艺产业网等平台。作为科幻老兵，希望在首钢这片科幻沃土能为科幻行业做出应有的贡献。

二层的这三家单位的人员，都是中国科幻行业的资深从业者，或本身就是科幻作家，或研究科幻数十年，来访者往往一来就走访三家，谈科幻访老友，其乐融融，谋划科幻之事。科幻从业者的聚集效应，正在逐渐显现。

二层还在隐蔽处藏了一间电影放映厅，厅不大，寥寥数个座位，却有着顶级环绕全景声配置，原来这是北京全景声信息科技有限公司（以下简称全景声科技）的音频实验室。就是在这间实验室中，全景声科技为多部国产电影配音，打造出电影需要的惟妙惟肖的声音效果。全景声负责人张凯琳告诉笔者，全景声科技专注于音频核心技术研发，拥有自主的知识产权——全景声是一种先进的 3D 环绕声技术，能够制造出动态的声音效果，实现声场包围，展现更多声音的细节，具有沉浸感，方向性和互动性。

问及入驻中心的感受，张凯琳说全景声正在为科幻赋能。作为车载音响提供商，全景声在有声书专区发了《沙丘》《流浪地球》《索拉里斯星》三部科幻经典名作的专辑，现在在理想的车上已经能听到了。全景声的技术，应用到科幻上，不仅可以为科幻影视配音，还有制作渲染的引擎工作，VR 屏使用等，从制作到生产到后期加工，全部环节都可以参与。2023 年科幻大会，全景声就参与了大会宣传片的制作，还为研究院江波工作室的微电影《哪吒》制作了不同的声音版本。

随着中心内入驻企业的增加，科幻产业的上下游链条正在逐步形成，"协同"办公，成为中心的一大特色。

中心创始团队成员，北京元宇科幻未来技术研究院发起者之一兼副理事长田松松介绍，中心目前入驻的企业，不仅有全景声，还有致力于光电技术的凌云光，在动作捕捉领域具有国际竞争力的诺亦腾、拥有强大增强现实技术的优奈柯恩，悠米科技等六十余家科幻及相关科技产业头部企业，集聚科幻文化内容制作、AR/VR 眼镜、先进光学影像处理、显示技术等领域国内龙头企业及上市公司，推动光场共性技术平台落地石景山，面向元宇宙、虚拟数字人等科幻产业领域企业、科研单位提供数字共性技术服务。

中心已经初步构建起"科幻内容创作＋IP 转化＋影视特效制作＋硬科技＋沉浸式体验"的产业发展格局。田松松解释何为"科幻产业"——是文化科技融合的新兴产业，是以现代科技尤其是前沿科技为驱动，以科学精神和想象力文化为内核，以工业化设计、生产和制造为支撑，以超现实叙事、视听体验、沉浸式场景等为主要载体，提供科技文化消费的新兴业态。

谈及中心的未来，田松松表示："作为产业中心，我们重点有这么几个方向，一是把科幻创意产业的概念不断地扩深扩张，不光可能基于北京，也有可能到外地去，也就是要引领整个中国在科幻创意产业的发展。二就是场地的扩张以后，吸引更多的科技和科幻企业的融合和融入，现在的量还远远不够，我们还需要有更多的跟科幻元宇宙相关的企业来入驻进来，在基础端的科技研究方向上能够促动科技科幻发展，带动整个国家在其他区域的相应的科幻的产业的聚合，这不是单一的，而是复杂化丰富化的。"

2023 科幻大会开幕式上，一高炉外嵌的三百八十平方米巨型液晶屏给笔者留下了深刻印象。这块屏幕的主人是正在对一高炉进行改造的当红齐天集团。笔者采访了该集团规划设计中心的负责人吕晓卓。她告诉笔者，公司希望通过一个文化加科技的科幻地标，打造一个科幻综合体，里面会有不同的业态形式，包括像现在的科技展厅，大型的电竞大厅，文化艺术的展厅，美术馆，综合性的活动和演出场地，最重要的科技乐园。这些主题空间紧紧围绕科技体验和科技展示来呈现。吕晓卓强调："在内容方面，我们将深度植入科幻文学、科幻影视和科幻内容相关的主题 IP 内容，给观众打造一个全沉浸式的故事空间，提供可能浓度更高的一个沉积式的科幻感受。"

中心的各个企业在塑造科幻文化的内核，一号炉这里塑造的便是科幻文化的外观和形式，足够震撼，足够惊讶，体现着丰富的科幻内核。

漫步在首钢园中，笔者回忆起不久前这里举办的 2023 年科幻大会，十号馆的科幻电影之夜，十一号馆的北京嘉年华，一高炉中暗藏的颇具未来感的星舰发射现场，还有众多科幻论坛，年龄各异表现却都有相似兴奋感的科幻迷们……首钢园的工业遗址，与科幻的未来先锋，彼此辉映，相得益彰。正是从旧工业钢铁巨头的胸膛中，孵化出开拓未来的科幻精灵。

首钢园为什么选择抚育科幻文化？熟悉首钢科幻产业发展历程的人士告诉我，策划首钢老厂区的转型方案颇为不易，这个方案不仅要保证首钢的可持续发展，还要对北京西部发展有意义。是随着冬奥会的筹办，园区的科技元素在不断赋能，政府的许多科研课题落户首钢园，园中的科技氛围科技底蕴逐渐加强，各方面因素综合作用下，北京将科幻产业聚集区放在了首钢园。

围绕着打造科幻文化的目的，在政府牵线搭桥下，首钢和其他机构做了四件事情：建设中关村科幻产业创新中心，设立全国首支科幻产业投资基金，设立国际科幻大奖星球奖，构建科幻产业联合体。

科技将促进科幻文化的发展，科幻文化反过来又会孕育更多的科技需求，孵化出新技术和应用。首钢园通过政策的扶持、科幻企业的集聚、科幻资源的整合，打造科幻产业，培育科幻文化。

站在一高炉巨屏前，看着屏幕上的科幻影像，笔者不由得感慨，首钢园发展科幻产业，发扬科幻文化，正当其时，希望看到越来越多的科幻企业落户首钢园，蓬勃成长。希望科幻文化在首钢园中繁荣兴盛，成为首钢文化的一部分，更是北京文化的一部分！

探寻中华民族生生不息的文化根脉
——"中国一日·走近中华文明"
文学实践活动侧记

康春华

中国文化源远流长，中华文明博大精深。只有全面深入了解中华文明的历史，才能更有效地推动中华优秀传统文化创造性转化、创新性发展，更有力地推进中国特色社会主义文化建设，建设中华民族现代文明。

2023年6月26日至7月5日，中国作协2023"中国一日·走近中华文明"大型文学主题实践活动在全国各地陆续开展。来自中国作协各团体会员单位的四十余位作家就地下沉，深入各类文化传承发展现场进行实地调研，采访考古发掘、文物保护、文化传承一线人物，在实践中不断加深对中华文明突出特性的认识，从中华优秀传统文化中寻找新时代文学创作的不竭动力和灵感源泉。

探究华夏文明起源
记录文明赓续的中国故事

坐落于陕西省神木市高家堡镇的石峁遗址，是距今四千年前后东亚地区目前已发现规模最大的城址，为探讨中华文明起源和古代先民精神世界提供了宝贵的实物资料。近年来，陕西作家朱鸿持续关注石峁遗址的考古发掘和研究进展，创作发表了多篇作品。此次"中国一日"大型文学主题实践活动中，他深入发掘现场、文物展室、修复医院等地，详细了解遗址保护利用等情况，深深感到，"石峁遗址蕴藏着华夏文明的源头密码，由此可见，中华文明的起源、形成是何等漫长、艰辛而又伟大"。

凌家滩遗址是一处距今五千八百至五千三百年的新石器时代中心聚落遗址，被认为是"中华文明起源时代曙光升起的地方"。安徽作家余同友走访凌家滩国家考古遗址公园，对该遗址的历史背景、规划布局、功能性质、社会发展程度进行了解。他说，"中国一日"对他人而言或许是平凡的一天，但当他走近凌家滩，感受中华史前文明的曙光，因这缕光，"宅兹中国"的每一天都是极富意义的一天。

江西作家王芸深入汉代海昏侯国遗址国家考古遗址公园，先后采访了考古、布展、文物修复相关领域的专家学者，了解出土文物重要的考古价值，收集考古挖掘过程中的动人故事。当她听到保管部工作人员讲述如何发现一枚刻着"有朋自远方来不亦说乎"墨字竹简的故事，为之深深感动："这些由生活在几千年前的哲人写下的句子、表达的思想，依然在影响着我们，并将继续影响下去。"

广西花山岩画景观是中国第一个岩画类世界文化遗产。壮族作家黄鹏走近花山岩画，不仅亲眼看到了古骆越人高超的绘画艺术，更感受到古代骆越民族社会生活的丰富性。他在文章中写道："这个古文明悬于崖壁，俯瞰苍生，在历史的长河中与山水共生，与天地共存。尽管历经浮沉跌宕、经受风雨侵蚀，其高远的立意、深刻的内涵、丰富的气象，仍鲜亮如初、夺人眼目。"

走近中华文明，作家们步履不停。在赤峰红山文化遗址，在重庆市文物考古研究院，在湖北省博物馆，作家们在考古挖掘和文物保护一线了解中华文明起源与发展，挖掘文明传承的文化故事，追寻新时代文学的文化根脉。大家表示，身为作家，深入历史现场聆听文明的跫跫足音，记录生动鲜活而深刻的文物故事，挖掘中华优秀传统文化的思想观念、人文精神、道德规范，加强文物价值的阐释与传播，不仅能让考古遗产重新焕发光彩，更有助于人们更好地领略中华文明的辉煌灿烂。

守护文明火种
涵养新时代文学的精神源泉

"做漆艺有句俗语叫'人磨漆，漆磨人'，制作师一定要有耐心，要有对技艺的执着和坚守。"湖北作家熊湘鄂走进荆楚非物质文化遗产传承院，探访楚式漆器的髹饰技艺。他目睹了非遗传承人的上漆手艺，聆听了文物背后的漆艺故事。他说："让古老的楚式漆艺在保护传承、文物活化中绽放光彩，文学创作者大有可为，也必将有所作为。"

在多次深入东莞市大岭山镇莞香文化博物馆参观采访后，作家周齐林感触很深。他说，非遗项目背后蕴含着深厚的历史底蕴、深刻的文化内涵、精彩的动人故事，对于推动文化传承，特别是乡村文化的传承和振兴起到铸魂塑神的重要作用。他表示，将以此为契机，创作一系列反映非遗文化的文学作品，为非遗传承书写贡献文学力量。

商河鼓子秧歌的传承与发展，是公安作家苏雨景感兴趣的课题。她关注古老的非遗文化如何在生活中弘扬、在实践中振兴，古老的艺术形态又如何不断"返本开新"、绽放异彩。"两千年非遗生生不息，一招一式里都铭刻着中华的'根'与'魂'，我要创作出展现商河鼓子秧歌新时代风采以及非遗传人朴素情怀的文学作品，为弘扬非遗文化添砖加瓦。"她说。

从南海边上塔洋镇的琼剧舞台，到大西北年轻的兵团城市可克达拉；从儒学深厚的孔子博物馆，到现代性十足的南京"世界文学客厅"；从运河文化的数字陈列与展品活化，到青海上孙家寨村的清代经史子集典籍……在以"走近中华文明"为主题的文学主题实践活动中，作家们躬身探索、调研采访，从丰富的中华文化宝库中萃取精华、汲取能量，以文学的方式守护文明火种，涵养新时代文学的精神源泉。作家们纷纷表示，将以扎实丰硕的创作成果为继续推动文化繁荣、建设文化强国、建设中华民族现代文明作出积极贡献。

创新表达方式
多媒介呈现文化寻根之旅

文明的探寻、文化的传播，离不开全媒体时代的各种新媒体手段。在此次"中国一日"文学主题实践活动中，作家们纷纷创新方式，以视频直播、短视频、公众号图文推送等方式，记录自己的文明探寻、文化寻根之旅。

"这里是'中国一日·走近中华文明'大型文学主题实践活动的现场，我将在一天的时间里深入采访钟山石窟，让更多的人了解这里、爱上这里。"化工作家郝随穗化身为视频主播，带领观众一道探寻源远流长的钟山石窟文化；在黑龙江作家邹本忠的视频日志里，他带领观众沉浸式领略北大荒书法长廊的书法之美与信仰之思；自然资源作协的作家张艳将大运河沧州段的沿途，以视频方式加以呈现，重在突出千年运河生生不息的生命温度；福建作家张晓平用内涵丰富、制作精良的视频，向观众"讲述"了自己与汉城国家考古遗址公园"一个人与一座城"的生动故事。

辽宁作家李铭走进沈阳故宫，拍摄了许多视频素材，自己写文案、配音、配乐并剪辑成一个一分四十六秒的短视频在平台上播放，收获了上万的浏览量。"虽然我的工作单位与沈阳故宫就一墙之隔，但越是眼前的风景越容易忽视。故事就在身边，作家永远需要有发现的眼睛。"

中国作协创联部副主任包宏烈介绍，此次"中国一日·走近中华文明"大型文学主题实践活动的覆盖面广，中国作协四十六家团体会员单位中有四十五家参加。作家们的积极性很高，所到之地遍及全国三十多省的（数字）历史遗迹、文化名城名村名镇、园林古建、文博场馆、文化研究机构、民俗发源流传地、手工艺之乡、非遗文化传承地等，在调研、采访、创作之外，大家还充分利用各类网络新媒体手段记录下自己的探索之旅，增强了传播力，让更多人领略到博大精深的文化之美。

关注文旅融合
书写助力乡村振兴的文化篇章

如今，文物古迹、地下文物、红色资源、历史街区、传统村落、中华文化标识等，一切有价值的历史文化遗存都被纳入了保护范围。

深入历史文化遗存的现场，作家们发现，将文物保护利用融入所在区域经济社会发展，既兼顾了文物安全与人民群众日益增长的公共文化服务需求，又为当地经济社会发展提供了显著的文化助力。

在胜利油田功勋井华八井、营二井、坨 11 井，石化作家姜化明对新时代如何彰显石油工业遗产价值有了更深的理解。"功勋井是传承胜利石油人艰苦创业精神的爱国主义教育基地。功勋井的开发利用，展示了'从创业走向创新、从胜利走向胜利''能源的饭碗必须端在自己手里'的精神气魄，展现了工业遗产的时代魅力。"他说。

在新疆喀什地区麦盖提县的刀郎农民画乡，农民画家们颂扬党的富民政策，讴歌新时代、新生活，用画笔描绘出了新农村、新风貌和对美好生活的向往。作家段蓉萍面对一幅幅满溢热情的绘画作品时表示，随着"一带一路"战略的实施，新疆文化旅游纪念品市场地位日益凸显，刀郎农民画具有一定的市场竞争力和民俗代表性，"在一系列惠民政策的帮扶下，文化带就业、促增收效果明显，更多的农民拿起了画笔，亲手绘出自己的幸福中国梦"。

浙江作家周华诚关注的是径山茶文化从文化传承到产业经济的发展历程。他先后走访了相关的非遗传承人、茶艺师、茶空间民宿主理人等，了解到茶叶经济的飞速发展让非遗传统文化成为推进乡村振兴的支柱产业，为当地经济高质量发展提供了强有力的支持。"此次文学实践让我深入径山村，了解历史和当下的美好故事。我想以径山茶为题材，挖掘背后的文化力量，创作出有分量的作品。"

类似的文物遗迹生产性保护的事例还有很多。在天津长芦汉沽盐场、四川乐山大佛景区、沧州大运河文化带、河北正定阳和楼等地，作家们走访遗迹现场，关注文物保护与文旅融合发展情况。如同他们在走访中所感受的，丰硕的考古成果活化了历史场景，让更多人领略到华夏文明的灿烂辉煌。而许多在这片土地上依然"活着"的文化景观，在合理的保护利用措施下，历经千年仍焕发着勃勃生机。"作家们应当用属于文学的方式，让收藏在博物馆里的文物、陈列在广阔大地上的遗产、书写在古籍里的文字都活起来"，这是他们的感悟和愿景。

（作者为文艺报社记者）